Larissa Ione

Désir déchaîné

Demonica – 2

Traduit de l'anglais (États-Unis) par Mélanie Rouger

Milady

Milady est un label des éditions Bragelonne

Titre original : *Desire Unchained*

Illustration de couverture :
© Stefan Hilden

ISBN : 978-2-8112-0697-0

Bragelonne – Milady
60-62, rue d'Hauteville – 75010 Paris

E-mail : info@milady.fr
Site Internet : www.milady.fr

Larissa Ione, vétérane de l'Air Force, a également exercé les professions de météorologiste, médecin urgentiste et dresseuse de chiens. Cependant, elle n'a jamais cessé d'écrire, et elle a désormais la chance de pouvoir consacrer tout son temps à cette activité. Elle a adopté un style de vie nomade, qu'elle partage avec son époux garde-côte et son fils. Amoureuse des animaux, elle adopte tous ceux qu'elle trouve. Il n'est donc pas surprenant d'en rencontrer souvent dans ses romans.

Du même auteur, chez Milady :

Demonica :
1. *Plaisir déchaîné*
2. *Désir déchaîné*

www.milady.fr

À Karen Boss, toujours prête à tout mettre de côté pour me relire, réfléchir avec moi et me remonter le moral. Tu es là pour moi depuis tant d'années que je ne sais pas ce que je ferais sans toi.

À ma belle-mère, Lynn Estell, qui joue les pom-pom girls depuis la lecture de mon premier manuscrit (qui ne verra jamais la lumière du jour).

À Karen, Warren et Lauren Allen, qui occupent une part importante de ma vie depuis des années. Karen, tu es la personne la plus forte que j'aie jamais rencontrée. Warren, au moins, je ne t'ai pas éliminé dans ce livre, tu vois. Lauren, désolée pour l'ail enrobé de chocolat.

À Robyn Thompson… Nous ne nous voyons vraiment pas assez souvent, mais tu es toujours dans mon cœur.

À Ann Martin et Michelle Willingham, avec qui les déjeuners et les dîners sont des oasis de bon sens dans ce monde de déments.

Au groupe Yahoo des Writeminded Readers, toujours enthousiastes, amusants et d'un grand soutien. Vous assurez !

Et, comme toujours, à ma famille, qui supporte le bruit incessant de mon clavier, mes plats en cocotte à répétition et mes programmes serrés. Je vous aime.

Remerciements

Bien que le processus d'écriture constitue un travail solitaire, la création d'un livre implique la participation de nombreuses personnes.

Un énorme merci à mon merveilleux agent, Roberta Brown, qui a rendu ce livre possible, ainsi qu'à ma brillante éditrice, Amy Pierpont, pour ses conseils d'une valeur inestimable. J'ai beaucoup de chance de vous avoir toutes les deux.

J'ai également le bonheur d'être entourée d'amis prêts à tout abandonner pour m'accorder un rapide coup d'œil ou me faire part de leurs critiques. Ainsi, je dois mes plus sincères remerciements à Lara Adrian et à Stephanie Tyler. Je vous revaudrai ça !

Glossaire

Aegis : Société de combattants humains vouée à protéger le monde des créatures des ténèbres. Voir : Gardiens, Régent, Sigil.

Carceris : Policiers du monde démoniaque. Chaque espèce en a un représentant. Les Carceris ont le devoir d'arrêter les démons accusés de contrevenir aux lois. Ils sont également gardiens des prisons carceris.

conseil : Toutes les espèces et races de démons sont gouvernées par un conseil qui fait la loi et décide des punitions pour les membres de leur espèce ou race.

dresdiin : L'équivalent des anges, pour les démons.

Gardiens : Guerriers aegis, entraînés aux techniques de combat et au maniement des armes et de la magie. Quand un Gardien rejoint l'Aegis, il se voit offrir un bijou enchanté, qui porte le sceau des Aegis. Entre autres choses, celui-ci lui confère une excellente vision nocturne et la capacité de voir à travers les capes d'invisibilité.

infadre : Femelle, appartenant à n'importe quelle espèce, ayant été fécondée par un seminus.

Maleconcieo : Conseil suprême des démons, représentant toutes les différentes espèces et races. Sorte d'ONU du monde des démons.

orgesu : Esclave sexuel, souvent issu de races élevées dans ce but précis.

Porte des Tourments : Portail vertical, invisible pour les humains. Il en existe tout un réseau, par lequel les démons voyagent d'un bout à l'autre du globe. Il relie aussi le monde des humains à Sheoul.

Régent : Chef d'une cellule aegie.

s'genesis : Dernier cycle de maturation d'un démon seminus. Elle survient dans sa centième année. Un mâle post-*s'genesis* peut procréer et possède la capacité de se transformer en mâle de n'importe quelle espèce.

Sheoul : Royaume des démons. Situé dans les profondeurs de la Terre, il n'est accessible que par les Portes des Tourments.

sheoulien : Langue universelle des démons. Bien qu'elle soit connue de tous, certaines espèces utilisent leur propre langage.

Sigil : Conseil composé de douze humains connus sous le nom d'Anciens. Ils sont les chefs suprêmes de l'Aegis. Basés à Berlin, ils supervisent toutes les cellules à travers le monde.

ter'taceo : Démon pouvant se faire passer pour un humain, soit parce que son espèce est humanoïde, soit parce qu'il possède le don de prendre cette apparence.

therionidryo : Terme employé par les garous pour désigner une personne mordue et transformée.

therionidrysi : Survivant d'une attaque de garou. Terme utilisé pour distinguer un créateur de son *therionidryo.*

ufelskala : Échelle de classification des démons établie d'après leur degré de malfaisance divisée en cinq grades, les espèces surnaturelles et les humains malveillants appartenant au cinquième étant les plus diaboliques de tous.

Classification des démons, telle que donnée par Baradoc, démon umber, utilisant la race des seminus comme exemple :

Royaume : Animal
Classe : Démon
Famille : Démon sexuel
Genre : Terrestre
Espèce : Incube
Race : Seminus

Prologue

Trois ans plus tôt

— Ça suffit. Il est mort.

N'écoutant pas sa consœur, Shade se relança dans un massage cardiaque. Sous ses mains, les côtes cassées du métamorphe craquaient à chaque nouvelle pression.

Un, *crac* ! Et deux, *crac* ! Le cœur de Shade tambourinait dans sa poitrine avec une intensité comparable à celle de la lave qui alimentait le générateur thermique de l'Underworld General. En revanche, aucun soubresaut n'ébranla le cœur du patient. Et trois, *crac* ! Percluses de crampes dues à toutes ces heures passées à genoux dans le sang du patient – seuls les Dieux savaient combien de temps –, les cuisses de Shade hurlaient de douleur. Et quatre, *crac* ! Un fourmillement courut le long du *dermoire* qui couvrait son bras, de sa main jusqu'à son épaule, quand il usa de son pouvoir pour obliger le cœur du patient à redémarrer.

— Shade, arrête. (Skulk, sa demi-sœur et collègue ambulancière, posa délicatement la main sur son bras.) Il n'y a plus rien à faire.

Elle avait beau dire vrai, cela n'aidait pas Shade à abandonner, et il ne lui restait plus assez d'air dans les poumons pour fulminer. Essoufflé, il renonça à ranimer le patient et s'assit sur ses talons au milieu du plancher crasseux de la brasserie désertée. Ses bras tremblaient de fatigue et son stéthoscope pendait lourdement à son cou.

Mâchoire serrée, il plongea le regard dans les yeux vitreux du garçon inanimé. La victime n'était qu'un enfant. Quatorze ans, peut-être. Il n'avait probablement appris que récemment à abandonner son enveloppe humaine pour prendre la forme de l'espèce à laquelle sa famille appartenait. La marque de naissance des vrais métamorphes, un grain de beauté rouge en forme d'étoile, n'était pas encore totalement apparue derrière son oreille gauche.

— Quelle merde ! marmonna Shade en se levant.

Près de lui, les deux faux anges qui avaient appelé l'hôpital se dressèrent ; seule une lueur sinistre dans leurs yeux démentait leur apparence douce et virginale.

— Vous n'avez pas vu qui l'a jeté ici ? s'enquit l'ambulancier.

L'un des deux imposteurs secoua la tête, faisant bruisser ses cheveux dorés sur sa toge blanche.

— Quand nous sommes arrivés, il gisait là, serein.

— Il avait l'air serein alors qu'il lui manque la moitié de ses organes ?

L'autre faux ange sourit.

— Comme c'est touchant..., dit-elle en glissant son doigt de façon suggestive le long du décolleté de cette robe qu'aucun vrai ange n'aurait portée. Et si nous vous aidions à vous détendre, incube ?

— Oui, ronronna la première. J'ai toujours aimé les hommes en uniforme.

La seconde hocha la tête.

— C'est vrai que Veragoth aime hanter les postes de police.

— Hmm… (La dénommée Veragoth entortilla une mèche de cheveux autour de son doigt et toisa Shade d'un regard vorace.) Mais je commence à me dire que je devrais plutôt sortir avec des médecins.

Effectivement, son uniforme noir façon tenue de combat excitait toutes les femmes, même quand il ne leur envoyait pas les phéromones spéciales « baise-moi » habituellement utilisées par les démons seminus. Cependant, pour une fois, Shade n'éprouvait pas l'envie de se déshabiller en présence de deux séduisantes femelles. Il était éreinté, en colère et écœuré par cette nouvelle vague de mutilations – le pire étant que tout le monde se fichait éperdument qu'un individu s'amuse à découper les démons en morceaux pour les vendre au marché noir. Cela durait depuis la nuit des temps, mais qui s'en préoccupait ?

Shade.

C'était lui, le pauvre con qu'on appelait sur les scènes de crime, où il pouvait rarement éviter le décès des victimes, pour la plupart déjà trop grièvement atteintes, voire déjà mortes.

Skulk rengaina sa radio et chercha une paire de gants neufs dans son sac.

— Comme les métamorphes ne se désintègrent pas hors de la terre, Eidolon veut qu'on lui rapporte le corps. Ramassons-le. On n'a plus rien à faire ici.

« On n'a plus rien à faire ici. » De trop nombreuses interventions se terminaient ainsi ces derniers temps.

Avec un chapelet de jurons, Shade aida Skulk à charger le corps du garçon sur le brancard avant de le pousser vers l'ambulance noire. Il s'agissait de l'un des deux véhicules appartenant à l'Underworld General, protégés par un sort qui les rendait invisibles pour les humains, bien que cette couverture soit inutile à cette occasion. En effet, ils se trouvaient dans un quartier calme de New York, une ancienne zone industrielle désaffectée depuis la Prohibition et qui commençait tout juste à se reconstruire sous la forme de lotissements résidentiels.

— En route, lança Shade en claquant les portières arrière de la fourgonnette.

C'était au tour de Skulk de conduire. Shade grimpa du côté passager, prit un chewing-gum et se concentra sur le remplissage du formulaire.

Pathologie principale du patient ? Mort à la suite du prélèvement d'organes.

Réaction du patient au traitement ? Toujours mort.

— Putain de merde ! s'exclama Shade en posant bruyamment son stylo sur le tableau de bord. Ça craint…

Soudain, il fut interrompu par un grondement qui remonta du fond de ses entrailles, comme si son âme subissait une secousse sismique. Une douleur déferla en lui et se répandit à travers tout son corps jusqu'à ce qu'un tsunami de souffrance atroce le projette au fond de son siège.

— Shade ? Qu'est-ce qui se passe ? Shade ?

Skulk le secoua par l'épaule, mais il s'en aperçut à peine. Heureusement, ils n'avaient pas encore démarré. Il ouvrit brusquement la portière et tomba du véhicule.

Ses genoux heurtèrent le trottoir avec un craquement qu'il entendit malgré le vacarme de son sang qui battait à ses tempes. Il se plia en deux, les bras serrés sur son ventre. Son champ de vision et ses pensées furent submergés par l'obscurité. L'un de ses frères était mort, mais lequel ?

Dieux, lequel ?

Shade tendit son esprit pour entrer en contact avec Wraith, le frère qui lui était le plus opposé mais avec qui il partageait un lien unique. Rien. Il ne le sentait pas du tout. Luttant à chaque respiration, il perçut plus faiblement Eidolon, puis, de nouveau, rien. Quant à Roag, il ne le trouvait pas non plus.

Shade entendit la voix lointaine de Skulk parler dans son téléphone avec Solice, l'infirmière de garde à l'hôpital.

— Où sont les frères de Shade ? Il faut que je le sache. Tout de suite !

— Skulk…, hoqueta Shade.

Elle s'agenouilla à côté de lui.

— Accroche-toi, lui dit-elle avant d'écouter son portable. Bon, d'après Solice, Roag est allé au *Soufre*. Elle est fâchée parce qu'il n'a pas voulu l'emmener, mais elle se prépare à le rejoindre. Elle ne sait pas où se trouvent Eidolon et Wraith. Ils ont refusé d'accompagner Roag.

Pas étonnant. Aucun seminus sain d'esprit n'entrerait dans un pub de démons où le désir sexuel des femmes pouvait vous garder prisonnier pendant des jours ou, pis, vous envoyer dans les griffes mortelles d'un mâle jaloux. Enfin, Roag n'avait jamais été sain d'esprit.

Shade grommela et déglutit difficilement. Petit à petit, un point lumineux se mit à percer les ténèbres. Wraith. Il sentait la force vitale de Wraith. *Grâce aux Dieux !* Ses épaules s'affaissèrent de soulagement, mais pas plus d'une seconde. Shade ne percevait toujours pas Eidolon. À l'aveuglette, il tendit la main comme s'il pouvait toucher son frère. Skulk le prit par le bras et entrecroisa leurs doigts.

— Respire, Pâlichombre, susurra-t-elle en utilisant le surnom qu'elle lui avait attribué plus de quatre-vingts ans auparavant dans leur enfance. On va s'en sortir.

Pas si E est mort, putain !

C'était lui qui maintenait l'équilibre entre tous ses frères. C'était grâce à lui que Roag se tenait tranquille et que Wraith était toujours en vie.

Soudain, Shade fut envahi d'une certitude : Eidolon était sauf.

Sa douleur s'évanouit, mais un vide tenaillant et déchirant ouvrit une nouvelle brèche dans son âme. Une connexion particulière liait les démons seminus à tous leurs frères. Ainsi, lorsque l'un d'eux mourait, il emportait une parcelle de ses parents vivants. Après trente-sept décès, Shade se sentait comme une passoire.

— Qui est-ce ? s'enquit Skulk d'une voix douce.

— Roag, annonça Shade avant de prendre une inspiration profonde et tremblante. C'est Roag.

— Je suis désolée.

— Moi aussi, répliqua-t-il par automatisme.

Pourtant, même s'il répugnait à l'admettre, le monde ne s'en porterait pas plus mal.

Chapitre premier

À celui qui erre dans la « vallée des ombres », souviens-toi que, derrière une ombre, il y a toujours une Lumière.

Austin O'Malley

Il s'était écoulé plus de vingt ans depuis la dernière fois où Shade s'était réveillé dans un lieu inconnu avec la gueule de bois et sans la moindre idée de l'endroit où il se trouvait. Le poids d'une lourde menotte accrochée à son poignet et le grincement d'une chaîne le firent sourire : cela faisait encore plus longtemps qu'il ne s'était pas retrouvé dans cette situation, et enchaîné, qui plus est.

Cool.

Bien sûr, il préférait que les femelles soient attachées plutôt que lui, mais il ferait avec.

— Shade.

Cette voix féminine lui semblait familière, mais il ne parvenait pas à la resituer à cause d'un sifflement dans ses oreilles. Il était également incapable d'ouvrir les yeux.

— Shade. Réveille-toi.

On lui secoua l'épaule sans la délicatesse qu'il aurait attendue d'une femme ayant passé une nuit avec lui.

Bon sang ! Elle devrait me réveiller en me suçant la…

— Shade ! Réveille-toi, bordel !

Il se tourna sur le dos en grognant et la douleur sourde qui l'élança à l'arrière du crâne le fit tressaillir.

— Je suis réveillé, bébé. Je suis réveillé. Grimpe, je vais rattraper mon retard.

— Non merci, je passe mon tour. Par contre, appelle-moi « bébé » encore une fois et je t'arrache la bouche.

Shade ouvrit les yeux d'un seul coup, battit des paupières face au visage flou qui le dévisageait, incrédule.

— Runa ?

— Tu te souviens de mon nom ? J'en suis sur le cul ! Je vais peut-être même m'évanouir.

Tant de dérision n'était pas nécessaire mais, en effet, il se souvenait de son nom. Il n'avait jamais couché avec une humaine aussi excitante qu'elle. Elle avait de longs cheveux caramel qui comme la plus douce des soies lui avaient caressé le torse, les abdos, les cuisses tandis qu'elle avait couvert son corps de baisers avec ses lèvres pulpeuses et sensuelles qui s'étaient courbées en sourires malicieux dignes de ses rêves les plus fous. Et ses yeux couleur champagne se mariaient à ravir avec sa peau douce et dorée qui avait fondu comme du sucre sur la langue de Shade.

Il n'avait pas revu cette femme depuis presque un an, depuis la nuit où elle s'était enfuie et avait disparu de la surface de la Terre.

— Qu'est-ce que tu fais là ? Et moi ? demanda-t-il en louchant dans l'obscurité voilée. Où sommes-nous ?

Il songea d'abord que l'Aegis l'avait peut-être capturé, mais cet endroit était trop étrange, même pour ces salauds de tueurs de démons.

— Tu peux t'asseoir ?

Runa l'aida à se redresser, mais trop vite, et il fut pris de vertige. Elle l'adossa à un mur avec plus de force qu'il l'aurait cru. Il ne résista pas et apprécia le froid et l'humidité de la pierre, qui apaisèrent sa nausée.

— Réponds-moi, insista-t-il.

Shade doutait à présent que sa gueule de bois soit due à une nuit de sexe. Cela signifiait qu'il n'y avait rien de bon à être enchaîné et à se sentir aussi mal en compagnie d'une femme qui voulait certainement lui causer des ennuis.

— Tu es toujours aussi con et arrogant, grogna Runa.

— Ça te surprend ? Tu vas t'« évanouir » ?

— Pas vraiment.

Elle posa la main sur le front de Shade comme pour voir s'il avait de la fièvre mais, en tant qu'humaine, elle ignorait que sa température corporelle était naturellement élevée, donc il la repoussa. Par ailleurs, son contact lui donnait encore plus chaud, ce dont il n'avait vraiment pas besoin.

— Alors ? Où sommes-nous ?

Apparemment, ils se trouvaient dans une sorte de cellule faisant partie d'une plus grosse structure de cachots souterrains. Quelque chose gouttait continuellement, le sol était couvert de paille et des bougies brûlaient sur des chandeliers en fer fixés aux murs de pierre. Par les cloches de l'Enfer ! Il participait au tournage d'un film de série B ou quoi ?

— Je ne sais pas où nous sommes. Je crois que nous avons quatre ravisseurs… du moins, quatre démons différents sont descendus pour nous donner à manger.

Ouais, ça s'annonce mal.

— « Nous » ?

— Je suis ici depuis une semaine. Il y en a quelques autres dans les cachots. Les gardes en font sortir certains et en ramènent d'autres.

Pour la première fois, Shade observa ses pieds et ses poings liés par de lourdes chaînes. Runa était attachée au mur d'en face par la cheville droite. Elle portait un jean et un sweat serré et sans manches qui aurait plu à Shade dans d'autres circonstances. De plus, elle était différente de celle dont il se souvenait. À l'époque où ils sortaient ensemble – si l'on considérait que baiser comme des lapins signifiait « sortir ensemble » – elle était timide, à la recherche d'attention et facile à contrôler, ce qui avait alimenté le besoin de domination de Shade mais avait fini par le lasser.

Sous ses robes et ses pantalons classiques, elle était à l'époque légèrement ronde, molle, terne. Alors que maintenant… quelle bombe ! Elle s'était musclée et Shade aurait juré qu'elle avait grandi. Son jean usé lui allait comme un gant et son sweat noir moulait ses seins, plus petits qu'à l'époque, il en était sûr – parfaits pour ses mains. Et pour sa bouche.

Penser à ces choses ne menait à rien d'autre qu'à l'exciter alors que la situation ne s'y prêtait absolument pas.

De toute façon, en tant que démon seminus, il était pratiquement toujours en érection.

— Depuis quand suis-je ici ?

— Hier soir.

Shade secoua la tête dans l'espoir de démêler ses pensées et ses souvenirs.

Hier soir… Hier soir… qu'est-ce que j'ai fait ?

Il se rappelait s'être rendu à l'hôpital, où il avait pointé avec Eidolon et s'était battu avec Wraith. Leur tout nouveau collègue médecin, un humain prénommé Kynan, y avait mis fin en les éclaboussant avec une poche de solution saline.

Ah ! Ce bon vieux remède ! C'était d'ailleurs le seul traitement médical efficace pour les démons.

Shade et Skulk avaient été appelés pour secourir en urgence un vampire blessé à l'usine d'emballage de viande de New York. Il se rappelait être entré dans le bâtiment mais, ensuite, rien.

— Y avait-il quelqu'un d'autre avec moi ? Une femme ?

— La démone umber ?

Le cœur de Shade se mit à battre la chamade.

— Une umber est arrivée avec moi ?

Quand Runa hocha la tête, il ne put s'empêcher de se demander comment elle avait pu identifier une démone umber.

— Où est-elle ?

— Tu couches avec elle ? lâcha-t-elle d'un ton si sec qu'il fendit l'air humide.

— C'est ma sœur, et j'ai autre chose à faire que de m'occuper de ta jalousie.

— J'ai plutôt l'impression que tu n'as plus que ça à faire, rétorqua Runa avant d'adoucir sa voix. Désolée. Je ne sais pas ce qu'ils ont fait de ta sœur. Ils l'ont emmenée il y a un moment. (Elle s'éloigna de lui et se rendit compte qu'elle avait atteint le bout de sa chaîne.) Tu ne lui ressembles pas.

Shade n'essaya pas d'expliquer que sa sœur et lui appartenaient à des espèces différentes, et Runa ne lui posa pas la question. En revanche, elle le regarda observer les barreaux de la porte de leur cellule en s'interrogeant sur leur solidité. De toute façon, même s'ils avaient été en papier, cela n'aurait rien changé, puisqu'il était incapable de briser les chaînes qui le clouaient au mur.

— Nous n'aurons aucune chance de nous échapper avant qu'ils viennent nous chercher, déclara Runa.

— Tu as dit qu'ils nous apportaient de la nourriture.

— Oui, mais ils la poussent à l'intérieur avec un bâton. Ils ne s'approcheront pas plus.

— Qui sont-ils ?

— Je crois que... Je crois que c'est ce que les démons appellent des Goules.

Le sang de Shade ne fit qu'un tour.

— Quoi ? Comment tu sais ça ?

— C'est quelqu'un qui l'a dit dans une autre cellule.

Des Goules. Pas les légendaires mangeuses de cadavres craintes par les humains. Non, les Goules étaient la plus grande peur des démons... enfin, après les tueurs aegis. On appelait « Goule » quiconque, démon ou humain, enlevait des vampires, des métamorphes ou des démons pour prélever des parties de leur corps dans l'intention de les vendre sur le marché noir. Les Goules avaient toujours été brutales, mais leur mode opératoire avait pris une tournure encore plus sinistre ces deux dernières années. Désormais, elles ne se contentaient plus d'amputer leurs victimes ; elles les mutilaient vivantes.

L'an passé, Shade et ses frères avaient bien amoché cette organisation. La compagne d'Eidolon, une sang-mêlé du nom de Tayla, avait aidé à débusquer les humains qui œuvraient secrètement avec les démons à la tête du trafic d'organes.

Cela avait donné de l'air à la population démoniaque pendant quelques mois, mais les disparitions et les mutilations avaient recommencé depuis deux mois, plus sanglantes que jamais.

De l'autre côté du couloir noir, une porte s'ouvrit tout d'un coup et un bruit de pas résonna dans les cachots. Shade se prépara à combattre, mais les intrus s'arrêtèrent avant d'atteindre la cellule où il attendait en silence avec Runa.

Lorsque des cris retentirent, Shade comprit enfin pleinement dans quel pétrin il se trouvait.

Assise sur son petit tas de paille, Runa Wagner écoutait les hurlements d'une femme que les gardes traînaient vers une mort certainement affreuse.

Les traits rudes et masculins de Shade ne laissaient rien transparaître de ses sentiments face à ce qui se tramait autour d'eux. À son image, la jeune femme reprit le contrôle de sa propre expression, mais elle fut incapable d'imiter l'air neutre et froid de ses yeux presque noirs et le mouvement grinçant de sa mâchoire qui donnait l'impression qu'il aiguisait ses dents.

Une aura menaçante émanait du démon, aussi palpable que le danger qui les entourait. Shade tira sur ses chaînes mais, comme elle, il découvrit qu'elles étaient prévues pour subir un traitement autrement plus violent que ce que les deux prisonniers étaient en mesure de leur infliger.

Shade se tourna vers Runa pour la toiser de la tête aux pieds. Bien que cette analyse visuelle ne comporte aucun caractère sexuel, la jeune femme ressentit un frisson à des endroits qu'elle croyait morts depuis longtemps. Des zones qu'il avait lui-même tuées.

— Est-ce qu'ils t'ont fait du mal ?

— Pas depuis qu'ils m'ont amenée ici.

Elle imaginait qu'elle devait arborer un œil au beurre noir dû au coup qu'elle avait reçu au visage, mais, à part quelques autres éraflures et contusions, elle allait bien.

— Tu es sûre ? insista-t-il en se mettant à genoux pour prendre le mollet de Runa de sa main libre.

Elle tenta de reculer, mais il la retint facilement.

— Ne me touche pas !

— Du calme, ma chérie. Je veux juste t'examiner, la rassura-t-il d'une voix rauque et profonde, involontairement sensuelle. Tu aimais bien que je te touche, avant.

— Oui, avant que je te surprenne au lit avec deux vampires. Ah oui ! Et avant que je découvre que tu étais un démon.

— Il n'y avait qu'une seule vampire.

Runa inspira avec colère.

— C'est tout ce que tu trouves à dire ?

— Je ne suis pas du genre bavard.

— Incroyable ! marmonna-t-elle. Tu m'as menti, tu m'as trompée, et tu ne te fendrais même pas d'un « désolé » ?

Shade retira sa main et se rassit, une jambe ramassée sous lui, l'autre repliée contre son buste. Il tourna les yeux vers le mur, laissant tomber ses cheveux mi-longs noirs sur son visage pour masquer ses traits.

— Je suis désolé que tu m'aies pris pour un humain. Je n'ai jamais dit que j'en étais un.

— Prends-moi pour une idiote ! Comment j'aurais pu savoir que j'étais censée te poser ce genre de question ? cracha-t-elle. Apparemment, j'aurais dû ; j'aurais peut-être été moins choquée de trouver un vampire en chair et en os et une… je ne sais quoi dans ton lit.

— Tu n'étais pas supposée venir chez moi cette nuit-là. Tu m'avais dit que tu étais occupée.

— Je voulais te faire une surprise.

Et elle avait réussi à la perfection. Elle était entrée dans son appartement les bras chargés d'ingrédients pour préparer un dîner aux chandelles et…

Dès qu'elle avait passé le pas de la porte, elle avait entendu des bruits dans la chambre. L'estomac noué par un mauvais pressentiment, elle s'était glissée dans le couloir, jusqu'à l'entrée de la pièce ouverte.

Shade était sur le dos en travers du lit, les jambes ballantes. Une femme nue le chevauchait lentement, le visage enfoui dans le cou de son amant. Runa avait probablement émis un son, car ce dernier avait tourné la tête vers elle et l'avait dévisagée de ses yeux dorés et pétillants. Bêtement, elle avait d'abord pensé qu'elle n'avait jamais vu ses yeux quand ils faisaient l'amour. Il les fermait toujours, cachait son visage dans son cou ou la prenait par-derrière.

« Tu te joins à nous ? »

C'est alors que Runa avait remarqué l'autre femme, à genoux, la tête entre les cuisses de Shade. Celle qui le montait s'était redressée, laissant apparaître le sang qui coulait sur son menton. Puis elle avait souri, dévoilant ses canines. Un collier de cuir à pointes ceignait son cou, relié à une chaîne que Shade serrait dans son poing.

Tandis que Runa était restée pétrifiée, horrifiée et en état de choc, la femme s'était baissée pour lécher les tétons de son amant avant de reprendre ses déhanchements. Shade avait gémi en la prenant par les hanches pour s'arquer en elle.

Runa avait alors pris la fuite en sanglotant.

Elle avait fui un cauchemar pour se jeter dans un autre.

— Tu avais dit que tu étais occupée, répéta Shade en plongeant son regard dans le sien. Je ne m'attendais pas à te voir.

— Et ça excuse ce que tu as fait ? Depuis quand tu couchais à droite à gauche ?

Il cala son coude sur son genou, se donnant ainsi un air désinvolte, comme s'il avait l'habitude de se faire enlever par des Goules et que cela ne lui déplaisait pas.

— Ne pose pas de questions dont tu ne veux pas connaître les réponses.

— Oh ! Mais je les veux, les réponses.

— Je ne crois pas, non.

— Tu n'es qu'un connard.

— C'est pas une découverte.

— Je t'aimais.

Le silence tomba comme la hache d'un bourreau.

Oh, mon Dieu ! J'ai vraiment dit ça ? À voix haute ?

Si elle se fiait au rouge qui montait au visage de Shade, alors oui, elle avait ouvert sa grande bouche et s'était ridiculisée.

— Ne t'inquiète pas, reprit-elle rapidement. J'ai tourné la page. Je suis passée à autre chose.

— Bon, rétorqua-t-il en se penchant en avant. Est-ce que tu sais ce que je suis ? Ce que je suis réellement ?

— Tu es un démon seminus.

Elle jeta un coup d'œil aux marques noires qui couraient du bout de sa main droite à son cou. À l'époque, elle avait cru qu'il s'agissait de simples tatouages mais, depuis, elle avait appris qu'il était né avec : cela représentait le signe de ses pères sur une dizaine de générations. Le symbole le plus haut, un œil fermé situé sous sa mâchoire, était son emblème personnel, apparu à la suite de sa première phase de maturation à l'âge de vingt ans.

— Et ?

Elle esquissa un sourire.

— J'ai passé des mois à faire des recherches sur ton espèce, après cette nuit-là.

Elle n'avait pas trouvé tellement de données. Bien sûr, les incubes étaient le sujet de nombreux documents, mais sa race, les seminus, était tellement rare que Runa n'avait mis au jour que des informations sommaires.

— Donc tu connais ma nature…

— Ta nature ? (Une colère qu'elle pensait avoir enterrée déferla en elle.) Ce que je comprends, c'est que tu vis dans un état quasi perpétuel d'excitation. Je comprends que ton besoin de sexe est totalement incontrôlable. Mais tu sais quoi ? Je n'en ai rien à foutre ! Tu m'as piégée pour coucher avec moi. Tu t'es servi de tes phéromones et de tes tours d'incube. Tu m'as menti en me laissant croire que tu étais humain.

Elle aurait pu en rajouter, lui dire combien elle s'était sentie trahie et écœurée quand elle avait appris la vérité, mais, en fin de compte, ce qui s'était produit après qu'elle avait fui son appartement comptait davantage.

— Tu as gâché ma vie, conclut-elle sèchement.

D'accord, elle s'en était chargée toute seule bien avant que Shade entre dans son café, mais il avait vraiment aggravé la situation.

— Merde ! chuchota-t-il. Tu vois, c'est pour ça que je me suis juré de ne jamais coucher plus d'une fois avec la même humaine. Vous êtes de vrais pots de colle.

D'abord bouche bée, elle cracha :

— Tu te fous de moi ? Tu crois que tu as gâché ma vie en me séduisant et en me brisant le cœur ?

— Ben ouais ! répondit-il en haussant ses larges épaules.

Mais quel sale connard !

Avec un grondement féroce, elle s'accroupit en position d'attaque, si vivement que Shade recula. Les chaînes de Runa cliquetaient sous ses tremblements de rage. Un picotement passa sur sa peau tendue et ses gencives étaient douloureuses ; elle comprit que le monstre qui sommeillait en elle menaçait de se réveiller à tout moment.

— Espèce de fils de pute ! Tu te rends compte de ton arrogance ? s'emporta-t-elle en enfonçant le poing dans le torse de Shade, dont le râle la réjouit. Cette nuit-là, j'étais effondrée, mais je m'en serais remise. Dommage que je n'en ai pas eu l'occasion. Vois-tu, quand je suis sortie de chez toi, je me suis fait agresser, déchiqueter et laisser pour morte. Tu t'en serais rendu compte si une salope de vampire n'avait pas été en train de hurler ton nom. Tu m'aurais entendue crier.

Le regard de Shade se durcit et ses yeux ne furent plus que deux étincelles dans la nuit.

— Quelqu'un t'a fait du mal ?

— Tu essaies de me faire croire que ça t'intéresse ?

Il enroula ses mains autour de celles de Runa.

— Crois-moi ou non, je ne suis pas un monstre.

Elle laissa échapper un rire dur et amer.

— Non, mais moi, si, répliqua-t-elle en le regardant droit dans les yeux. À cause de toi, je suis un monstre, Shade. Je suis un putain de loup-garou.

Chapitre 2

Un loup-garou ? Ça craint.

Shade ferma les yeux en espérant que, quand il les rouvrirait, il se réveillerait dans son lit et que Runa aurait disparu.

— Alors ?

Merde ! Le cauchemar continuait. Il ouvrit les yeux et le regretta immédiatement. Runa le toisait d'un œil mauvais, pâle et luisant.

Par les Dieux, elle devait être magnifique sous sa forme animale… Le poil épais et brillant, des yeux d'or pailleté… et grande, probablement plus grande que lui.

Ce qui expliquait que sa silhouette avait changé. Les personnes mordues par des loups-garous – des wargs, comme ils s'appelaient entre eux – prenaient des muscles et grandissaient d'un ou deux centimètres sous leur forme humaine.

À présent qu'il avait les idées plus claires, il percevait l'odeur de Runa. Elle n'avait plus le même parfum fleuri et sucré qu'avant. Non, elle sentait la terre, comme la forêt sous une pluie d'été. Et, bien sûr, s'y ajoutait un énervement réel.

— La pleine lune, ce n'est pas pour après-demain ?

— Pourquoi ? demanda-t-elle en plissant les yeux. Tu crois que je souffre d'un syndrome prélunaire violent ?

— L'idée m'est passée par la tête.

Les garous plaisantaient à propos du « syndrome prélunaire », mais ceux qui n'étaient pas de leur espèce ne trouvaient rien de drôle à leurs colères explosives, leurs changements d'humeur et leurs pulsions sexuelles incontrôlables.

— C'est vrai. Ma colère n'a sans doute aucun rapport avec le fait que je suis enfermée avec une des deux personnes que je hais le plus au monde et que, quand je me transformerai dans deux jours, je vais sûrement me faire dépecer vivante pour ma fourrure qui, apparemment, rapporterait un joli pactole au marché noir. (Elle dégagea brusquement la main de la poigne de Shade en grognant.) Excuse-moi d'être un peu nerveuse.

— Un peu ?

Runa tira sur sa chaîne comme si elle espérait la briser pour se jeter sur lui.

— Je devrais te mordre.

— Les démons sont immunisés contre la lycanthropie.

— Ça te ferait mal quand même. (Tandis qu'elle montrait les dents, Shade eut la certitude qu'elle l'aurait déchiqueté si elle avait pu.) J'étais décidée à te traquer et à te faire souffrir le martyre, tu sais. Malheureusement, les Goules m'ont eue avant.

— Comment ont-elles fait ?

Elle ramena ses genoux contre elle et enroula ses bras autour d'eux.

— Je suis retournée à l'endroit où le loup-garou m'avait attaquée. C'était risqué, mais j'espérais trouver des indices. Comme c'était près de chez toi, je me suis ensuite rendue devant ton appartement. Tu n'étais pas là, mais un homme m'a abordée dans la rue au moment où je partais. Il m'a demandé si je te connaissais et, comme il me posait trop de questions, je me suis méfiée. J'ai voulu m'en aller, mais il m'a piquée avec une aiguille et je me suis réveillée ici.

— Comment ont-ils su que tu étais une warg ? s'enquit Shade en fronçant les sourcils.

— Ils ne le savaient pas avant qu'un autre warg vienne m'interroger.

C'était sensé. En général, les métamorphes et les garous se reconnaissaient entre eux.

— Sur quoi t'ont-ils questionnée ?

— Sur toi, Shade. Ils n'ont pas arrêté de me demander ce que je faisais chez toi et comment je te connaissais.

Et merde !

Ils ne l'avaient pas enlevée en pleine rue pour sa fourrure, mais parce qu'elle le connaissait. Pourquoi ?

Runa le regardait toujours d'un œil mauvais, ses sourcils fins courbés en un angle sévère. Shade la huma de nouveau et décela l'arôme âcre de sa colère ainsi que le parfum plus doux de sa féminité, qui éveilla son instinct protecteur masculin. Elle n'était pas à sa place ici, coincée avec des démons dans ce cachot qui empestait la moisissure et l'urine sous des strates de désespoir.

La sœur de Shade non plus. Savoir que Skulk et Runa étaient là toutes les deux par sa faute lui faisait l'effet d'un coup de poing au ventre.

Son expérience en matière de protection des femmes relevait du cauchemar.

Un grincement retentissant accompagné d'un courant d'air froid le sortit de ses pensées lorsque la porte en fer s'ouvrit d'un coup. Runa se recroquevilla auprès de Shade. Un démon cinglenuit entra, ses pieds griffus et ses dents pointues tranchant avec son aspect humanoïde. Il était suivi de deux diablotins, un mâle et une femelle, aux yeux et à la bouche démesurément grands en comparaison de leur petite tête ronde. Ils tenaient des chaînes, un gourdin et une canne en bambou.

—Attrapez-le, ordonna le cinglenuit.

Shade s'élança vers les diablotins, mais le démon actionna l'un des deux leviers fixés au mur. Au même instant, des roues raclèrent la pierre et les chaînes de Shade raccourcirent en le tirant jusqu'à ce qu'il se retrouve suspendu par le côté et plaqué au mur, l'épaule et la hanche écartelées.

Il serra les dents de douleur. L'un des diablotins lui attacha un collier métallique autour du cou pendant que l'autre fixait des fers à ses jambes. Les insultes de Shade se répercutèrent sur les parois humides mais, sous leurs échos, il entendit Runa supplier le cinglenuit de le laisser tranquille. Étonné, Shade glissa un regard vers elle tandis que les nains le faisaient redescendre.

Les yeux de Runa brillaient de rage ; peut-être ne le haïssait-elle pas autant qu'elle le prétendait. À moins qu'elle veuille que les gardes le laissent tranquille pour pouvoir le tuer de ses propres mains.

—Où est-ce que vous m'emmenez ? grogna Shade en tirant sur ses liens, ce qui lui valut un coup de trique à l'arrière de la tête de la part d'un diablotin.

Le cinglenuit ne répondit pas. Il daigna tout juste tordre ses lèvres en un sourire mauvais avant d'enrouler autour de son poing la chaîne qui tenait Shade par le cou pour le faire lever d'une secousse. Les diablotins lui tordirent les bras dans le dos et lui entravèrent les poignets.

Alors qu'ils l'entraînaient vers la porte et qu'il se débattait en arrivant sur le seuil, un coup de gourdin à l'arrière du genou fit céder ses jambes. Une douce brise lui caressa l'arrière des cuisses ; la trique avait déchiré son pantalon. La prochaine fois, ce serait sa peau.

Derrière lui, Runa crachait des insultes et des menaces aussi inventives qu'inefficaces. Shade avait du mal à imaginer que celle avec qui il avait eu une relation, cet être si timide, était capable de dire ce genre de choses. Apparemment, la petite humaine s'était vraiment dégotté des griffes et des crocs.

Terriblement sexy !

Du moins, cela l'aurait été si Shade n'avait pas été sur le point de se faire flageller sur l'un des trois poteaux prévus à cet effet. Certes, il savait apprécier quelques bons coups de fouet, comme tout le monde, mais il avait la désagréable impression que ce qui l'attendait n'était pas des plus réjouissants. Enfin, mieux valait le fouet que la roue à eau, le supplice du chevalet ou les crochets à viande rivés au plafond. Et il ne s'agissait là que des engins de torture les plus insignifiants de ceux qui jonchaient cet espace souterrain.

Au fond des cachots, une arcade ouvrait sur une chambre plus petite où Shade assista à un spectacle qui lui fit l'effet d'un coup de poignard dans le dos. La pièce était remplie d'appareils médicaux – des scalpels, une table d'autopsie, une scie à os et un écarteur de côtes. Le sol était taché de sang frais et séché.

Par les Dieux ! C'est écœurant… et même pire.

Les démons le suspendirent dos à eux, les bras écartés au-dessus de la tête, les jambes ouvertes de force par une barre et attachées au niveau des chevilles. La femelle diablotin lui caressa la cuisse en grimpant, et Shade établit vite un plan destiné à la séduire pour qu'elle le libère… puis le cinglenuit anéantit ce projet en la giflant. Quoi qu'il en soit, Shade devait garder à l'esprit que certains gardes étaient des femelles.

— Où est la femelle umber ? s'enquit-il.

— Coopère et tu la reverras.

La voix profonde et rocailleuse surprit Shade, qui ne s'attendait pas à ce qu'on lui réponde. Il crut y détecter une pointe d'accent… irlandais, peut-être, mais il n'en était pas sûr. Une silhouette colossale en robe noire sortit de l'obscurité avec un gloussement aussi glacial que l'air.

— Et qu'est-ce que je dois faire pour coopérer ?

— Souffrir.

La peau de Shade se couvrit de sueur froide.

— Tu pourrais être plus précis ?

Du coin de l'œil, il perçut un mouvement. Quelque chose le frappa à la poitrine et son sang éclaboussa le poteau d'à côté. Fier de lui, le cinglenuit se dressa, un fléau à pointes à la main.

— C'était assez précis ?

— Ça me va, rétorqua Shade avec désinvolture à travers ses dents serrées. Ce serait plus efficace si tu m'enlevais ma chemise, par contre.

— Et dire que tout le monde raconte que Wraith est le plus malin de la famille.

Comment ce fils de pute connaît Wraith ? hurla Shade intérieurement.

— C'est une méprise fréquente, tête de nœud.

Cette insulte lui valut un coup plus violent. Son sang dégoulina sur son buste à travers les loques de sa chemise. Sa seule consolation était de savoir que, pendant qu'ils le torturaient, ils ne s'occupaient pas de Runa.

— Retirez-lui ses vêtements et allez chercher la fille, ordonna Tête de nœud.

« La fille » ?

Un des diablotins décampa tandis que le cinglenuit découpait l'uniforme de Shade et lui arrachait ses chaussures.

— Ce n'est pas juste : je me retrouve tout nu alors que tu te caches sous ta robe de travelo.

L'homme à la robe s'approcha légèrement, mais juste assez pour que Shade sente son aura masculine sur sa peau. Cette sensation lui était familière, comme une odeur qui renvoie à des souvenirs sans qu'on arrive à les resituer. Son aura semblait diluée ou masquée. On avait sans doute utilisé un sort pour la couvrir, mais pourquoi ? Pour qu'on ne le reconnaisse pas ?

— Ta *s'genesis* est pour bientôt, déclara l'homme à la robe. Je sens le Changement. Tu es prêt ou tu as l'intention de le combattre, comme Eidolon ?

Ça non ! Il n'allait pas s'éterniser sur le processus de maturation qui lui permettrait de se transformer et de féconder les femmes, entre autres choses moins plaisantes. Mais comment ce connard était-il au courant de ce qu'E avait fait pour essayer de repousser l'échéance ?

— Si tu t'attends à ce que je te demande d'où tu connais mes frères et mon espèce, ça ne marchera pas, ducon. Si tu as quelque chose à dire, crache le morceau.

— Pas encore.

L'homme à la robe se mit à tourner autour de lui. Son visage était caché sous sa capuche, mais sa façon de bouger... semblait elle aussi familière à Shade. Il s'arrêta derrière lui et fit glisser un doigt le long de la colonne vertébrale de Shade, qui tenta de réprimer un frisson.

— Alors ? Tu vas lutter contre ou tu vas prendre une compagne ? Ah oui ! C'est vrai ! Tu ne peux t'unir à personne, sinon tu risques de tomber amoureux et de déclencher la malédiction qui pèse sur toi. (Son souffle chaud et fétide claqua à l'oreille de Shade quand la créature s'approcha de lui.) Les erreurs de jeunesse refont toujours surface comme des saletés de requins, hein ?

Ce fils de pute connaissait l'histoire du *Maluncœur*, un maléfice qui le condamnerait à s'effacer lentement, jusqu'à devenir totalement invisible, s'il tombait amoureux. Il vivrait éternellement dans la tourmente, tenaillé par la faim, fou de soif et incapable d'assouvir d'insupportables pulsions sexuelles.

Shade ferma les yeux pour réfléchir : qui connaissait des détails aussi intimes de sa vie ? La liste était courte et ceux qui y figuraient ne parleraient pas.

À moins qu'on les ait torturés.

Skulk.

— Encore, ordonna l'homme à la robe. L'intérieur de la cuisse.

Sans que Shade ait le temps de s'y préparer, l'arme du cinglenuit lui mordit la chair.

L'homme à la robe éclata de rire.

— Quelle ironie du sort, quand on sait combien de femelles tu as traitées comme ça.

Shade ne prit pas la peine de dire qu'il y avait une différence ; la frontière entre plaisir et douleur était parfois trop floue à son goût.

— Encore.

Le fouet fendit l'autre cuisse de Shade. La sueur se mit à perler sur son front et sa vue à faiblir.

Putain ! Ça fait mal !

Comment E faisait-il pour supporter ça une fois par mois pour racheter les péchés de Wraith ?

— Tu te demandes comment Eidolon supporte ça chaque fois que Wraith tue trop d'humains.

Shade releva brusquement la tête vers l'homme à la robe, mais ce dernier recula dans l'ombre.

— J'en ai marre de tes conneries, rugit-il. Qui es-tu, bordel ?

Un gloussement sinistre résonna dans les cachots.

— Je suis le démon qui va te faire regretter d'être vivant, et ça commence maintenant.

— Salut, Shade.

Cette voix de femme qu'il connaissait très bien attira son regard.

— Solice ?

Il dévisagea la petite vampire brune qui travaillait comme infirmière à l'hôpital depuis des années. Soudain, tout s'expliquait. Ce n'était pas Skulk qui avait parlé, mais elle.

— Sale pute !

Son sourire sensuel dévoila de longues canines quand elle se pencha pour lui lécher le torse d'un coup de langue chaud et humide, tandis que ses papilles râpeuses accrochaient la peau en lambeaux de Shade. Ce dernier fut transpercé par la douleur, mais il avait déjà subi de pires souffrances en jouant avec certaines de ses amantes les plus brutales.

— Ça fait tellement longtemps que j'attends de te goûter, murmura-t-elle en frôlant son téton. Mais tu n'as jamais daigné me regarder.

— Parce qu'après t'être fait baiser par mon frère pendant des années, je ne te vois plus que comme de la marchandise usagée.

Elle continua à lui lécher le torse, suçant même le caducée qu'il portait en pendentif, et il se demanda quand la torture allait commencer, car ceci avait pour seul effet de l'exciter. Certes, c'était nul, mais bon sang ! Shade était un incube, capable de bander dans les pires circonstances, et cette femelle l'allumait comme une chatte en chaleur.

— On va bien voir qui de nous deux finira le plus abîmé.

Elle tomba à genoux en contemplant la cuisse ensanglantée de Shade, qui comprit alors ce qui l'attendait. Oh oui ! Il saisit parfaitement à quel point sa douleur allait s'aggraver.

Et merde !

Au moindre bruit qu'elle entendait à travers la porte de bois et de fer, Runa tressaillait. Elle aurait dû se réjouir à l'idée que Shade se faisait torturer. Elle aurait même dû se porter volontaire pour aider ses bourreaux. Pourtant, elle avait envie de voler à son secours.

Putains de sentiments !

Ainsi, elle pourrait le tuer de ses propres mains.

Sauf qu'elle n'était pas revenue à New York pour tuer Shade. Elle était rentrée dans sa ville sur ordre de l'armée pour rassembler des informations sur un hôpital géré par des démons et pour localiser un ancien soldat et Gardien aegi dont on avait perdu la trace depuis qu'il avait rapporté l'existence de cet hôpital. Les militaires craignaient qu'il ait trahi non seulement les États-Unis, mais également toute la race humaine. Et lorsque le commando d'élite X de l'armée des États-Unis donnait un ordre, on s'exécutait, et pas uniquement parce qu'ils vous plantaient une microbombe dans le cerveau. Non, cette unité ultrasecrète inspirait la loyauté en donnant à des « humains spéciaux » un but et un sentiment d'appartenance à ce monde qui les avait rejetés.

C'était le cas de Runa, qui avait la certitude que, dans sa situation et sans aucune aide, les Aegis l'auraient éliminée, mais sûrement pas avant qu'elle ait massacré un nombre incalculable d'humains innocents. Heureusement, son frère, un haut gradé du X, avait tout de suite su quoi faire quand il l'avait trouvée en sang et à l'agonie dans la ruelle de son agression. L'armée lui avait sauvé la vie et avait même essayé d'empêcher le virus lycanthropique de prendre le dessus. Même s'ils avaient échoué, les effets secondaires de leur traitement expérimental s'étaient révélés utiles.

Certes, elle se transformait en un monstre gigantesque et baveux trois nuits par mois; un monstre qu'elle ne pouvait contrôler et qui ne lui laissait que très peu de souvenirs de ce qui se produisait lorsqu'elle était sous son emprise. Toutefois, grâce à l'armée, elle pouvait aussi muter à volonté. Mieux encore, quand elle se transformait intentionnellement, elle conservait son humanité et la maîtrise de ses actes, et elle se rappelait tout à son retour à la normale.

Un rire féminin s'éleva des alentours, suivi d'un long râle. Un râle érotique. Celui de Shade. Elle aurait reconnu ce son entre mille.

Qu'est-ce que ça veut dire ? Sa torture, c'est le sexe ? Quel connard !

Elle le détestait, mais elle était quasiment sûre que, juste avant son agression par le loup-garou, il avait sauvé la vie de son frère. Et peut-être la sienne aussi, pour être tout à fait honnête.

Runa avait rencontré Shade à l'époque où elle était au fond du gouffre. À seulement vingt-cinq ans, elle avait l'impression d'en avoir le double. Elle n'avait toujours pas fait le deuil de sa mère, décédée quatre ans plus tôt ; mais comment l'aurait-elle pu, sachant qu'elle était morte seule et malheureuse à cause de Runa ? Plus récemment, sa meilleure amie avait déménagé en Australie avec son nouveau mari, le café de Runa allait fermer dans quelques jours, et son frère était mourant. En effet, Arik agonisait chez elle, et l'unique raison pour laquelle elle ne restait pas à son chevet était qu'il avait insisté pour qu'elle s'occupe de son commerce et de ses employés bientôt au chômage.

Parmi eux, une jeune fille aux cheveux verts, couverte de piercings et qui se faisait appeler Aspic, passait son temps à mettre en boîte Runa, lui reprochant de ne jamais prendre de risques, ce qui expliquait certainement pourquoi son affaire ne marchait pas depuis le début. Aucun risque en amour, en affaires ou dans la vie. Et voilà où ça l'avait menée.

Arik était peut-être mourant, mais il avait profité de sa vie. Si Runa attrapait une mystérieuse maladie qui la tuait à petit feu, aurait-elle la satisfaction de se dire qu'elle avait vécu pleinement ?

La réponse à cette question était douloureusement évidente, surtout en raison de la culpabilité qui la dévorait autant que le mal qui avait frappé Arik. Elle s'était refusé tout ce qui ressemblait de près ou de loin au plaisir avec l'acharnement d'une fanatique. Comment aurait-elle pu se permettre de vivre ce qu'elle avait interdit à sa mère ?

Il ne se passait pas un jour sans qu'elle pense à la façon dont elle avait brisé le mariage de ses parents et fait tomber sa mère dans le gouffre de la dépression. Malgré les tentatives d'Arik pour qu'elle se pardonne d'avoir rapporté à leur mère sa découverte de leur père avec une autre femme, elle en était incapable. En effet, Arik ignorait son secret : au fond d'elle, Runa craignait de ne pas avoir agi ainsi par égard pour sa mère.

C'était pour faire du mal à leur père.

Le jour où Shade avait fait irruption dans sa vie, elle s'était demandé pour la première fois si elle aurait une seule raison de vivre quand Arik disparaîtrait.

Il entra dans son café d'un pas nonchalant accompagné par le bruit de ses bottes noires de motard sur le sol et des frottements de son pantalon et de sa veste en cuir. Il était grand et incroyablement beau, avec l'anneau de pirate qui scintillait à son oreille. Voyant les tatouages qu'il portait à la main droite et du côté droit de son cou, Runa se demanda s'ils se rejoignaient sur son bras.

Toutes les femmes le dévisagèrent. Tous les hommes détournèrent les yeux.

— Où tu veux, quand tu veux, chuchota Aspic. Toute la nuit.

Alors qu'il s'approchait du comptoir, il ne lâcha pas Runa du regard.

Aspic se mit tout bonnement à haleter.

— C'est le moment de prendre des risques, Runa. Vas-y ! Fais quelque chose ou je te jure que je m'en occupe à ta place !

Il s'arrêta devant Runa.

— Un café.

Ces mots roulèrent sur sa langue comme s'il disait « j'aimerais vous faire jouir ».

— Oui, accepta-t-elle dans un souffle...

Ah ! Un café.

Elle se racla la gorge. Deux fois.

— Petit, moyen ou grand ?

— Ce que vous avez de plus grand.

— Comment le préférez-vous ?

— Serré et chaud.

— Du lait ? De soja ou de vache ? De la crème ?

— Par les putains de cloches de l'Enfer ! s'exclama-t-il en plantant ses paumes sur le comptoir et en se penchant en avant. Un café. C'est tout.

Il la toisa avec intensité, sans scrupules, de la tête aux pieds et d'une façon qui aurait dû la rendre furieuse, mais qui eut pour seul effet d'accélérer les battements de son cœur.

— Quoique... je pourrais être tenté de goûter à quelque chose de plus doux.

Aspic assena un coup de coude à Runa avant de s'avancer.

—Runa est un peu timide. Vous avez une moto? Elle adore les motos. Je parie qu'elle aimerait la voir.

—Aspic! se rebiffa Runa, les joues rouges de honte.

—Runa, répéta doucement l'homme en cuir comme pour goûter ce nom avec sa langue. Vous voulez faire un tour?

—Elle adorerait, répondit Aspic en posant le café devant lui.

Runa secoua la tête.

—Je ne suis pas sûre...

—Bien, l'interrompit-il en lâchant un billet de 10 dollars. Gardez la monnaie. En route.

Avant qu'elle puisse protester, il prit son café, contourna le comptoir, la saisit par la main et l'entraîna vers la porte de derrière. Runa planta ses pieds sur le seuil.

—Écoutez, monsieur...

—Shade.

Quel nom étrange! Enfin, elle travaillait bien avec une fille qui se faisait appeler Aspic.

—M. Shade.

—Shade tout court.

—D'accord, Shade. Je suis désolée, mais je ne peux aller nulle part avec vous.

Il leva un sourcil et ouvrit la porte.

—Qui a dit que nous allions quelque part?

—Mais... vous m'avez proposé de faire un tour...

La jupe de Runa voleta autour de ses mollets quand il la tira dehors.

—Ouais.

Elle fut prise de panique. Cet homme était peut-être un tueur en série ou un violeur, et elle, moitié moins grande que lui, gambadait avec lui dans une ruelle.

— Je ne peux pas…

Soudain, elle se retrouva contre le mur de l'immeuble, immobilisée par le corps de Shade dont la bouche jouait déjà avec son oreille et les deux mains la tenaient par les épaules… Qu'avait-il fait de son café ?

— Je sens ton désir, Runa, susurra-t-il d'une voix enjôleuse et séduisante. Tu t'ouvres à moi comme une fleur.

Il plaqua ses lèvres contre celles de Runa alors que le renflement de son entrejambe massait le ventre de la jeune femme, lui promettant une expérience qu'elle ne serait pas près d'oublier. Cet homme était un sexe sur pattes, un irrésistible tas de muscles, de testostérone et de sensualité auquel elle ne pouvait résister. Rien ne l'avait préparée à une telle situation et elle doutait qu'aucune femme puisse l'être. Du moins, pas mentalement. Son corps, quant à lui, n'avait pas attendu son feu vert pour se tenir prêt.

Ses tétons avaient durci, son cœur battait la chamade sous ses côtes et sa culotte devenait humide. Elle serra les jambes afin de calmer son désir, mais cela ne fit que l'accroître davantage.

La situation commençait à lui échapper totalement. Tandis que la langue de Shade glissait le long de son cou et qu'il lui caressait les fesses, elle se dit que cela n'avait pas d'importance.

Il empoigna sa jupe et la souleva au-dessus de ses hanches.

— Tu en as envie ? demanda-t-il en fouillant sa gorge et en frottant délicieusement sa puissante cuisse entre celles de Runa. J'arrêterai si tu me le demandes.

C'était sa seule issue, sa seule chance de lui échapper, de retourner dans sa boutique en faillite puis chez elle, auprès de son frère mourant. Sur le chemin, elle pourrait toujours se faire agresser et assassiner, se faire écraser par un taxi ou être poignardée dans une station de métro.

Et elle mourrait en sachant que, pour une fois dans sa vie, elle aurait dû courir un risque.

Shade se mit à la caresser à travers sa culotte mouillée.

—Alors ?

—N'arrête pas. Je t'en prie, n'arrête pas.

Un grondement sourd et sensuel s'éleva du fond de la gorge de Shade quand il l'embrassa. Mais cela n'eut rien à voir avec un simple baiser : il lui lécha d'abord les lèvres, et leurs langues s'entremêlèrent en une étreinte qui la fit haleter et s'accrocher à la veste de Shade comme pour l'empêcher de s'en aller.

Un bruit de tissu déchiré monta à ses oreilles, accompagné de celui des voitures et d'un rire sur le trottoir. Tout cela lui était égal, même la sensation fugace de sa culotte glissant sur ses jambes.

Mon Dieu ! C'est de la folie ! Je couche avec un inconnu, dans une ruelle, en plein jour !

Un éclair de lucidité filtra à travers la brume de son désir lorsqu'il défit sa braguette. Elle l'arrêta d'une main ferme sur son poignet.

—Pourquoi moi ? l'interrogea-t-elle d'une voix rauque. Il y avait d'autres femmes là-dedans… plus belles, plus sexy…

—J'ai senti ton désir.

C'était une réponse bizarre, mais il cherchait déjà à la pénétrer et, après tout, elle se fichait de savoir pourquoi elle se retrouvait prise dans ce tourbillon. Son instinct prit le dessus et elle enroula ses jambes autour de la taille de Shade avec un râle de plaisir quand il s'enfonça en elle.

— Oh, bon sang ! souffla-t-il. Tu es si étroite !

Il se retira doucement avant d'enfoncer uniquement son gland en elle pour titiller les nerfs de cette zone sensible d'un léger va-et-vient qui procura un frisson de plaisir à la jeune femme.

— Waouh ! s'exclama-t-elle en s'arquant en arrière. (Shade en profita pour passer le bras derrière elle afin d'amortir les chocs.) Encore ! J'en veux encore !

Comme s'il avait attendu sa permission, il s'enfonça profondément, détruisant son plaisir avec une vague de douleur. Il se figea, l'air tendu.

— Ça va ?

— Oui, réussit-elle à répondre quand elle eut moins mal. C'est juste que ça faisait longtemps.

Des années, en fait. Elle avait perdu sa virginité à la fin du lycée avec un garçon qui avait juré l'aimer, mais qui en avait aimé une autre exactement de la même manière deux jours plus tard.

— Tu aurais dû me le dire, grommela-t-il. J'y serais allé plus doucement.

— T'inquiète. Termine, dit-elle.

Alors, avec un juron, il reprit son va-et-vient en elle.

Le plaisir ne vint pas petit à petit comme elle s'y attendait. Il n'y eut pas de frisson agréable. Pas d'avertissement progressif.

Ce fut comme une explosion soudaine qui l'aurait fait crier si Shade n'avait pas plaqué une main sur sa bouche. Elle heurtait le mur à chaque violent coup de reins, mais elle s'en moquait : ses pensées étaient ailleurs, car elle allait encore jouir. Shade trembla, gémit et se libéra en une puissante secousse.

Quand ils purent de nouveau respirer tous les deux, elle reposa ses pieds au sol et il se retira avant de remonter rapidement son pantalon. Un liquide tiède chatouilla Runa en coulant le long de sa cuisse, la ramenant tout d'un coup à la réalité.

— Oh, mon Dieu ! Tu n'as pas mis de préservatif !

— Je suis stérile et je n'ai aucune maladie.

— Quand même…

Il la fit taire d'un baiser. Quand il recula, elle était hébétée. Il la prit par la main pour la raccompagner vers la porte de derrière du café. Juste avant qu'elle passe le seuil, un éclair lui traversa les veines.

— Oh ! hoqueta-t-elle alors qu'un nouvel orgasme l'ébranlait.

Shade la retint de tout son corps, absorbant les soubresauts dus à ses spasmes.

— Ça va le refaire encore deux ou trois fois. Tu devrais te cacher dans un bureau ou une salle de pause pendant un moment. (Il attendit qu'elle retrouve son équilibre avant de reculer tranquillement.) Au fait, ma moto, c'est une Harley, lança-t-il par-dessus son épaule depuis le coin de la rue.

Elle entra dans le bâtiment en fronçant les sourcils. Aspic lui sourit de toutes ses dents.

— Alors ? À quoi ressemblait sa moto ?

— Une Harley, répondit Runa en riant. Il avait une Harley.

Plus tard, Shade l'avait contactée et ils étaient sortis ensemble pendant quelques semaines. Puis l'état de santé de son frère avait empiré. Shade était venu chez elle, il avait passé cinq minutes avec Arik et quelques jours plus tard celui-ci avait complètement guéri.

Son agression par un loup-garou avait eu lieu peu de temps après et Arik l'avait emmenée auprès du X pour qu'elle reçoive le traitement qui lui avait sauvé la vie.

C'est avec surprise qu'elle avait découvert cette base militaire secrète. Elle avait toujours cru que son frère faisait partie de l'armée normale alors qu'il travaillait pour le X depuis des années avec un groupe d'une centaine d'hommes spécialement recrutés, certains en service actif, d'autre en civil. Ils comptaient même parmi eux une poignée de wargs – des militaires ayant survécu à des attaques et qu'on avait arrachés à leurs unités d'origine pour les intégrer au X.

En raison de leur lycanthropie, ils se sentaient différents de leurs camarades soldats et, fidèles à leurs nouveaux instincts, avaient formé une meute. Ils avaient intégré Runa à leur cercle fermé mais, sans passé militaire, elle ne se sentait pas encore à sa place malgré leurs nombreuses invitations à des barbecues et à sortir au bar de la base.

Rien de tout cela ne plaisait à Arik. Il était convaincu que Brendan, le mâle dominant, un peu trop violent et machiste à son goût, avait l'intention de faire d'elle sa femelle alpha. Cela dit, Arik s'était toujours inquiété pour sa sœur. Tout petit déjà, il jouait les chiens de garde avec elle en la protégeant des poings de leur père. Plus tard, quand il avait obtenu sa tutelle, il s'était assuré que tous ses petits copains savaient ce qui leur arriverait s'ils lui faisaient du mal.

Un grincement tira Runa de ses pensées. La porte de sa cellule s'ouvrit sur le cinglenuit et les deux diablotins qui traînèrent Shade à l'intérieur. Il était nu, pieds et poings liés, le torse et les cuisses couverts de sang séché.

Ses yeux d'or scintillant s'arrêtèrent sur elle. Elle fut prise d'une soudaine et irrépressible envie d'aller vers lui, malgré les chaînes qui la retenaient. Il se débattit en braillant contre ses ravisseurs pour aller la rejoindre et, bien qu'elle ne comprenne pas pourquoi il avait tellement envie d'elle, elle percevait en lui un désespoir en réaction duquel son propre corps brûlait déjà.

Le cinglenuit abattit un gros gourdin sur le crâne de Shade. Un craquement net retentit dans la cellule comme un coup de feu. Avec un grognement, Shade s'effondra, mais ses yeux, rivés sur Runa, brillaient toujours.

Il l'observait avec l'intensité démente d'un mâle en rut qui ne désirait qu'une chose.

Il la voulait, elle, et tout de suite.

Chapitre 3

— Shade, parle-moi.

Runa était au bout de sa chaîne. Leurs ravisseurs avaient attaché Shade au mur par le cou, juste hors de sa portée. Tout d'abord, il s'était élancé vers elle comme un fou, comme un possédé, laissant entrevoir le démon qui se cachait sous son apparence humaine. Finalement, quand sa gorge s'était mise à saigner à force de frottements, il s'était roulé en boule sans plus bouger, essoufflé et gémissant, pendant une demi-heure, peut-être. Sa vulnérabilité avait abattu la barrière de colère de Runa, au point qu'elle avait tendu les doigts pour dégager ses cheveux de son visage dégoulinant de sueur.

Imbécile!

Cet homme… cette créature… peu importe… l'avait jetée comme une vieille chaussette. Rien à foutre de ses conneries de « tu connais ma nature » !

Pour la première fois de sa vie, elle avait pris un risque ; elle avait cru qu'il était peut-être temps de mettre son passé de côté et de se laisser aller au bonheur.

Sa colère rejaillit et elle l'accueillit comme une vieille amie.

— Qu'est-ce qu'ils t'ont fait ? demanda-t-elle d'une voix dure comme l'acier.

— Besoin… (Un tremblement l'interrompit.) Mal.

— Je sais que ça fait mal. Qu'est-ce que je peux faire ?

— … moi mal.

— Oui, ils t'ont fait mal…

— Non.

Son visage se tordit en une grimace de souffrance quand il s'étira pour que ses orteils touchent les doigts de Runa.

— J'ai besoin… que tu me fasses mal, siffla-t-il alors. Que ce soit… douloureux.

— Quoi ? Non ! refusa-t-elle en s'écartant brusquement. J'en crève d'envie depuis longtemps, mais si c'est toi qui le demandes, ça m'enlève tout le plaisir.

— Je t'en prie.

Il rouvrit les yeux. Ils étaient cernés d'ombres et leur couleur dorée avait disparu, remplacée par la teinte proche du noir qui la faisait toujours chavirer.

Runa regarda les pieds de Shade en réfléchissant à ce qu'elle pourrait bien lui faire. Il n'y avait rien à portée de main qui aurait pu lui servir à le frapper. À moins que… non, si elle se changeait en loup-garou, elle doublerait de volume et la menotte attachée à sa cheville lui ferait un mal de chien.

— Runa, l'appela-t-il avec un tremblement si fort que ses chaînes tintèrent. Je vais mourir… si tu ne fais rien.

Et merde ! Malgré sa colère envers lui, elle ne pouvait pas le laisser mourir. Juste au moment où elle déchirait sa propre chemise, il s'immobilisa, comme s'il comprenait qu'elle avait décidé de l'aider. Elle retira également son jean, mais elle dut le laisser pendre à l'anneau qui emprisonnait sa cheville.

Puis elle rassembla ses forces et se transforma. Sa peau s'étira, ses os se déboîtèrent et une douleur insoutenable lui tortura le visage quand sa mâchoire s'allongea et que ses dents poussèrent. Comme prévu, la menotte à sa cheville la serra comme un étau et envoya des ondes si atroces le long de sa jambe que sa vue se troubla. Shade écarquilla les yeux quand elle bondit à bout de chaîne. Grâce à son museau canin, plus long, elle put faire claquer sa mâchoire assez loin pour la refermer sur le pied de Shade.

Ce dernier poussa un bref cri de douleur avant qu'un gémissement étouffe sa voix. Runa sentit les os céder sous ses dents, sans pour autant qu'ils se brisent. La peau de Shade ne s'en tira pas à si bon compte, et son sang se répandit dans la bouche de Runa.

— Stop ! gronda Shade.

Elle le lâcha et, quand elle reprit forme humaine, ses jambes tremblaient. Épuisée par sa mutation, elle s'allongea par terre avec le sentiment d'être vidée et l'espoir que personne ne l'avait vue. Si leurs geôliers apprenaient qu'elle pouvait se transformer à volonté, ils n'attendraient pas la pleine lune pour lui prendre sa fourrure.

Le goût métallique du sang dans sa bouche lui donnant un haut-le-cœur, elle cracha dans la paille.

— Merci, dit Shade.

Si Runa n'en avait pas su davantage, elle aurait cru que sa voix râpeuse était la conséquence de plusieurs heures passées à crier, mais il avait supporté la torture et la douleur en silence. Shade s'assit en tirant doucement son pied vers lui ; il semblait en bien meilleur état, malgré la souffrance que devait lui causer sa blessure.

— Comment se fait-il que tu peux te transformer sur commande ?

Elle se tourna faiblement vers lui en laissant tomber le regard sur son corps nu, puis elle se reprit. Même assis là, enchaîné et blessé, il irradiait de virilité. Runa baissa les yeux sur le caducée qu'il portait au cou. Quand ils sortaient ensemble, elle y avait reconnu le symbole des médecins, mais maintenant qu'elle savait où il travaillait et ce qu'il était, ce signe étrange prenait beaucoup plus de sens. En effet, le bâton avait été remplacé par une dague entourée de deux vipères sinistres surplombées par une version tribale des ailes d'une chauve-souris.

— Toi d'abord, dit-elle en remontant son jean. Comment peux-tu te sentir mieux alors que je viens de te mordre le pied comme si c'était un jouet pour rottweiler ? Qu'est-ce qu'ils t'ont fait ?

Shade reposa sa tête contre le mur pour contempler le plafond.

— Ils ont abusé de moi avec une femelle. C'est la croix de mon espèce : si nous dépassons un certain seuil d'excitation, il faut nous soulager. Sinon, la douleur devient handicapante et, si ça dure trop longtemps, elle nous tue.

— Oh ! Donc cette femelle…

Runa s'interrompit. Elle ne voulait pas savoir ce que cette femme lui avait fait.

— Elle m'a sucé jusqu'à ce que je sois fou de désir, puis elle s'est arrêtée.

— Et… le fait que tu te trouves dans la maison de l'horreur n'a pas mis ta libido en veilleuse ?

— Mon esprit n'en avait pas envie, mais mon corps réagissait. Je suis un incube, lui rappela-t-il en lui décochant un regard sévère. Et elle était aussi excitée que moi. Je ne pouvais pas m'en empêcher.

Et voilà ! Encore sa « nature ».

— Donc, si tu perçois de l'excitation, tu dois la satisfaire ? (Lorsqu'il acquiesça, elle se mordit la lèvre en réfléchissant.) Le jour de notre rencontre, tu as dit que tu avais senti mon désir. Tu parlais de ça ?

Il hocha de nouveau la tête.

— Voilà pourquoi j'évite en général les lieux publics. Les boîtes de nuit, surtout celles réservées aux démons, peuvent être un enfer. Sans mauvais jeu de mots.

Cela expliquait pourquoi ils n'étaient jamais allés nulle part pendant le mois qu'avait duré leur relation. Celle-ci s'était résumée à faire l'amour et à manger, chez lui ou dans un hôtel. Une seule fois, ils s'étaient promenés dans un parc – de nuit, quand l'endroit était désert. À l'époque, elle avait trouvé cela romantique. À présent, elle voyait les choses différemment.

— Donc, où que tu sois, tu ne peux pas partir tant que tu perçois du désir ?

— Pas tant qu'une seule femme a besoin de sexe. Je suis contraint de la trouver et, si elle est avec un autre homme, les conséquences peuvent se révéler violentes.

— Tu ne peux pas simplement te… euh…

— Non, je ne peux pas me soulager tout seul.

Ce qui expliquait pourquoi il avait eu envie de lui sauter dessus quand ils l'avaient ramené dans la cellule. Il avait été fou de douleur et de désir, et Runa avait été la seule femme dans les parages. Ces connards détraqués l'avaient attaché juste hors de sa portée pour le tourmenter davantage.

— Tu voulais que je te fasse mal… pourquoi ?

— J'ai tenté le tout pour le tout. J'espérais que la douleur serait plus forte que le désir. (Il examina son pied et appuya sur sa plaie béante et ensanglantée.) À toi. Comment peux-tu te transformer à volonté ? Les wargs ne changent de forme qu'à la pleine lune. Et les métamorphes prennent l'apparence de vrais animaux, pas de bêtes humanoïdes.

— Je ne sais pas exactement, mentit-elle. J'espérais trouver de l'aide dans ton hôpital pour le découvrir.

— Comment es-tu au courant, pour l'hôpital ? s'enquit-il en levant un sourcil.

— Vu que je recherche mon créateur, j'ai rencontré quelques non-humains. Et ton uniforme t'a légèrement trahi.

Encore des mensonges, mais la vérité n'entrait pas dans le champ des possibles. Shade ne devait pas savoir que le X connaissait l'existence de l'hôpital et que Runa l'avait cherché en partie pour en apprendre davantage sur cet endroit.

Il lui avait dit être ambulancier, mais elle n'avait compris qu'il travaillait dans un hôpital de démons que lorsque le X avait récupéré un pendentif en forme de caducée sur un médecin métamorphe tué par les Aegis. Cette breloque était identique à celle de Shade.

Normalement, le travail de Runa pour le X consistait littéralement à pister d'autres garous. Ensuite, les militaires les marquaient secrètement et ajoutaient les informations les concernant à une gigantesque base de données permettant de les suivre à la trace.

Toutefois, c'était grâce à l'ancienne relation de Runa avec Shade, ajoutée à sa connaissance de New York, qu'on lui avait attribué cette fonction.

— Tu ne devrais pas traîner avec des non-humains, grommela-t-il. Tu n'es pas prête.

— Je ne t'ai pas demandé ton avis.

— Runa, dans mon monde, tu n'es qu'un bébé. Reste en dehors de tout ça.

Elle ouvrit le bras pour désigner leur cellule.

— Regarde autour de toi, Shade. Je peux difficilement m'y enfoncer davantage, et ce qui est sûr, c'est que je n'ai pas eu le choix. C'est ta faute si je suis entrée dans ce monde, lui reprocha-t-elle en plissant les yeux.

— Tu te rends compte que, maintenant que tu es un warg, ton espérance de vie a quadruplé ? Tu devrais plutôt me remercier.

— En supposant que je ne meure pas dans les deux jours. Ou que je ne me fasse pas tuer par les Aegis. Ou par d'autres wargs. Pff ! Si tu t'attends à de la gratitude de ma part, tu vas patienter longtemps. Et ce n'est pas comme si on avait beaucoup de temps devant nous.

— Ça va aller.

— Qu'est-ce que tu en sais ?

— Mon frère sent ma présence. Il nous trouvera.

Dommage que le frère de Runa ne puisse pas la localiser. Zut ! Ni lui ni le X ne s'apercevraient de sa disparition avant la pleine lune, où elle était censée pointer. Elle observa Shade pendant qu'il examinait son pied en sang et qu'il appuyait de nouveau sur la plaie. Il ne broncha pas et ses gestes étaient précis et d'une efficacité froide.

— Combien de frères et sœurs as-tu ?

Elle lui avait posé la question longtemps auparavant, mais il lui avait donné une réponse vague

– « quelques-uns » – avant de changer de sujet avec autant d'adresse qu'un politicien.

— Une sœur : la démone umber. Deux frères : Wraith et Eidolon.

— Ce sont des umbers aussi ?

Shade secoua la tête.

— Non, des seminus comme moi.

— Comment se fait-il que ta sœur soit une umber ?

— Nous avons la même mère, alors que mes frères et moi avons le même père, mais des mères d'espèces différentes.

— Donc… vous êtes des sang-mêlé ?

— Non. Tous les démons seminus sont des mâles pur-sang. Comme il n'y a pas de femelles seminus, après la *s'genesis*, nous fécondons des femelles d'autres espèces. Les enfants sont des seminus pur sang, même si chacun hérite de certaines caractéristiques mineures de sa mère.

Intéressant !

— Quel est l'intérêt de se porter volontaire pour avoir des enfants seminus ?

— Il n'y en a pas. En arrivant à maturité sexuelle, les démons seminus gagnent le pouvoir de se transformer en mâles d'autres espèces. Donc, en fait, nous piégeons les femmes pour coucher avec elles. Si ça ne fonctionne pas, on les viole.

— Sympa…

Shade leva les yeux au ciel.

— Nous sommes des démons. Mais si ça t'aide à te sentir mieux, j'en connais beaucoup que ce destin dégoûte jusqu'à leur *s'genesis*. Ensuite, plus rien à foutre.

— Et toi, ça te dérange ?

— Pour l'instant, oui. L'idée de tromper ou de violer qui que ce soit juste pour l'engrosser me répugne. Tout comme ce qui arrive aux nourrissons.

— C'est-à-dire ?

— La plupart sont tués dès la naissance. Peu de démons ont envie d'élever des enfants d'autres espèces, surtout quand ils sont conçus par duperie ou par viol.

— Je suppose que les pères ne partagent rien avec leurs enfants.

— Beaucoup d'entre nous ne rencontrent jamais leur géniteur. Tout ce que nous connaissons, c'est la famille qui nous a élevés, même si nous sentons nos frères.

— Tu n'as jamais connu ton père ?

Runa s'installa plus confortablement et gémit quand une douleur légère se manifesta dans sa cheville.

— J'ai seulement entendu des rumeurs sur lui.

— Est-ce que tous les démons sexuels se reproduisent comme ça ?

— Non. De nombreux incubes et succubes se servent des humains, mais les seminus ne peuvent pas. Si nous fécondons une humaine, ça donne un *cambion*.

— Un *cambion* ?

— Un sang-mêlé stérile.

Au ton légèrement sarcastique qu'il employa, Runa comprit ce qu'il pensait de la reproduction avec des humaines. Apparemment, il n'éprouvait aucune gêne à les baiser, en revanche.

— Donc ta mère est une umber, c'est ça ? demanda-t-elle en essayant de ne pas laisser transparaître son amertume.

Shade hocha la tête. Runa en savait peu sur les démons ; elle ne disposait que des informations glanées lors de ses recherches sur les origines de Shade. Il semblait que ses ancêtres avaient la peau grise et une forme humanoïde, mais qu'ils évitaient tout contact avec les humains. Ils étaient extrêmement sociables au sein de leur classe familiale, mais ils vivaient isolés, probablement parce qu'ils étaient les proies naturelles d'espèces plus dangereuses.

— Et tes frères ?

Absorbée par le sujet, elle se pencha en avant. Son entrée dans ce monde avait été brutale, mais une fois passé le choc, elle avait dédié chaque minute de temps libre à en apprendre autant que possible.

— De quelles espèces sont leurs mères ?

— Mon frère aîné, Eidolon, est né d'une démone judicium, et la mère de Wraith était une vampire.

Runa écarquilla les yeux.

— Je ne savais pas que les vampires pouvaient procréer.

— Ils ne peuvent pas. Wraith est une anomalie.

Un cri retentit dans les cachots, faisant frémir Runa.

— Et tes parents ? demanda-t-elle d'une voix un peu tremblante. Est-ce que tu m'as dit la vérité quand on sortait ensemble ? Ta mère vit en Amérique du Sud et ton père est mort ?

Un long silence gêné s'ensuivit. Alors que Runa s'apprêtait à renoncer, Shade reprit la parole.

— Ma mère s'est fait tuer il y a deux mois.

— Oh ! Je suis désolée.

— C'est toi qui l'as tuée ?

— Non ! s'exclama-t-elle d'une voix cassée, effarée.

— Alors ne sois pas désolée.

— Je te dérange avec mes questions ? rétorqua-t-elle sèchement.

— Ouais. (Il haussa les épaules.) Mais ce n'est pas comme si on avait autre chose à faire.

Comme en réponse à cette remarque, des pas résonnèrent dehors. Runa s'accroupit, prête à attaquer, mais Shade ne bougea pas, comme s'il se prélassait dans son canapé avec une bière à la main. Si sa nudité le dérangeait, il n'en montrait rien.

La porte s'ouvrit à la volée. Le cinglenuit qui avait emmené Shade plus tôt entra et lâcha un sac de sport par terre. Un personnage en toge le suivit dans la cellule, le visage caché sous une grande capuche ; toutefois, Runa crut y deviner une sorte de masque. Seules les mains de la créature étaient visibles : des serres squelettiques couvertes d'une peau semblable à du cuir. Il lui manquait quelques doigts, mais cela ne l'empêchait pas de tenir un étrange gourdin à pointes.

La créature se tourna vers Shade.

— Je vois que tu t'es remis de ton supplice.

— C'est ce qui arrive quand on embauche des putes au rabais comme Solice. Vous auriez dû lui apprendre à tailler des pipes comme il faut.

La créature siffla.

— Je vais te faire souffrir.

— Des promesses, toujours des promesses…, rétorqua Shade d'une voix traînante en reportant son attention sur ses ongles.

La fureur émanant comme de la vapeur de la créature en robe était presque palpable.

— À côté de ce que je vais te faire, ce que j'ai infligé à ta sœur sera une partie de rigolade.

Très lentement, Shade leva la tête, une lueur de haine dans les pupilles.

— Où est-elle ? Qu'est-ce que vous lui avez fait ?

— Tu veux vraiment le savoir ?

Shade bondit sur ses pieds.

— Dites-le-moi !

La créature fit un signe de tête au cinglenuit, qui ouvrit le sac posé au sol pour en sortir ce qui ressemblait à une couverture en cuir.

Oh mon Dieu !

Runa eut un haut-le-cœur et sentit son sang quitter son visage alors que la créature en robe se mettait à ricaner.

— La peau d'umber vaut une petite fortune au marché noir. Elle fera une ravissante cape.

Une explosion de ténèbres frappa Runa juste avant un vent glacial, puis Shade poussa un hurlement de douleur qu'elle garderait en mémoire pour le restant de ses jours.

Kynan Morgan était sans doute le pire emmerdeur du personnel de l'UG. Rectification : pas « sans doute ». Il l'était bel et bien, et il le savait.

Et il n'en avait rien à battre. Plus grand-chose ne l'intéressait, d'ailleurs, depuis un an, quand son épouse l'avait trompé avant de mourir des mains de son amant. De l'un de ses amants, en fait. L'humain.

Et puis il y avait Gem, avec ses cheveux noirs et bleus, ses vêtements gothiques, ses piercings et ses tatouages. Il avait pardonné à Tayla d'être une démone, surtout parce qu'elle ignorait la vérité sur son père avant qu'Eidolon la devine. Cependant, la sœur de Tayla, Gem… c'était une autre histoire. Il l'avait rencontrée quelques années plus tôt au General Mercy où elle travaillait en se faisant passer pour une humaine. Elle lui avait parlé, elle avait plaisanté avec lui, et elle l'avait vu presque nu pendant qu'il se faisait examiner.

Honnêtement, ce n'était pas une trahison ; elle ne lui devait rien. Pourtant il l'aimait bien, il lui faisait confiance, mais elle était son ennemie depuis le début.

Cela non plus n'était pas tout à fait vrai. Depuis les événements violents qui s'étaient déroulés un an auparavant, Kynan s'était aperçu avec stupeur que tous les démons n'étaient pas mauvais, certains s'efforçant même d'être bons. Cette découverte, ajoutée à la trahison de sa femme, avait ébranlé ses valeurs morales, spirituelles et émotionnelles. Il s'était retiré de l'Aegis, abandonnant l'une des deux activités pour lesquelles il était doué : tuer.

Il ne lui en restait donc plus qu'une seule, et il n'était plus vraiment sûr d'avoir assez de cran pour ça : soigner.

À cette époque, Eidolon lui avait offert un poste à l'UG, parmi la demi-douzaine d'humains déjà employés. L'ironie du sort était foutrement drôle : il avait passé des années à tuer les démons, et voilà qu'ils lui demandaient de les soigner.

Il avait accepté, mais à condition de pouvoir choisir ses patients. Il refusait de prendre la responsabilité de renvoyer le Mal dans les rues. Compréhensif, Eidolon lui avait même donné un poste de médecin : l'hôpital manquait de personnel qualifié et Kynan avait une sacrée expérience grâce à sa carrière au sein de l'armée et aux années passées à rafistoler les Gardiens après leurs combats contre les démons.

Quoi qu'il en soit, il ne s'agissait que d'un job temporaire. Le fait de traîner avec des démons reflétait à la perfection son état d'esprit, mais il devait garder espoir : cela cesserait un jour, et il redeviendrait lui-même. Il n'était pas certain de pouvoir retrouver son rôle de Régent de la cellule new-yorkaise. Ils ne le reprendraient peut-être même pas. Si le Sigil – les douze chefs suprêmes de l'Aegis – venait à apprendre qu'il travaillait pour l'ennemi… il deviendrait lui-même l'ennemi. Ils ne devaient jamais découvrir ce qu'il faisait à l'hôpital. Et, s'ils savaient que Tayla, la Régente intérimaire de la cellule new-yorkaise, était à moitié démone et qu'elle entretenait une liaison avec un incube, ils seraient tous les deux condamnés à mort.

Apparemment, le Sigil ignorait encore tout des nouvelles méthodes de Tayla : elle avait formé les Gardiens de son unité à différencier les démons dangereux des inoffensifs. Une approche qui leur avait permis de recruter plusieurs informateurs démons. Elle avait aussi instauré une politique de capture plutôt que de massacre des garous – un autre progrès. En effet, certains d'entre eux ne blessaient pas intentionnellement car soit ils s'étaient échappés de leurs cages, soit leur transformation était trop récente pour qu'ils comprennent ce qui leur arrivait trois nuits par mois. Seuls ceux qui n'avaient aucune estime pour les vies humaines étaient abattus.

Kynan devait reconnaître que, malgré des débuts chaotiques au sein de l'Aegis, Tay s'avérait être une excellente Régente.

— Salut, le troufion !

Kynan grinça des dents au son de la voix de Wraith au moment où il coupait le fil avec lequel il venait de recoudre son patient. La neethul était restée remarquablement calme pendant l'opération, même s'il semblait que grogner sans discontinuer soit une habitude chez ceux de son espèce. Les neethuls n'étaient pas les démons qu'il aimait le plus soigner, mais ils concentraient leur cruauté sur les autres démons, pas sur les humains, donc Kynan n'avait aucun problème à renvoyer celle-ci parmi ses congénères.

De plus, cette démone avait été blessée lors d'une agression au cours de laquelle un seminus post-*s'genesis* l'avait violée. Kynan espérait qu'elle retrouverait cet enfoiré et qu'elle l'étriperait. Elle était certainement enceinte, mais ça, il n'y pouvait rien.

Kynan leva les yeux vers Wraith, qui venait d'apparaître à l'entrée du box avec un sourire effronté de tête à claque.

— Qu'est-ce que tu veux ?

— Surtout t'énerver.

— Nom de Dieu, je jure que…

— Non, non, l'interrompit Wraith en agitant un doigt devant lui. Tu ne peux pas dire ça dans un hôpital de démons.

Ky prit une profonde inspiration et compta jusqu'à cinq. D'après Eidolon, cela aidait à supporter Wraith. Peut-être que cela fonctionnait pour E, mais ce n'était pas avec sa femme que Wraith avait couché. Bien sûr, ce dernier niait avoir baisé Lori, mais il n'était pas vraiment un modèle de franchise et d'honnêteté. Et s'il était aussi infect avant sa *s'genesis*, il déraillerait sérieusement après.

— S'il n'y avait pas ce sort de havre, je te botterais le cul, rétorqua Ky.

Wraith éclata de rire en réponse à cette menace vaine. Kynan avait l'habitude de se battre, autant pour l'Aegis que pour l'armée, avant. Toutefois, non seulement le seminus avait remporté tous ses combats de mémoire d'homme ou de démon, mais, à l'âge de quatre-vingt-dix ans, il avait presque soixante-dix ans d'expérience de plus que Kynan. Wraith n'aurait aucun mal à lui faire mordre la poussière.

— Tu me fais mourir de rire, l'humain. Allez, je ne vais pas t'achever tout de suite, lança Wraith, comme tous les jours, sur ce ton faussement désinvolte qui lui était propre. Est-ce que quelqu'un a eu des nouvelles de Shade ?

— Non.

Ce qui ne présageait rien de bon. La nuit précédente, ne voyant pas revenir Shade et Skulk d'une urgence, et en l'absence de réponse sur leur radio et leurs portables, Eidolon avait envoyé une équipe à leur recherche. L'équipe s'était rendue au dernier endroit où Shade avait été localisé, mais elle n'avait trouvé aucune trace des deux ambulanciers.

— Tu ne le sens pas ?

— Si, quand je me concentre assez, mais à moins qu'il essaie en même temps ou qu'il souffre énormément…

Wraith fut interrompu par un hoquet. Tombant à genoux, il se mit à vomir en se tenant le ventre. Ses cheveux blonds lui masquaient le visage, mais sa détresse était évidente dans sa voix éraillée.

— Putain ! haleta-t-il. Ah ! Putain de merde !

Kynan fit volte-face et pressa le bouton d'appel d'urgence.

— Eidolon ! Bloc numéro 2 : urgence ! (Il s'agenouilla à côté de Wraith.) Eh ! Mon vieux, qu'est-ce qui ne va pas ? Dis-moi où tu as mal.

— Shade, répondit Wraith en redressant la tête, des larmes dans ses yeux bleus qui n'avaient rien en commun avec ceux, noirs, de ses frères. Shade souffre.

— Bande d'enflures !

Shade s'élança vers le fils de pute en toge, mais ses chaînes le stoppèrent violemment. Son chagrin, pur et insoutenable, le déchirait comme le stang d'un tueur. Il n'avait pas ressenti cela depuis quatre-vingts ans, quand son comportement avait coûté la vie de toutes ses sœurs umbers, à part une. Désormais, cette survivante, la sœur qu'il avait juré de protéger, était morte.

— Qui es-tu ? Montre-toi, espèce de lâche.

— Qui je suis ? répéta la créature en robe en avançant. Tu veux vraiment le savoir ?

Encore une fois, Shade bondit vers lui en grognant.

— Non. Je dis ça pour m'écouter parler, connard.

— Tu en fais toujours des tonnes !

La créature retira son masque, un objet immonde de peau et de cheveux, mais son visage resta caché sous la capuche.

— Qui es-tu ?

Lentement, il abaissa sa capuche.

— Je suis ton frère.

Le cœur battant à tout rompre, Shade se retrouva nez à nez avec le visage de Wraith : ses yeux bleus, ses cheveux blonds striés de soleil, son sourire insolent révélant ses dents de vampire. Pourtant, il ne dégageait pas les bonnes ondes. Comme plus tôt, quand l'homme à la robe torturait Shade, son aura était camouflée.

— Tu n'es pas Wraith.

— Je n'ai jamais dit que je l'étais. (Il passa sa langue sur une de ses canines, exactement comme Wraith.) Mais, si ça peut te rassurer, c'est lui que je cherchais. Pas Skulk. Pourquoi était-elle de garde et pas lui ?

Shade en eut froid dans le dos. Wraith ne conduisait l'ambulance qu'un jour par mois. Comment ce connard savait-il que ce jour tombait la veille ? Si Wraith s'était présenté comme prévu, Skulk n'aurait pas été appelée et c'est lui qui aurait été enlevé par les Goules avec Shade. Donc comment l'homme à la robe avait-il su ?

À moins que… Mais bien sûr ! Solice.

Depuis combien de temps cette salope de vampire les espionnait, lui et ses frères ?

— Va te faire foutre, déclara Shade en articulant lentement afin de s'assurer que chaque mot exprime parfaitement toute la haine qu'il ressentait.

Le cinglenuit rangea son horrible trophée dans son sac et Shade faillit s'évanouir de chagrin.

— Elle a crié ton nom, tu sais, rapporta le faux Wraith. Enfin, elle l'a plutôt craché comme une insulte, en fait.

Avec un sourire, il ferma les yeux et inspira profondément, comme s'il se remémorait ses hurlements et l'odeur de son agonie.

Cette créature se nourrissait du malheur, mais Shade ne jouait pas à ce jeu-là. Il avait déjà eu affaire à de nombreux démons de ce genre et, bien qu'il meure d'envie de réduire ce connard en poussière, il savait qu'il devait pour le moment manœuvrer intelligemment.

Quand il aurait eu ce qu'il voulait, il ferait en sorte que ce fils de pute paie un million de fois plus cher que ce qu'il avait infligé à Skulk.

Runa sentait une haine glaciale et brûlante suinter à travers les pores de Shade, qui se tenait immobile et tout son poids reposant sur son pied blessé, comme si la morsure ne lui causait pas plus de souffrance qu'une égratignure.

— Quoi que vous soyez venus faire, allez-y, lança-t-il d'une voix puissante, profonde et cinglante comme un coup de fouet.

L'autre homme siffla et bondit juste hors d'atteinte de Shade.

— Je t'ai toujours détesté. Presque autant que ton pathétique petit frère.

Shade découvrit ses dents.

— Je comprendrais peut-être mieux si tu me disais qui tu es.

Le geôlier resta impassible un moment, une veine battant à sa tempe. Il prétendait être le frère de Shade, mais ce dernier n'avait pas l'air de le croire. En tout cas, il ressemblait étonnamment à Shade, en dehors de ses yeux bleus et de ses cheveux blonds. Quand il déchira sa toge, révélant un corps d'athlète bien sculpté, elle remarqua d'autres différences. En premier lieu, Shade était plus large d'épaules, mais un peu moins grand, ce qui, à environ un mètre quatre-vingt, n'avait rien de petit. Les marques à son bras droit étaient identiques, à l'exception de l'œil fermé que Shade arborait sur le cou, remplacé par un sablier.

Soudain, le démon musclé frémit et se transforma en une créature humanoïde, atrophiée et voûtée, dont la peau craquelée était tantôt fripée, tantôt tendue et luisante. Cette chose ressemblait à une frite trop cuite.

— Je ne peux pas garder une autre forme très longtemps, expliqua le démon. Deux heures, tout au plus. J'ai les mêmes limites qu'un seminus après sa *s'genesis*.

Il croisa le regard de Shade et le soutint de ses yeux désormais marron, empreints d'une folie évidente.

Shade blêmit si violemment que Runa s'attendit à le voir s'évanouir.

— Voilà, couina la créature. Tu sais qui je suis, maintenant, non ?

— Non.

Shade tituba de côté jusqu'à ce que son épaule trouve le mur. Il était d'une pâleur cadavérique, et les glyphes dessinés sur sa peau brillaient nettement sur son teint livide.

— Tu ne peux pas être…

Les lèvres scarifiées se tordirent en un sourire grotesque.

— Regarde-moi. Nous guérissons vite et bien, mais tu vois ce que le feu nous fait.

— Le feu, murmura Shade. Le feu a détruit le *Soufre*. (Il secoua la tête, laissant ses cheveux noirs battre ses yeux.) Mais tu as été tué. Le bar a brûlé jusqu'à la dernière pierre. Je t'ai senti mourir.

— Je suis mort un moment, expliqua la créature brûlée. Le lien fraternel que nous partagions a été brisé ce jour-là, mais tu sais que c'est moi.

— Shade ? résonna la voix de Runa dans l'atmosphère tendue qui planait dans la cellule. Qu'est-ce qui se passe ? Qui est-ce ?

— C'est mon défunt frère, lâcha Shade. Roag.

Chapitre 4

Roag est vivant.

Shade essayait d'assimiler cette information, mais sans réel succès. Cela n'avait aucun sens.

— Pourquoi ? Pourquoi tu fais ça ?

Roag agita son bras atrophié.

— Ça ? Le trafic d'organes de démons ? Tu le sauras bien assez tôt.

— Depuis quand ?

Par les Dieux !

Shade eut une vision de Roag à la tête d'une organisation depuis des décennies, juste sous leur nez.

— À peu près deux ans. Je suis nouveau dans le métier, mais mes affaires sont loin d'avoir coulé celles des autres.

— Mais pourquoi nous avoir fait croire que tu étais mort ?

— Pourquoi ?

Avec un rugissement, Roag brandit son gourdin. Shade l'esquiva, mais, ses chaînes limitant ses gestes, il reçut un coup en biais sur la joue.

— Tu as le culot de me demander ça ? C'est toi qui as essayé de me tuer.

Un ruisselet de sang piqua le visage de Shade.

— Qu'est-ce que tu racontes, bordel ?

— Je te parle du *Soufre*, grosse merde ! Wraith, Eidolon et toi avez organisé ma mort. Ce que je ne sais pas, c'est qui a décidé que j'étais finalement trop fou pour vivre.

En fait, c'était Shade qui avait décrété cela plusieurs dizaines d'années auparavant. En 1952, alors qu'ils venaient tous les quatre de partager le harem d'un démon bedim, comblés, épuisés et planant toujours un peu après tout ce sexe, ils avaient discuté de ce que serait leur vie après la *s'genesis*. Contrairement à Eidolon et Shade, Wraith et Roag attendaient ce moment avec impatience. Toutefois, non seulement Roag avait hâte d'y être, mais il ne se souciait absolument pas de comment cela se passerait. Sain d'esprit ou pas, cela lui était égal.

Eidolon s'était étonné de l'attitude de Roag, à la différence de Shade. Celui-ci avait toujours considéré que Roag était à deux doigts de devenir un fléau.

— Ce n'était pas nous. Je ne sais pas pourquoi, malgré le fait que tu étais fou à lier, E fermait toujours les yeux.

— Je ne suis pas fou, grogna Roag.

— C'est vrai, parce que les gens sains d'esprit charcutent les autres pour vendre leurs organes.

Grâce à cette remarque, Shade récolta un autre coup de massue, sur l'épaule, cette fois.

— Tu oses me juger ? Je n'avais plus rien avant de guérir et de me lancer dans les affaires, mais maintenant je suis là et je vais vous reprendre ce que vous m'avez volé, toi et nos frères.

— Ce n'était pas nous, répéta Shade.

— Menteur ! Je sais que si. Et vous allez tous souffrir pour ça. Exactement comme ta sœur.

Roag fit un signe au cinglenuit, qui s'approcha avec son propre gourdin. Runa hurla, mais Shade se contenta de fermer les yeux. Il aurait été inutile de se battre, car Roag aurait forcément gagné. Ainsi, Shade encaissa les coups jusqu'à ce que ses genoux cèdent.

Au bout d'un moment, la torture s'arrêta et Roag et le cinglenuit sortirent. Shade ignorait combien de temps cela avait duré. Des jours, lui semblait-il. Les pierres et la paille lui mordaient les genoux, il avait mal à la tête et la bouche sèche, et il reprenait tout juste connaissance.

Les doigts de Runa, doux et légers, y étaient sans doute pour quelque chose.

— Combien de temps ? demanda-t-il d'une voix cassée.

— Je ne sais pas. Un moment.

Elle retira sa main. Toujours enchaînés aux murs, ils étaient trop loin pour se toucher librement.

— Quel fils de pute ! cracha-t-il en s'installant douloureusement sur le côté. Mais quel fils de pute !

— Ce démon… Roag… tu le croyais mort ?

— Depuis trois ans.

Shade fixait le mur couvert d'humidité derrière Runa mais, en réalité, il revoyait le jour où il avait appris le décès de Roag. La lumière avait été faite plus tard sur l'événement : les Aegis avaient localisé le bar de démons protégé par un sort de dissimulation, et ils avaient massacré tous ses occupants. Quand les Gardiens avaient eu terminé, ils avaient brûlé le *Soufre*. Comment Roag avait-il survécu ? C'était un mystère, mais les ravages de l'incendie expliquaient pourquoi Shade n'avait pas reconnu sa voix, à présent si rocailleuse et grave que son accent irlandais s'en trouvait modifié.

— J'imagine que, quand il a pris une apparence normale, avec des cheveux blonds, il s'est mis dans la peau d'un autre de tes frères. Wraith, c'est ça ?

— Ouais.

Shade étudia l'expression de Runa en se demandant comment elle pouvait supporter tout ça. Bon sang ! Quelle comédienne ! Elle restait assise là, calme et sereine, alors qu'il avait envie de péter les plombs comme Roag !

— Est-ce que… je peux t'aider ? proposa-t-elle doucement.

— Seulement si tu peux faire revenir ma sœur.

— Je suis vraiment désolée.

Il risqua un nouveau coup d'œil vers elle.

— Je croyais que tu me détestais.

Elle rejeta la tête en arrière comme s'il venait de la gifler.

— Je ne t'aurais jamais souhaité une telle chose, protesta-t-elle avant de baisser les yeux vers ses mains croisées sur ses genoux. Je connais l'amour fraternel.

Shade en frémit de honte. Il se souvenait de son frère, de sa dévotion pour lui et de sa détresse quand elle l'avait regardé se décomposer. Ils étaient proches : elle avait confié à Shade que son frère avait obtenu sa tutelle quand elle avait seize ans, après la disparition de leur père et l'hospitalisation de leur mère. Arik protégeait Runa comme un frère le devait.

Comme Shade aurait dû protéger Skulk.

— Comment va Arik ? s'enquit-il, cherchant quelque chose – n'importe quoi – pour ne pas hurler.

— Très bien, répondit-elle avec un regard en biais. Grâce à toi.

Shade se dévissa la tête.

— Je ne vois pas de quoi tu parles.

— Tu l'as guéri. (Elle sondait son visage, mais il ignorait ce qu'elle cherchait.) Je le sais.

— Je n'ai…

— Ne dis rien. Je sais que c'était toi. Arik était mourant, puis tu es venu… et, après ton départ, son état a commencé à s'améliorer.

Shade soupira. Trois jours avant que Runa le surprenne avec deux femmes, il s'était rendu chez elle, une vieille maison sur deux étages à New Rochelle, afin de lui déposer une veste qu'elle avait oubliée chez lui. Il avait également eu l'intention de rompre en bonne et due forme : il avait senti qu'elle commençait à s'attacher et qu'elle demanderait bientôt plus que ce qu'il pouvait lui offrir. Dès qu'il avait passé le seuil, l'odeur putride de la mort lui avait sauté aux narines. Runa étant au téléphone, il s'était promené dans la maison jusqu'à ce qu'il trouve la grande chambre où son frère gisait dans son lit tel un squelette vivant.

— Il souffrait d'une maladie qu'un démon lui avait transmise, expliqua Shade quand il comprit à son regard qu'elle ne laisserait pas tomber.

— Qu'est-ce que tu as fait ?

— Merde !

Il se passa la main sur la figure. Il aurait préféré qu'elle ne sache jamais rien. Il ne voulait pas qu'elle lui soit reconnaissante ou redevable. La dernière chose dont il avait besoin était qu'elle éprouve de la tendresse à son égard.

— Shade ? Comment tu l'as soigné ?

Une rixe éclata dans une cellule voisine, suivie de jurons et de quelques cris de douleur, puis le calme revint. À l'exception du bruit incessant et énervant d'eau coulant goutte à goutte, ce silence fut assez éloquent pour inciter Shade à parler. Il aurait fait n'importe quoi pour ne pas avoir à écouter ses propres pensées.

— Je suis en mesure d'agir sur les fonctions corporelles. Le but premier de ce pouvoir d'incube est de forcer les femmes à ovuler, mais je peux aussi atteindre l'organisme à un niveau cellulaire et inverser le processus de certaines maladies, expliqua-t-il en haussant les épaules. Celle de ton frère était facile à éradiquer, en fait.

— Les médecins étaient époustouflés, chuchota-t-elle. Je l'ai emmené à l'hôpital le lendemain matin ; il est entré en marchant pour la première fois depuis des mois.

— Content de le savoir.

— Merci.

Et voilà, cette fameuse gratitude qu'il espérait éviter.

— Ne me remercie pas. J'ai fait ça uniquement pour des raisons personnelles, grommela-t-il.

— Je ne vois pas en quoi c'est égoïste de sauver une vie.

Shade se força à la toiser le plus méchamment possible.

— Je me suis dit que tu ne pourrais jamais accepter notre rupture si tu étais en deuil.

Comme elle en avait le souffle coupé, ce mensonge pinça le cœur de Shade. Il avait sauvé Arik parce que c'était son métier. Il était urgentiste et, même si ce type était humain, il souffrait.

— Tu n'es qu'un connard.

— Ouais.

Il broncha en s'installant plus confortablement, ce qui était difficile avec la morsure de Runa et la torture qu'il avait subie. Tout d'un coup, il se sentait comme une merde à trembler juste parce qu'il était mal assis, vu ce que Skulk avait dû endurer.

— Alors, comment as-tu survécu à l'attaque du warg ? s'enquit-il. Comment est-ce arrivé ?

Elle garda le silence pendant un moment, comme pour le punir.

— C'est arrivé le soir où je suis venue chez toi et où je t'ai surpris avec… ces putes. Je suis partie en courant sans faire attention à ce qui se passait autour de moi, et c'est là que le loup-garou m'a attaquée. (Elle tressaillit si violemment que Shade se promit d'abattre ce warg si jamais il mettait la main dessus.) Il m'a jetée derrière une benne à ordures quand il en a eu fini. Je ne sais pas combien de temps j'y suis restée, mais j'ai réussi à attraper mon portable pour appeler mon frère. Il est venu me chercher et m'a emmenée à l'hôpital. Les médecins voulaient me garder deux jours, mais Arik m'a fait sortir contre leur avis médical dès le lendemain soir. Je ne savais pas pourquoi, mais je lui faisais confiance.

— Il savait que tu avais été mordue par un warg.

— Oui. Il ne me l'a pas dit, par contre. Il m'a reconduite à la maison et m'a enfermée dans la cave. J'ai cru qu'il avait perdu la tête. Le lendemain matin, quand je me suis réveillée, la pièce était dévastée. Il m'a alors tout expliqué.

Shade se pencha en avant, oubliant momentanément sa douleur.

— Comment a-t-il su ? Et comment a-t-il attrapé un virus de démon ?

Runa détourna les yeux, et Shade regretta de ne pas être plus près pour l'obliger à le regarder. Enfin, il valait certainement mieux qu'ils ne se touchent pas. Il se rappelait trop bien combien elle était agréable sous ses doigts. Sous lui.

— Runa ? (Comme elle ne répondait pas, il testa la résistance de ses chaînes.) Putain ! C'est un Aegi ?

Elle secoua la tête.

— Un militaire ?

Elle leva brusquement des yeux étincelants de surprise.

— Quoi ? Tu crois que les démons ne sont pas au courant que tous les gouvernements du monde s'activent à purger le monde des démons ? (Il se passa la main sur le visage. Il était tellement crevé !) J'imagine qu'on ne peut pas compter sur l'armée pour venir nous sauver…

Runa en resta bouche bée.

— C'est bien ce que je me disais, confirma-t-il avec un soupir. Wraith ne se montrera sûrement pas non plus. On dirait qu'on va devoir se débrouiller seuls.

— Comment ?

— C'est la grande question du jour, répondit-il d'un air grave.

— Le problème, avec les sous-fifres, c'est qu'ils sont stupides.

Roag dévisageait un petit *drekavac* baveux qui ressemblait à un singe difforme et sans poils recroquevillé à ses pieds.

— Mais je vous ai livré le seminus, l'un des frères que vous aviez demandés, gémit le *drekavac* en grattant les bottes de Roag avec ses doigts grêles.

— Oui, ça m'a bien amusé qu'il se fasse sucer sans aller jusqu'au bout et d'arracher la peau de sa sœur chérie pour le torturer, mais au final Shade ne me sert à rien. Il est maudit. Ce qui veut dire que tout ce qu'on prélèvera sur son corps pourrait être maudit aussi. Il me faut Wraith.

Eidolon ferait l'affaire, à la rigueur, mais Roag lui avait déjà assuré toute une vie de tourmente. Logique et loyal, le docteur E se faisait torturer une fois par mois par des vampires qui finiraient par l'estropier ou le tuer. De plus, Roag aurait besoin de ses compétences médicales pour mener à bien ses plans. Comme Shade était inutile, il ne lui restait plus que Wraith, et cela tombait foutrement bien : c'était celui que Roag voulait le plus voir souffrir.

Pauvre petit Wraith, tellement brisé et torturé, tellement protégé par ses idiots de frères sans intérêt. Quels imbéciles ! Roag avait lu en Wraith dès le début. Laisser son plus jeune frère en possession de ses organes équivalait à du gaspillage, mais Roag prévoyait d'y remédier.

— Encore une fois, tu m'as déçu.

Il assena un coup de pied si fort au *drekavac* que celui-ci vola à travers le grand salon du vieux fort et s'écrasa sur une table. Tandis qu'il revenait vers Roag en rampant, ce dernier prit la forme de Wraith, se délectant de cette transformation qui adoucissait et assouplissait sa peau tendue et brûlée.

— Apparemment, tu as besoin qu'on te rafraîchisse la mémoire, donc voici à quoi il ressemble.

Et à quoi Roag ressemblerait dès qu'il aurait prélevé la peau et les parties génitales de Wraith.

— Mon amour ?

Il fit volte-face en remerciant le Grand Satan d'avoir muté avant l'entrée de Sheryen dans la pièce. La démone bathag ne l'avait jamais vu sous sa vraie forme et, s'il parvenait à ses fins, cela n'arriverait jamais. Il avait besoin de Wraith, et au plus vite. Sheryen finirait par devenir insensible au sexe mental et par s'apercevoir que, malgré ses souvenirs et ses orgasmes, ils n'avaient jamais eu un seul rapport.

— Qu'est-ce qu'il y a, Sher ?

— J'ai vu que tu avais un seminus dans les cachots. Je veux le prendre pour jouer.

— Tu ne dois pas entrer dans les cachots, *lirsha*, lui rappela-t-il en se laissant emporter par la jalousie. Combien de fois te l'ai-je dit ?

Sa jolie moue le fit grincer des dents de frustration. Il ressentait toujours les mêmes pulsions mais, à la suite de la perte de ses organes génitaux dans l'incendie du *Soufre*, il ne pouvait rien y faire. C'était la pire des tortures : être excité mais incapable de baiser. Il avait donné à Shade un avant-goût de son état quand Solice s'était occupée de lui. Pourtant, celle-ci n'avait pas dû s'y prendre assez bien, car l'ardeur de Shade était retombée au lieu de le tuer. Roag avait prévu de le laisser agoniser pendant des heures, jusqu'à ce qu'il soit au seuil de la mort, avant de faire revenir Solice pour le soulager… et recommencer le même cercle vicieux.

De rares instants de plaisir ponctuant plusieurs heures d'agonie. Encore et encore. Magnifique !

Et tout tombait à l'eau parce que Solice suçait aussi mal qu'elle pratiquait la chirurgie quand elle amputait les démons que ses Goules capturaient. Voilà pourquoi Roag avait besoin d'Eidolon. Il était encore plus difficile de trouver un bon médecin que des larbins efficaces.

— Moui, marmonna Sheryen en rejetant ses longs cheveux argentés derrière son épaule. Puisque c'est ça, je vais à *L'Éternel*. Tu veux venir ?

Connasse ! Elle savait parfaitement qu'il ne retournerait jamais en boîte, et encore moins dans un bar à vampires.

Cette seule idée lui donnait des sueurs froides.

— Je te retrouve ce soir au repaire.

Elle lui envoya une bise avant de s'éloigner d'un pas nonchalant.

— Suis-la, ordonna-t-il à un autre sous-fifre qui rongeait un os au coin du feu. Je ne veux pas qu'elle fasse un crochet par les cachots avant de sortir.

Shade serait trop heureux de sauter sur l'occasion de la baiser avant de l'utiliser pour s'évader.

Je devrais le tuer ou le découper en morceaux.

Les organes génitaux des seminus rapportaient une fortune au marché noir. Problème : Roag n'avait aucun moyen de savoir si la malédiction de Shade, l'une des plus sinistres et ingénieuses dont il ait entendu parler, affectait aussi ses parties.

Il faisait tout cela pour Sheryen, son âme sœur, afin de pouvoir s'unir à elle et la garder dans son lit ; il ne pouvait pas prendre le risque de se faire greffer des organes maudits par un sort anti-amour.

Par ailleurs, tuer Shade tout net serait trop rapide. Non, il devait le faire souffrir autant qu'Eidolon, mais comment ? Roag avait assassiné la mère de Shade – il s'en était d'ailleurs bien amusé, même s'il n'avait pas encore avoué à son frère le rôle qu'il avait joué dans cette affaire – et la mort de Skulk le hanterait, mais cela ne suffisait pas.

— Comment va mon frère ? Il est malheureux ?

Sûrement pas. Shade a toujours adoré les chaînes et le fouet.

Le *drekavac* haussa une épaule difforme.

— Je… crois pas. La wargette lui tient compagnie.

Roag plissa les yeux.

— Ils n'ont pas intérêt à se toucher.

Si ce salopard prend son pied dans sa cellule… Mais oui… c'est ça, la torture suprême pour Shade !

Et si tout se passait bien, Shade ne passerait pas le restant de ses jours à souffrir le martyre…

Mais l'éternité.

Chapitre 5

Des draps de satin. Des oreillers de plumes. Des fraises enrobées de chocolat et du champagne. Tout cela était beaucoup trop raffiné pour Shade, qui préférait moins de confort et plus de cuir et de chaînes, mais le luxe allait parfaitement à Runa. Sa peau douce méritait des draps de soie. Tandis que son épaisse et longue chevelure tombait en vagues lumineuses sur le coussin moelleux, elle chauffait Shade comme de la braise en léchant le jus de fraise sur ses lèvres.

Au fond de lui, le démon soupçonnait qu'il s'agissait d'un rêve, mais il ne voulait pas lutter.

Bon sang! Quel délice d'être avec Runa!

Il se blottit un peu plus, son sexe toujours profondément enfoncé en elle. Cela faisait si longtemps qu'ils s'étaient séparés, si longtemps que Shade ne s'autorisait pas à apprécier la compagnie d'une femme plutôt que de simplement s'envoyer en l'air avec elle.

Une telle sensation était dangereuse. Même si Runa ne l'avait pas surpris avec deux femelles un an auparavant, il l'aurait envoyée promener, non pas parce qu'elle s'attachait, comme il continuait à se le répéter, mais parce que lui-même avait commencé à éprouver des sentiments pour elle. Sans sa malédiction, le *Maluncœur*, il aurait été tenté de continuer, de voir ce que donnerait leur relation, même s'il était hors de question pour lui de s'unir à une humaine. Même si, avec son manque d'expérience et sa timidité, elle n'était pas son genre.

Quelque chose en elle l'avait attiré, occupant ses pensées bien après sa première visite à son café et l'incitant à chercher son numéro pour lui proposer un rendez-vous deux soirs plus tard.

— Tu m'as manqué, Shade.

Douce comme le nectar, la voix de Runa bouillonnait dans les veines de Shade comme le vin pétillant qu'il avait dégusté au creux de son dos quelques minutes plus tôt, alors qu'elle était étendue sur le ventre, devant lui, tel un banquet.

— Prends-moi en toi.

Il releva brusquement la tête. Les yeux de la jeune femme, brillants de désir, d'amour et de tout ce qui s'en approchait, se rivèrent aux siens et il sut qu'elle en avait vraiment envie. Elle voulait s'unir à lui, devenir sa compagne pour qu'il n'ait pas à traverser la *s'genesis* seul, pour que cette épreuve ne mette pas sa vie sens dessus dessous.

Du côté droit du visage, il avait la sensation que ses tatouages essayaient de remonter à la surface de sa peau pour annoncer que le Changement s'était opéré. Il ne lui restait plus que quelques semaines ou quelques jours, peut-être même seulement quelques heures avant d'oublier son ancienne vie et de passer ses journées à pourchasser frénétiquement des femelles à féconder.

Cette folie ne pouvait être stoppée qu'en prenant une compagne. Les mâles post-*s'genesis* devenaient féconds et pouvaient changer de forme, mais ils perdaient souvent la tête ; Roag en était un exemple. Ceux qui s'unissaient restaient sains d'esprit mais ne pouvaient coucher qu'avec leur compagne.

Le fait qu'ils doivent se restreindre toute leur vie à une seule femelle expliquait pourquoi la plupart des seminus ne s'unissaient pas, surtout après la *s'genesis*. En effet, qui voudrait passer six cents ans avec la même partenaire ? Pis encore, il n'y avait qu'une issue à cela : la mort de l'un des deux. Et, comme les démons avaient en général peu d'égards pour la vie, il était presque impossible de trouver une compagne digne de confiance, qui ne vous tuerait pas dans votre sommeil après deux cents ans de vie commune.

Pourtant, Shade aurait tenté sa chance… sans cette malédiction. Il ne pouvait pas risquer de tomber amoureux avec la femme à laquelle il s'unirait, mais il savait que cela lui arriverait, et pas qu'à moitié. Du côté de sa mère, on lui avait inculqué le désir de fonder une famille aimante. Ainsi, il souffrait tous les jours de ce qu'il ne pouvait pas avoir.

Pour l'instant, en tout cas, il avait Runa.

Elle referma les jambes autour de lui et s'arqua en gémissant bruyamment quand il s'enfonça entièrement en elle. Il avait oublié à quel point ils étaient connectés sexuellement. En effet, elle réagissait toujours avec enthousiasme à ses moindres désirs. La curiosité de la jeune femme était sans limites et Shade aimait lui faire découvrir des positions, des instruments et des pratiques diverses et variées.

Elle planta ses ongles dans les fesses de Shade, l'obligeant à adopter le rythme qu'elle lui dictait.

— Plus fort, souffla-t-elle. Fais-moi crier, démon !

La surprise résonna en lui : elle ne s'était jamais montrée agressive pendant leurs rapports ; elle avait toujours satisfait les désirs et les besoins de Shade ; elle avait toujours été malléable et parfaite.

Mais comme ça, c'était encore mieux.

Il se mit à donner des coups de reins puissants, lui donnant ce qu'elle voulait, la faisant gémir au fur et à mesure que leur plaisir montait. Le parfum de l'excitation s'éleva, enivrant tellement Shade que le décor se mit à tournoyer et, quand elle l'enjoignit de la boire en plantant un ongle dans sa propre épaule, faisant perler du sang, il s'exécuta sans réfléchir.

Runa entrelaça ses doigts à ceux de Shade pour tirer leurs bras loin au-dessus de leurs têtes. Il fut parcouru d'une douleur vive et délicieuse qui irradiait depuis son cou, où elle avait enfoncé ses dents. Le *dermoire* qui s'étalait de ses doigts à sa gorge se mit à briller comme une flamme, donnant l'illusion qu'ils se fondaient l'un dans l'autre.

Par les cercles de l'Enfer ! On est en train de s'unir ! Et merde !

Shade ne pouvait rien y faire, pas alors que le sang de Runa s'écoulait comme du vin dans sa gorge et qu'elle absorbait le sien par des aspirations puissantes et excitantes ; pas alors que l'orgasme déferlait sur lui et que Runa criait…

Avec un rugissement de plaisir, il se laissa aller tandis que les contractions de Runa le retenaient prisonnier.

Prisonnier…

Aveuglé par l'orgasme qui montait en intensité, il n'y voyait pas clair, mais quelque chose n'allait pas. Toutes les odeurs de sa chambre disparurent : plus de parfum de chocolat ni d'excitation, mais des effluves de moisissures et d'eaux usées. Ses genoux ne glissaient pas sur le satin ; ils s'écorchaient sur la pierre.

— Runa, murmura-t-il.

Elle gémit en s'éveillant dans la même confusion que lui.

— Qu'est-ce qui s'est passé ? demanda-t-elle en battant des paupières.

Du coin de l'œil, il vit son *dermoire* cesser de luire sur son bras. Il sentait Runa en lui, dans son âme, dans son cœur. Ils étaient unis.

Puis Shade reconnut avec horreur l'endroit où ils se trouvaient.

— Espèce de connard ! s'emporta Runa, dont le sang bouillonnait de fureur et les yeux lançaient des éclairs. Qu'est-ce que tu m'as fait ? demanda-t-elle en le poussant violemment par les épaules. Dégage !

Elle devait cependant reconnaître qu'il avait l'air aussi dérouté qu'elle. Il s'écarta d'elle en rampant avec des gestes saccadés et gênés. Cela dit, elle non plus n'était pas spécialement gracieuse et délicate. Elle avait les membres lourds, comme si ses veines véhiculaient du plomb à la place de son sang.

— Merde ! siffla-t-il en s'agenouillant à côté d'elle. Qu'est-ce qui s'est passé ?

— Tu ne le sais pas ?

— Je sais qu'on vient de s'unir, mais j'ignore comment on en est arrivés là.

De *s'unir* ? Runa tressaillit sous l'effet d'une pointe de douleur dans sa tête. On avait dû la droguer. Ses pensées fusaient dans tous les sens. Des images nébuleuses tourbillonnaient dans sa tête : les gardes leur avaient apporté de l'eau et de la nourriture, à la suite de quoi ils avaient mangé, et puis… le trou noir. Elle se souvenait vaguement d'avoir entendu la voix de Roag, mais elle s'était tout de suite retrouvée dans une chambre d'hôtel en train de faire l'amour avec Shade…

En train de s'unir. La morsure, le sang… était-ce une sorte de rituel d'accouplement ?

Une secousse d'excitation la piqua et chassa toute pensée cohérente. Oui, elle avait toujours en mémoire les orgasmes que lui procurait Shade même longtemps après qu'ils avaient couché ensemble. Honteuse de songer qu'elle allait de nouveau prendre du plaisir dans de telles circonstances, elle ravala un gémissement.

Alors qu'une vague de jouissance déferlait en elle, Shade l'attira dans ses bras puissants.

— J'aime ce moment, susurra-t-il dans son oreille. Quand on a fini et que je peux te regarder prendre ton pied.

Elle se cambra contre lui en s'accrochant à ses larges épaules, aux savoureuses ondes de plaisir qu'elle ne voulait pas voir s'arrêter. Les muscles puissants de Shade absorbaient ses spasmes. Elle s'aperçut vaguement qu'elle se frottait contre la cuisse de Shade tandis qu'il la serrait fort et que son sexe rigide appuyait sur son ventre.

Du bout des lèvres, Shade lui effleurait l'oreille en parlant pendant que les orgasmes se succédaient. Ses paroles étaient imagées et torrides, tel un aphrodisiaque verbal qui la faisait trembler dans ses bras.

Quand tout fut terminé et que Runa eut recouvré ses esprits, elle l'écarta d'elle, bien qu'avec moins de force que précédemment.

— C'est insensé, dit-elle d'une voix plus rauque que jamais.

— Comme Roag.

Shade se passa la main dans les cheveux en la considérant comme s'il jaugeait sa capacité à affronter tout ce qui leur arrivait.

— Je me souviens d'avoir entendu sa voix. Ils ont dû nous droguer. Mais pourquoi ? s'interrogea-t-elle en sondant la petite cellule du regard.

C'est alors seulement qu'elle s'aperçut qu'ils n'étaient plus enchaînés aux murs. L'espoir monta en elle. Elle accueillit ce sentiment avec plaisir, jusqu'à ce qu'une faim dévorante lui fasse comprendre que ce qu'elle éprouvait n'était pas de l'espoir, mais l'appel de la pleine lune. L'heure approchait.

— Je ne sais pas pourquoi, mais Roag a le pouvoir de nous faire croire des choses qui ne sont pas réelles. C'est le même pouvoir que Wraith. Il est entré dans nos têtes et nous a poussés à vouloir nous unir.

— Et qu'est-ce que ça veut dire, exactement ?

— L'union, c'est ce que font les démons seminus quand ils veulent soit éviter soit se débarrasser des pires effets de la *s'genesis*. Nous subissons quand même le Changement mais, comme nous avons pris une compagne pour la vie, nous ne basculons pas dans une existence de violence et nous n'avons plus la pulsion de féconder toutes les femelles de la planète.

Il se pencha en avant et posa un regard ardent sur ses seins nus, les faisant durcir d'excitation.

— Nous n'éprouvons qu'une forte envie de féconder notre compagne.

Runa déglutit et croisa les bras.

— Est-ce que…

— Je ne suis pas encore fertile, la rassura-t-il avant de froncer les sourcils. Est-ce que j'ai un anneau autour du cou ?

— Oui.

C'était une extension du *dermoire* qu'il arborait au bras : des symboles entrelacés autour de sa gorge. Runa tendit la main vers lui, mais il s'écarta farouchement.

— Non, refusa-t-il d'une voix grave et râpeuse. J'ai beaucoup de mal à me contrôler. Tout ce que je veux te faire…

Le cœur de Runa se mit à tambouriner dans sa poitrine et dans sa gorge, de sorte qu'elle réussit à peine à parler.

— C'est… normal ?

— J'ai entendu dire que le processus était accéléré quand on prenait une compagne avant le Changement… (ses yeux s'assombrirent jusqu'à ce que le blanc soit quasiment évincé par le noir) parce que ça donne accès à une réserve permanente de sexe.

Ce simple mot allié à l'intensité de son regard possessif la fit presque gémir.

— Calme-toi, mon pote. Je ne vais pas te servir d'esclave sexuelle.

Elle espérait avoir l'air plus convaincante que ce qu'il lui semblait.

Shade mit plus de distance entre eux, mais sa façon de se recroqueviller et de la toiser lui fit penser à une panthère prête à bondir.

— Ce n'est pas comme ça que ça marche, expliqua-t-il en se touchant la gorge. Est-ce qu'il y a un ou deux cercles ?

— Un seul.

— Il y en aura deux quand la *s'genesis* sera terminée. Le premier signifie que je suis uni à quelqu'un. Le second voudra dire que je suis fertile. Des signes semblables aux miens vont se former sur tes bras dans quelques instants. Vu que la lycanthropie a altéré ton ADN, tu n'es plus complètement humaine, donc notre union ne devrait pas te tuer.

« Ne devrait pas ? »

Les choses s'annonçaient vraiment très mal. Runa se leva et se mit à faire les cent pas tandis que son sang de louve la démangeait, juste sous sa peau.

— Bon, comment on se désunit ?

Shade se passa une main sur le menton.

— On ne peut pas.

— Comment ça, on ne peut pas ? Il y a forcément un moyen. Un sort, un rituel…

— Non, il n'y en a pas, insista-t-il en se frottant de nouveau la joue. Fait chier !

Runa songea qu'elle aurait dû être encore plus en colère, mais comme ils allaient certainement mourir tous les deux le lendemain ou le surlendemain, s'unir pour la vie ne paraissait pas si catastrophique que ça.

— Juste pour rire, imaginons que nous survivions aux Goules. Qu'est-ce que cette union implique pour moi ? Pour nous ?

Shade se leva et arpenta la pièce pendant un moment. Lorsqu'il marchait, son corps musclé était une allégorie de la beauté.

— Premièrement, on est obligés de rester fidèles. Aucun de nous ne peut coucher de façon consentante avec une autre personne. Si tu essaies, tu auras mal.

Quant à moi, je serai incapable de bander pour une autre. Ça veut aussi dire qu'on sentira l'excitation et les émotions de l'autre, quelle que soit la distance qui nous sépare. En ce moment, je perçois ta colère.

— Le contraire m'aurait étonnée, rétorqua-t-elle avec un regard mauvais. OK, tout ça m'a l'air vraiment merdique. Qui aurait envie de faire ça ? Je veux dire, j'imagine que ça doit vous faciliter les choses, mais pourquoi les femmes accepteraient ?

— Pas les femmes. Notre sang est toxique pour les humaines, donc nous ne pouvons pas nous unir à elles.

— D'accord, les femelles alors. Pourquoi des femelles démones s'uniraient-elles à vous ?

— Les démons aussi tombent amoureux, tu sais, répliqua-t-il. Les femelles veulent empêcher le mâle qu'elles aiment de devenir fou et de baiser tout ce qui bouge, ajouta-t-il avant de prendre une profonde inspiration pour se calmer. Certaines espèces y gagnent en espérance de vie. Les espèces les plus faibles y trouvent un protecteur. Il y a des tas de raisons pour lesquelles une femelle peut avoir envie de s'unir à un démon seminus.

— Et les loups-garous ?

— Des orgasmes sensationnels.

Elle écarquilla les yeux.

— C'est tout ? Du super sexe ? Je suis obligée de te supporter pour le reste de ma vie et tout ça pour prendre mon pied comme une dingue ?

— Mieux que comme une dingue, la corrigea-t-il sur un ton apparemment contrarié.

Runa ramassa ses vêtements éparpillés autour d'elle.

— C'est génial !

Et elle ne parlait pas de sa culotte en lambeaux.

— Je ne suis pas ravi non plus, princesse.

Elle résista à l'envie subite de lui aboyer dessus. Il n'y était pour rien.

— Qu'est-ce qui se passe avec ton frère ? Pourquoi est-il aussi…

— Taré ?

— Ça marche aussi.

— Il a toujours été détraqué. Sa mère était une marchande d'esclaves neethul, une race extrêmement cruelle. Quand sa *s'genesis* s'est opérée, il a totalement perdu la boule.

Quand Runa remonta son pantalon, elle dut pousser un râle sans s'en apercevoir, car Shade lui lança un regard curieux.

— C'est pour bientôt, non ?

En réponse, ses muscles se crispèrent douloureusement, comme s'ils commençaient à se séparer de ses os.

— C'est presque la pleine lune.

— Merde !

— Ouais. Dès que je me transformerai, ils vont me dépecer.

Shade secoua lentement la tête en tripotant sa boucle d'oreille.

— Je ne crois pas. Si Roag nous a poussés à nous unir, c'est qu'il a une autre idée derrière la tête.

— Donc il ne va pas me tuer ?

Shade la regarda droit dans les yeux.

— Oh, si ! Il va te tuer, la contredit-il tout bas. Mais pas tout de suite. Je crois qu'il prépare bien pire.

Dans le salon réservé aux médecins de l'Underworld General, le docteur Gemella Endri observait Wraith faire les cent pas pendant qu'Eidolon et Kynan essayaient de le calmer.

La futilité de leurs efforts lui faisait de la peine. Wraith menaçait de craquer depuis des heures. Même ses vêtements n'avaient pas résisté à son stress : il avait irrémédiablement détendu le col de son tee-shirt à force de tirer dessus comme s'il l'étranglait. De même, à le voir marcher ainsi, elle se dit que les semelles de ses rangers devaient être complètement usées.

Les deux mains dans les cheveux, il s'immobilisa et s'adossa au mur gris foncé couvert d'incantations tracées au sang – des sorts protecteurs empêchant toute violence. Presque toute. Lui et ses frères échappaient à cette restriction.

— Je ne peux toujours pas le localiser. Putain ! Je ne le trouve pas !

Assis à l'opposé de Gem, Eidolon leva ses yeux noirs et inquiets. L'ambulance de Shade et Skulk avait été retrouvée, mais sans la moindre trace des deux démons. Tout l'hôpital était en état d'alerte.

— Tu ne le sens pas du tout ?

Wraith leva les yeux au plafond, aussi sombre que les murs.

— J'ai des flashs de lui quand il souffre, mais ça ne dure pas. Quelqu'un a dû lui jeter un sort de dissimulation, ou un truc dans le genre.

— Ce sont les Goules, c'est ça ?

Kynan venait d'exprimer à voix haute ce que tout le monde pensait. Gem inspira avec inquiétude.

— Non ! s'exclama Wraith.

Il traversa la pièce en un éclair et plaqua Kynan contre le mur, qui se mit à vibrer à mesure que la bagarre menaçait d'éclater. Wraith appuya son avant-bras sur la gorge de Ky et comprima les cicatrices irrégulières qui striaient son cou jusqu'à son épaule.

— Ne dis pas ça ! N'y pense même pas !

Kynan se contenta de considérer Wraith d'un air calme. Il avait visé juste, et ils le savaient tous. Ce matin même, l'hôpital avait admis une démone oni à qui les Goules avaient prélevé la langue et trois yeux. Cela ne faisait qu'accroître leur inquiétude.

— Wraith, lâche-le, intervint Eidolon d'une voix apaisante. Concentre-toi sur Shade.

Il fallut attendre plusieurs battements de cœur douloureux pour que Wraith se décide à s'écarter de Kynan.

— Il faut que je sorte d'ici.

Eidolon se leva en rajustant son stéthoscope pour l'empêcher de tomber de son cou.

— Wraith..., l'appela-t-il sur un ton d'avertissement aussi tranchant qu'un scalpel.

— Épargne-moi ta leçon de morale, frangin.

Wraith sortit avec raideur du salon et Eidolon le suivit en jurant, laissant Gem seule avec Kynan.

— Ce démon est vraiment dérangé, marmonna ce dernier en se frottant la gorge.

Quand il se pencha ensuite pour prendre un Red Bull dans le réfrigérateur, Gem dut détourner le regard de son joli cul moulé par son pantalon.

— Je crois que nous le sommes tous un peu, déclara-t-elle d'une voix fatiguée.

— Tu veux dire « tout le monde » ou juste les démons ? (Ky déboucha la bouteille en dévisageant Gem de ses yeux bleu délavé qui accéléraient toujours légèrement le pouls de la jeune femme.) Comme toi.

Cette remarque acerbe la remit à sa place. Autrefois, cet humain gagnait sa vie en tuant les démons et, à présent, il avait toutes les raisons de les haïr. Pourtant, il travaillait avec eux, les fréquentait et, à l'UG, les soignait. Quoi qu'il en soit, il ne voyait pas au-delà des apparences. Il ne sentait pas avec quelle force elle le désirait.

Certes, les blessures infligées par l'infidélité de sa femme étaient toujours ouvertes, mais Gem ne demandait qu'à le soigner, ne serait-ce que par pur égoïsme.

Elle aimait Kynan Morgan, et ce depuis des années.

Peu importait qu'il ne soit plus celui dont elle était tombée amoureuse. Sa part de démon se réjouissait qu'il ait perdu sa pureté, sa bonté. Sa moitié humaine pleurait et rêvait de le voir redevenir lui-même.

— Gem ?

La main de Kynan sur son épaule la sortit avec un sursaut de ses rêveries pathétiques, mais l'apaisa par sa chaleur.

Mon Dieu ! Qu'il est sexy !

Ses cheveux noirs coiffés en pics, ses yeux bleus, sa peau brune et son corps d'athlète taillé pour les marathons dans et hors du lit…

— Hein, Gem ?

Elle battit des paupières.

— Excuse-moi, j'étais ailleurs.

— Nous sommes tous inquiets pour Shade et Skulk.

— Toi aussi ? Vraiment ? demanda-t-elle plus brutalement qu'elle le voulait. C'est vrai ? Tu t'inquiètes pour eux ? reprit-elle d'une voix plus douce.

— Tu crois que je m'en fiche parce que ce sont des démons.

— Ça m'est passé par la tête.

— J'ai connu des humains plus maléfiques qu'eux deux.

Cette réponse redonna une lueur d'espoir à Gem, qui se sentit comme des papillons dans le ventre.

— Est-ce que… est-ce que tu pourrais envisager de… euh… d'être avec une démone ?

La question sortit de sa bouche sans qu'elle ait eu le temps de la retenir.

Une blessure aux cordes vocales, souvenir de son séjour dans l'armée, avait laissé à Kynan une voix grave et rocailleuse qui se fit maintenant plus basse et plus rauque.

— De quoi tu parles ? De sexe ?

La bouche de Gem devint pâteuse alors qu'un frisson de désir et d'anxiété parcourait son échine.

— Je… je ne sais pas. Est-ce que, tout simplement, tu t'imaginerais avec une démone ?

Il passa un grand doigt le long de la joue de Gem, le contact le plus intime qu'ils aient jamais eu.

— Jamais.

Sur ce, il sortit de la pièce avec raideur.

Dès qu'il eut franchi la porte, Kynan s'arrêta net, le cœur battant et les poumons en feu. Les couloirs obscurs de l'hôpital semblèrent se refermer sur lui et il dut se retenir à un mur quand il fut pris d'un vertige.

Qu'est-ce qui vient de se passer là-dedans ?

Depuis sa rencontre avec Gem plusieurs années auparavant, il n'avait jamais perçu que de l'amitié venant d'elle, et voilà que, soudain, elle semblait… avoir envie…

De lui ? Pourquoi ? Il n'était qu'un vieux débris et un connard de première classe. Sans oublier que, depuis plus de onze mois, sa libido était aussi morte que sa femme.

Pourtant, tandis qu'il se trouvait là avec Gem, son corps avait tout à coup ressuscité, comme sous l'effet d'un défibrillateur.

C'est une démone.

— Demi-démone, chuchota-t-il pour lui-même.

Mais sa moitié démone est aussi mauvaise que possible.

Bon sang ! Il se retrouvait en plein conflit intérieur, seul dans le couloir, la bosse à son pantalon trahissant son excitation. Pourquoi ? Il venait pourtant de dire clairement qu'il ne s'engagerait jamais dans une relation avec une démone, même pas pour une chose aussi futile que le sexe, car le sexe n'avait justement jamais été futile pour lui.

Mon pote, les frères incubes vont bien se fendre la gueule s'ils apprennent ça !

En effet, il avait toujours considéré le sexe comme quelque chose de particulier, un échange entre deux personnes qui tenaient l'une à l'autre. Toutefois, il ne se permettait pas de juger ceux qui ne pensaient pas comme lui. Sa mère était une call-girl qui avait pris sa retraite quand son père, un homme riche et marié, lui avait versé une coquette somme pour qu'elle se taise. Pendant son enfance, puis lors de ses combats pour l'armée, il avait croisé toutes sortes d'individus, du pire au meilleur. Les gens déconnaient étrangement sous l'influence du stress, de la douleur ou juste de leur éducation.

Donc non, il ne jugeait pas et il ne tirait pas de conclusions hâtives.

Peut-être avait-il mal interprété la question de Gem. Peut-être ne parlait-elle pas de sexe… ou, du moins, pas avec elle.

Peut-être n'était-il qu'un pauvre con, parce qu'il savait parfaitement de quoi traitait leur conversation, et sa queue aussi.

Aucune importance, puisqu'il ne pouvait rien se passer entre eux, si excitante soit-elle dans sa minijupe en cuir et ses guêtres qui, il s'en rendait compte maintenant, étaient incroyablement sexy.

Putain ! Je suis vraiment dans la merde ! Comment je vais me sortir de là ?

Chapitre 6

Tandis qu'il arpentait la pièce de long en large, Shade réfléchissait à leur évasion. Il observait les gardes qui allaient et venaient, afin de déterminer leur type, leur espèce et leur sexe. Leur meilleur espoir résidait dans ses chances de séduire une femelle. Pour l'instant, il en avait vu deux : la femelle diablotin qui l'avait sorti de la cellule un peu plus tôt, et une démone qui leur apportait à manger.

Comme Runa dormait depuis quelques minutes, il s'assit à côté d'elle, dos au mur, en pensant à Roag. Il espérait se souvenir d'un détail qui ferait la lumière sur ses raisons d'en vouloir à Shade et à leurs frères pour ce qui lui était arrivé dans l'incendie du *Soufre*.

Les doux ronflements de Runa le berçaient tandis qu'il songeait au dernier jour où il avait vu Roag vivant.

Ce jour-là, la première intervention de l'ambulance avait été un fiasco. Le temps que Shade et Skulk arrivent dans la ruelle où un déchiqueteur d'âme avait été blessé, celui-ci était mort, ne laissant qu'une fine flaque d'huile au sol. De retour de sa course, Shade passa par le parking condamné qui descendait sur plusieurs étages sous les rues de New York. Loin en dessous, la porte d'un garage scintillait, invisible aux yeux des humains mais immanquable pour les démons. Shade appuya sur un bouton du tableau de bord et la porte s'ouvrit, permettant à l'ambulance d'entrer. Ils émergèrent alors dans un parking gigantesque adjacent à l'hôpital.

Après s'être garé, il se dirigea vers la salle de pause, où Eidolon se disputait avec Wraith à propos d'une stupidité, sans aucun doute. Roag était adossé à un mur et reluquait Solice, une infirmière vampire, penchée pour dévaliser le réfrigérateur.

— Shade ! l'interpella Roag avec son accent irlandais. J'essaie de convaincre nos frères d'aller au *Soufre*, mais ils refusent. Comme d'habitude.

— Pourquoi tu essaies encore ? Personne ne veut y aller.

Même Wraith n'était pas assez fou pour traîner dans des bars pleins de démones en chaleur. Roag, en revanche, ne se souciait plus des conséquences. Il était esclave de ses pulsions et de sa libido. D'ailleurs, à cet instant précis, des ondes d'excitation émanaient de lui tandis qu'il regardait Solice. Il s'approcha d'elle en se léchant les babines, l'attira vers lui et la plaqua face au mur.

Eidolon se racla la gorge.

— Pas de sexe dans la salle de pause. Tu connais le règlement.

Comme s'il n'avait rien entendu, Roag continua de caresser l'infirmière. Shade se prépara à la bagarre, mais dès qu'Eidolon fit un pas vers le couple, Roag recula.

— Ce que tu es coincé, E !

— Je te retrouve au bar quand j'aurai fini mon service, ronronna Solice.

Roag sourit.

— On jouera à la vilaine infirmière qui mérite la fessée.

Il lui mordilla le lobe de l'oreille avant de la lâcher. Elle chancela sous l'effet des phéromones de l'incube, qui s'en allait vers la porte d'un air digne. La plupart des femelles auraient fui un démon seminus dès qu'elles l'auraient identifié comme post-*s'genesis*, mais, les vampires n'étant pas fécondes – en dehors du cas isolé de la mère de Wraith –, elles pouvaient sans réserve forniquer avec eux.

— Imbécile ! cracha Shade quand la porte se referma sur Roag. Il va se faire tuer.

Une fois qu'il fut parti, Wraith se leva, une étincelle mauvaise dans les yeux.

— Si seulement…

— Shade ?

En un clin d'œil, celui-ci sortit du flash-back du jour où Roag avait été assassiné. Il s'était assoupi. Bon sang ! Il aurait préféré repartir dans son rêve que rester dans cette réalité.

Il ouvrit les yeux sur Runa qui le dévisageait, et son cœur se mit à tambouriner. Il lui succomberait d'un moment à l'autre et, comparée aux conséquences de cette faiblesse émotionnelle, une mort lente passerait pour une véritable partie de plaisir.

Shade n'avait jamais eu peur de rien, mais le *Maluncœur* qu'un sorcier bourré lui avait jeté quatre-vingts ans plus tôt lui collait la frousse de sa vie. S'il ne se méfiait pas, Runa causerait sa perte. En effet, même ici et maintenant, son corps se réveillait à la vie et demandait qu'il la possède encore et encore jusqu'à devenir une addiction pour elle. Cela finirait par arriver. Chaque fois qu'il jouirait, sa semence la lierait plus fort à lui grâce à un procédé chimique duquel résulteraient des orgasmes beaucoup plus longs et puissants, libérant des endorphines durant des heures. En bref, elle apprendrait à être accro à lui autant qu'il l'était à elle.

Si seulement il n'avait pas cédé à son envie d'humaine longtemps auparavant, avec la belle star de cinéma muet qui avait bâti sa carrière sur les promotions canapés et avait réclamé à Shade de la punir en la baisant brutalement et violemment. Si seulement il n'avait pas tué son mari quand ce dernier avait retrouvé Shade nu avec sa femme attachée. Si seulement ce sorcier de mari ne lui avait pas jeté un sort dans son dernier souffle.

« J'en appelle à toi, serviteur du Mal, démon du châtiment, j'en appelle à toi, Arioch, qui exerce la vengeance, qui retire la vie. Je t'ordonne de lier ce démon au Maluncœur, *de le condamner à une vie de soif inextinguible, de faim insatiable, de douleur infinie et de désirs inassouvis. Qu'il ne connaisse pas l'amour, ou il disparaîtra dans l'ombre et le* Maluncœur. *Approche, viens à moi et accomplis ma volonté. »*

Quatre-vingts ans plus tard, il entendait les paroles du sorcier aussi clairement que lorsqu'elles étaient sorties de ses lèvres ensanglantées.

Runa tapota la joue de Shade d'une main froide.

— Eh ! Tu es réveillé ?

Il repoussa sa main avant de faire quelque chose de stupide, comme la tirer sur lui. Par ailleurs, il remarqua qu'elle ne portait toujours pas la marque d'union sur son bras.

— Qu'est-ce qu'il y a ?

— Quelqu'un approche.

— Enfin !

Sortant brusquement du sommeil, il se leva et, nu, longea le mur de pierre froide. Des pas doux et légers résonnaient. Une femme, c'était certain.

Parfait !

Il s'approcha de la porte de la cellule, où il pourrait se cacher dans l'ombre du coin de la pièce. Il fit signe à Runa, qui se laissa tomber à terre comme ils en avaient décidé, une longueur de chaîne enroulée autour de son cou.

Elle jouait sacrément bien la morte.

Shade se débrouillerait tout aussi bien pour se rendre invisible.

Alors qu'il entrait dans la zone d'ombre derrière la porte, un frisson le parcourut et les cellules de sa peau s'assombrirent jusqu'à ce qu'il ne distingue plus sa propre main. À présent, très peu de créatures seraient en mesure de le détecter, grâce au don qu'il avait hérité des démons umbers, lui permettant de se fondre dans l'obscurité.

Les pas se firent plus lourds et plus bruyants : une seconde personne.

Respirant lentement et calmement pour maintenir ses battements de cœur à un rythme régulier, il attendit en espérant que ceux qui approchaient ne percevaient pas les pulsations cardiaques et l'afflux sanguin. Les vampires, en particulier, étaient de vraies plaies pour cela.

— Le maître dire que vous pas venir ici !

Un soupir teinté de désespoir suivit cette remarque du mâle qui se tenait de l'autre côté de la porte.

— Je veux voir le seminus, ronronna la voix féminine. Roag et moi ne sommes pas encore unis, donc je fais ce que je veux. Il ne sait pas que je suis rentrée de *L'Éternel*. J'ai encore le temps de m'amuser.

À travers les barreaux de la porte, Shade sentait son excitation et, pour la première fois en quatre-vingts ans, il ne ressentit pas le moindre désir.

Il coula un regard vers Runa, et sa queue se dressa immédiatement.

Putain d'union !

La femelle jeta un coup d'œil à travers les barreaux. Sa peau pâle et translucide, ses yeux violets et ses oreilles pointues la désignaient comme une bathag, une espèce habitant dans les grottes. Ainsi, Roag s'était trouvé une femelle avec qui s'unir.

— Il a disparu. Qui l'a laissé sortir ? s'enquit-elle en faisant grincer la porte. Il a tué la warg.

— Pas ça ! s'écria le mâle. Non !

Le cadenas émit un cliquetis métallique, la porte s'ouvrit et la femelle entra en regardant directement vers Shade. Celui-ci retint son souffle en essayant, en vain, d'empêcher son cœur de s'emballer. Au bout d'un long moment, la bathag se détourna.

Tandis qu'elle se dirigeait vers Runa, Shade attaqua en la saisissant de chaque côté de la tête, mais, au dernier moment, il ne lui rompit pas le cou. Il aurait dû, mais si elle disait vrai à propos de son union avec Roag, le frère de Shade était amoureux d'elle.

Elle pouvait servir.

Runa bondit sur ses pieds.

— Derrière toi !

Il fit volte-face pour arrêter le coup du mâle qui avait suivi la bathag à l'intérieur. En deux temps trois mouvements, il brisa à mort le démon squelettique et Runa plaqua la démone face contre terre avant de la chevaucher, lui bloquant la nuque d'une main et tenant son bras plié dans le dos de l'autre.

Bien qu'il n'ait pas vraiment le temps de se laisser aller à fantasmer, il resta là un moment à admirer l'image de sa compagne dominatrice et…

Merde !

Il secoua la tête pour se reprendre.

— Il faut filer.

Soudain, Runa écarquilla les yeux.

— Shade !

Deux darquethoths surgirent dans le cachot. Leurs yeux, leurs lèvres et les balafres sur leur peau noir obsidienne brillaient d'un orange fluorescent dans l'obscurité des cachots. Ils se déplaçaient avec rapidité, mais Shade fonça sur eux afin de ménager un passage pour Runa.

— Viens ! hurla-t-il avant de grogner quand une corde s'enroula autour de son cou.

L'un des darquethoths le plaqua contre la porte, et la douleur lui foudroya l'échine.

Un rugissement de fureur retentit dans les cachots et Runa apparut dans une rafale de poings et de pieds, déchirant de façon impressionnante les darquethoths. Quand la corde se libéra, Shade enfonça ses poings dans la figure d'un de ses adversaires tandis que Runa frappait le second d'un coup de pied à la tête. Les deux démons s'effondrèrent en même temps.

Mais la bathag se relevait tant bien que mal. Quand son regard accrocha celui de Shade, elle siffla et le sol se mit à trembler. Une pierre du plafond s'écrasa par terre dans un nuage de poussière.

Putain ! Elle va tout faire s'écrouler !

Les pupilles de Runa se dilatèrent, puis rétrécirent d'un seul coup tandis que ses doigts s'allongeaient. La nuit tombait aussi vite que le plafond. Des cris leur provinrent de nulle part. Encore des gardes.

— On doit filer !

Shade empoigna Runa par le bras. Il aurait voulu emmener la femelle de Roag avec eux, mais elle les aurait ralentis.

Sous leurs pieds, le sol roula et se souleva quand ils émergèrent de la cellule.

Devant eux, deux gardes luttaient pour garder l'équilibre. Shade fonça sur eux comme une boule de bowling dans des quilles. Sans ralentir, il entraîna Runa dans l'étroit escalier en colimaçon. En haut, ils débouchèrent sur de la pelouse. Une brume grise les entourait en une masse homogène en dehors des volutes qui tourbillonnaient à leurs pieds. De-ci de-là, le voile était plus fin et permettait d'apercevoir les falaises rocheuses et les arbres épars au loin. Derrière eux, un mur de pierre pointait vers le ciel et disparaissait dans le brouillard.

On les retenait dans un château.

— Où sommes-nous ?

— En Irlande, je crois.

Une supposition basée sur le paysage, mais aussi sur les origines de Roag. À son premier stade de maturation, il était sorti de Sheoul, le royaume démoniaque enfoui sous terre, afin de vivre parmi les humains dans diverses villes irlandaises. Finalement, il s'était engagé dans l'armée du pays : rien ne l'excitait plus que de semer la pagaille.

À bout de souffle, Runa se plia en deux. Shade suspectait qu'elle n'était pas dans cet état à cause de la fatigue, mais plutôt de sa transformation imminente en warg.

— Qu'est-ce que c'était, ces secousses ?

— La bathag... Cette espèce contrôle la terre et l'eau. Ils peuvent provoquer des tsunamis, des tremblements de terre et toutes sortes de merdes de ce genre s'ils ont les nerfs en pelote. On a bien énervé celle-ci. (Quand les cris de colère s'interrompirent, il prit conscience de sa propre respiration saccadée.) Il faut qu'on y aille, bébé. J'adorerais rester ici pour m'amuser avec toi, mais on dirait que cette foutue union fait ressortir mes instincts protecteurs.

— Je peux me défendre toute seule, répliqua Runa d'une voix douce mais lourde comme le plomb.

À l'instar de son regard.

Conscient que le temps pressait mais ne voulant pas se priver de cet instant, il la dévisagea. Elle avait l'âme d'une guerrière et la détermination d'une combattante. Cela attirait Shade au point qu'il perdait toute notion de bon sens.

Il la saisit par la taille et l'attira contre lui. Au même instant, sa peau se tendit et son sang se mit à bouillir. Il la voulait ici et maintenant.

Par les feux de l'Enfer !

— Je sais que tu en es capable, mais je peux faire en sorte que tu n'en aies pas besoin.

Sachant que la chose la plus intelligente serait de l'abandonner là pour qu'elle se fasse tuer, il maudit leur union, reprit la main de Runa et l'emmena vers la forêt.

Runa emboîtait le pas de Shade et se réjouissait même de son point de côté et de la brûlure causée par chacune de ses respirations : elle était libre et l'air frais et piquant du soir attisait son envie de courir, de hurler… et de chasser.

— Ça approche.

Il s'arrêta si subitement qu'elle faillit lui rentrer dedans.

— Roag ?

Elle inclina la tête vers l'horizon, où un dernier rayon de soleil perçait le rideau de brume.

— La nuit. Je me transforme.

— Où est-ce que tu vas, d'habitude ?

— Quelle importance ? On est à des milliers de kilomètres des États-Unis.

— Je peux nous transférer n'importe où en quelques minutes, donc dis-moi où tu vas.

Elle possédait une cage confortable à la base de l'armée : des locaux tenus secrets sous la ville de Washington qui utilisaient à leur avantage et de façon ingénieuse le plan en pentagramme et en hexagramme de la ville. Les symboles maçonniques, considérés à tort par certains comme sataniques, apportaient une protection contre le Mal et renforçaient la magie défensive.

Évidemment, Runa ne pouvait pas en parler à Shade ou l'y conduire. Les civils avaient interdiction de s'approcher des lieux. Contrairement aux démons…

à condition d'être attachés, de faire partie du X… ou d'être morts.

— Chez moi, à New York. Je me suis aménagé un coin à la cave.

Elle n'y était pas allée depuis des mois à cause de son travail pour l'armée. Qui eût cru que les garous étaient aussi nombreux sur terre ? Runa passait la plupart de ses journées à parcourir le globe vers leurs lieux de concentration, et souvent elle ne revenait à Washington que pour la pleine lune. Elle adorait voyager pour relever le défi de pister ses semblables, dont la plupart étaient signalés et laissés sains et saufs. Les militaires semblaient penser que, dans l'éventualité d'une bataille entre humains et démons, les garous et les métamorphes pourraient jouer un rôle clé. Ainsi, l'armée voulait qu'ils prennent le parti des humains.

Shade secoua la tête, mais son regard alerte ne cessait de sonder les alentours. Son corps musclé irradiait d'une puissance contenue et son *dermoire* finement tracé le parait d'une aura de prédateur. Au milieu de ce paysage fantasmagorique et luxuriant, il semblait totalement à sa place. Il ne lui manquait plus qu'un glaive pour ressembler à un guerrier de jadis né pour deux choses : le sexe et le combat. Une réaction féminine primaire fit frémir Runa quand elle imagina Shade triomphant d'un ennemi, puis d'elle.

— Roag doit savoir qui tu es, déclara-t-il. Je ne veux pas que les Goules te trouvent.

Foudroyée par la panique, elle sentit son cœur tambouriner dans sa poitrine. À moins que cette tension interne perturbante ne soit que le loup-garou pressé de sortir.

— Il faut faire quelque chose. Si je me transforme…

Elle s'interrompit, ne voulant pas formuler à voix haute les problèmes qui résulteraient de sa mutation en une bête écumante et sanguinaire qui risquait de tuer Shade avant de courir à la recherche de victimes humaines.

— Je sais.

Shade leva le visage vers le ciel, comme pour pousser un hurlement. Runa connaissait ce sentiment.

— Qu'est-ce que tu fais ?

— Je cherche une Porte des Tourments. Il y en a forcément une dans les parages, sinon Roag ne se serait pas installé là.

Une Porte des Tourments. Un moyen de transport démoniaque. L'armée essayait de comprendre leur fonctionnement depuis des années.

— Je l'ai. Par ici, indiqua-t-il en prenant la direction d'où ils arrivaient.

— Euh…

— Ça ira. Dès qu'on sera à l'intérieur du portail, on sera envoyés vers une sortie proche de chez moi.

Ils se faufilèrent rapidement entre les arbres. Shade se déplaçait avec la souplesse d'un félin, tout en grâce et en légèreté. Si son pied blessé le gênait, il n'en montrait rien. Les pas de Runa s'alourdissaient à mesure que son corps se tendait en préparation de la transformation. Une part d'elle voulait donner le champ libre à son côté loup – danger qui menaçait tous les wargs.

Une fois par mois, elle luttait contre l'envie de se changer en monstre et de courir librement en tuant à volonté et pour le plaisir. Voilà ce qu'elle était devenue grâce au salaud qui l'avait mordue.

Et grâce à Shade, un détail qu'elle n'avait pas oublié.

— On y est.

Runa risqua un regard vers un espace scintillant entre un rocher et un mur en ruine. Elle avait déjà vu ce genre de rideau de lumière, mais elle ne s'était pas attardée dessus, considérant qu'il devait s'agir d'illusions d'optique.

Une dizaine de mètres les séparaient du portail, mais quelque chose n'allait pas. L'atmosphère était anormalement immobile, comme si le Mal retenait le vent contre sa volonté.

Shade avait dû, lui aussi, percevoir ce changement, car il s'était arrêté et seuls ses yeux bougeaient, comme s'ils enregistraient la scène dans sa globalité.

— Le portail est surveillé, murmura-t-il.

— Par qui ?

— Je ne sais pas.

Les oreilles hypersensibles de Runa perçurent le martèlement rapide de pas multiples. Elle comprit alors que le temps leur était compté.

— On va devoir tenter le coup. Ennemis à huit heures.

Ils s'élancèrent vers le portail. Le sol se souleva et en sortit une créature nébuleuse, comme un nuage de fumée, qui les obligea à s'arrêter en un dérapage contrôlé à quelques pas de l'entrée. Des volutes de brume blanche entremêlées prirent lentement la forme d'un monstre de trois mètres et demi de haut dont les dents de requin saillaient de sa gueule béante. À la place de ses yeux, des fentes rouges. Il n'avait pas de jambes visibles, mais il les compensait par des griffes de la longueur du bras de Runa. Celle-ci ignorait ce qu'il était, mais il puait les excréments et le poisson pourri. Et il lui faisait une peur de tous les diables.

— Ça craint, grommela Shade.

— Tu vois le mal partout, ironisa Runa.

Derrière eux, trois gardes et la bathag surgirent des broussailles. Shade bondit sur eux et mit un darquethoth à terre. La bathag se jeta sur Runa, son visage se muant en une vision d'horreur et de haine, la bouche pleine de crocs acérés et d'une langue fourchue. Bien que Runa ne fasse pas partie d'une unité armée du X, elle s'était entraînée durement et savait se défendre. Plus ou moins.

Plutôt moins, dans ce cas précis.

Elles dégringolèrent au bas d'une pente et s'écrasèrent contre un muret. Tout en grognant, Runa abattit son poing sur la figure de la démone, dont le râle retentit quand le coup la percuta en pleine mâchoire. Ses dents écorchèrent les doigts de la jeune femme, qui inspira brusquement.

— Ça fait mal, lança-t-elle en passant les jambes dans le dos de son adversaire pour la retourner.

Le râle de la femelle cessa quand Runa la frappa en pleine mâchoire.

Momentanément étourdie, la bathag se figea. Runa en profita pour se traîner vers une épaisse branche morte. Le craquement écœurant de la chair écrasée par un objet, suivi du juron de douleur de Shade, insuffla une nouvelle énergie dans le combat de Runa. Elle se releva d'un bond et brandit la branche comme un club de golf.

— Runa ! Ne la tue pas !

Trop tard : le bois se cassa bruyamment sur le crâne de la démone, qui s'effondra telle une poupée de chiffon.

Runa n'avait pas de larmes à gaspiller pour cette pétasse, mais elle perdit une seconde à chercher son pouls. Rien. Pourquoi Shade voulait-il la garder en vie ? Tout en essuyant ses mains ensanglantées sur son jean, elle tourna les yeux vers lui, mais il était trop occupé à se battre. Elle se précipita en haut de la colline, où elle découvrit deux cadavres de démons et Shade en train d'en finir avec le dernier garde. Derrière lui, la créature de fumée gronda, mais elle avançait et reculait dans les airs, comme si elle ne voulait – ou ne pouvait – pas attaquer.

Pour Runa, ce fut un choc. Voir Shade se battre ainsi, en une tornade de muscles… L'impression qu'elle avait eue un instant plus tôt se confirmait : il était fait pour le combat. Pour le combat, pour le danger et pour les ennuis réunis en un seul lot. Il écrasa son pied dans le dos du darquethoth, qui s'effondra comme un pantin désarticulé.

— La bathag est morte ? s'enquit-il sans perdre une seconde en se tournant vers Runa. (Celle-ci hocha la tête et eut une étrange prémonition quand il prit un air sévère.) Merde ! Prête ?

— Pour quoi ?

Il la saisit par la main.

— On va piquer un sprint. Le spectre de vapeur est lié à la Porte des Tourments et, comme c'est un mâle, je ne peux pas le séduire.

Runa jeta un coup d'œil vers la créature qui s'efforçait de les atteindre, mais qui restait bloquée tout près, comme si elle était attachée à la porte par une laisse invisible.

— Tu ne m'avais pas dit que tu ne pouvais plus le faire à cause de notre union ?

— Je ne peux pas aller jusqu'au bout avec une autre femelle, mais j'ai toujours mon charme d'incube.

— Ton charme ?

Dites-moi que c'est une blague.

— Des phéromones spéciales « baise-moi ».

D'accord, ça, je veux bien le croire.

— Pourquoi ce spectre de vapeur est-il lié à la Porte des Tourments ? Elles sont toutes protégées ?

— Non. C'est la marque de fabrique de Roag pour empêcher les prisonniers de s'évader et les ennemis de le trouver. (Il lui serra la main.) Comment tu vas ?

Elle comprit de quoi il voulait parler. Cette question sembla rappeler à la louve en elle qu'elle devrait commencer à muter, et ses articulations se mirent à craquer avec des décharges de douleur atroce.

— Il faut qu'on y aille, haleta-t-elle. Mais comment ?

— On court.

Des voix résonnèrent dans le brouillard. Ils n'avaient plus le temps. Runa n'avait plus le temps. Elle avait beau se dire que courir droit sur le démon le plus effrayant qu'elle ait jamais vu était une mauvaise idée, elle devrait faire confiance à Shade si elle voulait survivre.

— Tout ce que tu voudras, souffla-t-elle.

Il leva un sourcil, puis ils s'élancèrent. Shade jeta son bras en avant comme pour repousser la créature, et son *dermoire* se mit à briller. Quand ils se heurtèrent au monstre, Runa eut l'impression que des millions de méduses la piquaient sur tout le corps. Elle refréna son envie de crier de terreur et de douleur, ses yeux s'emplirent de larmes et elle chancela. Shade la rattrapa et la releva contre le mur solide de son corps.

Le spectre de vapeur poussa un hurlement strident et, tout à coup, ils se retrouvèrent derrière lui. Shade entraîna Runa à l'intérieur de la Porte des Tourments. Les ténèbres se refermèrent sur eux, seulement atténuées par des symboles lumineux et des cartes gravées sur les murs d'obsidienne polie qui les entouraient.

La douleur grondait toujours en elle. Sous sa peau, ses muscles se tendaient et tiraient sur ses articulations tandis que son corps commençait à prendre sa forme animale.

Shade, dépêche-toi!

— Qu'est-ce qui est arrivé au démon ? demanda-t-elle d'une voix râpeuse et gutturale qui lui fit comprendre que son museau était à moitié formé.

— Je me suis servi de mon don pour mélanger ses entrailles. Ça ne l'a pas tué, mais ça l'a suffisamment surpris pour qu'il nous laisse passer. Oh ! s'exclama-t-il quand il la vit du coin de l'œil. Viens, on va attendre un peu. Assieds-toi. Ne bouge pas.

Ce qu'il était hilarant ! Sitôt sa transformation terminée, elle le mordrait.

Shade tapota quelques gravures et, un fragment de seconde plus tard, la porte s'ouvrait et ils s'avançaient au travers d'un mur de chaleur et d'humidité. Une jungle. Immédiatement, la sensation qu'elle allait exploser quitta Runa. Son sang picotait en prévision de la pleine lune à venir, mais le caractère immédiat de sa mutation avait disparu. Mieux : tout son organisme s'était remis en place.

— Euh… où sommes-nous ?

Ils se trouvaient au milieu d'une cacophonie de chants d'oiseaux, de bourdonnements d'insectes et de cris de bêtes indéfinissables provenant de la cime des arbres.

— Au Costa Rica.

— En Amérique centrale ?

— Tu connais un autre Costa Rica ?

Gros malin !

Au son d'un sifflement, Runa sursauta. Cet endroit allait lui faire avoir une crise cardiaque ! Elle avait déjà des démons à ses trousses, il fallait en plus qu'elle s'inquiète des serpents venimeux et des jaguars affamés.

— Est-ce que ces démons vont nous suivre ?

Shade secoua la tête et se mit en marche à travers les broussailles. Runa lui emboîta vite le pas.

— Et Roag ?

Il s'arrêta en sondant la jungle environnante avec ses yeux noirs.

— C'est difficile de pister quelqu'un à travers les Portes des Tourments si on ne le sent pas. Il faut un chien des Enfers.

— D'accord, mais pourquoi ici ?

— Ça te laisse quelques heures de plus avant la nuit. Et puis, ajouta-t-il, ma résidence secondaire se trouve ici. Roag ne la connaît pas.

Runa rougit de stupéfaction.

— Tu ne m'as jamais dit que tu avais une résidence secondaire.

— Ce n'est pas un endroit pour les humains.

Charmant. Elle l'imagina amenant ses partenaires sexuelles démones là, dans le sauna de cette jungle, où ils devaient se vautrer l'un sur l'autre comme des animaux sauvages. Toutes ses raisons de le détester se remirent à hurler en elle, accompagnées d'une colère froide. Combinées à sa nervosité due à l'approche de la pleine lune, cela la mettait d'une humeur caustique.

— Ce n'est pas un endroit pour moi non plus, rétorqua-t-elle.

— Tu as une meilleure idée ?

— Fais ce que tu veux. J'irai habiter chez mon frère tant que cette histoire avec Roag ne sera pas réglée.

Des ondes de mécontentement émanèrent de Shade.

— Hors de question. Tu restes avec moi.

— Réfléchis bien.

Elle croisa les bras en essayant de ne pas tenir compte des gouttes de sueur qui coulaient dans son dos à mesure que la tension entre eux devenait plus pesante que l'air moite.

— Je ne suis plus la petite idiote naïve et sans caractère que tu as connue.

— Je te préférais quand tu n'avais pas de caractère, marmonna-t-il.

— Eh bien, je t'aimais mieux avant aussi.

— Putain, Runa ! Rien ne va se calmer avec Roag ! Tu as tué sa femelle. Rien ne l'empêchera de te retrouver. Et quand il te tiendra…

Shade serra les poings sur les hanches et déglutit.

L'imagination de Runa fit le reste et l'emmena dans toutes sortes d'endroits horribles tandis qu'elle jetait un regard inquiet vers la Porte des Tourments. Suspendue entre deux rochers, l'arche scintillante était identique à celle qu'ils avaient empruntée en Irlande, sauf qu'aucun affreux démon ne la surveillait.

— Pourquoi je ne la sens pas ? demanda-t-elle, plus pour détourner ses pensées de ce que Roag lui ferait que pour satisfaire sa curiosité.

— Les tout nouveaux loups-garous sont encore trop humains. Avec le temps, ton humanité s'atténuera et tes instincts non humains s'aiguiseront.

— Dans combien de temps ? Parce que ça fait déjà presque un an.

Shade fit rouler son épaule tendue.

— Il y a un ambulancier warg à l'hôpital qui peut les sentir. Il a une centaine d'années et il a été mordu quand il avait vingt ans, donc il a commencé à percevoir les Portes des Tourments dans ce laps de quatre-vingts ans.

Elle lui décocha un regard agacé.

— Ça m'aide beaucoup.

— Allez, dit-il en prenant sa main abîmée par la bathag. Tu es blessée, comprit-il quand elle gémit.

Il approcha ses phalanges du visage de Runa, la faisant avancer tout entière.

— C'est trois fois rien.

Sans prêter attention à cette remarque, Shade passa délicatement ses doigts au-dessus de la peau écorchée et à vif. Une brise fit bruisser les arbres et apporta à Runa le parfum de Shade, un mélange fort de terre, de sueur, de lutte et de sexe. La poussière et le sang lui striaient le buste et un hématome lui assombrissait la joue, mais il n'en était que plus beau. Elle détestait réagir de façon aussi primitive au fait qu'il se soit battu pour elle. Elle le haïssait. Pourtant, elle ne pouvait s'empêcher de le contempler, pas plus qu'elle n'était capable d'interdire à son cœur de battre.

— Lâche-moi ! cracha-t-elle brutalement.

Elle voulait désespérément s'éloigner de lui, mais il la retenait avec son regard hypnotique et la caresse lente et douce de son pouce sur ses doigts. Quand un léger fourmillement lui traversa la main, Runa sursauta.

— Qu'est-ce que tu fais ?

— J'accélère le processus de guérison. Je ne peux pas en faire autant qu'Eidolon et te soigner sur-le-champ, mais je peux augmenter la vitesse naturelle de tes capacités curatives.

Sa voix enrouée rappelait à Runa celle qu'il prenait quand il la pénétrait et qu'il lui susurrait des mots sensuels et provocants.

Shade dut avoir le même souvenir, car il lui lâcha la main en pestant.

— Suis-moi.

Sans un mot de plus, il ouvrit la marche.

Frustrée à la fois par le tempérament imprévisible de Shade et par sa propre humeur changeante à son égard, elle l'observa en songeant qu'elle tenterait bien de chercher une Porte des Tourments par elle-même.

— Tu serais incapable de l'activer, lui lança-t-il.

Putain ! Comment a-t-il su à quoi je pensais ?

D'un pas rapide et assuré, il la guidait sur une piste envahie par les herbes. Les feuilles lui coupaient la peau et les branches le griffaient, mais il ne semblait pas s'en apercevoir.

Runa ignorait quelle distance ils avaient parcourue dans cette jungle où elle sursautait au moindre bruit, mais elle avait le sentiment qu'au moins une heure s'était écoulée quand Shade commença à ralentir le pas. Presque au même instant, le son d'un torrent lui parvint aux oreilles et une nuée de moustiques l'assaillit.

— Bon Dieu ! J'aurais bien besoin d'une bonne douche, annonça-t-elle en se claquant le cou pour écraser l'un des suceurs de sang. Comment tu arrives à vivre ici ?

— La faune locale ne me dérange pas et seules des températures extrêmes m'affectent.

En effet, elle se souvenait que, dans le froid du cachot, il n'avait pas même frissonné après s'être déshabillé. Elle, en revanche, avait cru mourir gelée.

L'épais tissu des arbres mousseux et des plantes luxuriantes s'éclaircit et s'ouvrit sur une clairière bordée d'un côté par une simple falaise et une imposante cascade, tel un paradis étincelant au milieu de l'Enfer.

— Laisse-moi deviner : l'entrée de ta grotte est cachée derrière la chute d'eau ?

Quel cliché !

Sans répondre, il se contenta de poursuivre son chemin. Elle le suivit en écrasant les moustiques et en poussant les branchages qui accrochaient son sweat et lui tiraient les cheveux. Ils passèrent entre la falaise et une immense pierre rectangulaire, où le chemin prenait une inclinaison vertigineuse sur une dizaine de mètres et se terminait par un cul-de-sac de broussailles et de vignes. Shade engouffra son bras dans la végétation et fouilla jusqu'à ce qu'un cliquetis retentisse et qu'un gros morceau de pierre glisse sur le côté pour révéler une entrée étroite.

— Qui a construit ça ?

— Des entrepreneurs démoniaques.

On n'entendait pas cela tous les jours.

Ils s'engagèrent dans l'ouverture et entrèrent dans une caverne fraîche. Suspendues au plafond en pierre blanche polie, des lampes emplissaient la grotte d'une douce lumière.

— C'est la cascade qui fournit l'énergie, expliqua-t-il avant qu'elle pose la question.

Derrière eux, la roche reprit sa place, mais Runa s'en rendit à peine compte tant elle était fascinée par le repaire de Shade.

Ouvert et étonnamment aéré, l'espace avait été aménagé en habitat en conservant son aspect naturel de caverne. Des bancs de pierre couverts de tissus somptueux étaient disposés tout autour de la salle. Une profonde alcôve dans la paroi sombre et lisse avait été recyclée en cheminée. Il y avait même une grande télé à écran plat accrochée au-dessus de l'âtre.

— C'est surtout pour mater des films, expliqua Shade en se dirigeant vers le fond de la pièce. Je ne reçois pas le câble ici, donc j'ai une collection de DVD d'enfer.

Ouais, j'avais remarqué.

Un mur entier avait été taillé en étagères qui portaient plus de DVD qu'une boutique de vidéos.

Pour l'amour de Dieu, est-ce qu'il pourrait s'habiller ?

La façon dont les muscles de son dos ondulaient et dont ses fesses se contractaient quand il marchait... Runa ne pouvait s'empêcher de le reluquer, alors qu'il n'avait vraiment pas besoin de ce genre d'encouragement.

Quand Shade disparut derrière une porte, elle le suivit. De minuscules spots constellaient les parois du petit couloir, qui aboutissait sur une sorte de cuisine. On y avait également gardé les caractéristiques naturelles de la grotte pour organiser la pièce avec talent. La table, qui pouvait accueillir huit personnes sur deux longs bancs, était taillée à même la roche, à l'instar du plan de travail et du double évier. Les appareils électroménagers en acier inoxydable, de vraies œuvres d'art, étaient encastrés dans les murs pour économiser l'espace.

— C'est trop cool ! (Runa avait déjà été impressionnée par son appartement de New York, avec sa décoration moderne et masculine, mais cet endroit… *waouh* !) Pourquoi tu habites en ville alors que tu pourrais venir ici tous les jours ?

— Qu'est-ce qui te fait dire que je ne vis pas ici ?

Il lui fit signe de passer par un petit passage sur sa droite, gardant ainsi le secret de ce qui se trouvait au-delà de la cuisine.

— Il n'y a pas de quoi t'occuper ici, répondit-elle avant d'entrer dans…

Oh, mon Dieu !

Elle plaqua une main sur sa bouche pour réprimer une exclamation de surprise.

Shade gloussa.

— Quand je viens ici, c'est dans l'intention de m'occuper.

Elle s'arrêta net, les pieds lourds comme le plomb. Shade posa les mains sur les épaules de Runa. Il approcha la bouche de son oreille, et le cœur de la jeune femme se mit à battre à un rythme anarchique.

— Comme tu peux le voir.

Oh oui ! Je vois ça.

Ils se trouvaient dans une espèce de chambre, bien que ce terme soit un peu vague pour qualifier l'endroit.

— C'est… c'est une salle de torture.

Lorsque Shade la frôla en passant à côté d'elle, sa chaleur la brûla presque à travers ses vêtements.

— Je préfère appeler ça une salle de plaisir. (Quand il se retourna vers Runa, elle s'attendit à lire un sourire sur son visage, mais il affichait un air étrangement triste.) C'est ici que tu vas passer la nuit.

— Quoi ? (Elle recula et percuta le mur derrière elle. Quelque chose grinça. *Des chaînes, bordel de merde !*) C'est pour m'enfermer dans un autre cachot que tu m'as fait sortir de là-bas ?

Elle s'éloigna de lui en longeant le mur froid, mais il la surveillait avec le regard des jaguars qu'elle avait craint de croiser pendant leur traversée de la jungle.

Espèce d'idiote ! Shade est beaucoup plus dangereux que n'importe quel félin, si sauvage soit-il.

Il la rattrapa et s'arrêta si près d'elle qu'elle dut se tordre le cou pour le regarder.

— Runa, c'est une salle de jeux, murmura-t-il dans un feulement profond et érotique.

— Ce qui est une salle de jeux pour certains est une salle de torture pour d'autres, rétorqua-t-elle d'une voix rauque.

— Regarde autour de toi.

Ravalant sa terreur, elle arracha ses yeux des prunelles noires de Shade.

Un énorme lit occupait tout le fond de la pièce. Comme tout le reste, il était taillé dans une alcôve, de façon à nicher dans sa propre petite grotte. Des poulies, des chaînes et des menottes en cuir pendaient au plafond, au-dessus du lit.

Autour, de solides engins en bois étaient éparpillés au hasard, mais Runa doutait que le hasard ait une quelconque place dans la façon de les utiliser.

— Des billots, expliqua Shade. Des bancs à fessée. Des fouets, des martinets, des bâillons, ajouta-t-il en laissant traîner sa main au-dessus d'une commode rangée dans un coin. Il y en a d'autres, mais ça m'étonnerait que tu veuilles les voir.

La bouche de Runa devint pâteuse. Elle ne savait pas comment répondre, mais elle était sûre d'une chose : pour la première fois depuis sa rencontre avec lui et la découverte de sa nature démoniaque, elle avait peur.

Incapable d'encaisser le parfum de confusion et de peur qui émanait de Runa, Shade la laissa seule dans la chambre. Il détestait cette pièce et tout ce qui s'y trouvait. Il détestait le fait d'avoir dû amener une femme aussi douce et attentionnée qu'elle dans un endroit où il avait répandu autant sa semence que le sang d'innombrables femelles dans des jeux sexuels. Elles l'avaient elles-mêmes réclamé, et il les avait satisfaites parce que sa nature l'y obligeait, mais il détestait chaque instant passé avec ces démones. Elles repartaient toujours comblées, mais Shade se sentait détruit de l'intérieur, tellement ébranlé que seule une immersion totale dans son travail réussissait à l'apaiser.

Conscient que la nouvelle choquerait ses frères, il utilisa le téléphone par satellite pour appeler Wraith sur son portable. Ce dernier répondit dès la première sonnerie.

— Shade ?

La friture voilait tellement la voix de Wraith que Shade l'entendait à peine, mais il ne voulait pas sortir pour capter un meilleur réseau : il préférait garder un œil sur Runa.

— Ouais, mec, c'est moi.

— Tu es où ? Tu vas bien ? On se bouffe les ongles jusqu'au sang, E et moi.

— Ça va. Je serai à l'UG dans pas longtemps.

— Je te rejoins. Dis-moi où tu es.

L'inquiétude que Shade perçut dans la voix de Wraith lui creva le cœur. Ces deux-là avaient toujours été très proches, presque trop. Wraith parvenait parfois à lire dans les pensées de Shade, ce qui aurait été gênant même si celui-ci n'avait eu aucun secret pour son frère cadet. Seulement voilà, il avait des secrets, dont un concernait cette caverne. Torturé et enfermé pendant des années, presque dès sa naissance, Wraith avait un sérieux problème avec tout ce qui touchait de près ou de loin au bondage et à la torture. Il ne comprendrait en aucun cas les besoins sexuels abusifs de Shade.

— Frangin, je vais bien. (Entendant la douche fonctionner, il imagina Runa en train de se déshabiller, puis l'eau ruisseler sur son corps nu, et son membre se durcit.) J'ai besoin de faire une petite pause, si tu vois ce que je veux dire.

— Si tu n'es pas là à minuit, grogna Wraith, c'est moi qui viens te chercher. « Si tu vois ce que je veux dire ».

Shade sourit. Quand Wraith menaçait de venir vous chercher, il insinuait que, quand il vous aurait trouvé, il vous botterait les fesses.

— Relax ! Je vous raconterai tout quand je serai là.

Il raccrocha avant que Wraith puisse répondre et il se glissa furtivement dans le passage caché entre le salon et la cuisine. Une brise chaude l'enveloppa immédiatement comme l'étreinte d'une amante… la seule à laquelle il se soit jamais laissé aller.

L'issue le conduisit à une plate-forme de pierre dissimulée derrière la chute d'eau. Il n'avait jamais invité aucune partenaire là, mais il voulait que Runa connaisse l'endroit qu'il préférait au monde. Runa, qui était en ce moment nue dans sa douche. La peau de Shade se mit à chauffer si fort que la légère bruine rafraîchissante provenant de la cascade ne soulagea en rien sa brûlure.

Il retint son souffle et entra entièrement dans le rideau d'eau, qui s'écrasa sur lui en balayant la crasse récoltée dans le cachot. Toutefois, cette douche naturelle ne chassa pas les ténèbres qui envahissaient son esprit, ni la peine due à la perte de Skulk.

Sa petite sœur était la seule lumière de sa vie, la tendresse au milieu de sa dureté. Comme tous les umbers, elle avait le don de déceler l'obscurité présente en chacun et possédait le pouvoir de la diminuer ou de la chasser grâce à un simple contact de la main. Le fait qu'elle n'ait pas pu guérir Shade, qu'elle n'ait même pas été sur le point d'éliminer les ténèbres qu'il avait en lui, avait constitué une source constante d'inquiétude pour elle. Pourtant, elle avait été convaincue que sa malédiction et les regrets qui l'accompagnaient finiraient par être anéantis.

Elle s'était trompée pour Shade, mais pas à propos de Roag : *« Il y a tellement de mal en lui, Pâlichombre »*, avait-elle dit un jour à Shade en utilisant ce surnom qu'il n'entendrait plus jamais.

Avec son teint mat, il se démarquait de ses vingt sœurs, toutes des umbers pur sang à la peau grise comme le ciment, aux cheveux noirs comme le charbon et aux yeux vert-de-gris. De dix ans l'aîné de la plus âgée de sa fratrie, Shade était le produit du viol perpétré par son père sur sa mère alors qu'elle sortait à peine de la puberté. Les umbers étant extrêmement tendres et maternelles, il avait été traité aussi bien que ses sœurs. Cependant, en tant que premier-né, Shade avait eu pour responsabilité de s'occuper d'elles et de les protéger.

Il avait lamentablement échoué.

Sa mère lui avait confié cette charge une fois où elle était partie chasser, ce qui prenait souvent plusieurs jours. En son absence, surpris par son premier cycle de maturation, Shade avait laissé ses sœurs sans surveillance pour satisfaire ses besoins sexuels. À son retour à la grotte, il avait découvert le massacre. Des diables khileshis en quête de nourriture avaient pris pour cible leur tanière sans protection et, de toute évidence, même après s'être rempli la panse, ils avaient continué la tuerie. Unique survivante, Skulk avait échappé à la mort en se glissant dans le petit puits naturel qu'elle choisissait toujours lors de leurs parties de cache-cache.

Shade ferma les yeux et leva le visage dans l'espoir que l'eau finirait par l'assommer, mais il savait que cela ne lui servirait à rien. Rien ne pouvait l'aider. Il avait traqué les khileshis, mais leur mort ne l'avait pas soulagé. Ses remords le rongeaient comme de l'acide, et peu importait qu'il ait abandonné sa famille pendant une période de démence. Il se rappelait à peine avoir quitté la caverne, nom d'un chien ! Et il n'avait presque aucun souvenir des journées de sexe ininterrompu qui avaient suivi.

Pourtant, ni sa mère ni Skulk ne l'en avaient blâmé. Leur amour et leur soutien lui avaient donné envie de fonder sa propre famille, d'avoir des fils qu'il élèverait avec une compagne qu'il aimerait.

Mais à cause de sa malédiction, cela n'arriverait jamais. Il ne pouvait le permettre.

Il s'ébroua pour chasser les pensées qui l'emportaient sur une vieille voie qu'il refusait d'emprunter à présent, sortit de l'eau et retourna à grands pas dans la grotte. Runa se trouvait dans la cuisine, vêtue d'un tee-shirt de Shade et d'un boxer dont elle avait dû serrer le cordon au maximum autour de sa taille. Dans ce haut qui lui tombait à mi-cuisses mais qui la couvrait à peine, elle paraissait plus petite.

— J'ai pris du soda dans le frigo, annonça-t-elle. J'espère que ça ne te dérange pas.

— Prends tout ce que tu voudras.

Il passa rapidement à côté d'elle pour accéder à la chambre, où il enfila un pantalon de cuir, un pull sans manches et des bottes. Quand il fut habillé, il eut la surprise de découvrir Runa dans l'encadrement de la porte.

— Je veux savoir ce que tout ceci signifie, exigea-t-elle.

Son regard était empreint de cette nouvelle obstination qu'il aurait voulu détester, mais qu'il admirait en dépit de tous ses efforts.

— Je pensais que ce serait évident.

— Tu ne t'es jamais euh… servi de choses comme ça avec moi.

Une vision de Runa sur sa croix de Saint-André et à sa merci effleura l'esprit de Shade. Son pouls s'emballa. Peut-être avait-il en horreur cette pièce et tout ce qui s'y trouvait, mais uniquement parce qu'il était obligé de s'en servir. S'il en avait envie, cela changerait totalement la donne.

— Non, mais je n'étais pas non plus le plus tendre des amants, si ?

— Je ne sais pas, répondit-elle en baissant les yeux sur ses pieds nus. Je n'ai pas beaucoup de points de comparaison. Il y a bien eu ce type, avant toi…

Quelque chose se serra dans la poitrine de Shade. Il se força à inspirer, puis à expirer, car il ne pouvait pas se permettre de défaillir maintenant et, combiné à ce qu'elle venait de dire, un manque soudain d'oxygène aurait raison de lui.

— Tu n'as fréquenté personne d'autre depuis moi ?

— J'étais un peu occupée, avec mes histoires de loup-garou, rétorqua-t-elle avec un œil mauvais.

Un instinct violent de possessivité envahit Shade et l'emplit de fierté tandis que d'autres parties de son corps se gonflaient de désir.

Elle est à moi. Rien qu'à moi. Il grinça des dents. *Par les Dieux ! Ça ne fait pas vingt-quatre heures qu'on est unis et je suis déjà autant attiré, obsédé par elle.*

C'est hors de question !

Une colère sortie du puits sans fond de ses ténèbres intérieures chassa son inquiétude. Il saisit Runa par le poignet et l'attira dans la chambre.

— C'est l'heure de t'enfermer, grogna-t-il.

— Shade ! Qu'est-ce que tu fais ?

Elle se débattit, mais sa force de warg n'était rien en comparaison de celle du démon. Du moins, pas tant qu'elle demeurait sous sa forme humaine.

Avec toute la délicatesse possible, il la posa à quatre pattes et l'empêcha de bouger en maintenant sa nuque d'une seule main pendant que, de l'autre, il attrapait la chaîne *morphestus* profondément rivée à la roche.

Renforcés par un sort démoniaque, ces liens étaient conçus pour maîtriser les êtres les plus forts, et la menotte qu'il referma autour de sa cheville s'ajustait automatiquement à la taille de son hôte. Ainsi, quand Runa se transformerait, l'anneau s'élargirait pour s'adapter à sa corpulence plus imposante.

— La nuit approche.

— Ouais, c'est ça, répliqua-t-elle sèchement. Dans quoi ? Deux heures ?

Elle lui décocha un coup de pied et faillit le toucher à la cuisse.

— À peu près.

Shade la parcourut du regard. Elle baissait la tête, permettant à ses cheveux de former un rideau autour de son visage et de dissimuler sa fureur évidente. Son joli petit cul lui effleurait la cuisse tandis qu'elle se débattait. Il aurait pu la prendre là tout de suite. Il lui aurait suffi d'une seconde pour lui arracher le boxer qu'elle avait enfilé et d'une autre pour libérer son manche douloureux.

Ses pulsions le tourmentaient autant que sa conscience lui hurlait d'y résister. Il lâcha Runa et s'écarta d'un bond en pestant. Elle aussi poussa un juron furieux en se jetant sur lui pour attraper sa jambe, qu'elle manqua de peu.

— Ne fais pas ça !

— Tu ne m'as pas laissé le choix ! rugit-il.

Il savait que c'était injuste de la punir pour son propre manque de maîtrise, mais il ne se souciait pas de ce qui était juste en cet instant.

— Tu m'excites et je ne peux pas me le permettre.

Elle eut un mouvement de recul et en resta bouche bée.

— Désolée de m'être retrouvée dans les cachots de ton frère alors que je n'ai absolument rien à voir avec tout ça.

Voilà, maintenant je passe pour un con.

Il baissa les yeux sur elle : assise sur les fesses, son large tee-shirt juste assez remonté pour laisser entrevoir le boxer en coton entre ses cuisses ouvertes, elle était à la fois vulnérable et sexy… mais surtout vulnérable. Ce devait être terrifiant pour elle : unie à un démon malgré elle, enchaînée dans un endroit étrange et sur le point de se changer en loup-garou.

Et merde !

Dans l'intention de se calmer un peu, Shade serra les paupières.

— Écoute, ça ne me plaît pas plus qu'à toi, mais je dois me rendre à l'hôpital. Je te rapporterai des steaks ou quelque chose dans le genre. Avant demain matin.

Grâce à Luc, leur ambulancier loup-garou, il savait que si ces créatures ne se nourrissaient pas sous leur forme animale, si elles ne sentaient pas la chair se déchirer ou les os craquer sous leurs puissantes mâchoires, elles se réveillaient dans leur corps humain affamées, grincheuses et avec une envie persistante de viande crue. Un garou insatisfait était toujours aussi agressif après le lever du soleil et sous sa forme humaine.

Runa détourna les yeux.

— Je ne veux pas que tu me voies comme ça.

— Comment ? En warg ? Tu crois que je n'en ai jamais vu ? Ma chérie, j'ai cent ans. J'en ai vu, soigné, baisé… euh, oui, je suis sorti avec une ou deux louves. (Comme elle ne répondait pas et qu'elle affichait toujours son air de chien battu, Shade soupira.) Je te jetterai la nourriture par la porte sans regarder. OK ?

— Peu importe, marmonna-t-elle avant de tirer sur sa chaîne. Ça va me faire mal quand je me transformerai.

— La menotte va s'élargir.

— Évidemment, c'est extensible. Ça doit bien te servir, ici.

Sous la colère de son regard, il partit dans la cuisine avec raideur, prit un paquet de chewing-gums dans le placard et se demanda ce qu'il allait faire à partir de là. Comment allait-il expliquer à ses frères son union, la mort de Skulk et le fait que leur défunt frère était non seulement en vie, mais à la tête du trafic d'organes qui décimait leur peuple ? Eidolon resterait probablement raide et silencieux ; Wraith bondirait de surprise. Ils réagiraient différemment, mais Shade était persuadé qu'ils s'accorderaient sur une chose : pour que Shade vive, Runa devrait mourir.

Dans la salle de pause du personnel, Kynan écoutait Wraith et Reaver, un ange déchu sacrément doué en médecine, se moquer du film d'horreur diffusé sur le grand écran de télévision. Ce n'était pas ce que Kynan préférait visionner pour se vider la tête, mais il ne se plaignait pas : pour la première fois depuis des jours, Wraith ne se limitait pas à faire les cent pas en ronchonnant. Il était heureux que Shade ait appelé et qu'il aille bien.

Kynan quitta des yeux le réfrigérateur où il prenait un sandwich, juste à temps pour voir une scène érotique qui garantissait presque à coup sûr que ce couple allait se faire massacrer d'un moment à l'autre.

Wraith décocha un sourire à Reaver.

— C'est pas le début de la déchéance, ça ? Les plaisirs de la chair ?

L'ex-ange haussa les épaules. À la télé, la jeune femme s'affairait sur l'entrejambe de son compagnon. Wraith arqua un sourcil et poursuivit :

— En tout cas, la fille a pas l'air de s'en plaindre.

La bouche de Reaver se courba en un sourire qui aurait donné à toutes les femelles de l'hôpital des pensées que le pauvre ange déchu ne pouvait pas comprendre.

— Forcément, c'est ce qu'il y a de meilleur.

— Si tu le dis, soupira Wraith.

Kynan s'étouffa presque avec son beurre de cacahouète et sa gelée.

— Tu as presque cent ans et tu baises plus de dix fois par jour. Il y a quelque chose qui cloche.

Wraith leva les yeux au ciel.

— Primo, dix fois, c'est dans mes mauvais jours. Secundo, la plupart des femelles que je me tape ont les dents aussi tranchantes que des lames de rasoir. Si tu crois que je laisse leur bouche s'approcher de ma b…

— Urgence, code argent ! retentit une voix féminine dans les haut-parleurs.

— Cool !

Wraith sourit et Kynan secoua la tête. Seul ce démon pouvait se réjouir qu'une créature sorte de ses gonds et mette l'hôpital sens dessus dessous.

Le sort de havre décourageait les accès de violence en causant une douleur atroce à quiconque essayait de blesser autrui intentionnellement, mais les démons en colère et blessés, s'ils se déchaînaient, pouvaient semer une sacrée pagaille dans l'hôpital et causer un paquet de dommages collatéraux.

Kynan sortit comme une flèche de la salle de repos, Wraith et Reaver sur ses talons. Ils tournèrent dans le couloir des urgences et s'arrêtèrent comme un seul homme. Un énorme loup-garou noir était dressé au milieu de la pièce et se tenait la tête en hurlant. Non loin de lui, un infirmier comprimait une plaie sanglante proche de sa corne occipitale.

— Ce warg a essayé de m'attaquer, expliqua-t-il.

La créature, sans lâcher sa tête et faisant tellement de bruit que les tympans de Kynan commençaient à bourdonner, était de toute évidence en train de payer pour son erreur.

— Qu'est-ce qui se passe avec le tranquillisant ? Pourquoi c'est si long ? cria-t-il à Ciska, l'infirmière de triage qui fouillait dans la mallette d'urgence de son bureau, toujours équipée en calmants précisément pour ce genre de situations.

— Putain, c'est un sacré morceau de loup ! s'exclama Reaver en passant une main dans la crinière dorée de ses cheveux.

— Plus gros que Luc, chuchota Wraith.

Luc étant un tank sur pattes, cela voulait tout dire.

Finalement, le warg retira ses pattes griffues de son crâne. Ses babines dégoulinaient de salive et ses yeux brûlaient de rage. Kynan avait combattu des dizaines de loups-garous anormalement gros au cours de sa carrière d'Aegi, mais celui-ci aurait été considéré comme un trophée.

Plus maintenant, grâce à Tayla. Du moins, pas au sein de la cellule new-yorkaise du groupe.

Quand Ciska referma brusquement la mallette d'urgence, le bruit attira l'attention du monstre. Celui-ci bondit en se heurtant au matériel et aux fauteuils.

— Merde ! s'écria Wraith avant de plonger vers les jambes du loup-garou pour l'attraper par les tibias. Tirez !

La créature fit volte-face. Le coup atteignit Wraith à l'épaule et le projeta de l'autre côté de la pièce. En un clin d'œil, tout le monde se figea à l'exception du warg.

Putain… de merde !

L'animal n'aurait pas dû pouvoir frapper Wraith sans souffrir. Il sembla comprendre qu'il avait trouvé une cible et, l'instant d'après, il sautait sur le démon et ils se battaient tous les deux.

Tout en pestant, Kynan arracha le tranquillisant des mains de Ciska et fut presque projeté à terre quand il planta l'aiguille dans le flanc de la créature. Celle-ci hurla en pivotant, mais elle s'affaissa avec un bruit sourd sans avoir le temps d'attaquer.

— Putain de bordel de merde ! jura Wraith en sautant lestement sur ses pieds.

Il saignait du nez et de la bouche. Mais, sans se démonter, il assena un violent coup de pied dans le ventre de la bête inconsciente.

— J'espère pour toi que tu n'as pas la rage, connard.

— Je croyais que tes frères et toi étiez les seuls à pouvoir vous taper dessus sans ressentir de douleur.

Gem se tenait à l'entrée des urgences et jouait avec une de ses tresses noires et bleues.

— Ouais, grommela Wraith. Moi aussi… (Il s'interrompit.) Il y a un problème.

— Ciska, d'où vient ce warg ? s'enquit Kynan sans quitter des yeux l'animal, surtout pour ne pas regarder Gem.

De sa queue rouge et semblable à un fouet, Gem désigna la Porte des Tourments, invisible aux yeux de Ky bien qu'il sache qu'elle se trouvait entre deux piliers de marbre poli à l'autre bout de la salle d'urgence.

— J'ai entendu un bruit. Quand j'ai levé les yeux, il était en train de se transformer.

Wraith s'accroupit près de la créature et posa une main sur sa tête.

— Oh non ! murmura-t-il. Et merde ! Je connais cette aura. Ces pensées…

Il se mit à caresser la fourrure entre les oreilles en un geste empreint d'amour, Ky l'aurait juré.

— Wraith ? Qu'est-ce qui se passe ?

— C'est Shade, dit-il. Ce loup-garou, c'est Shade.

Chapitre 7

Les ténèbres tourbillonnèrent autour de Shade et le plaquèrent au sol. Tandis que l'évanouissement le menaçait, il essaya de se retourner, mais une force aussi solide que l'oppressante obscurité le retenait. Il grogna. S'il ouvrait les yeux et qu'il se retrouvait de nouveau dans la cellule de Roag…

— Shade ! Réveille-toi, mec !

— Eidolon ?

Shade souleva les paupières autant que possible, c'est-à-dire très peu, mais il reconnut Eidolon en train de détacher les sangles qui le retenaient. Quand Shade aperçut les chaînes et les poulies accrochées au plafond noir, une bouffée d'espoir l'envahit. L'UG. Il était arrivé à l'hôpital.

Attends… pourquoi je ne me souviens de rien ? Et pourquoi on m'a ligoté ? Comment je me suis retrouvé là ? Où est… Runa !

Un vent de panique déferla en lui mais retomba dès qu'il perçut la force vitale de sa compagne grâce à leur lien. Elle était en vie, bien qu'en colère et sous sa forme animale.

— Qu'est-ce qui s'est passé ? s'enquit-il.

Bon sang ! Il avait la gorge irritée, comme s'il avait avalé un rat-diable à piquants, tout entier et à rebrousse-poil.

— Euh... On dirait que tu t'es trouvé une compagne.

Lorsqu'une de ses mains fut libérée, il frotta l'anneau tracé autour de sa gorge, qui en disait long sur sa situation.

— Ce n'était pas volontaire. Je t'expliquerai plus tard, ajouta-t-il en secouant la tête quand Eidolon fronça les sourcils. Pourquoi je suis attaché ?

— Tu ne l'es plus. C'est fini.

Eidolon l'aida à s'asseoir et lui tendit un verre d'eau, mais il refusa.

— Tu vas me dire ce qui s'est passé ?

Et pourquoi je suis nu ? Je n'ai même plus mon collier. La vache ! J'en ai marre de me réveiller dans des endroits bizarres sans savoir comment j'y ai atterri.

Il enfila l'uniforme qu'on avait laissé sur la chaise à son chevet tandis que son frère éludait la question.

— E ? Tu me fais flipper.

— De quoi te souviens-tu ?

— Pas grand-chose, répondit Shade d'une voix mal assurée. Je me rappelle avoir enchaîné Runa.

Ensuite, il avait crapahuté sur quelques kilomètres jusqu'à la grotte de sa mère pour s'assurer qu'aucun autre démon n'y avait élu domicile, mais il garda cela pour lui.

— J'ai emprunté une Porte des Tourments et... et c'est tout ce dont je me souviens, raconta-t-il avant de lâcher un juron. Depuis combien de temps je suis ici ? Elle doit mourir de faim. Il faut que je lui apporte à manger.

— Ta compagne, c'est Runa ? s'enquit Eidolon. Une louve-garou ? poursuivit-il quand Shade acquiesça avec hésitation.

— Comment tu le sais ?

Bien sûr, il lui avait donné un bon indice en expliquant qu'il l'avait attachée pendant une nuit de pleine lune, mais Eidolon se comportait étrangement, évitant son regard… d'une façon qui ne lui ressemblait pas. Il devait y avoir un sérieux problème.

— Hier soir, tu as débarqué aux urgences. Tu t'en souviens ?

— Vaguement, maintenant que tu le dis.

Il s'efforça d'assembler les fragments de souvenirs qui flottaient dans sa tête, comme celui où il sortait du portail pour entrer dans la lumière rougeâtre qui permettait aux êtres diurnes d'y voir aussi clair dans l'hôpital que ceux qui vivaient dans le noir. Malheureusement, tout ce qui s'était produit ensuite se dissipa comme de la fumée dans le vent.

— J'ai comme un trou.

— C'est parce que, quand tu as passé la Porte des Tourments, tu t'es changé en warg.

Shade, qui nouait le cordon de son pantalon, se figea au milieu de son geste.

— C'est une blague, hein ? Allez, E ! insista-t-il face au visage fermé de son frère. Tu sais très bien que nous sommes immunisés contre la lycanthropie, ajouta-t-il dans un souffle.

— Je ferai en sorte que tu t'en souviennes cette nuit quand tu feras le beau pour avoir un nonos.

La gorge de Shade se serra. Il pouvait à peine respirer. Les démons seminus n'étaient pas sujets aux mutations.

Pour qu'ils fassent partie d'une autre espèce, il fallait que ce soit depuis la naissance. Par exemple, Wraith était un seminus pur sang mais aussi un vampire. Dans d'autres circonstances, si Shade avait été engendré par une louve-garou, il serait un seminus pur sang et réclamerait son Royal Canin trois nuits par mois. En revanche, il leur était impossible de *devenir* vampire ou warg.

— Dis-moi ce qui s'est passé, Shade. Où étais-tu ces deux derniers jours ?

Shade se laissa tomber sur son lit avant que ses genoux lui fassent défaut.

— En enfer, E. J'étais en enfer.

Le silence s'éternisa entre eux. Les bips familiers des appareils médicaux l'avaient presque calmé quand Eidolon reprit la parole.

— Tu as dit que ta compagne était enchaînée. Où ?

— Chez moi.

Sachant exactement de quel endroit il parlait, son frère hocha la tête.

— C'est pour ça que tu t'es transformé tout d'un coup : le décalage horaire entre l'Amérique centrale et New York. Il t'a suffi d'emprunter la Porte des Tourments. Tu as sauté la période de transition.

Shade avait déjà vu des humains se transformer, il savait que le processus n'était pas instantané. Enfin, apparemment, il l'avait été pour lui. Il avait dû être sacrément en rogne après un truc pareil.

— Est-ce que j'ai blessé quelqu'un ?

— Des griffures et des bleus, mais rien de grave.

— Frangin ! s'écria Wraith en faisant irruption dans la chambre pour étreindre Shade comme un ours en peluche.

— Je crois qu'il s'inquiétait pour toi, commenta Eidolon d'une voix traînante.

— Et pas toi, peut-être ? rétorqua Wraith en lui donnant une tape sur l'épaule. Maintenant, grand frère, tu as quelques explications à nous donner, poursuivit-il en se tournant vers Shade. À commencer par nous dire ce qui t'a pris de t'unir.

Shade secoua la tête et eut l'impression de recevoir un coup de batte de base-ball.

— Croyez-moi, ce n'est pas par ça que je dois commencer.

— Où est-ce que tu étais ? l'interrogea Wraith en croisant les bras, masquant ainsi l'inscription graveleuse imprimée sur son tee-shirt. On sait que tu as souffert et qu'il y avait un bouclier autour de toi.

— Un bouclier ? Je vois, c'est logique. Je ne vous sentais pas. Je me demandais pourquoi vous ne veniez pas me sauver.

Roag devait avoir eu la présence d'esprit de placer un sort de dissimulation sur le château pour empêcher les démons qui s'y trouvaient d'envoyer des SOS télépathiques, ainsi que pour affaiblir les ondes de détresse que percevaient ceux qui y étaient sensibles.

— Wraith était tellement stressé qu'il était hors de lui, rapporta Eidolon en donnant l'impression que lui ne s'était pas inquiété, contrairement à ce que laissaient deviner ses cernes. Ici, tout le monde se faisait du souci pour toi et Skulk. Elle va bien, hein ? demanda-t-il sur un ton plus grave.

— Non. (Le cœur de Shade se serra autour du vide que la mort de sa sœur y avait laissé.) L'intervention à laquelle on s'est rendus était un piège. Skulk et moi avons été enlevés par des Goules.

La température de la pièce chuta tandis que ses frères semblaient se pétrifier.

— Et Skulk ? murmura faiblement Eidolon.

La gorge serrée, Shade n'arrivait pas à le dire.

— Oh putain ! lâcha Wraith d'une voix rauque.

Eidolon ferma simplement les yeux et baissa la tête, certainement pour prier selon la tradition de ses ancêtres judiciums – une prière pour que l'âme de Skulk soit jugée avec impartialité et puisse revenir sur Terre dans un nouveau corps.

Shade, dont les convictions religieuses étaient moins fondamentales que celles de son aîné, ne savait que croire à propos de l'état de l'âme de Skulk. Wraith, quant à lui et comme beaucoup de démons, d'humains et de vampires, ne priait pour rien ni personne. En revanche, les grossièretés se mirent à fuser de sa bouche dans plusieurs langues humaines et démoniaques.

— Shade, je tuerai l'enfoiré qui a fait ça, je te le promets. Et je mettrai sa tête dans un bocal de formol.

D'autres insultes lui échappèrent à mesure que sa fureur s'intensifiait. Wraith avait deux phrases fétiches – « rien à foutre » et « je vais tuer untel » – que toute émotion forte provoquait.

Une voix cassée et rauque hurla dans la tête de Shade : celle de Roag lorsqu'il lui avait confié que sa cible était Wraith, et non Skulk.

— Il faudra d'abord le trouver, répondit-il en fouillant machinalement sa chemise à la recherche d'un paquet de chewing-gums.

— Dis-nous tout, l'encouragea Eidolon.

Shade se prépara à leur réaction.

— Je me suis réveillé dans un cachot. Runa était là.

— Runa ? s'étonna Wraith. L'humaine que tu te tapais l'année dernière ?

— Ouais. Elle n'est plus si humaine que ça. Et maintenant, je suis uni à elle.

— Pourquoi ? Comment ?

C'était tellement humiliant !

— On nous y a obligés. Quelqu'un qui était au courant de ma malédiction. Quelqu'un qui veut tous nous faire souffrir.

Il tapota de nouveau sa chemise. Dès qu'il en aurait l'occasion, il ferait installer une saloperie de distributeur ici.

— Un vampire ? s'enquit Wraith.

Une conclusion logique, sachant les tensions qui existaient entre les vampires et les seminus à cause des imprudences de leur fou de père. Pour les vampires, il avait commis la pire des offenses, et Shade ne pouvait que le leur accorder. Quel genre de dégénéré était capable de violer une femme pendant qu'elle se transformait en vampire, de la féconder et, ensuite, d'utiliser son don – le même que Shade – pour garder son corps en vie afin que le fœtus se développe jusqu'à la naissance ? Il l'avait violée régulièrement pendant sa grossesse et l'avait maintenue dans un état qui avait dû être un enfer à vivre : pas vraiment humaine, mais pas complètement vampire.

Pas surprenant que cette femme soit devenue folle et que Wraith en ait payé le prix. Puis leur père aussi, quand les vampires avaient fini par l'attraper.

— J'aimerais que ce monstre soit un vampire, confia Shade.

Il s'aperçut qu'il avait toujours la main sur la poitrine, mais qu'il se grattait au lieu de chercher ses chewing-gums. Le vide que Skulk avait laissé était douloureux, mais en parler accentuait cette sensation.

— C'est Roag.

Wraith plissa les yeux avant d'agiter une main devant les yeux de Shade.

— E ? Tu lui as fait passer un scanner ? Il s'est cogné la tête ?

Shade écarta le bras de son frère.

— Roag est en vie et il est plus tordu que jamais. Ça fait deux ans qu'il est à la tête du trafic d'organes.

Eidolon se crispa et sembla se perdre dans ses pensées. Il fallut encore un instant à Wraith pour digérer cette nouvelle, mais quand ce fut fait…

Bon sang. Shade n'avait jamais vu son frère aussi pâle.

— Ce n'est pas drôle, Shade, grommela Wraith d'une voix éraillée. Pas marrant du tout.

— Tu m'as vu rire ?

Shade soupira lentement, le temps de peser ses mots. Même dans ses meilleurs jours, Wraith était au mieux instable ; il suffirait d'un rien pour que toute cette histoire dégénère très vite.

— Roag a survécu à l'incendie. Je ne sais pas comment. Il a des séquelles : sa peau ressemble à du steak haché, il n'a plus de nez et il lui manque la moitié des doigts.

Eidolon, toujours pragmatique, secoua la tête.

— Nous l'avons senti mourir. Nous le sentirions, s'il était vivant.

— Sa mort a coupé notre connexion, expliqua Shade. Lui est revenu à la vie mais pas notre lien.

— Comment a-t-il été ressuscité ? Grâce à qui ?

Wraith plongea la main dans la poche de son jean, et Shade comprit qu'il tentait de se rassurer en touchant une de ses armes. Il en avait toujours une sur lui, même quand il dormait, même quand il s'envoyait en l'air, même dans l'enceinte sécurisée de l'hôpital. Il avait sans doute cinq ou six lames cachées sur lui.

— Solice. Elle était là-bas, avec Roag. Je suis sûr qu'elle nous a espionnés pour lui.

Shade serra les poings en se remémorant la manière dont elle s'était agenouillée devant lui pour le torturer.

— Solice ? répéta Wraith avec une grimace. Qu'elle aille au diable ! Et c'est pas une façon de parler, j'espère qu'elle va brûler dans les flammes de l'Enfer.

Eidolon grinçait des dents et tirait sur son stéthoscope, impatient de passer à l'action.

— Ça ne colle pas. Il était sérieusement détraqué, mais pourquoi voudrait-il te faire du mal ? Et à Skulk ?

— Il a tué Skulk pour me torturer. En fait… il nous tient pour responsables de l'incendie du *Soufre*. Il veut se venger.

Wraith écarquilla les yeux brusquement et Eidolon secoua la tête.

— C'était la faute des Aegis.

— Je sais, mais il est convaincu que nous voulions sa mort.

— Bordel de merde ! Qu'est-ce que j'ai envie qu'il crève ! gronda Wraith.

— Ce n'est pas moi qui dirais le contraire, assura Shade.

Il lança un regard à Eidolon, le mettant au défi de les contredire, mais son aîné se contenta de hocher le menton.

Wraith tournait en rond, mettant tant de violence dans chaque pas que Shade s'attendit à voir des étincelles jaillir du sol d'obsidienne.

— Tu dis que Roag vous a forcés à vous unir, Runa et toi ?

— Il nous a fait croire que nous rêvions.

— C'est un vrai malade mental, s'exclama Eidolon en jurant. Il sait que, si une femelle est liée à toi, tu tomberas amoureux d'elle.

— Et que ça déclenchera ta malédiction, conclut Wraith en pivotant. C'est facile à régler : on n'a qu'à tuer Runa…

Un grognement sourd s'éleva dans la pièce. Sur les murs, les inscriptions se mirent à vibrer. Shade s'aperçut alors que le bruit et l'agressivité venaient de lui.

— Du calme, Shade, l'apaisa Eidolon. Tu sais que Wraith a raison.

Ouais, je sais !

Pourtant, il ressentait un besoin ardent de protéger sa compagne.

— Je m'en charge, décréta Wraith d'une voix ferme et décidée. Où est-elle ?

Shade fut sur son frère tellement vite qu'il ne se vit pas bouger.

— Touche-la et je t'écrase comme un insecte sous ma semelle.

Wraith leva les mains et découvrit ses canines en un sourire étincelant.

— Tu vois ? C'est pour ça que je ne m'unirai jamais. Ça rend débile… (il lança un regard lourd de sens à Eidolon) ou soumis.

Si énervé Shade fût-il, il devait reconnaître que Wraith n'avait pas tort. Non pas que c'était une mauvaise chose : Tayla avait empêché Eidolon de sombrer dans la folie, mais la tueuse n'avait qu'à bouger le petit doigt pour que le puissant démon accoure comme un toutou, la queue en l'air.

Au sens propre du terme.

— Shade, dit doucement Eidolon. Ce serait plus facile pour toi si Tayla s'en occupait ? Cette nuit, quand Runa sera transformée ?

— Non ! (Shade s'écarta de Wraith en s'enfonçant les doigts dans le crâne, comme si cela pouvait l'aider à garder la tête droite.) Rien ne rendra ça plus facile. Vous croyez que j'aurais envie de savoir que Wraith prend son pied à tuer ma compagne ou que ta tueuse la tabasse à mort ?

Eidolon hocha la tête comme s'il comprenait.

— Je peux le faire. Je l'endormirai avant. Elle ne sentira rien.

L'angoisse tordit les boyaux de Shade, qui laissa tomber ses mains. Son corps et ses émotions avaient tellement changé !

— Ça ne te ressemble pas de proposer de tuer quelqu'un.

Enfin, c'était la solution la plus logique, et la logique était la spécialité d'Eidolon.

— Mieux vaut que ce soit elle que toi, riposta celui-ci avec un regard perçant. Je ne veux pas risquer de te perdre, Shade. Pas à cause de cette malédiction.

Nous avons déjà ton problème de lycanthropie à régler en plus de l'imminence de ta *s'genesis*.

Cette fameuse *s'genesis* qui le tourmentait en cet instant même. Shade la sentait vibrer dans sa gorge, juste au-dessus de la marque d'union tatouée sur sa peau, et son entrejambe lui élançait en rythme. Il devait retrouver Runa. Vite.

— Que personne ne la touche tant que je n'aurai pas passé ce cap, grogna-t-il. En ayant une compagne, j'affronterai plus facilement cette épreuve malgré mes problèmes de lycanthropie…

Quel cauchemar !

Il ne voulait même pas songer au carnage qu'il provoquerait si la *s'genesis* survenait pendant la pleine lune.

— D'accord, je comprends que tu veuilles attendre, mais tu joues avec le feu, soupira Eidolon.

— Ce n'est pas demain la veille que je tomberai amoureux d'elle, frangin. Elle est trop pénible. J'ai le temps.

— Je le sens mal, intervint Wraith.

— Tu cherches juste une raison pour la tuer, grogna Shade.

— Comment elle t'a contaminé, au fait ? s'enquit son frère sans le contredire.

Son corps tout entier se raidit. La douleur avait été insoutenable quand il avait supplié Runa de lui faire mal.

— Elle s'est transformée pour me mordre, expliqua-t-il d'un air grave. Elle peut se métamorphoser à volonté. Elle n'a pas besoin de la pleine lune.

Eidolon sursauta.

— Comment est-ce possible ?

— Elle n'en sait rien.

— Ça craint, Shade. Les virus lycanthropiques sont des maladies humaines. Nous ne sommes pas censés les attraper. Qui sait quels effets ça aura sur ton corps ? Et ce qui se passera les nuits de pleine lune où tu auras besoin de sexe ? Tu risques de déchiqueter ta partenaire.

— J'ai Runa.

— Pour l'instant.

Shade serra les poings et changea de sujet.

— Tu devrais peut-être pratiquer quelques analyses sur elle.

Les résultats révéleraient peut-être aussi pourquoi elle n'arborait pas les marques d'union, mais il gardait encore cette information pour lui.

— Bonne idée.

Wraith attrapa un scalpel sur un chariot proche de là et en vérifia le tranchant du pouce.

— Vous réfléchissez tous les deux comme si elle allait vivre assez longtemps pour qu'on découvre ce qui ne va pas chez elle. Vous oubliez qu'elle doit mourir, et le plus tôt sera le mieux.

Shade se hérissa.

— Je te trouve un peu trop pressé de l'enterrer, petit frère.

Eidolon s'interposa.

— Il faut que j'examine Runa. Si elle arrive à se transformer à volonté, elle est peut-être porteuse d'anticorps uniques contre la lycanthropie. Si je réussis à isoler ce qui la rend différente…

— Tu seras peut-être en mesure de mettre au point un antidote pour moi, murmura Shade.

— Exactement.

Shade essaya de ne pas prêter attention au soulagement qui lui allégeait la poitrine, de faire comme s'il le devait à son éventuelle guérison et non au sursis accordé à Runa.

Cependant, le soulagement ne dura pas. Une douleur déchirante le frappa à l'abdomen et il eut l'impression qu'un million d'aiguilles le transperçaient.

— Shade ? s'étonna Wraith d'une voix vibrante d'inquiétude. Qu'est-ce qui se passe ?

Il entendit le scalpel tinter au sol, sentit deux paires de mains lui saisir les bras et il se retrouva calé entre les larges charpentes de ses deux frères.

— Je vais bien, souffla-t-il. C'est Runa. Je l'ai sentie muter. Je suppose qu'on ressent cette brûlure chaque fois qu'on revient à la normale. (Il frissonna tandis que la sensation s'apaisait, et il fut soudain soulagé d'avoir été drogué au moment de sa mutation.) Elle a faim.

Un pincement au bas-ventre lui indiqua qu'elle n'était pas seulement en manque de nourriture.

Par les crocs de l'Enfer !

— Va la retrouver, lui lança Eidolon, qui semblait comprendre parfaitement la situation. Tu nous l'amèneras plus tard.

Shade prit une inspiration saccadée.

— Il faut qu'on s'occupe de Roag. Il est à nos trousses et il a peut-être d'autres espions dans l'hôpital. En plus, Runa a tué sa femelle. Il va la traquer aussi.

— Je n'arrive toujours pas à croire qu'il soit vivant. (Eidolon coinça le dossier de Shade sous son bras.) Est-ce que tu sais où vous étiez enfermés ?

— Dans un château. En Irlande, je crois.

— Je le trouverai, déclara Wraith entre ses crocs serrés. Je te jure que je vais clouer cette enflure au mur.

Shade hocha la tête. S'il y avait bien une personne capable de retrouver Roag, c'était Wraith. À l'UG, son travail consistait à rechercher, localiser et récupérer des artefacts, des sortilèges et toutes les choses rares pouvant se révéler utiles pour le traitement des démons. Il disposait de l'expérience et de l'intuition nécessaires, ainsi que d'une ténacité hors du commun. Quand il voulait quelque chose, il l'obtenait.

— Sois prudent, frangin. Tu as toujours eu tendance à faire bander Roag.

D'ailleurs, en parlant de ça, l'érection de Shade devenait de plus en plus douloureuse. Il devait absolument rejoindre Runa.

— Je suis flatté, répondit ironiquement Wraith, mais il va mourir quand même.

La porte s'ouvrit sur Ciska avec un bruissement discret.

— Docteur E ? On a un nouveau cas de trauma aux urgences. Gem te demande pour l'assister.

— Ça marche, répondit Eidolon en mettant une claque dans le dos de Shade au passage. Va voir Runa. Quand tu l'amèneras ici, on tirera tout ça au clair.

Puis il disparut dans le couloir. Avant que Ciska lui emboîte le pas, Shade l'arrêta.

— Tu as une seconde ?

— Pour vous ? ronronna-t-elle avec un regard charmeur pour lui puis pour Wraith. Toujours. On va faire la fête ?

Wraith haussa les épaules avec désinvolture, bien qu'encore un peu secoué en apparence.

— J'en suis.

Il en était toujours si la femelle n'était ni humaine ni vampire. Comme cette infirmière était une jolie petite démone sora sur laquelle Shade et Wraith étaient déjà passés, la réaction de ce dernier allait de soi.

— Viens par ici. Toi, ajouta Shade en pointant le doigt vers son frère, reste où tu es.

Ciska s'approcha nonchalamment, appuya sa poitrine contre son torse et commença à se frotter d'une façon qui aurait mis le feu à un circuit électrique… mais pas à Shade.

— Il va seulement observer ?

— Touche-moi, lui ordonna Shade.

Le sourire aux lèvres, elle empoigna son membre. Celui-ci resta dur un moment, ravivant l'espoir de Shade : peut-être n'était-il pas réellement uni à Runa. Peut-être… Elle se mit à le caresser, et il se dégonfla comme un poumon crevé.

Putain !

Shade fit volte-face. Le besoin de sexe le tourmentait toujours, mais son bas-ventre semblait relié à Runa par une corde, qui se tendit, déclenchant une nouvelle érection et le faisant se consumer de l'intérieur.

Certes, Runa ne portait pas de marque, mais Shade était indubitablement uni à elle. Elle était excitée et, si Shade se fiait à sa poussée d'adrénaline, elle ne l'avait jamais été à ce point.

Bon sang ! Si elle continuait comme ça, il allait y laisser sa peau.

— Ky, tu veux bien aller voir ce que fait Wraith, vieux ?

Eidolon se précipita aux urgences, où Kynan et Gem s'occupaient d'un démon trillah – une espèce ressemblant à des félidés à poils brillants – qui avait un pied mutilé. Gem venant de commencer son service, ils n'avaient toujours pas pu reparler de la manière dont Kynan s'était presque enfui de la salle de repos la veille. La tension était donc palpable entre eux.

— Qu'est-ce qui se passe avec Wraith ? demanda Ky en jetant à la poubelle de la gaze imbibée de sang.

— Tu te souviens du défunt frère dont je t'ai parlé ?

Kynan hocha la tête.

— Roag, c'est ça ?

— Il est vivant.

— Quoi ? s'exclama Gem en levant les yeux de la poche de solution saline qu'elle venait de percer. Vous devez vous tromper.

Un éclair de fureur traversa le regard d'Eidolon, rapidement masqué par l'habituelle façade décontractée du médecin.

— J'ai moi-même du mal à y croire.

Il attrapa une paire de gants, apparemment tout à son travail. Mais Ky avait fini par comprendre que c'était ainsi qu'il gérait son stress.

— D'après Shade, il est à la tête du dernier trafic d'organes qui remplit nos urgences et notre morgue. Il a capturé Shade, l'a forcé à s'unir à une warg et… et il a tué Skulk.

— Mon Dieu ! bredouilla Kynan.

Il laissa Eidolon examiner le patient comme si rien d'anormal ne venait de se produire, malgré les éclairs que lançaient ses yeux injectés de sang, comme chaque fois qu'il était profondément énervé.

— Je ne sais pas comment Wraith réagira à tout ça une fois qu'il aura bien tout intégré. Je te serais reconnaissant de bien vouloir m'aider à garder un œil sur lui.

Génial! Voilà qu'on me colle du baby-sitting. C'est bien ma veine!

— Pas de problème.

Kynan se débarrassa de ses gants couverts de sang et regarda sa montre. Six heures. Plus que six heures avant la fin de sa journée, et sept avant de picoler comme un trou. Il avait hâte.

Il avait voulu se soûler la veille après son échange avec Gem, mais une crise d'ordre mineur était survenue au quartier général des Aegis : une bleue s'était effondrée à la suite de son premier combat. Tayla réussissait presque à gérer tout ce qui se produisait pendant les opérations normales, mais elle était un peu trop intransigeante pour prendre en main les crises de nerfs. La Gardienne en état de choc ayant aussi eu besoin d'un soutien médical, Kynan avait sorti ses deux casquettes de médecin et de psy. Ensuite, il s'était directement rendu dans la garçonnière où il avait emménagé après le départ de son épouse, et il s'était écroulé de fatigue au lieu d'abuser de l'alcool. Tayla lui avait proposé de dormir sur le canapé du QG, une maison de six chambres dans laquelle habitaient une dizaine de Gardiens, mais il n'aurait pas supporté de passer autant de temps à l'endroit où Lori et lui avaient vécu heureux.

Heureux. La bonne blague! Il ne savait pas depuis combien de temps sa femme le trompait avant qu'il la surprenne, mais il doutait à présent de leur histoire depuis son tout premier déploiement militaire. Elle avait pu se faire sauter par n'importe qui pendant que lui se faisait tirer dessus en plein désert et dans la jungle.

— Quand je l'ai quitté, il était dans la chambre de Shade, dit E. Merci, mec. Je te le revaudrai.

— Pas de quoi, dit Kynan.

Il sortit du service des urgences et, une minute plus tard, il se trouvait dans la chambre de Shade. La porte s'ouvrit au moment où il tendait la main vers la poignée, et Ciska sortit de la pièce avec un sourire mystérieux. Il comprit quel secret elle dissimulait quand Kynan entra et découvrit Wraith en train de remonter sa braguette.

Wraith leva les yeux au ciel.

— C'est E qui t'envoie, c'est ça ?

— Ouais, confirma-t-il en fermant la porte.

— Je n'ai pas besoin d'une nounou, donc va voir ailleurs si j'y suis.

Sans tenir compte de sa remarque, Kynan se laissa tomber dans un fauteuil.

— Où est Shade ?

— Sûrement en train de se taper sa « compagne ».

Ah ouais, c'est vrai !

Cette nouvelle s'était répandue comme une traînée de poudre dans l'hôpital. Ky n'était pas sûr de saisir le caractère si alarmant de l'union de Shade, vu qu'E en avait fait de même. En tout cas, cela semblait vraiment très grave.

— Ça va s'arranger, Wraith. Ça ira.

— Peu importe. Je m'en fous.

— Garde ce genre de conneries pour d'autres. Tu ne t'en fous pas du tout.

Wraith poussa un grognement.

— Je n'ai rien à foutre de qui ou de quoi que ce soit, l'humain. (Il enfonça un doigt dans le torse de Ky et s'approcha de lui pour gronder dans son oreille.) Je vendrais mes propres frères si on m'en offrait un bon prix. Rentre-toi bien ça dans le crâne.

Sur ce, le démon sortit dignement de la chambre. À l'instant où la porte se refermait, Kynan l'entendit crier :

— Eh ! Femelle ! Viens ici !

Kynan en resta bouche bée. Certes, Wraith ne cherchait pas la bagarre et ne se ruait pas sur un dealer, mais il avait tendance à consommer le sexe à la place de la drogue ou de la violence quand il était bouleversé.

Quand sa libido serait rassasiée, Wraith se tournerait vers l'une de ses deux autres faiblesses, et là, la situation prendrait vite une sale tournure.

Wraith attendit que la laborantine qu'il venait de baiser ait refermé la porte du débarras qu'ils venaient de mettre sens dessus dessous. Correction : qu'il avait mis sens dessus dessous. Avec ses canines inférieures proéminentes et ses touffes de fourrure, elle n'était pas la slogthu la plus attirante qu'il ait baisée.

Dès qu'elle fut partie, il se laissa glisser au sol, dos au mur, et enfouit son visage entre ses mains.

Enfoiré de Kynan ! Qu'est-ce qui lui fait croire que je m'intéresse à quoi que ce soit ?

« Je vendrais mes propres frères si on m'en offrait un bon prix. »

Ses paroles résonnèrent dans sa tête. C'était une bien triste vérité, car il avait en effet vendu un frère. Il avait trahi son espèce, sa chair et son sang.

Et j'ai bien pris mon pied, putain !

Trois ans plus tôt, alors qu'il traquait les membres d'un gang de New York pour s'amuser plus que par besoin de se nourrir, il était tombé sur un Gardien aegi. Naturellement, ce crétin avait essayé de l'abattre. Wraith imaginait que ce type devait être assez doué pour les combats, mais il n'existait pas un être au monde ou dans le royaume démoniaque de Sheoul capable de vaincre Wraith en duel. Ainsi, en quelques secondes, son ennemi s'était retrouvé à terre, une dague sur la jugulaire.

Wraith avait été tenté de le tuer en le vidant de son sang avec ses crocs. Au lieu de cela, il lui avait donné un tuyau. Non, plus qu'un simple tuyau : Wraith avait pratiquement dessiné une carte menant à Roag.

Roag, dont la santé d'esprit était déjà très aléatoire avant sa *s'genesis*, et qui était devenu aussi malfaisant que possible depuis lors. Wraith et ses frères s'étaient entendus sur le fait qu'aucun d'eux ne devait vivre dans cet état, mais quoi que Roag faisait, Eidolon réclamait des enquêtes approfondies avant de décider d'une action punitive sévère.

Seulement voilà, les investigations prenaient trop de temps et, quand Wraith avait découvert les restes d'une humaine violée à mort par Roag, il était entré en action.

Il aurait pu tuer Roag de ses propres mains, mais E l'aurait deviné. Wraith n'avait pas envisagé que les Aegis s'en prendraient à tous les démons du bar où Roag traînait. Certes, ce n'était pas si grave – une bande de vampires et de démons avaient crevé, et alors ? – mais ne venait-il pas d'apprendre que le seul à devoir mourir était également l'unique survivant ?

À présent, par sa faute, Roag avec torturé Shade et tué Skulk, l'une des seules femelles de l'UG que le demi-vampire n'avait pas sautée – et pas parce que Shade en aurait pété une durite. D'une certaine façon, Wraith avait aimé cette fille comme un grand frère.

Désormais, elle était morte et Shade souffrait, à cause de lui.

— Je suis désolé, Shade, murmura-t-il.

Il releva la tête contre le mur sans rouvrir les yeux, son esprit fantasmant sur la douce transe dans laquelle la drogue le plongerait, ou sur l'euphorie d'une bonne bagarre. Le sexe ne fonctionnait pas ; il pouvait se taper toutes les femelles de l'hôpital, cela ne suffirait pas. Il lui en fallait plus.

Il abattit son poing fermé sur le mur. La douleur lui procura un instant de plaisir, mais ni cela ni rien d'autre ne remettrait sa vie en ordre.

Bordel ! Plus qu'un an avant ma s'genesis. *Ensuite, je n'aurai plus rien à foutre de tout ça.*

Toutefois, pour le moment, il avait mal. Et, en dehors de la douleur qu'il s'infligeait lui-même, il ne supportait pas de souffrir.

— On dirait le scénario d'une mauvaise bande dessinée, gronda Roag. Je suis entouré d'incompétents finis.

Un sous-fifre drec était à genoux devant lui, tête baissée. L'évasion de Shade remontait presque à deux jours, et le désordre régnait toujours. Plusieurs Goules manquaient à l'appel et Sheryen n'était pas encore revenue de *L'Éternel*. Rien d'inhabituel là-dedans, mais cela le mettait malgré tout hors de lui.

— Seulement deux autres prisonniers se sont échappés grâce aux dégâts causés par les chutes de pierres sur les portes de leurs cellules, se défendit le drec.

Roag serra son poing atrophié. Les autres fuyards ne l'intéressaient pas. Ce qui le faisait vraiment fumer par les pores de sa peau calcinée, c'était que Shade et cette salope de warg lui aient échappé.

La fureur brûlait en lui et sa flamme léchait douloureusement sa peau ravagée. Wraith paierait très cher pour lui avoir gâché la vie, pour l'avoir transformé en une carcasse cramée.

En effet, Roag avait la certitude que Wraith portait la plus grande part de responsabilité de son infortune. Cette fameuse nuit au *Soufre* ne cessait de se rejouer dans sa mémoire, telle une vidéo qui rejouerait indéfiniment la même scène en boucle. Il avait été occupé à baiser deux faes à l'arrière du pub quand le local avait été investi par les Aegis. Roag avait remarqué que l'un des tueurs, un punk coiffé d'une iroquoise, avait cherché une personne en particulier. Et quand il avait posé les yeux sur Roag, il était venu droit sur lui.

À cet instant, Roag avait compris qu'on l'avait vendu. Utilisant sur-le-champ son don pour s'introduire dans l'esprit du tueur, il avait vu un souvenir dans lequel Wraith lui révélait l'emplacement du *Soufre* et lui décrivait Roag. Cerise sur le gâteau, son petit frère avait même promis à l'Aegi qu'il le récompenserait en échange d'une preuve de la mort de Roag.

Grâce à la *s'genesis*, Roag avait pu se métamorphoser en une créature plus grande et plus dangereuse et il avait déchiqueté cet Aegi. Si Roag s'était sorti de l'incendie du bar, il le devait uniquement à la capacité du démon dont il avait pris la forme à résister au feu. Se transformer en une autre espèce ne procurait pas totalement les pouvoirs qui y sont propres ; par conséquent, Roag n'avait pas été complètement immunisé contre les flammes, mais il avait bénéficié d'une protection suffisante pour ne pas être réduit en cendres. Malgré cela, sans l'intervention de Solice après le départ des Gardiens, il serait mort.

Il avait toujours méprisé Wraith et le flot d'attentions dont l'inondaient E et Shade, mais depuis ce jour au *Soufre*, il voulait que son jeune frère souffre plus que quiconque dans son existence. Et quand Roag en aurait assez, Wraith périrait, mais pas avant d'avoir donné sa peau et ses organes. Wraith rendrait à Roag ce qu'il lui avait pris.

Un coup à l'extrémité du couloir attira son attention. Quand il leva les yeux, son cœur – ou ce qu'il en restait – s'arrêta.

— Sire, le salua un de ses sous-fifres cinglenuits. Nous l'avons trouvée près de la Porte des Tourments…

Il tenait dans ses bras le corps brisé et tordu de Sheryen. Roag ne la quitta pas des yeux pendant que le cinglenuit la déposait à ses pieds.

Un darquethoth couvert de blessures sanguinolentes s'approcha en claudiquant.

— Nous avons poursuivi votre frère et sa femelle. Ils nous ont attaqués…

— Qui a tué Sheryen ? l'interrompit-il d'une voix rauque. Qui ?

— La compagne de votre frère, sire.

Une vague de rage monta en lui, faisant grincer ses os, étirant ses articulations et fissurant sa peau parcheminée jusqu'à ce que son sang filtre par les craquelures.

— Appelez un nécromancien.

Le darquethoth siffla.

— Mais… maître…

— Exécution ! rugit Roag. Tout de suite ! (Il récupérerait son aimée, quelles qu'en soient les conséquences.) Et introduisez un nouvel espion dans l'hôpital.

— Oui, maître.

— J'aurai Wraith, jura-t-il, et je ruinerai la vie de mes frères, mais je vais d'abord planter la tête de cette salope au bout d'une lance.

Tremblant de tout son corps, Roag s'agenouilla à côté de son amante et la prit dans ses bras. Loué soit le Grand Satan, elle était morte près de la Porte des Tourments, où l'énergie démoniaque avait empêché son corps de se désintégrer.

Dans une prière muette, il supplia le nécromancien de se presser. Sheryen devait être ranimée avant que son cadavre commence à se décomposer, et l'heure tournait.

— Ne crains rien, mon amour, dit-il en effleurant sa bouche du bout de ses lèvres dont elle ne sentait heureusement pas la rigidité et les cicatrices. Bientôt, je porterai la peau de Wraith et le sang de Runa coulera dans tes veines.

Cette pensée le fit sourire. Quelle délicieuse ironie que seul le sang de sa meurtrière puisse ramener Sheryen à la vie !

Chapitre 8

Étendue sur le sol dans la caverne de Shade, Runa subissait les élancements résiduels de sa transformation et la faim lui serrait l'estomac. Une autre douleur la tenaillait : celle du désir qui se manifestait comme un effet secondaire de sa métamorphose après la pleine lune. En général, le contrecoup durait environ une heure, quand ses hormones animales faisaient rage dans son organisme humain. Et le fait qu'elle se soit réveillée nue sur une couverture imprégnée de l'odeur de Shade ne l'aidait pas.

Comme s'il ne la perturbait pas assez quand il était auprès d'elle, il fallait à présent qu'il le fasse à distance.

L'excitation lui vrillait les entrailles, l'obligeant à serrer les cuisses et les dents. Elle détestait cette phase de la mutation où aucun plaisir solitaire ne la soulageait. Des envies violentes et brutales hurlaient en elle. Il valait sûrement mieux que Shade ne soit pas là, car elle savait avec certitude que sinon elle lui aurait sauté dessus.

D'ailleurs, où était-il ? Le ventre de Runa gargouillait et elle salivait. Pourquoi Shade ne lui avait-il pas apporté à manger la nuit dernière comme promis ? Lui était-il arrivé quelque chose ? Elle s'assit et sentit la résistance de la lourde chaîne attachée à sa cheville.

Elle en avait assez d'être entravée. En seulement quelques heures, elle était passée d'un cachot à un autre. De plus, elle était dans un tel état d'excitation que les fouets, les triques et les martinets qui décoraient les murs de la chambre de Shade commençaient à lui faire envie. Tous ces masques, ces bâillons et ces menottes. C'était écœurant. C'était dérangeant. Pourtant… quel effet cela ferait-il d'être à la merci de Shade, de voir ses mains puissantes et douées manipuler ces outils pour lui procurer du plaisir… ou lui faire mal ?

Il avait toujours été plutôt doux avec elle, en comparaison de tout cela.

« Je n'étais pas non plus le plus tendre des amants, si ? »

Sûrement… Il ne l'avait jamais laissée le toucher en dehors de leurs rapports sexuels. Et au lit il lui avait dicté ses moindres gestes et, au fond d'elle, elle avait aimé qu'il prenne tout en main. Son attitude dominatrice lui permettait de lâcher prise. Ce dont elle avait eu besoin à cause de la maladie de son frère et de la fermeture imminente de son café.

Ainsi, lorsque Shade l'invitait chez lui à dîner, qu'ils passaient des heures à s'envoyer en l'air et qu'il la ramenait ensuite chez elle, ou quand il la retrouvait à l'hôtel, la baisait vite fait bien fait et s'en allait tout de suite après, elle avait été satisfaite. La plupart du temps.

D'ailleurs, au moment présent, l'option « vite fait bien fait » lui aurait parfaitement convenu. Cette simple idée déclencha un grondement sourd dans sa poitrine et fit naître de l'humidité entre ses cuisses. La louve monstrueuse enfouie en elle avait soif de sexe brut et de soumission à un mâle puissant, mais seulement après une lutte violente et excitante.

Runa n'aurait jamais cru vouloir un jour coucher avec un homme qu'elle détestait, mais peut-être que ce sentiment de haine rendrait la chose plus simple. C'était juste sexuel, après tout. Sans attachement et sans rechute amoureuse. Rien que du sexe.

Cela dit, pourraient-ils s'en tenir uniquement à cela, à présent qu'ils étaient unis ? À la façon dont Shade en avait parlé, la situation semblait vraiment irrémédiable. Le X trouverait peut-être un moyen de la sortir de là. Sinon, eh bien, ils allaient devoir faire un effort. Ils ne pouvaient pas passer des dizaines, voire des centaines d'années à se haïr.

Refusant de croire à l'irréversibilité de leur union, elle secoua la tête. Il existait forcément une solution, et elle mettrait tout en œuvre pour la découvrir.

Où est-il ?

Un bruit de pas résonna dans ses oreilles toujours sensibles à la suite de sa transformation. Enfin ! Le cœur battant, elle se leva et ramassa la couverture pour s'y enrouler. Elle s'était dévêtue avant de muter la veille au soir, et elle regrettait à présent de ne pas s'être rhabillée au matin.

Quand Shade apparut, elle n'était pas sûre d'être soulagée de le voir. Il remplissait l'encadrement de la porte, avec des épaules imposantes qui frôlaient les bordures en pierre et son large torse qui se gonflait à chaque vigoureuse inspiration. Un courant d'air chaud transporta le parfum de son ardeur et de sa colère jusqu'aux narines de Runa.

Un désir incontrôlable l'envahit. Elle se mit à trembler.

— Tu fais chier ! lança-t-il d'une voix qui semblait frottée au papier de verre. Tu fais chier à me donner tellement envie de toi. Seulement de toi.

Même en blouse, un sac de fast-food à la main, il était à couper le souffle. Ses yeux lançaient des rayons dorés qui enflammaient la peau de Runa à mesure qu'ils sondaient son corps. Sans mot dire, il lâcha le sac et parcourut la distance qui les séparait.

Elle souffla son nom et s'en voulut immédiatement, mais trop tard. De toute façon, elle brûlait déjà de désir pour lui. Elle ferma les yeux en attendant qu'il l'embrasse, mais il la retourna et la plaqua face au mur. Elle sentit son sexe en érection à travers son pantalon et ne put se retenir de se frotter contre lui comme une chatte en chaleur.

— Je déteste quand tu me fais ça, murmura-t-elle.

D'une main sur son ventre, il l'obligea à reculer le bassin.

— « Ça » quoi ? demanda-t-il en lui faisant brutalement écarter les jambes d'un coup de pied.

— Quand tu me fais oublier que je ne t'aime pas.

— Bienvenue dans mon monde. (Il plaqua ses deux mains contre la paroi, de chaque côté de la tête de Runa, et la recouvrit tout entière avec son corps.) Je n'en ai pas envie, mais je suis là.

Un instant, elle crut qu'il allait la prendre ainsi, contre le mur, mais il ne bougea pas, lui envoyant le message primitif et bestial qu'il était le dominant dans leur relation. Les animaux mâles étaient plus gros, plus forts et obtenaient toujours ce qu'ils voulaient de leur femelle.

Runa se mit à trembler sous l'effet des images perverses qui défilaient dans son esprit. D'une main, Shade arracha la couverture qu'elle tenait toujours inutilement autour de sa poitrine pendant que, de l'autre, il la saisissait par la hanche et la retournait pour la plaquer brutalement contre son corps, lui enfonçant son érection dans le ventre.

— Touche-moi. (Il lui pétrit les fesses d'une main tandis que, de l'autre, il la saisit par les cheveux.) Maintenant, ajouta-t-il en arquant le bassin.

Oh oui ! Elle voulait le toucher, elle en avait besoin, mais la bête en elle était déchaînée et réclamait plus qu'un simple soulagement. Elle voulait de la sauvagerie, de l'érotisme et une pointe de danger.

À cette pensée, ses tripes entrèrent en fusion.

D'humeur à la fois espiègle, agressive et un tantinet rétive, elle lui mordit la clavicule assez fort pour lui couper le souffle.

— Oblige-moi.

Shade se raidit comme une barre de fer.

— Qu'est-ce que tu viens de dire ?

Elle le toisa effrontément.

— J'ai dit « oblige-moi ».

Il eut l'air si dérouté, si profondément surpris que Runa faillit éclater de rire. Elle n'en eut pas le temps car l'étonnement de Shade vira immédiatement à la colère. Avec la main qu'il avait glissée dans ses cheveux, il lui saisit le poignet. Elle grogna, se débattit, mais il ne céda pas. Il amena la main de la jeune femme dans son pantalon et la força à se refermer sur sa queue.

— Vas-y, dit-il d'une voix profonde et gutturale. Caresse-moi.

Ils se regardaient toujours dans le blanc des yeux. L'air de défi qu'il affichait hérissait le prédateur qui résidait en elle, tandis que sa part de féminité en était toute troublée. La femme, qui avait beaucoup grandi depuis ces onze derniers mois, s'aperçut qu'elle n'aimait pas recevoir des ordres. Il était temps de montrer à ce mâle qu'elle n'allait pas baisser les yeux et se soumettre.

Avec un sourire, elle referma la main sur toute la longueur de son imposant sexe. Elle sentit le sang chaud battre contre sa paume comme une déferlante, le gland pousser contre l'anneau formé par ses doigts qu'elle ne pouvait pas resserrer entièrement. C'était si bon, tellement bon… Elle attendit qu'une lueur de triomphe scintille dans les yeux de Shade, puis elle le repoussa aussi violemment qu'elle put. Tandis qu'il chancelait, elle s'accroupit, prête à bondir.

— Espèce de…

Elle fonça sur lui de toutes ses forces et lui donna un coup d'épaule dans le ventre. Il tomba en arrière avec un grognement mais atterrit sur le lit avec plus de grâce qu'elle l'aurait souhaité.

La victoire de Runa fut de courte durée. Il s'élança vers elle comme un bulldozer, la fit pivoter et l'aplatit au sol si brutalement qu'elle suffoqua un instant. Il l'immobilisa par la force de son poids et s'allongea sur elle de tout son long.

Elle sentit la chaleur de son haleine sur sa joue quand il gronda dans son oreille :

— Où est passée la timide petite Runa que je connaissais ?

Timide. Ce mot rappela à la jeune femme qu'il avait le pouvoir de lui briser le cœur, et cela la mit vraiment hors d'elle.

— Elle est morte sous la morsure d'un loup-garou, sale fils de pute.

Elle se tortilla pour essayer de se libérer de la poigne de Shade, mais plus elle bougeait, plus son excitation montait. L'érection rigide de Shade, dont elle sentait les moindres détails à travers son fin pantalon, frottait contre ses fesses. Elle continua à se débattre, mais cette fois pour arquer les hanches et l'amener là où elle en avait besoin.

— Si j'étais un fils de pute, est-ce que je te ferais gémir ?

Shade passa sa langue le long du cou de Runa en une caresse chaude et humide qui lui arracha un gémissement, exactement comme il venait de l'annoncer.

— Oui, haleta-t-elle.

Bon sang, c'était suffisant pour lui donner un orgasme.

— Ouais, tu dois avoir raison.

Il se releva instantanément, une main plaquée sur la nuque de la jeune femme pour la maintenir joue contre le sol, puis il glissa son autre main sous son bassin pour la mettre à quatre pattes. Elle entendit le bruissement du tissu tandis qu'il retirait son pantalon.

— J'ai envie de te faire ça depuis hier, depuis que je t'ai traînée ici pour t'enchaîner.

Il prit une profonde inspiration avant de laisser échapper un râle de plaisir. Runa comprit alors qu'il avait humé le parfum de son excitation.

— Je te veux dans cette position, offerte à moi, vulnérable.

Vulnérable, en effet. Cette posture lui interdisait tout mouvement. Elle était sous sa domination totale. Cela l'agaçait, lui donnait envie de riposter, et pourtant elle frémit d'excitation et sentit son désir couler à l'intérieur de sa cuisse. Elle sut que Shade l'avait remarqué lorsqu'il grogna.

— J'ai envie de te lécher, déclara-t-il brusquement. Je veux commencer en bas de ta cuisse et faire glisser ma langue le long de ce sirop jusqu'à ce que je trouve l'endroit qui te fera crier.

Oh mon Dieu !

Elle gémit tout en remuant les hanches alors que les paroles de Shade déclenchaient le début d'un orgasme.

— Mais tu vas essayer de m'en empêcher. Je ne peux pas te faire confiance.

— Si, hoqueta-t-elle. Fais-moi confiance.

Runa voulait qu'il enfonce sa langue entre ses cuisses, qu'il la lèche et qu'il la prenne avec sa bouche jusqu'à ce qu'elle s'évanouisse.

Au lieu de cela, Shade fit remonter son doigt le long de sa cuisse pour recueillir son nectar.

— Dommage que je sois un gros fils de pute.

Avec difficulté, elle réussit à tourner la tête à temps pour le voir lécher son doigt en la regardant droit dans les yeux.

L'érotisme de cette vision eut l'effet d'un détonateur et Runa implosa.

— Oh oui !

Shade lâcha sa nuque et la pénétra d'un coup de reins. Les spasmes qui agitaient le corps de la jeune femme le serrèrent et l'aspirèrent avec une telle force qu'il feula, s'enfonça complètement en elle et s'accrocha.

— Putain ! gémit-il. Oh… putain !

Runa le sentit gonfler en elle, puis il reprit son va-et-vient, si fort qu'il la faisait glisser en avant. Le devant des cuisses du démon claquait contre l'arrière des siennes tandis qu'il s'agrippait à ses hanches à lui en faire des bleus.

Elle n'attendait que cela depuis son réveil. Elle savoura ce rythme effréné, ces à-coups brutaux, les bruits humides de ce jeu érotique… et le cri de Shade quand il se libéra en elle.

Un autre orgasme la prit par surprise et traversa son corps comme un coup de tonnerre. Il continua de la culbuter et une secousse parcourut le corps du démon quand il se vida une seconde fois. Une nouvelle vague de plaisir déferla en elle, puis une autre, au point qu'elle se mit à pleurer de délectation et d'épuisement.

Elle accueillit les deux avec joie, car elle se réveillerait bien assez tôt dans un monde étrange avec un démon qui ne voulait pas d'elle et un autre qui la voulait… mais morte.

Shade s'effondra comme un pantin désarticulé, emportant Runa dans sa chute de sorte qu'ils se retrouvèrent côte à côte.

Par les putains de cercles de l'Enfer !

C'était donc ça le sexe avec sa compagne ? Dans ce cas, il comprenait pourquoi Eidolon avait des étoiles dans les yeux chaque fois qu'il parlait de Tayla.

Sa conversation avec ses frères à propos de l'avenir de Runa revint le hanter ainsi que des scénarios qui eurent l'effet d'une douche froide sur sa béatitude post-orgasmique. Il imaginait Tayla attaquant Runa avec des armes en argent et la battant à mort avant de lui assener le coup de grâce.

Et puis il y avait Wraith, qui pouvait se montrer d'une efficacité redoutable ou jouer avec sa proie comme un chat avec une souris. Il devrait abattre Runa rapidement, mais se nourrirait-il d'elle ? À l'idée de son frère penché sur la gorge de la jeune femme pour vider jusqu'à la dernière goutte de vie de son corps disloqué, Shade se raidit et attira sa compagne contre lui. Hors de question que cet enfoiré de Wraith la touche.

Eidolon saurait faire preuve de compassion en lui injectant un sédatif sous prétexte de prélever du sang, par exemple… mais non, si Runa devait mourir, Shade prendrait son courage à deux mains et s'en chargerait lui-même. Elle méritait au moins cela.

Tandis qu'elle s'étirait, il lui caressa le bras de haut en bas. Sa peau douce, toujours curieusement vierge de son *dermoire*, se couvrit de chair de poule. Pourquoi les marques de l'union n'étaient-elles pas encore apparues ? Était-il possible qu'il soit uni à elle… mais qu'elle ne le soit pas ? Dans ce cas, Shade courait à la catastrophe. Le sexe lui était aussi indispensable que l'eau pour les humains. C'était vital. Un mâle uni ne pouvait avoir de rapports qu'avec sa compagne. Sans réciprocité du lien, cette dernière pouvait le quitter et coucher avec qui elle voulait. Et, en cas d'impossibilité d'approcher sa femelle, le mâle mourait.

Il faudrait que Shade retente la partie du rituel d'union qui la concernait. Il ne pouvait pas se permettre qu'elle agisse en électron libre alors qu'il était lié à elle.

— Runa ?

— Hmm ?

Il se blottit contre elle et huma le parfum naturel de sa peau.

— Viens. Allons nous laver.

Comme elle ne répondait pas et ne bougeait pas, il prononça la formule de déverrouillage des menottes *morphestus* et la porta jusqu'à la douche, où il la posa délicatement. Elle lui sourit d'un air légèrement hébété en chancelant sur ses jambes si tremblantes que Shade craignit qu'elle s'effondre. Sans réfléchir, il l'enlaça pour la retenir. Au contact des jets d'eau des deux pommes de douche fixées aux murs de part et d'autre de la pièce, Runa gémit en rejetant la tête en arrière.

Putain, ce qu'elle est belle !

La soutenant toujours d'un bras, il versa sur ses épaules un filet de gel douche qui coula sur elle tel un sirop nacré jusqu'au creux de ses reins et entre ses seins. Il la savonna avec tendresse et délicatesse tout en se reprochant de n'être qu'un crétin pour se laisser aller à apprécier cet instant.

Quand Runa laissa échapper un bruit de plaisir, à mi-chemin entre un hoquet et un gémissement, il l'attira contre lui pour que son corps absorbe ses spasmes orgasmiques. Ajoutés au contact de sa peau glissante et mouillée, ces sons suffirent à redonner de la vigueur à Shade. Certes, cela ne lui demandait jamais beaucoup d'efforts, mais après le rapport qu'ils venaient d'avoir, il aurait dû être rassasié pour plusieurs heures.

Par les portes de l'Enfer ! Je suis dans de beaux draps !

Il n'aurait jamais dû l'amener sous la douche ; il aurait fallu qu'il se lave seul et qu'il la laisse se débrouiller. Elle en était capable. Il n'en doutait pas une seule seconde.

Shade sourit en glissant ses doigts dans les cheveux de Runa et se délecta de la force de la jeune femme. Cette nouvelle Runa menaçait son existence comme aucune autre femelle auparavant. Même s'il n'avait pas été capable de percevoir ses besoins physiques et émotionnels, il aurait été attiré par elle. Bien sûr, elle était ravissante, et encore plus à présent qu'elle avait gagné en force de caractère, mais il ne s'agissait pas que de cela. Derrière la personnalité apparemment plus forte et agressive qu'elle s'était forgée depuis un an se cachait une féminité et une attention maternelle que Shade ne pouvait qu'aimer, de par son éducation. Il avait toujours cru prendre soin de ses sœurs et de sa mère mais, en réalité, c'était le contraire.

Par les Dieux, pourquoi Roag ne m'a pas uni à n'importe qui d'autre ?

Aucune autre femelle ne le troublait autant que Runa, et nulle autre n'éveillait son instinct protecteur comme elle.

En bref, aucune autre femme ne risquait autant de le faire tomber amoureux.

Quand il la rinça et la sécha, elle ne réagit encore qu'à moitié, mais elle réussit à bâiller et à marmonner lorsqu'il la coucha sur le lit.

— Manger ?

— Ouais, je t'ai apporté à manger. C'est froid, maintenant, mais je ne suis jamais tombé sur un mauvais burger froid.

Il alla chercher le sac, qu'il avait lâché par terre un peu plus tôt. Runa s'assit et mordit dans ses frites et son sandwich d'un air hébété et songeur.

— Merci, dit-elle entre deux bouchées. Je meurs de faim.

— Je vois ça.

À ces mots, elle cessa d'enfourner de la nourriture dans sa bouche pour lui lancer un coup d'œil mauvais, feignant la colère, qui le fit sourire. Ensuite, elle dévora bruyamment une frite et lui accorda un rictus espiègle. Face à cette moue, soudain submergé par une envie de caresser ces lèvres, il tendit la main. Avec un juron, il se ravisa au dernier moment en lui jetant une serviette pour justifier son geste.

— Tu as du ketchup sur la bouche, mentit-il. Ah ! Et désolé pour cette nuit. J'étais comme qui dirait pieds et poings liés à l'hôpital. (Il s'étendit sur la couverture, à côté d'elle.) Au sens propre.

Runa se figea et avala sa bouchée.

— Pieds et poings liés ? Sérieusement ?

Elle était si mignonne que, cette fois, quand l'envie de la toucher se manifesta, il y céda et passa un doigt sur sa fesse dénudée.

— C'est marrant, tu vas voir. Apparemment, quand tu m'as mordu dans la cellule de Roag, tu m'as transmis ta lycanthropie. Donc hier soir, quand je suis entré dans l'hôpital par la Porte des Tourments, je me suis retrouvé avec de la fourrure et des crocs et j'ai essayé de manger la moitié de l'équipe de nuit.

— Mais… (La couleur disparut du visage de Runa.) Tu m'avais dit que tu étais immunisé.

— En temps normal, oui. Eidolon pense que ce qui te permet de te transformer à volonté a également affecté le virus et, par conséquent…

— Ta capacité à y résister, termina-t-elle en fermant les yeux et en se laissant tomber contre la tête de lit en cuir. Je suis désolée, Shade. Vraiment.

L'émotion noua la gorge de Shade en un nœud de plaisir car elle tenait suffisamment à lui pour être navrée, de culpabilité car c'était lui qui l'avait poussée à le changer en loup-garou, et de colère car il n'aurait jamais dû s'autoriser à ressentir quoi que ce soit pour elle.

— Il ne faut pas, répliqua-t-il d'une voix râpeuse. Si tu ne m'avais pas mordu, j'aurais pu mourir de douleur.

— Quand même…

— Non, aboya-t-il. Mange et repose-toi. On part pour l'hôpital dans deux heures.

— OK, Grincheux ! Est-ce qu'on reviendra ici ?

— On sera bien obligés. (Il se pencha vers elle pour tester sa réaction avec une sorte de perversion qui l'incitait à la taquiner.) Il faudra qu'on s'attache.

Ça, ce serait intéressant. Soit ils s'entre-déchireraient, soit ils forniqueraient à mort.

— Ensemble ? (La frite qu'elle tenait se mit à trembler.) On pourra se toucher ?

Se toucher, se goûter… Le corps de Shade durcit à mesure que son esprit s'emplissait d'images de la nuit qu'ils pourraient passer ensemble, sous leur forme animale et guidés par leur seul instinct bestial. Déjà, il avait envie de l'allonger sur le dos et de l'embrocher sur le matelas.

— J'ai senti ton désir depuis New York, dit-il entre ses dents. Je me suis juré qu'on ne passerait pas une nuit de plus séparés tant qu'on serait en vie. La nuit dernière, j'étais sous sédatifs, mais ce soir ce ne sera pas le cas, donc rien ne m'empêchera de t'approcher. (Il se tourna pour ne plus la voir et être tenté de la prendre encore.) Finis de manger et dors un peu. Il faut que tu reprennes des forces.

Gem venait de sortir de la douche, d'enfiler un pantalon propre et d'attacher son soutien-gorge quand la porte du vestiaire mixte s'ouvrit.

— Oh, pardon !

— Kynan. (Toute la journée, elle avait essayé de se retrouver seule avec lui, mais le médecin était un maître de l'esquive, donc elle n'allait pas gâcher cette occasion.) Eh ! Attends, il faut qu'on parle de l'autre jour.

Il leva la main en prenant soin de ne pas contempler les seins de la jeune femme. Il regardait partout sauf là.

— C'est bon. Tout va bien.

Il se détourna, mais elle l'attrapa par le poignet.

— Non. Attends, s'il te plaît.

— Il n'y a rien à dire. (Sa voix, déjà basse, se fit encore plus grave et rocailleuse.) Lâche-moi. Je n'aime pas qu'on me touche.

— Je ne te crois pas, le contredit-elle doucement. Tay m'a raconté que Lori et toi n'arriviez pas à vous lâcher.

Kynan se crispa, mais Gem sentit son pouls battre sous ses doigts.

— Ne joue pas à ça.

— Je vois tes blessures, Ky. C'est ma nature qui veut ça. Je peux m'en servir, les rouvrir et les aggraver. (Elle se mordit la lèvre en se demandant si elle ne venait pas de causer plus de dégâts.) Ou je peux favoriser leur guérison.

— Je n'ai rien à soigner, docteur.

— Où est passé le Kynan que je connaissais ? Celui qui riait, qui était doux, attentionné et décontracté.

Il partit d'un rire froid et amer.

— Il est mort, Gem. En même temps que Lori.

Son épouse qu'il avait surprise dans les bras de deux hommes différents la même nuit : un Gardien à qui il se fiait et un démon sans aucun sens moral.

Wraith. Celui-ci niait avoir couché avec Lori, mais il avait bu son sang sous les yeux de Kynan, et il aurait fait pire sans l'intervention d'Eidolon.

— Il n'est pas mort. Il se cache…

Soudain, elle se retrouva plaquée aux casiers, une des poignées s'enfonçant dans son dos et les larges mains de Kynan sur ses épaules.

— Il a disparu, grogna-t-il. Est-ce que j'ai l'air de quelqu'un de doux et attentionné ? (Il appuya davantage pour souligner son propos avant de la lâcher.) Tu perds ton temps avec moi, Gem. Trouve-toi quelqu'un d'autre à soigner.

Il recula avec raideur et l'abandonna au milieu du vestiaire, haletante et le cœur battant.

Chapitre 9

Le lit était confortable, plus que ce à quoi Runa s'attendait dans cette grotte pleine d'instruments SM. Cela dit, Shade la surprenait à chaque instant, au point qu'elle se demandait si elle le connaîtrait complètement un jour. Enfin, ils avaient apparemment toute la vie pour ça, non seulement comme amants, mais aussi comme loups-garous.

Bon sang ! Ça, elle ne l'avait pas vu venir.

Elle se souvenait de sa propre colère quand elle avait appris la nature de son infection, et elle se rappelait sa terreur, son désarroi et la solitude qu'elle avait ressentie malgré la présence et le soutien d'Arik. Elle n'avait pas compris les changements physiques et psychiques qui s'étaient opérés en elle presque immédiatement. Elle avait craint pour son avenir, pour les innocents qu'elle risquait de blesser et elle était furieuse de la façon dont sa vie lui avait été arrachée de sorte qu'elle ne maîtrisait plus rien.

Shade possédait un avantage sur elle en cela qu'il était né dans ce monde étrange et qu'il avait déjà l'habitude des loups-garous.

Pourtant, songea-t-elle en tripotant négligemment la menotte de cuir accrochée à la colonne de lit, cet homme avait l'habitude de tout diriger, au lit comme ailleurs.

Renoncer à sa capacité à se contrôler trois nuits par mois ne devait pas tellement lui plaire.

Tout en bâillant, elle jeta un coup d'œil au réveil : cela faisait six heures que Shade et elle dormaient. Elle roula de l'autre côté en prenant garde à ne pas le réveiller. L'anneau étrange qu'il arborait autour du cou bougeait au rythme de sa respiration. Il était de la même couleur noire que le *dermoire* qui s'étendait sur toute la longueur de son bras droit.

Elle caressa les cheveux brillants de Shade pour les dégager de son cou, où son symbole personnel, un œil fermé, semblait… la regarder. À chacun de ses souffles ou dès qu'il avalait sa salive, il ondulait et la suivait où qu'elle aille.

Déstabilisée, elle parcourut du doigt son bras, suivant les cols et les vallées de ses muscles noueux jusqu'à sa main. Le *dermoire* se terminait sur ses longs doigts, ceux-là-mêmes qui l'avaient caressée, pénétrée et amenée à des orgasmes dévastateurs un nombre incalculable de fois.

Le sang de Runa entra en ébullition à cette pensée. Bon sang, elle ne contrôlait plus ses hormones. Sa nature de louve-garou avait décuplé sa libido, et la pleine lune amplifiait le phénomène… mais la proximité de Shade agissait comme de l'huile sur le feu.

Une bonne douche froide lui ferait du bien.

Elle se tourna, posa les pieds sur le sol et se retrouva immédiatement plaquée entre Shade et le matelas.

— Pas si vite, dit-il d'une voix endormie et merveilleusement grave.

Ses yeux entrouverts et somnolents étaient de la couleur de l'or en fusion. Son membre en érection reposait lourdement sur la cuisse de Runa.

— J'allais juste prendre une douche. Tu m'accompagnes ?

— Après, répondit-il en fourrant son nez dans le cou de la jeune femme pour mordiller cette zone sensible. Quand j'en aurai fini avec toi.

— Tu as senti mon… euh… mon désir ?

Shade passa les doigts sur son sexe humide.

— Oh oui ! Je le sens.

— Tu sais très bien de quoi je parle.

Du bout de la langue, il lécha l'endroit qu'il venait de mordre.

— Ça m'a réveillé. Pourquoi ?

— Parce que, gémit-elle en penchant la tête sur le côté pour lui offrir un meilleur accès à sa gorge, tout à l'heure tu as dit que tu avais perçu mon désir depuis New York. Je me demandais simplement si tu le sentirais toujours.

Le démon leva la tête pour la regarder. Toute trace de sommeil disparue, ses yeux brûlaient de passion.

— Nous sommes unis. Je ressens toutes tes émotions. (Il s'arqua et s'enfonça en elle.) Quand tu as envie de sexe, j'ai le devoir de te satisfaire.

— Même si tu es dans un autre État ou un autre pays ?

— Oui, mais ça n'arrivera plus, annonça-t-il avant de maintenir les mains de Runa au-dessus de sa tête et de commencer un lent va-et-vient. Ma compagne…

Il s'interrompit en pestant.

— Tu n'aimes pas ce mot, hein ?

Rien qu'une fois, elle voulut avoir les mains libres pour caresser ses épaules qui se contractaient à chaque puissant coup de reins, et enfoncer ses ongles dans son dos au moment de jouir, mais Shade resserra son étreinte.

— Quel mot ?

— Compagne.

Il secoua la tête, laissant ses épais cheveux tomber sur son visage.

— Rien de tout ça ne me plaît.

Runa se cambra pour l'accueillir plus profondément.

— Même pas ça ?

Une expression indéchiffrable assombrit les traits du démon.

— Tu es excitée. Notre lien m'oblige à te servir.

— Pardon ?

— Tu m'as bien entendu. (Il accéléra son mouvement presque mécanique.) Finissons-en.

— Si tu crois que tu me fais une faveur en me baisant, rétorqua-t-elle, tu peux arrêter tout de suite et aller te faire foutre.

Il s'immobilisa, mais ne se retira pas.

— Tu ne m'aurais jamais dit ça il y a un an, s'étonna-t-il d'une voix plus grave et grondante. Aucune femelle n'a jamais osé me parler comme ça dans mon propre lit.

Avec un coup d'œil mauvais, Runa se débattit pour libérer ses mains.

— Peut-être parce qu'elles étaient enchaînées à ton plafond.

— Bien vu.

Il examina rapidement les instruments de torture et de plaisir accrochés aux murs, comme s'il voulait en choisir un pour elle. Cette pensée la fit frissonner, mais elle ne sut pas s'il s'agissait de peur ou d'excitation.

— J'imagine que tu as envie de faire la même chose avec moi.

Il rit comme si ce qu'elle venait de dire était totalement impensable. Cela la mit hors d'elle. Pourquoi s'amuserait-il ainsi avec d'autres femmes et pas avec elle ? Et pourquoi diable cela la contrariait-elle autant ?

— J'aime ton entrain, petite louve. Mais j'apprécierais un peu de… discipline.

— Mon père disait la même chose.

Elle grimaça, regrettant autant ses paroles que les souvenirs qui la submergeaient dès qu'elle leur ouvrait la porte.

« Cette sale gosse a besoin qu'on lui rappelle ce que c'est que la discipline », disait son père juste avant de lui tomber dessus avec une ceinture, une cuillère en bois ou n'importe quel objet à portée de main. Enfant, Runa était pleine d'énergie, défiait ses parents à la première occasion et faisait enrager son père au point de le rendre violent.

Après cela, comment pouvait-elle considérer la panoplie de fouets et d'objets indéfinissables de Shade autrement que comme des instruments destinés à faire souffrir ? Quel genre de dégénérée était-elle ?

Shade lui caressa la joue du pouce.

— Eh ! Runa, ça va ? (Finalement, il lâcha ses poignets et s'apprêta à se relever.) On fera ça plus tard.

— Non, refusa-t-elle en resserrant ses jambes autour de sa taille. Je crois que… que tu me ferais vraiment une faveur si tu continuais à… tu sais.

À présent que sa colère s'était apaisée, elle ne réussissait plus à être aussi crue qu'elle le voulait.

— À te baiser ?

Le rouge monta aux joues de Runa et le désir renaquit en elle.

— Oui.

— Tu es sûre ?

Lorsqu'elle acquiesça, il s'enfonça de nouveau en elle et recommença son va-et-vient tout en laissant échapper un soupir de soulagement.

— Tant mieux, parce que je souffrirais le martyre si je devais m'arrêter.

— Comme quand on était prisonniers ? Quand tu as failli mourir ?

D'un mouvement discret, de façon qu'il ne remarque pas qu'il avait oublié de lui entraver les poignets, elle posa ses paumes sur la peau chaude de ses épaules.

— Pas à ce point. Là, nous avons à peine commencé. Je ne suis pas encore aussi excité que là-bas. J'aurais fini par ne plus y penser, mais il aurait mieux valu que tu restes hors de ma vue pendant deux bonnes heures.

Runa eut un petit pincement au cœur en apprenant qu'il aurait souffert par sa faute. Bon sang, son cœur n'aurait pas dû s'emballer comme ça. C'était comme si elle attendait la première occasion pour retomber amoureuse de lui. Elle avait vraiment la mémoire courte.

Shade se mit à lui lécher les tétons, faisant voler ses pensées en éclats.

— Tu me sens ?

Elle sourit. Oh que oui, elle le sentait frotter ses parois internes si sensibles, glissant contre le point qui la rendait dingue.

— Hmm.

Il lui empoigna le bras, celui où Shade prétendait que les marques de l'union similaires aux siennes devraient apparaître, et le cœur de Runa se serra car elle aurait voulu le toucher rien que cette fois.

— Pas ça. Je veux dire, est-ce que tu me ressens ? Est-ce que tu as perçu ma mutation en warg ? Est-ce que tu as senti mon humeur, ce matin ?

Les jambes nouées autour de Shade, elle se tordit contre lui. Cette discussion interférait avec leur partie de jambes en l'air et cela l'agaçait.

— Non. Rien. Je devrais ?

— Je crois. (Il dénoua ses jambes et se retira d'elle.) Reste ici.

De tout son corps, elle tremblait de désir tandis qu'il sortait de la chambre avec raideur, mais il fut de retour quelques instants plus tard… un couteau à la main.

— Euh… Shade ?

— Chut, la fit-il taire en s'allongeant sur elle avant de la pénétrer d'un coup de reins brutal. Je ne vais pas te faire de mal.

— Je sais.

Comment ? Elle n'en avait aucune idée mais, à ce moment, c'était une certitude.

Pendant un quart de seconde, il se figea, puis il se mit à aller et venir en elle à coups de reins puissants.

L'orgasme de Runa arriva sans prévenir. Shade se trancha le poignet et le porta aux lèvres de sa compagne en train de jouir. Un liquide au goût de cuivre se déversa sur ses dents et sur sa langue.

— Bois, ordonna-t-il d'une voix enrouée à laquelle elle n'aurait pu résister bien que tout son être se révolte contre cet acte.

Elle se souvenait l'avoir fait dans l'étrange rêve érotique qu'ils avaient partagé dans le cachot, ce rapport imaginaire mais à la fois très réel.

Incapable de s'arrêter, elle absorba de grosses goulées avides. Sa jouissance s'intensifiait à chaque gorgée. Le sang de Shade était comme du sexe sous forme liquide et, tandis que le démon allait et venait en elle et trouvait sa délivrance, le plaisir de Runa refusa d'en finir. Les uns à la suite des autres, les orgasmes la foudroyaient et, dès qu'elle croyait la fin arrivée, un nouveau s'emparait d'elle.

Petit à petit, elle reprit conscience du poids de Shade sur elle, de sa respiration difficile et de sa voix rocailleuse.

— Runa ?

Il essaya de retirer son bras, mais elle s'y agrippait de toutes ses forces. Plus elle buvait, plus elle jouissait, et…

— Runa !

L'extase ne cessait de déferler en elle. Un éclair de douleur lui traversa la joue, mais elle n'y prêta pas attention. Le plaisir avait eu raison d'elle et l'emportait vers des sommets jusqu'alors inconnus.

La douleur s'intensifia et, à travers le brouillard de son plaisir, elle s'aperçut que Shade lui tenait la mâchoire pour tenter de lui ouvrir la bouche. Lorsqu'elle finit par le lâcher à contrecœur, il recula brusquement en se tenant le bras.

Runa poussa une plainte alors que son fantastique orgasme s'atténuait et lui interdisait tout mouvement.

— Qu'est-ce qui s'est passé ? s'enquit-elle d'une voix cassée et à peine audible.

Amusé, Shade lui fit un petit sourire en coin. Étant donné la douleur qu'il devait éprouver, sa réaction étonna la jeune femme.

— Si je ne te connaissais pas, j'aurais juré que tu es à moitié vampire.

Les sens de Runa se brouillèrent de nouveau. Son plaisir s'accrut, explosa et elle convulsa sous l'effet d'une autre libération en de violents spasmes. Shade la contemplait de ses yeux à demi clos avec un regard bouleversant d'intensité.

— Splendide, susurra-t-il d'une voix empreinte d'admiration. Tu es si belle quand tu jouis.

En effet, elle se sentait belle quand il la regardait ainsi. Belle et vulnérable.

Haletante, elle empoigna les draps.

— Pourquoi ? Pourquoi tu m'as refait boire ton sang ?

Quelque part, elle savait qu'elle aurait dû être dégoûtée d'avoir avalé du sang, mais après presque un an à manger de la viande crue trois nuits par mois, ce genre de choses ne la préoccupait pas vraiment.

— Tu n'as pas encore les marques d'union. J'espère qu'une nouvelle tentative les fera apparaître.

— Elles n'apparaissent peut-être pas sur toutes les espèces.

— Peut-être, répéta Shade en détournant les yeux.

Runa s'assit et le prit par le bras.

— Qu'est-ce que tu me caches ?

— Rien qui mérite que tu t'inquiètes. (Il se leva en se libérant de l'étreinte de la jeune femme.) Il faut qu'on y aille. On va d'abord aller chez toi pour récupérer quelques vêtements. Ensuite, on ira te faire passer quelques examens à l'UG et on sera de retour ici avant la nuit.

Une partie de la mission de Runa pour le X consistait à réunir un maximum d'informations sur l'hôpital de démons. Cela était donc l'occasion rêvée, mais elle se sentait mal à l'idée d'exécuter cet ordre maintenant. Cela ressemblait beaucoup à une trahison.

Bon sang, elle avait déjà assez de soucis sans en plus se demander si elle devait désobéir ou non à son supérieur hiérarchique. Qui se trouvait également être son frère. Elle jetterait un coup d'œil à l'hôpital et aviserait ensuite.

— Shade, ne me dis pas de ne pas m'inquiéter alors qu'il est évident que tu es préoccupé.

Des ombres dansèrent dans les yeux du démon, leur donnant une apparence noire et morne qui la fit frémir.

— Tu as raison, Runa. Tant que Roag sera en liberté, nous avons toutes les raisons de nous inquiéter.

Personne n'aimait les journées calmes aux urgences, mais cela rendait Kynan complètement marteau. Il n'était pas du genre « un bisou sur ton bobo et ça ira mieux ». Il lui fallait du sang et des tripes, de la vie et de la mort. Des cas médicaux qui faisaient grimper l'adrénaline. Dans son passé de médecin de l'armée, c'était ce qu'il gérait le mieux, sous les tirs ou dans l'œil du cyclone. Il se fichait même que ses patients soient humains. Un chien renversé par une voiture ou un chameau criblé de balles auraient reçu le même traitement que les hommes.

Et que les démons.

Kynan expira lentement sous le poids de ces souvenirs. Avec Lori, elle aussi enrôlée, ils étaient restés mariés pendant quatre ans. Ils avaient été postés à Fort Lewis, puis Kynan avait été envoyé en Afghanistan. Le jour où sa vie avait changé pour toujours, il allait porter secours à une unité tombée dans une embuscade. Quand son équipe était arrivée sur place, les soldats avaient été introuvables et, vu la quantité de sang répandu comme de la peinture sur le flanc de la montagne, ils ne pouvaient pas s'en être tirés tout seuls.

Ky et ses hommes avaient mené des recherches sur un périmètre de plus en plus large, ce qui n'avait donné aucun résultat, et ils s'étaient retrouvés sous le tir ennemi. Sous une grêle de balles et d'explosions incessantes semblables à des séismes, séparé des autres et poursuivi par des talibans, Kynan s'était réfugié dans une grotte.

Tout en soignant une blessure à sa jambe, il avait appelé les secours sur sa radio. À cause de la mauvaise réception, il avait ignoré si les renforts viendraient lui sauver la peau. Alors qu'il se mettait en position défensive, il était tombé sur ce qui restait des soldats disparus, à côté desquels gisaient les corps de combattants ennemis et, éparpillés sur ce récent carnage, des centaines d'os humains et animaux.

Ky avait à peine eu le temps d'intégrer l'horreur du spectacle quand un monstre à deux têtes – il savait à présent qu'il s'agissait d'un démon – était sorti du fond de la grotte. Kynan lui avait tiré dessus mais, songeant que cette créature vaudrait davantage vive que morte, il avait ensuite essayé de la sauver.

Les talibans avaient profité que son attention était détournée pour l'attaquer, et il avait reçu une balle dans la gorge. À partir de là, ses souvenirs étaient flous, mais il avait appris plus tard que, quand ses camarades militaires l'avaient retrouvé, ils avaient aussi découvert les corps de ses agresseurs totalement démembrés. Il n'y avait aucune trace du monstre, mais peu de temps après le réveil de Kynan à l'hôpital militaire à la suite de l'opération qui lui avait sauvé la vie, les hommes en noir – en vert, en fait – lui avaient rendu visite.

Son service étant presque terminé, ils n'avaient pas pu l'obliger à entrer dans la division ultrasecrète de l'armée consacrée à la défense contre le paranormal, le X, mais les Aegis, leur équivalent civil, l'avaient abordé avec une offre qu'il n'avait pu refuser. Ils lui avaient promis le double de son salaire de soldat, une mutuelle, une assurance retraite et un logement personnel pour Lori et lui. Ils l'avaient aussi souvent envoyé en déplacement afin qu'il forme d'autres Régents sur les tactiques de combat et la médecine d'urgence.

Ainsi, à l'instant où il avait quitté l'armée, Lori et lui s'étaient engagés pour combattre les démons.

Quelle ironie ! Il travaillait désormais ici, dans un hôpital pour démons où il leur sauvait la vie. En ce moment, il attendait au bureau de triage en remplissant le dossier d'un nourrisson daeva admis pour une simple toux.

De la toux.

Bon sang, les parents démons savaient se montrer aussi paranoïaques que les humains.

Kynan entendit un bruit de pas, sentit le tourbillon d'air chaud qui accompagnait le docteur Shakvhan, un ancien succube qui pratiquait la médecine druidique le jour et volait les âmes humaines la nuit. Kynan n'éprouvait aucun mal à travailler avec elle, mais s'il la croisait en dehors de l'hôpital, elle pouvait être sûre de rencontrer la pointe de son stang.

— Avez-vous autorisé la sortie du neethul ce matin ? demanda-t-elle d'une voix dégoulinante de sensualité non feinte.

— Pourquoi ?

Elle haussa une de ses jolies épaules, faisant scintiller les cheveux blond doré qui la drapaient. Il ne faisait aucun doute que les mâles humains couraient volontiers à leur mort avec elle. Elle était aussi sexy qu'une pin-up.

— Eidolon voulait que je lui prélève un échantillon de sang pour la banque d'ADN.

— Je m'en suis occupé ce matin, l'informa Kynan.

Eidolon piquait une crise si tous les patients n'étaient pas enregistrés dans la banque de données. On demandait donc à chaque démon dont l'espèce n'avait pas été admise à l'hôpital précédemment de se soumettre à un examen ADN et de donner son sang en vue de futures interventions sur leurs congénères.

Le docteur Shakvhan sourit en lui tapotant le dessus de la tête.

— Quel humain responsable ! Je pense que je ne toucherai pas à votre âme après vous avoir vidé de votre semence.

Elle s'éloigna d'un pas nonchalant en balançant les hanches à un rythme qui faisait saliver la plupart des mâles.

Aucune femme n'avait fait cet effet-là à Kynan depuis le décès de sa femme et cela ne recommencerait pas maintenant, surtout pas avec une saleté de succube.

Ça me l'a presque fait avec Gem… Oh! La ferme! On ne m'y prendra pas.

Pourtant, son corps s'y laissait prendre, lui. Il se dressait à la pensée de Gem, au souvenir de sa tenue dans le vestiaire, de sa poitrine généreuse remplissant son soutien-gorge noir, de son ventre plat recouvert d'une espèce de dragon dont les dents avaient été tatouées de sorte à faire croire qu'elles s'accrochaient au piercing qu'elle portait au nombril.

Doux et attentionné, mon cul!

Il avait été ainsi avec Lori, et voilà où ça l'avait mené. À présent que Gem et les casiers s'étaient rencontrés de près grâce à lui, la démone avait peut-être saisi le message. Elle comprendrait que certaines blessures ne guérissaient jamais.

Il rangea le dossier de son patient dans le classeur avec plus de force que nécessaire, et il s'apprêtait à en prendre un autre quand la Porte des Tourments se mit à vrombir.

Un sursaut d'adrénaline chassa Gem de ses pensées, à son grand soulagement. Techniquement, il avait terminé sa garde depuis dix minutes, mais il resterait volontiers plus longtemps si quelque chose de cool arrivait. Les amputations et les ablations avaient toujours beaucoup de succès.

L'odeur du sang précéda le patient, confirmant qu'il devait être en sale état. Kynan trotta vers le portail et eut un choc quand il vit Wraith en tomber.

Putain de merde ! Il s'est battu contre un mixeur géant, ou quoi ?

Le démon se tenait une épaule dont le bras pendait inutilement sur le côté, dégoulinant de sang qui formait une flaque au sol. De profondes entailles lacéraient tout son corps et mettaient par endroits ses tendons et ses os à vif, mais Wraith souriait comme s'il venait de se faire sucer pour la première fois.

— Faites venir Gem et appelez Eidolon chez lui, ordonna Kynan à l'infirmière de triage. Tout de suite.

Eidolon était rentré une heure plus tôt mais ils auraient besoin de lui.

Kynan passa un bras autour de la taille de Wraith pour l'aider à se tenir debout.

— Merde, tu pèses une tonne ! s'exclama-t-il en l'accompagnant dans une chambre inoccupée. Qu'est-ce qui s'est passé ?

Wraith grogna en se laissant tomber sur une table.

— Une balle, répondit-il en retirant sa main de son épaule, où son sang suintait par un trou bien net.

— Mec, ce n'est pas une arme à feu qui a causé tes autres blessures, insista Kynan en enfilant des gants.

— Des machettes.

Il n'y avait que Wraith pour se faire taillader à coups de machette.

— Tu étais encore en train de chasser des rebelles africains ?

— Peut-être.

— Maintiens la pression sur ta blessure par balle.

Apparemment, les voies respiratoires et le souffle de Wraith étaient intacts. Par conséquent, Kynan examina rapidement le pouls du démon à chacune de ses extrémités. Tout semblait en ordre, mais la médecine d'urgence dans un hôpital pour démons était foutrement différente des hôpitaux humains. En effet, toutes les espèces de démons divergeaient du point de vue des signes vitaux, de la constitution, du seuil mortel… En général, Kynan improvisait.

Il découpa la chemise de Wraith à l'aide d'une paire de ciseaux chirurgicaux, puis il la lui retira délicatement. Du sang séché collait le tissu à sa peau, mais le plus difficile était à venir.

Le rideau qui séparait les box s'ouvrit brusquement sur Gem.

— Waouh ! Tu t'es battu avec un gros matou ?

— Très drôle, Gem. Maintenant, tu veux bien ramener ton drôle de petit cul par ici et sucer ma… aïe ! Putain ! hurla Wraith en foudroyant Kynan du regard.

— Pardon, s'excusa ce dernier en jetant par terre la chemise ensanglantée. Le tissu s'était incrusté dans les coupures.

— Mon cul ! Tu l'as fait exprès.

— Tu ne peux pas le prouver, se défendit Kynan en sondant l'une des plus profondes entailles. (Les démons seminus guérissant vite, les saignements de Wraith avaient déjà ralenti, mais pas assez.) Si ça peut te soulager, E est en route. Il va te soigner et tu pourras repartir à la chasse aux maniaques génocidaires en un rien de temps.

Gem souleva une paupière de Wraith.

— Tu as encore saigné des drogués ?

— Non, nia le démon avec un grognement indigné.

Kynan plaça les embouts de son stéthoscope dans ses oreilles.

— Mais tu as mangé des Africains, hein ?

— Ouais, bon… (Comme Gem lançait à Kynan un regard interrogateur, il s'expliqua.) Ce sont des guerriers mortellement dangereux. Ils sont complètement sauvages, à moitié cinglés quand ils sont sous *kanif* ou d'autres drogues plus dures.

— Ce qui explique leurs yeux vitreux.

— Que s'est-il passé ? intervint Eidolon en entrant dans la pièce vêtu d'un treillis usé et d'un polo bleu en lin.

— Comme d'habitude, répondit Gem. Apportez une dose de sang de n'importe quelle espèce, commanda-t-elle à Ciska, qui préparait les instruments.

— Merde, Wraith, marmonna Eidolon. Pourquoi tu t'infliges ça ?

Kynan glissa la cloche froide du stéthoscope sur le dos de Wraith, qui tressaillit.

— Il y avait genre une dizaine de types, pas plus. Et puis, d'un seul coup, je me suis retrouvé contre une putain d'armée.

— Tu étais censé chercher Roag.

— C'est ce que je faisais. J'ai juste pris une pause.

Eidolon se pencha pour examiner l'épaule de Wraith.

— Tu t'es fait tirer dessus.

— Des lâches, dit Wraith avec une grimace. Sérieusement, qui sortirait un flingue dans un combat à l'arme blanche ? C'est de la triche.

— Tu n'as pas de pistolet ? s'enquit Kynan.

Wraith prit un air dégoûté.

— Ce n'est pas très sport de tirer sur les gens.

— Ça veut dire que tu n'as pas tiré sur ceux qui t'ont fait ça ?

— Bien sûr que si ! J'en ai désarmé un et j'en ai abattu le plus possible avant de me carapater par la première Porte des Tourments que j'ai trouvée.

Sur le bras d'Eidolon, le *dermoire* se mit à chatoyer tandis qu'il canalisait son énergie guérisseuse pour la transmettre à Wraith. Sous les yeux de Kynan, les lacérations commencèrent à se refermer. Dans un grognement, le blessé serra les dents et ses canines s'allongèrent. Kynan sentit presque la douleur qu'elles procuraient au démon. Le processus de guérison pouvait faire mal, il le savait depuis qu'il avait enduré cette souffrance pendant deux mois après avoir été mordu par un démon cruentus au cours d'une intervention en ambulance.

Ciska rapporta le sang à Wraith, qui mordit la poche.

— C'est répugnant, marmonna Kynan.

Le blessé dressa un sourcil.

— Quoi ? Tu veux peut-être prendre la place de la perfusion ?

— Compte là-dessus et bois de l'eau.

Wraith grimaça mais, avant qu'il ait le temps de rétorquer quelque chose, Eidolon hocha la tête en signe de satisfaction.

— C'est bon. Maintenant, passons à la blessure par balle, dit-il en regardant Ky. Il va nous falloir une anesthésie locale.

— Je vais bien, protesta Wraith.

— Frangin, ça va faire un mal de chien. Ky, pique-le.

— J'ai dit que j'allais bien.

La voix du blessé n'était qu'un grondement sourd qui fit vibrer l'air de la pièce.

Eidolon colla son visage à celui de son frère. La couleur dorée de ses yeux témoignait soit de son excitation, soit de son énervement, et comme Tayla n'était pas là...

— On ne va pas jouer à ça ce soir, Wraith. Tu t'es défoulé en te battant et sûrement en couchant avec des femelles, et je détecte même le coup de pouce de certaines substances. Il faut décompresser, maintenant.

— Pas d'anesthésie locale, assena Wraith en détachant bien tous les mots.

Des points rouges commencèrent à s'allumer dans l'or des prunelles d'Eidolon à mesure que sa colère atteignait le niveau supérieur. La situation était sur le point de dégénérer.

— Pique-le, mec, intervint Shade en faisant irruption dans le box.

Il avait un nouveau *dermoire* autour du cou et une nouvelle femelle à son côté. Sa compagne ?

Kynan n'en était pas certain. Elle portait un jean et une blouse en soie à manches courtes qui laissait apparaître ses bras nus et musclés, mais vierges de la marque d'union que Tayla arborait.

Les yeux de Wraith semblèrent envoyer des éclairs de glace ; il avait sans doute fait le même constat. Au moins, cela avait détourné son attention de la seringue.

— Pique-le, répéta Shade sur un ton calme et apaisant. Si E dit que tu en as besoin, il a raison.

Wraith se renfrogna, mais s'il acceptait d'écouter quelqu'un, c'était bien Shade.

— Ouais, d'accord. Peu importe. Pique-moi, l'humain. (Tandis que Ky approchait l'aiguille de la blessure, Wraith lui saisit le poignet.) Fais-moi mal.

— Ça illuminera ma journée.

Dans le silence qui tomba, Kynan entendit le grognement sourd et régulier de Wraith, qui dévisageait la nouvelle femelle comme s'il s'agissait d'une ennemie. Quand Shade remarqua l'animosité de son frère, ils se mesurèrent du regard. C'était mauvais signe, même si Ky ignorait ce qui se passait et pourquoi. Il savait juste qu'il vaudrait mieux apaiser la tension tout de suite.

— Eh ! Wraith, j'ai un nouveau jeu sur ma X-Box, dit-il en le piquant, conscient que ce n'était pas une bonne idée. C'est d'une violence ! J'ai prévu de me faire une putain de partie cette nuit. Tu veux essayer de me casser la gueule ?

Le blessé tourna brusquement la tête vers lui.

— Tu oses me le demander ?

— Ouais, parce que tu me bats toujours à la salle de sport et je me dis que c'est l'occasion de te mettre KO.

Wraith plissa les yeux comme s'il comprenait qu'il s'agissait d'un piège mais sans pouvoir résister à la tentation.

— C'est vrai que je te mets au tapis chaque fois.

Il ne plaisantait pas. Ça faisait des mois que Kynan s'entraînait avec Wraith, qu'il apprenait de nouvelles techniques et qu'il affinait les anciennes, mais il n'avait toujours pas acquis le dixième de sa maîtrise.

— Je vais te mettre une raclée dans le jeu aussi, décréta Wraith sans même tressaillir quand Ky retira l'aiguille de sa chair.

— Tu n'as pas la moindre chance.

— Bien sûr que si. Je vais te faire mordre la poussière, insista le démon avec une grimace.

Eidolon gratifia Kynan d'un hochement de tête discret pour le remercier silencieusement d'avoir désamorcé une situation explosive. Ky lui retourna son geste, puis il commit l'erreur de tourner les yeux en direction de Gem. Il venait peut-être d'éteindre la mèche d'un bâton de dynamite mais, au vu de l'étincelle qui brillait dans les yeux de la démone, de toute évidence, rien n'était réglé entre eux deux.

Chapitre 10

Shade ne s'attarda pas aux urgences pour écouter les questions et les leçons de morale à propos de Runa. Il l'emmena au laboratoire, la flanqua dans un fauteuil et ordonna à Frank, le technicien et l'un des rares humains du personnel, de lui prélever assez de sang pour permettre tous les examens nécessaires.

Ensuite, il patienta derrière la porte, d'où il gardait un œil sur le déroulement des opérations, car il n'était pas question que cet homme touche à Runa en son absence. Shade aurait préféré faire lui-même la prise de sang, mais il savait que ses frères ne tarderaient pas à rappliquer pour lui poser des questions auxquelles il ne savait pas comment répondre.

Tandis qu'il observait Runa à travers la vitre, il fut inexplicablement heureux de constater qu'elle regardait le laboratoire avec curiosité, et pas d'un air terrifié comme il aurait pu s'y attendre de la part d'une personne qui mettait les pieds pour la première fois dans un hôpital pour démons. Enfin, elle savait qu'il attendait juste derrière la porte et il lui avait promis qu'il ne lui arriverait rien de mal tant qu'il serait dans les parages.

Putain, quel sale menteur !

Son estomac se retourna quand il arracha son regard d'elle. Il s'attachait trop et trop vite, et leur rapport de ce matin n'avait fait qu'aggraver la situation. Non seulement il avait menti en prétendant être à son service – bon sang, il avait sans doute plus besoin d'elle qu'elle de lui –, mais la détresse dans les yeux de Runa au souvenir de son père avait eu l'effet d'un pic à glace dans le cœur de Shade.

Le démon soupçonnait que cela avait un rapport avec les ténèbres et la culpabilité qu'il percevait en Runa, mais il ne voulait rien savoir de cette histoire douloureuse. Il n'avait pas envie de la pendre au plafond comme il l'avait fait avec d'autres par le passé en vue d'éliminer ces ténèbres grâce au sexe et à la douleur. Tant qu'elle essaierait de garder cela enfoui en elle, il respecterait son choix. Dès qu'elle déciderait de se débarrasser de sa culpabilité, ou de cette chose qui assombrissait son âme, Shade aurait l'obligation de tout tenter pour l'en libérer.

Cette pensée le mit mal à l'aise.

Et pourquoi diable n'arborait-elle pas la marque de l'union ? Même après sa deuxième tentative, ce matin, toujours rien n'apparaissait.

Ce n'était pas bon signe.

Eidolon arriva avec un air inquiet que laissaient deviner ses traits tirés et sa bouche pincée.

— Où est Wraith ? demanda Shade. J'étais prêt à parier qu'il voudrait venir me faire la morale.

— Je l'ai envoyé avec Kynan. Je lui ai dit que tu n'avais pas besoin de nos sermons.

— Tu te fous de moi. Wraith ne goberait jamais ça.

Eidolon sourit.

— Il n'y a pas cru, mais je lui ai expliqué que je savais ce que c'était d'avoir une compagne et que je savais comment m'occuper de toi. Je lui ai dit que tous ses arguments réussiraient juste à te faire disparaître dans la nature et qu'on ne te reverrait jamais.

— Ça n'arrivera pas.

Une moue ironique remplaça le sourire d'Eidolon, les ramenant tous les deux à la position parfaitement inextricable de Shade.

— Je le sais, mais pas lui.

— Il va bien ?

— Il est secoué. Il fait de son mieux pour gérer tout ça… Roag, Skulk, la situation dans laquelle tu te retrouves… mais il prend un peu trop bien les choses.

— Ce qui signifie qu'il va péter les plombs d'un moment à l'autre.

Eidolon passa une main dans ses courts cheveux noirs.

— Tu ne nous avais pas dit que Runa n'était pas marquée.

Devant le haussement d'épaules de Shade, il reprit :

— Est-ce qu'elle te sent ou est-ce que votre union est à sens unique ?

Shade jeta un coup d'œil à Runa par la vitre. Elle souriait au laborantin qui tenait son bras en place pour la prise de sang.

Mienne.

Shade déglutit. La fureur et la jalousie lui nouaient sérieusement la gorge.

— Frank la touche. J'aurais dû faire ça moi-même. Il n'est pas trop tard…

— Shade, concentre-toi sur moi.

Il arracha son regard de Runa et Frank.

— Pourquoi tu n'as pas prélevé les échantillons de sang toi-même ?

— Parce que j'essaie de garder mes distances, mais il pose les mains sur elle. Je vais le tuer.

— Ça va s'arranger, frangin. Au fur et à mesure que le lien va se créer, cette jalousie maladive va s'atténuer. Sinon, je ne pourrais pas laisser Tayla continuer à travailler avec des hommes au QG des Aegis.

— Mon petit doigt me dit que tu n'aurais pas pu l'en empêcher de toute façon.

— Ouais, tu as sûrement raison, consentit Eidolon d'un air penaud.

Shade prit une inspiration haletante et évita de jeter un coup d'œil de l'autre côté de la vitre.

— Le lien est à sens unique. Je n'y comprends rien. Je sais qu'on l'a bien fait la première fois, et j'ai reproduit sa partie du rituel aujourd'hui.

— Ça pourrait devenir problématique.

— Sans blague ? ironisa Shade en appuyant son épaule contre le mur. Dis, je peux te poser une question ?

— Balance.

Shade hésita. Parler de sexe avec ses frères avait toujours été aussi simple que discuter de sport, mais cela lui paraissait maintenant étrange et déplacé, comme s'il trahissait Runa.

— Est-ce que le sexe… te fait un autre effet depuis que tu as pris Tay comme compagne ?

Eidolon leva les sourcils et son visage s'éclaira d'un sourire compréhensif.

— Oh oui ! C'est beaucoup mieux. C'est sans conteste l'avantage d'être uni.

— C'est ce que je craignais.

Un silence tendu tomba. Finalement, Eidolon reprit la parole.

— On va trouver un moyen de te sortir de là – de ton problème de warg et de ta malédiction.

— Même si on trouve un remède contre la lycanthropie, il n'y a rien à faire pour la malédiction, rétorqua Shade avec un rire amer.

— Il y a forcément une solution. Quelque chose a dû nous échapper.

— Ça fait bientôt quatre-vingts ans qu'on cherche, E. Il n'y a qu'une seule échappatoire, et je m'y refuse.

Oui, cet amusant petit sort d'amour était livré avec une clause aussi démente que le con qui avait imaginé le maléfice : Shade pouvait transférer le maléfice sur un être aimé, une personne pour qui il éprouvait un attachement dénué de romance. Cela ne lui laissait le choix qu'entre Eidolon et Wraith, mais il ne s'y résoudrait jamais. Et même s'il décidait de transférer la malédiction, il ignorait totalement comment s'y prendre.

Un aide-soignant passa devant eux en poussant son chariot avec ses tentacules. Quand il fut hors de portée de voix, Eidolon questionna son frère.

— Est-ce que tu risques de tomber amoureux de Runa prochainement ?

Shade ferma les yeux, comme si cela pouvait empêcher la vérité de sortir.

— Non, mentit-il.

Il ne voulait pas inquiéter ses frères, et acquiescer mettrait immédiatement Runa en danger.

— Je sais que tu ne veux pas la tuer, mais il y a peut-être une autre solution.

Shade rouvrit brusquement les yeux.

— Quoi ?

— On peut la garder ici. Ou ailleurs. Dans une chambre spéciale où elle sera à son aise et où tu pourrais la retrouver quand tu voudrais…

— Tu veux l'enfermer comme un animal ? Comme un *orgesu* ?

— Shade, si elle n'est pas unie à toi, elle peut te quitter. Elle peut aller où elle veut, baiser avec qui elle veut, et où est-ce que ça te mènera ? Tu ne seras plus qu'une bête dégénérée essayant de la traquer avant de mourir. Même si elle était unie, vous ne pourriez pas être ensemble. Tu vas tomber amoureux d'elle, c'est inévitable. Et nous te perdrons. Tu seras coincé dans un état pire que la mort.

Largement pire. Shade s'y voyait déjà : moins qu'un fantôme, flottant au hasard sans aucun moyen de communiquer avec quiconque, sans pouvoir toucher personne. Incapable de se défaire de sa faim, de sa soif et de la douleur causée par sa libido insatisfaite, il deviendrait fou. La folie était un trait de caractère répandu dans sa famille, et il avait déjà un pied dedans.

— E, je ne peux pas l'utiliser comme une esclave sexuelle. Je ne peux pas l'obliger à passer sa vie sans voir personne d'autre que moi quand je viendrai la voir de temps en temps pour la sauter vite fait bien fait.

— Je te propose juste une idée pour ne pas la tuer.

Shade regarda à travers la vitre du laboratoire en essayant d'imaginer Runa enfermée, seule dans une chambre sans rien d'autre que peut-être une télévision et quelques livres pour lui tenir compagnie. Se fanerait-elle ? Deviendrait-elle une enveloppe sans énergie, sans but dans la vie à mesure que son étincelle s'éteindrait ? Resterait-elle immobile pendant qu'il la prendrait, les yeux vides tournés vers le mur jusqu'à ce qu'il ait fini ? Ou se laisserait-elle dominer par sa colère et son amertume, telle une bête féroce qu'il devrait violer pour obtenir ce dont il aurait besoin ?

Par les Dieux ! Ça me donne envie de vomir.

Comme si elle percevait son attention, elle se tourna et lui fit un petit signe de sa main libre tout en appuyant, de l'autre, une boule de coton sur sa piqûre. Frank dit quelque chose qui la fit rire, puis elle se tourna vers lui avec un sourire à la fois innocent et charmeur. Shade eut alors envie de bondir dans la pièce et d'ouvrir le crâne de ce bâtard.

— Enfoiré de Roag, grogna-t-il. Putain ! J'ai envie de le saigner.

— Comme nous tous.

— Ah oui ? s'étonna Shade en tournant la tête d'un coup. Vraiment ? Parce que vous étiez plutôt proches, Roag et toi. Tu n'as jamais rien vu de mal en lui.

Eidolon battit des paupières deux ou trois fois, comme s'il n'en croyait pas ses yeux. En effet, c'était un coup bas.

— Euh…, murmura Shade. Je suis désolé. Je suis frustré et énervé. Je ne devrais pas être un loup-garou, je ne devrais pas être uni à une femelle, et Skulk ne devrait pas être morte. Ah ! Mon cou me brûle.

D'un air grave, Eidolon porta ses doigts à la gorge de Shade.

— La *s'genesis*. C'est pour bientôt. Ce n'est plus qu'une question de minutes.

Évidemment. Shade se frotta les yeux en se demandant ce qu'il avait fait pour se retrouver au bord du précipice en si peu de temps.

Quand des lumières se mirent à tourner sur les murs et que la sirène d'une ambulance retentit au loin, une décharge d'adrénaline passa dans les veines de Shade. Le souvenir de l'époque où Eidolon avait eu l'idée d'ouvrir un hôpital ne manquait jamais de lui rappeler avec stupéfaction la résistance qu'il lui avait opposée. En effet, il n'avait alors aucune envie d'aider qui que ce soit, mais il était vite devenu accro à la bouffée d'excitation que lui procurait chaque intervention.

Il savait qu'Eidolon ressentait la même chose et mourait d'envie de courir aux urgences pour prendre en main la situation.

Shade se passa la main sur la figure.

— Il faut que je me remette au travail.

— Tu en es sûr ?

— Ça me videra la tête. En plus, qui sait comment mes pauvres ambulances ont été traitées en mon absence ? (Toutefois, il ne devait pas laisser Runa seule en sachant qu'elle pourrait filer aussi facilement.) Runa peut m'accompagner et conduire la voiture.

— Tant que tu penses pouvoir gérer tout ça.

— Je m'occuperai du nouveau planning demain et je reprendrai les interventions dès que la pleine lune sera terminée.

La porte du laboratoire s'ouvrit. Runa sortit, adorable et désorientée, et Shade eut envie de la prendre dans ses bras. Il était vraiment, mais vraiment dans la merde.

— Frank a dit que c'était fini.

« Frank ». Pas « le laborantin » ni « M. Williams ». « Frank ».

Cette jalousie maladive ne présageait rien de bon.

Eidolon le comprit et lui mit une tape sur l'épaule.

— Ça va aller.

— Peu importe, marmonna Shade. Tu rentres chez toi ? (Eidolon acquiesça.) Tu es sûr que Wraith va bien ?

— Pour l'instant. Kynan garde un œil sur lui.

— Kynan Morgan, c'est ça ? demanda Runa.

Eidolon leva un sourcil.

— Vous le connaissez ?

Runa se mordit la lèvre, de cette façon qui donnait envie à Shade de l'embrasser.

— Mon frère, oui. J'avais cru le reconnaître plus tôt. Je l'ai vu en photo, ajouta-t-elle immédiatement.

— C'est le médecin qui s'occupait de Wraith. Rentrons à la grotte, dit Shade en la prenant par la main.

Il détestait qu'elle pose des questions à propos de cet homme. Avec ce genre de réaction, il valait mieux pour lui qu'il s'enferme dans une grotte. Il aurait été capable de l'attraper par les cheveux et de la traîner jusque là-bas. Pour couronner le tout, sa peau commençait à le démanger et à tirer, comme s'il était sur le point de se transformer en loup.

— J'aimerais faire d'autres examens, objecta Eidolon en repassant en mode médecin. Une IRM, prélever un échantillon de moelle osseuse…

— Frangin, si on reste plus longtemps, c'est dans une clinique vétérinaire que tu vas devoir l'envoyer faire tout ça, l'avertit Shade avant de se tourner vers sa compagne. On va passer à la cafétéria en partant.

— Je n'ai pas faim.

— Tu as remarqué de quels démons était composé notre personnel ? Ils ont tous le même régime alimentaire à base de viande crue.

Elle retroussa le nez.

— Donc ici vous gardez…

— Pas du bétail, mais nous avons une pièce réfrigérée pleine de carcasses. (L'air dégoûté de Runa le fit sourire.) Tu manges de la viande crue trois nuits par mois et notre cafétéria te dérange ?

— Ce n'est pas comme si j'en mangeais par choix. Crois-moi, si je pouvais me débarrasser de cette lycanthropie, je le ferais tout de suite, lui assura-t-elle avant de regarder Eidolon. D'après vous, est-ce qu'il y a la moindre chance de guérison pour Shade, au moins ?

Elle n'était pas censée s'inquiéter pour lui, mais le fait qu'elle se soucie de son sort poignarda Shade en plein cœur.

— Il va faire de son mieux, grommela-t-il en l'attirant vers la cafétéria. Si les tests t'apprennent quelque chose, bipe-moi, ajouta-t-il à l'intention de son frère. Et tiens-moi au courant si tu as des pistes sur Roag.

— Compte sur moi. Shade, fais attention à toi. Vraiment.

Il ne parlait pas de Roag, mais de Runa.

Runa n'avait jamais rien vu qui ressemble à cette cafétéria. Une odeur étrange et nauséabonde se mêlait au parfum familier des épices en un mariage qui lui retourna l'estomac autant qu'il le fit gargouiller de faim.

Les tables et les bancs semblaient taillés dans des blocs de granit, et un trou d'à peu près un mètre cinquante de profondeur et de douze mètres sur douze occupait un coin de la salle caverneuse. Dans le renfoncement, trois démons d'espèces que Runa n'avait jamais vues déchiquetaient quelque chose à coups de griffes et de crocs. Autour d'eux, cinq ou six autres créatures plus petites, grotesques, semblables à des araignées de la taille d'un chihuahua, ramassaient les morceaux jetés par les autres.

Avec un frisson, Runa serra davantage la main de Shade.

— J'espère que ces choses ne font pas partie du personnel.

— Les plus gros sont des patients. Les autres sont des agents d'entretien.

L'un des démons, un être vert et ailé de la taille d'un homme, se tourna pour dévisager Runa, qui fut presque pétrifiée par l'intensité du mal concentré dans son regard. Bien qu'on ne puisse pas vraiment parler de regard, puisqu'il n'avait pas d'yeux.

Shade aboya sur la créature dans un langage que la jeune femme ne connaissait pas. Le démon grogna, mais il se remit à faire craquer les os entre ses dents de requin.

— Ne contrarie pas les patients, lui conseilla Shade.

Sans laisser à Runa le temps de protester, il s'arrêta devant une table où une jolie femme en blouse et aux cheveux noirs et bleus était assise seule, plongée dans la lecture d'un roman policier en buvant un café dans une tasse marquée par son rouge à lèvres noir.

— Gem, l'appela Shade. Je te présente Runa, dit-il quand elle leva la tête. Garde un œil sur elle un instant. Que personne ne touche à un seul de ses cheveux.

Il n'attendit pas sa réponse pour s'éloigner à grands pas avec l'arrogance de celui qui sait pertinemment qu'on ne lui désobéira pas. Tandis qu'elle l'observait partir telle une menace silencieuse avec ses bottes et son cuir noir, Runa oscillait entre agacement et admiration.

Celle qu'il avait appelée Gem lui tira la langue, où elle portait un piercing, avant de faire signe à Runa de prendre place sur le banc.

— Asseyez-vous. Vous devez être la compagne de… (elle jeta un coup d'œil au bras nu de Runa et s'interrompit) ou pas.

— C'est bien moi, soupira Runa. C'est juste que je n'ai pas encore les marques. Le frère de Shade essaie de découvrir pourquoi. Ça sent un mélange de café Kona et colombien, ajouta-t-elle quand Gem reprit une gorgée dans sa tasse.

Celle-ci haussa immédiatement son sourcil piercé.

— Waouh ! Vous êtes forte !

— J'ai tenu un café.

Gem posa sa boisson et dévora des yeux la file d'attente.

— Vous aurez mon amour éternel si vous apprenez à ces crétins à préparer un café correctement.

— La loi devrait punir ceux qui font mal le café, renchérit Runa en souriant. (Elle aimait bien cette femme.) Et vous, vous êtes médecin ici ? Vous êtes humaine ? (Elle se mordit la lèvre.) Est-ce que cette question était déplacée ?

— Pas du tout, la rassura Gem en glissant un marque-page dans son livre pour le poser. Je suis médecin et à moitié humaine. La compagne d'Eidolon, Tayla, est ma sœur. Je suis sûre que vous la rencontrerez bientôt. Elle pourrait vous aider à comprendre ce qui vous attend avec votre union… et avec Shade.

Runa dévisagea la doctoresse gothique en regrettant d'être aussi étrangère à ce monde et à Shade.

— Vous le connaissez bien ?

— Depuis plusieurs années, mais, honnêtement, on ne peut pas dire que je le connaisse si bien que ça. C'est un excellent urgentiste capable de gérer l'hôpital aussi bien qu'Eidolon, mais il est très discret sur sa vie privée. Vous êtes amoureuse de lui, non ? s'enquit Gem à voix basse.

— On se connaît à peine. (Ce n'était pas une réponse, Runa le savait.) En fait, nous sommes sortis ensemble… plus ou moins. Mais je l'ai surpris avec des… (Elle ferma les yeux et soupira.) Je raconte ma vie.

— Oui, sourit Gem. Mais vous avez le droit. Vous êtes amoureuse, et il fait comme si vous n'existiez pas, c'est ça ? demanda-t-elle avec un rictus plus triste.

— Il y a un peu de ça, acquiesça Runa.

Une infirmière à la peau rouge passa à côté d'elles pour se rendre au comptoir où deux employées d'apparence humaine servaient des plats chauds indescriptibles.

— Mais je ne suis pas amoureuse.

— Peu importe. (Gem leva les yeux au ciel, ce qui fit remonter sur son front le piercing en argent et rubis de son sourcil.) Mais, ma belle, vous savez, vos blessures sont profondes et elles n'ont rien à voir avec Shade.

— Je ne suis pas sûre de vous suivre, rétorqua Runa bien qu'elle l'ait parfaitement comprise.

La trahison de Shade un an plus tôt lui avait crevé le cœur mais, en vérité, elle avait fini par comprendre, même si elle souffrait toujours.

Son interlocutrice ne faisait pas allusion à cela, et Runa en était consciente.

Les yeux verts de Gem s'éclairèrent d'une lueur étrange.

— Shade est capable de les guérir, mais seulement si vous le lui permettez. Et seulement si vous lui faites confiance.

Totalement absorbée par les paroles de Gem, Runa sursauta lorsque Shade posa la main sur son épaule. De l'autre, il tenait un sac en toile.

— Allons-y, annonça-t-il avant de pointer le doigt vers la demi-démone. Occupe-toi de tes affaires et garde tes conneries de déchiqueteuse d'âme pour toi.

Gem se leva.

— Je ne relèverai pas parce que je sais que tu viens de subir pas mal de choses, dit-elle en reprenant son livre. Mais n'oublie pas que je vois tes blessures aussi, et la voie sur laquelle tu t'engages t'en infligera beaucoup d'autres.

— Tu dépasses les bornes, gronda Shade d'une voix qui perça le bourdonnement sourd de la cafétéria.

Le silence se fit. Même les démons dans l'alcôve se figèrent.

Gem planta son regard dans celui de Shade, comme pour apaiser la tension, mais les yeux noirs et froids du démon annonçaient une tolérance zéro.

— Je sais ce que je vois, Shade.

Elle sortit majestueusement de la pièce, suivie d'une traîne noir, bleu et gris métal.

Au vu de la tension de Shade, Runa s'attendit à une volée d'insultes cinglantes, mais il la surprit en se contentant d'un timide « Viens ».

La jeune femme ne bougea pas.

— Qu'est-ce que tu appelles des « conneries de déchiqueteuse d'âme » ?

— Gem est à moitié déchiqueteuse d'âme. Elle voit les faiblesses, les blessures et elle peut les exploiter. Allons-y.

— Attends. De quelle voie parlait-elle ?

— De rien, bon sang ! Bon, tu as l'intention de te changer en boule de poil ici ou tu préfères rentrer à la grotte ?

— Rien ?

— Runa, laisse tomber. Tu n'aimerais pas le savoir. Crois-moi.

Mon Dieu !

Elle voulait le croire et se dire qu'au moins une personne en dehors de son frère tenait à elle.

Elle le dévisagea, ce démon auquel elle était liée. Ses yeux n'étaient que des fentes noires et menaçantes, et il affichait une expression aussi dure et inflexible que son corps.

Oh ! Que Dieu me vienne en aide !

Quand ils arrivèrent à la caverne, Shade était de mauvaise humeur. Runa essayait de lui parler, mais ses réponses se limitaient à des grognements ou à de rares « oui » ou « non » hargneux.

Il partit directement vers la chambre-salle de torture, où il suspendit le sac – de viande, certainement – à un crochet au plafond.

Elle n'était pas près de lui demander ce qu'il avait déjà eu l'occasion d'y accrocher. Toutefois, elle croisa les bras et, d'un hochement de tête, désigna les instruments suspendus au mur par type et par taille.

— Parle-moi un peu de tout ça.

Shade secoua la tête, et le doux frottement de ses cheveux sur le col de sa veste se mêla au grincement sinistre du crochet auquel se balançait la viande. Runa ne s'était jamais retrouvée dans une situation aussi étrange ; pourtant, les situations étranges étaient monnaie courante pour les membres de l'unité paranormale de l'armée des États-Unis.

Cette pensée la fit rougir de honte. Shade était distant et ne lui confiait pas tout, pas même les événements survenus dans cette pièce, mais elle avait ses propres secrets aussi. Par exemple, elle se gardait bien de lui dire ce que l'armée savait de son hôpital et la vraie raison de sa venue à New York.

Qu'allait-elle bien pouvoir faire quand la pleine lune serait passée et qu'elle devrait retourner travailler ? Shade ne la laisserait pas partir, mais elle n'abandonnerait pas ce travail qu'elle avait appris à aimer juste pour qu'il puisse la garder prisonnière dans sa grotte.

— Tu n'as pas besoin de le savoir.

— Je crois que si.

— Runa, tu préfères ne pas le savoir.

— Tu n'arrêtes pas de dire ça, j'en ai marre, lança-t-elle en mettant ses mains sur ses hanches. Je ne suis plus une petite souris toute docile, mon vieux, et je veux des réponses. Tout de suite.

Shade pesta et se mit à faire les cent pas en se passant frénétiquement la main dans les cheveux. Runa se força à détourner son attention de lui, avant tout pour lui laisser le temps de retrouver sa contenance. Il avait l'air au bord de l'explosion.

Elle reporta son regard sur les murs ornés de rangées de fouets, de triques et d'instruments de bondage.

Les étagères étaient couvertes de bouteilles et de flacons, ainsi que de gants, de masques et même de jouets moins effrayants tels que des plumes.

Mon Dieu ! Combien de femmes sont passées par ici ? Et qu'est-ce qu'il leur a fait ?

— Shade ? Est-ce que tu les forces ?

Son estomac se retourna à cette question, surtout par peur de la réponse.

— Non ! (Il se retourna et lui lança un regard si agressif que Runa eut un mouvement de recul.) Jamais. Je choisis des femelles qui ne demandent que ça. Qui en ont besoin.

— Comment ça, qui en ont besoin ?

Il se remit à arpenter la pièce, ses longues jambes dévorant la longueur de la chambre en moins d'une dizaine de foulées.

— Tu te souviens de la première fois, au café ? Je t'avais dit que je sentais ton désir.

Au souvenir de ce qu'ils avaient fait dans la ruelle, elle devint écarlate.

— C'était du sexe. J'ai du mal à imaginer qu'on puisse avoir *besoin* de se faire battre.

— Elles ont besoin d'être libérées. Je perçois tous les besoins sexuels, y compris celui-là.

OK, ça commence à devenir bizarre. Encore plus qu'avant.

— Libérées ? De… la vie ?

Cette fois, quand il s'arrêta, il la dévisagea comme si elle avait déjà muté.

— Je ne suis pas un monstre. Je ne les tue pas. Jamais.

— Alors de quoi tu parles ? Et tu peux arrêter de tourner en rond ? Tu vas finir par user le sol.

Bien entendu, il n'en fit rien.

— Certaines femelles sont branchées sadomaso. Elles adorent être soumises, maltraitées, contraintes. Elles sont même capables de jouir grâce à la douleur. Elles en ont envie et besoin. (Il se frotta la nuque, mais sans ralentir ses déambulations ni perdre sa concentration.) Je t'ai dit que ma mère était une démone umber.

— Oui, mais je ne suis pas très au point sur cette espèce.

— Ils perçoivent les ténèbres que chacun cache en lui : la méchanceté, les regrets, la culpabilité, les trucs comme ça. Ce sont donc de très bons juges de la nature humaine.

La culpabilité. Runa se demanda si elle en avait assez en elle pour que ce soit visible, et suffisamment pour que Shade s'en aperçoive.

— Tu as ce pouvoir aussi ?

Par pitié, dis non…

— Pas les mâles. Tu vois, les rejetons des seminus héritent de quelques caractéristiques de leur mère, mais pas de toutes, et celles-ci sont souvent modifiées par les gènes seminus. Comme je suis un démon sexuel, je ne peux sentir les ténèbres que chez les femelles, et plus particulièrement chez celles qui ne les supportent pas et qui veulent s'en débarrasser, expliqua-t-il avant de marquer une pause. Et je peux les y aider.

— Comment ? (Quand Shade tourna brièvement les yeux vers les instruments accrochés aux murs, Runa sentit un poids tomber sur sa poitrine.) Tu les en débarrasses en les torturant.

— Je te l'avais dit. Tu aurais préféré ne pas le savoir.

— Est-ce que tu… (Sa gorge se serra.) Est-ce que tu perçois des ténèbres en moi ?

Un long silence tendu tomba entre eux. Le regard de Shade était rivé sur elle et ne perdait rien de son intensité.

— Oui. Certainement liées aux blessures dont Gem te parlait.

Les murs se resserrèrent. Ce n'était plus une grotte, mais un cercueil.

— Tu n'as pas l'intention de…

— T'en libérer ? Non. Tu n'en as pas besoin. Pas maintenant. Pas encore.

Ouf! Quel soulagement!

Cependant, le ton sur lequel il avait dit « pas encore » ne présageait rien de bon.

— Je ne comprends toujours pas cette nuance.

— Je ne peux pas l'expliquer, dit le démon avec un geste impatient. Je sais quand une femelle est tourmentée, c'est tout. Inconsciemment, elle a envie et besoin d'être libérée de ce qui la hante. Crois-moi, Runa, je n'en ai jamais obligé aucune à venir ici, insista-t-il en lui décochant un coup d'œil empreint de regret. À part toi. Mais c'est différent. Quand elles sont là, je leur donne un mot de passe ou un geste qu'elles utiliseront pour me signifier d'arrêter, et je m'exécute au moindre signal. Cela dit, certaines sont capables d'encaisser beaucoup de choses.

— Tu aimes ça ? s'enquit la jeune femme.

Elle détestait le tremblement de sa voix et la façon dont ses entrailles se tordaient de terreur. Elle porta une main à ses lèvres, comme si cela pouvait refréner sa nausée. La simple idée que Shade puisse jouir en faisant du mal aux autres… Oh ! Son cœur tambourinait dans ses oreilles, si fort qu'elle ne fut pas sûre de l'entendre correctement lorsqu'il répondit finalement :

— J'ai horreur de ça.

— P… pardon ?

— J'ai dit… (Il ferma les yeux et prit une profonde inspiration.) J'ai dit : j'ai horreur de ça.

Grâce au ciel !

Runa s'imaginait les femmes étendues et attachées, Shade à côté avec un fouet à la main, mais elle ne parvenait pas à faire le lien avec l'homme qu'elle avait en face d'elle.

— Qu'est-ce que tu en retires, si tu détestes tellement ça ?

— Ça me soulage.

— Mais puisque tu en as horreur…

— Je suis un incube, Runa. Mon corps se fiche pas mal de ce que pense mon cerveau. Ces femelles viennent pour le sexe, tout comme moi. Je suis tenu de le leur donner.

La jeune femme ferma les yeux. Elle ne concevait pas qu'il puisse considérer avec autant de désinvolture le fait de coucher avec tellement de femmes et de leur infliger ces choses. Enfin, c'était un démon, et Runa ne faisait partie de son monde que depuis un an. Il lui échappait encore, mais elle voulait le comprendre.

— Et si je veux quelque chose d'autre que du sexe, est-ce que tu es tenu de me le donner ?

Jusque-là, il ne la regardait pas, mais il tourna brusquement la tête avec des yeux noirs et suspicieux. Même l'œil fermé de son cou semblait la dévisager entre ses cheveux.

— Tout dépend de ce dont il s'agit, déclara-t-il d'une voix grave et voilée. Qu'est-ce que tu veux ?

Les doigts de Runa se mirent à trembler nerveusement alors qu'elle retirait sa chemise et son jean pour se retrouver devant Shade en simple culotte en dentelle rose. Une onde de chaleur lui lécha l'intérieur des cuisses en réponse à la faim soudaine qui se mit à brûler dans les prunelles du démon.

— Je veux la même chose que les autres.

Shade avait grandi parmi les démons jusqu'à ses vingt ans. Il avait passé les quatre-vingts années suivantes à jongler entre le monde démoniaque et celui des humains. Peu de choses le choquaient et rien ne le laissait sans voix.

Pourtant, quand Runa fit glisser sa culotte et se mit à flâner autour de la croix de Saint-André, il se trouva dans l'incapacité de parler ou même de respirer.

— Arrête, protesta-t-il d'une voix râpeuse.

Sans accorder d'importance à cette protestation, elle se tourna et s'adossa au bois dur qui avait porté d'innombrables corps de femmes avant elle. Cette pensée le rendait malade. Runa n'était pas à sa place ici. Sa peau délicate n'aurait même pas dû entrer en contact avec un objet aussi imprégné de la présence – et du sang – d'autres femelles.

D'un coup de pied, elle emprisonna ses chevilles dans les menottes prévues à cet effet, qui se refermèrent avec un sinistre claquement métallique. Elle leva les bras et reproduisit l'opération pour ses poignets. À chaque fermeture, le cœur de Shade bondissait dans sa poitrine. Tout en lui hurlait devant ce spectacle alors que, paradoxalement, son corps ronronnait.

Comment aurait-il pu en être autrement ? Ses bras musclés étirés vers le haut faisaient remonter fermement ses seins ; sa taille fine s'évasait au niveau de ses hanches, au-dessus de ses jambes largement écartées entre lesquelles sa chair chaude et sucrée l'aiguillonnait, les lèvres juste assez ouvertes pour laisser entrevoir l'excitation de Runa.

La jeune femme le dévisageait d'un air plein de défi et de malice.

— Alors, compagnon ? Je me soumets à toi. Qu'est-ce que tu comptes faire de moi, maintenant ?

— Tu te soumets ? répéta-t-il avant de secouer la tête. Tu n'as même pas encore l'intention de te soumettre. (Dans une tentative de mettre fin à cette bêtise, il la rejoignit et, à l'aide de son poids et de sa carrure, il tenta de l'intimider en se dressant à un pas d'elle.) Tu veux jouer à un jeu auquel tu ne connais rien, Runa.

— Dans ce cas, apprends-le-moi, rétorqua-t-elle d'une voix rauque.

Shade se retrouva soudain sur elle, la couvrant de tout son corps, allant et venant en elle tandis qu'elle se tordait entre ses liens, impuissante et obligée de succomber au plaisir qu'il lui procurerait.

C'était ridicule. Il aurait dû la détacher immédiatement, l'entraver avant qu'elle se métamorphose et aller boire quelques bières en attendant l'heure de se menotter lui-même. Ses doigts rencontrèrent le mécanisme d'ouverture de l'un des poignets de Runa.

— Non, susurra-t-elle d'un ton qui tenait à la fois de l'ordre et de la supplique désespérée.

Quand elle inspira, sa poitrine se gonfla et entra en contact avec le torse de Shade. Le désir le submergea.

— Je veux la même chose que les autres.

Une secousse ébranla le corps de Shade sous la force de l'excitation de Runa, et le besoin de la satisfaire commença à le tenir sous son emprise.

Et merde ! Maintenant, moi aussi j'en ai envie.

Le seul point positif était que, malgré la culpabilité sombre et profonde qu'il percevait en elle, elle n'était pas prête à y faire face ou à s'en débarrasser.

— Tu es sûre, Runa ?

D'une caresse, il parcourut son bras jusqu'à ses seins. Il avança la tête pour effleurer l'oreille de la jeune femme du bout des lèvres, il referma la main sur sa poitrine généreuse et la serra si fort qu'elle hoqueta.

— Tu veux vraiment savoir ce que « soumise » veut dire ? Tu as envie de trouver la part de toi qui veut donner du plaisir à un autre ? Parce que je vais être honnête avec toi : les soumis ont généralement plus de pouvoir que les dominants, mais pas en ce qui me concerne. Jamais.

Dégoûté par ses propres paroles, mais aveuglé par l'instinct qui lui dictait de satisfaire sa compagne, il s'éloigna d'elle et arracha un masque en cuir du mur. L'objet était froid et désagréable au toucher, mais Shade se força ensuite à choisir un bâillon à boule. Le souffle de Runa s'interrompit quand le démon attrapa une poignée de pinces à linge dans un panier. La jeune femme examina les objets dans sa main, avala sa salive avec difficulté et planta son regard dans celui de son compagnon avec un air de défi.

— Je te fais confiance.

Shade fut pris d'une sueur froide. D'autres femelles lui avaient fait confiance… pour qu'il leur fasse mal.

Runa, elle, se fiait à lui pour qu'il n'en fasse rien.

Rien ne justifiait qu'elle ait confiance en lui. Elle n'aurait pas dû. Cela ne lui avait servi qu'à avoir le cœur brisé, à se faire attaquer par un loup-garou, à être séquestrée par Roag et à se retrouver en danger de mort, à cause de Roag, d'Eidolon, de Wraith… et de Shade. Elle ne survivrait pas dans ce monde si elle ne dressait pas des murs autour d'elle et si elle ne s'endurcissait pas.

Bon sang! Elle est plus forte que ce que je pense. Plus forte que moi.

Ces mots résonnèrent comme un violent sarcasme dans sa tête, comme si une part de lui voulait punir Runa d'être plus forte que lui.

— Shade? Tu m'as entendue?

Il bouillait d'une colère qui lui brûlait le sang et l'esprit. Peu importait qu'il soit furieux contre lui-même, contre Roag et contre tout le monde, excepté elle. Il avait besoin de se défouler et elle était la seule cible dont il disposait.

— La ferme! hurla-t-il. Tais-toi.

Il enfonça le bâillon dans la bouche de Runa plus délicatement qu'il l'aurait voulu.

Par les feux de l'Enfer! Même si j'en ai envie, je n'arrive pas à lui faire mal.

Cela rendait à peu près toute cette mise en scène inutile, s'il ne pouvait pas lui faire peur. Avec un grognement de frustration, il jeta le masque et prit un gant de cuir à la paume cloutée de piquants aussi fins que des aiguilles et plus gros sur le dos. Ensuite, il choisit un petit fouet prolongé par du barbelé.

— Et maintenant, petite louve? demanda-t-il d'une voix douce et menaçante. Qu'est-ce qui se passera, quand je commencerai à te battre ? On n'a même pas convenu d'un geste de sûreté.

Elle émit un son guttural en examinant les instruments qu'il avait sélectionnés. Quand il tendit la main vers elle et l'arrêta à un millimètre de son sein, Runa garda les yeux fixés sur le gant clouté. Elle frémit et ses tétons se dressèrent.

— Tu crois toujours que je ne te ferai pas de mal ?

La jeune femme redressa brusquement la tête en affichant une détermination qui provoqua un mouvement de recul chez Shade. Elle ne renoncerait pas. Elle ne dégageait aucune odeur de peur. Il tenait un engin de torture capable de la faire hurler de douleur ou de plaisir, ou des deux, et elle n'avait pas une once de peur en elle.

Rien que pour ça, il pouvait tomber amoureux d'elle.

Cette fois, ce fut lui que la terreur foudroya d'un éclair glacial. Il jeta le fouet par terre, arracha le gant de sa main et détacha Runa avec des doigts tremblants et maladroits. Ce faisant, il se mit à parler à voix haute comme un fou. Il ne savait pas ce qu'il racontait, mais il entendait le son de sa voix.

Quand sa compagne fut libre, il recula précipitamment comme si elle était contagieuse. Il se rendait compte qu'il devait avoir l'air idiot, mais il s'en fichait. Et si Runa était raisonnable, elle fermerait son clapet et ne poserait pas la main sur lui.

Un instant, comme si elle lisait dans ses pensées, elle resta là à se frotter les bras vigoureusement pour rétablir sa circulation sanguine. Seulement, il s'agissait de Runa, après tout, donc il fallut qu'elle gâche tout en parlant.

— Qu'est-ce que tu fais ? On n'en a pas fini.

Shade se détourna en faisant semblant de ne pas l'avoir entendue. Peut-être que, s'il ne prêtait pas attention à elle, elle s'en irait. Il sentit un objet le frapper dans le dos et vit le bâillon à boule tomber par terre. Elle venait de le jeter sur lui.

— J'ai dit : « On n'en a pas fini. »

— Si, grommela-t-il. Ça suffit.

Autre chose rebondit sur l'épaule de Shade. Une pince à linge. Un outil bien pratique pour pincer la peau.

— C'est quoi, le *Maluncœur* ?

Il fit volte-face.

— Qu'est-ce que tu dis ?

Runa recula, mais sans baisser les yeux.

— Tu n'as pas arrêté de marmonner « *Maluncœur* » pendant que tu me détachais.

— Rien, répliqua-t-il en inspirant longuement et bruyamment. Ce n'est rien.

— Arrête de me mentir ! aboya-t-elle. Arrête de me fuir.

— De te fuir ? Je ne peux pas m'éloigner de toi !

— Pauvre type ! Arrête de me tenir à distance. (D'un geste, elle désigna l'ensemble de la pièce.) Tu ne veux même pas me faire partager ce que tu as vécu avec d'autres femelles dont tu prétends qu'elles ne représentaient rien pour toi. Je dois en déduire que je suis moins que rien ?

Par les putains de saloperies de cercles de l'Enfer !

Comment lui dire qu'il ne voulait pas lui infliger la même chose qu'à toutes les autres non pas parce qu'elle comptait moins à ses yeux, mais parce qu'elle représentait beaucoup plus ?

— Tu te rappelles quand je t'ai dit de ne pas poser de questions dont les réponses ne te plairaient pas ?

Elle fit un pas en arrière et le rouge lui monta aux joues.

— Tu sais que tu es un vrai connard parfois ?

D'un pas furibond, elle passa devant lui pour se rendre dans la salle de bain. S'il y avait eu une porte, Shade savait qu'elle l'aurait claquée assez fort pour la faire sortir de ses gonds.

Chapitre 11

Wraith s'avérait être d'assez bonne compagnie. Il avait botté les fesses de Kynan au cours de deux parties de jeu vidéo et il s'était amusé à se moquer de la collection de DVD de son collègue mais, surtout, il avait laissé Kynan se prendre une cuite en paix.

Six bières et six whiskys plus tard, Kynan était loin d'être assez soûl à son goût. Il lança un regard au démon, assis dans le fauteuil en cuir près du canapé d'où il lançait des chips au présentateur.

— Tu mets du gras partout sur mon écran, fit remarquer Kynan.

Wraith grimaça avant de se laisser tomber au fond de son siège, les jambes allongées et sa chemise noire grande ouverte. Ses vêtements ayant été déchirés lors de sa bagarre avec les rebelles africains, il avait emprunté un uniforme de Shade, car il refusait de porter une blouse – « un putain de pyjama », disait-il. Il soupira en frottant son torse musclé.

Bon sang, Kynan n'avait jamais vu quelqu'un d'aussi musclé et carré que lui. C'était comme s'il passait vingt-trois heures par jour à la salle de sport. Et cela n'avait rien à voir avec de la gonflette consistant à soulever de gros poids sur d'innombrables séries ; il s'agissait de vrais muscles, du genre nerveux et noueux témoignant d'une réelle utilisation et pas uniquement d'exercices.

Kynan revit Lori se frotter le visage contre ce torse telle une chatte marquant son territoire et caresser ce corps avec une familiarité des plus intimes.

Il avait l'impression que ça s'était passé la veille. Pourtant, un an s'était écoulé depuis qu'il avait surpris Wraith les canines plantées dans la gorge de Lori et les mains sur la fermeture de son jean. Le démon avait toujours nié avoir couché avec elle, mais cette image n'avait cessé de hanter Kynan.

— Eh ! L'humain ! Je sens ton agressivité. Qu'est-ce qui se passe ?

— Dis-moi encore une fois que tu n'as pas couché avec Lori.

— Oh putain ! C'est reparti ! Je ne baise pas les humaines. Tu veux que je t'enregistre ça sur une cassette pour que tu l'écoutes en boucle ?

— Pourquoi tu ne couches pas avec les humaines ? La plupart des vampires aiment ça.

— J'ai un palpitant. Je ne suis pas comme la plupart des vampires. (Wraith se pencha en avant et se passa les bras autour des genoux.) J'ai pigé cette histoire avec ta femme, donc tu veux bien arrêter de jouer les chiens battus deux secondes ?

— Espèce de connard.

— Aïe ! Oh oui ! Fais-moi mal, ironisa Wraith.

— Bon. Qu'est-ce que tu as découvert ?

— C'était Roag. C'est lui qui a retourné le cerveau de ta femme. Et ça durait sûrement depuis des mois.

— Comment ?

— Il a le pouvoir de se transformer. Quand il s'est remis de l'incendie du *Soufre*, il a dû prendre mon apparence sur le marché noir pour que la faute me retombe dessus. Voilà pourquoi elle a cru me reconnaître cette nuit-là quand je t'ai croisé avec elle au zoo, expliqua-t-il en écartant ses cheveux de son visage. En revanche, je ne crois pas qu'il ait couché avec elle.

— Ça n'a pas de sens, rétorqua Kynan en jetant un coup d'œil à la bouteille de whisky. À moins que je sois à moitié taré. Je l'ai vue te caresser. C'est évident qu'elle venait de baiser avec toi… ou avec Roag, si elle pensait que tu étais lui.

— OK, écoute. D'après ce que Shade a dit, Roag a cramé comme un marshmallow grillé. Ça a dû le détruire presque complètement, jusqu'à son service trois pièces. Je parie qu'il ne peut plus baiser, même s'il en crève d'envie. (Il sourit de toutes ses dents.) Et ça, c'est à mourir de rire.

— Tu es un malade. Et comment peut-il encore être en vie s'il ne peut pas s'envoyer en l'air ? C'est vital, pour vous, non ?

— Si ses testicules sont passés au barbecue, il ne doit plus avoir besoin de sexe.

— Alors pourquoi Lori a cru coucher avec lui ?

— Parce qu'il a le même pouvoir que moi. Il a pu le lui faire croire.

— Je ne marche pas.

Les Gardiens étaient protégés contre les attaques mentales et, par ailleurs, de tels souvenirs auraient laissé un doute, comme si quelque chose sonnait faux.

Soudain, Kynan se retrouva plaqué sur le dos par terre, les mains emmêlées dans ses draps, et Gem le chevauchait. Des gouttes de transpiration faisaient scintiller sa peau douce et ses puissantes cuisses le retenaient prisonnier. Une onde de plaisir aigu et brûlant déferla en lui. Les gémissements de Gem vibraient en lui jusqu'à ses couilles qui remontèrent, prêtes à se vider.

Ça n'allait pas, pas du tout. Il savait qu'il n'était pas là avec elle, que Wraith était à l'origine de cette vision, d'une manière ou d'une autre, mais il ne pouvait pas y échapper. Et il n'était pas sûr d'en avoir envie. Surtout quand elle se mordillait les lèvres en penchant la tête en arrière.

Kynan vit comme une lumière vive et se retrouva de nouveau sur le canapé, complètement habillé mais essoufflé tandis que son membre en érection poussait les boutons de son pantalon.

— Tu me crois maintenant ? Et encore, je ne suis pas allé loin dans ta tête. Si j'avais creusé davantage, tu ne te serais pas rendu compte que c'était mon œuvre. Tu y aurais cru jusqu'au bout, comme si c'était vraiment arrivé.

Seigneur !

Kynan se frotta la figure d'une main tremblante.

— C'est donc ça que Roag a fait à Lori ?

Et pourquoi diable Wraith avait-il utilisé Gem dans cette saloperie d'hallucination ?

— J'en mettrais ma tête à couper.

Kynan remua pour desserrer son jean.

— Dans ce cas, pourquoi…

— Pourquoi je l'ai mordue ? Et essayé de la sauter ?

— Ouais, confirma Kynan d'une voix rauque alors qu'une vague de nausée montait en lui à ce souvenir.

— Elle me tenait, Ky. J'ai lutté, mais j'avais tellement soif que j'en étais presque fou. Je ne voulais pas, mais je n'avais pas les idées claires et il fallait que je me nourrisse. Malheureusement, comme je suis un incube, manger et baiser ça va ensemble quand je suis avec une femelle.

Super. Peu importe. Il devait prendre de la distance par rapport à tout ça et il avait besoin de pisser. Il se rendit aux toilettes en titubant et, quand il en ressortit, Wraith se tenait près de la porte.

— On s'est bien marrés, mais je m'en vais, l'humain. Il faut que je me remette à traquer Roag et que je me nourrisse.

« *Il fallait que je me nourrisse.* » Il avait mordu Lori, avait enfoncé ses saletés d'énormes canines dans son cou délicat et laiteux, et elle avait penché la tête en arrière comme dans une profonde extase.

Bon sang ! Kynan se laissa tomber sur le canapé et, dans un accès de rage alcoolisée, il balaya la table d'un geste du bras, envoyant valdinguer les canettes de bière vides et le paquet de chips. Quand la dernière bouteille cessa de rouler en percutant le meuble télé, il s'effondra de nouveau sur le coussin et posa ses pieds sur la table désormais dégagée.

Il faisait tout de travers. En général, il se gardait bien de boire, car ses pensées revenaient toujours à Lori. Parfois, il se remémorait les bons moments, leurs journées entières passées au lit à faire l'amour et à parler du futur, des vacances qu'ils voulaient prendre, des enfants qu'ils rêvaient d'avoir. À d'autres moments, il repensait à elle dans les bras de Wraith, dont les crocs étaient plantés dans sa gorge.

Qu'avait-elle ressenti ? Avait-elle eu peur de mourir, ou avait-elle aimé ? Avait-elle espéré que Kynan vienne à son aide, ou aurait-elle laissé Wraith la prendre juste sous son nez ?

Il avait envie de crier à pleins poumons dans l'espoir que Lori l'entende, où qu'elle soit. Elle l'avait laissé avec tellement de questions et de colère, et il n'était pas assez ivre pour reconnaître qu'il lui faudrait de l'aide pour se sortir du désespoir dans lequel il s'enlisait lentement.

— Wraith. Mords-moi, lâcha Kynan.

Bon, d'accord, il était peut-être soûl, en fin de compte.

Le démon, qui s'apprêtait à ouvrir la porte, suspendit son geste.

— Arrête, Ky. Tu peux faire mieux que ça.

— C'est pas une blague. Je veux que tu boives mon sang.

Dans la famille « Je n'aurais jamais cru dire ça un jour », je demande le père.

Wraith leva un de ses sourcils châtains.

— Qu'est-ce que tu as bu ?

— Rien qui affecte mon jugement.

Une telle réponse prouvait qu'il était totalement ivre.

— Je me fiche de ton jugement. Je te demande ça parce que le sang alcoolisé me rend sévèrement euphorique.

— Ça ne t'arrive jamais de voir plus loin que le bout de ton nez ?

Wraith sembla réfléchir un instant, puis il haussa les épaules.

— Non.

C'était faux, car le démon tenait réellement à ses frères, même s'il le niait avec véhémence.

— Fais-le.

Wraith s'écarta de la porte et il plissa les yeux, comme s'il s'attendait à ce que ce soit un piège.

— Pourquoi tu me demandes ça ?

— Par curiosité.

— Mon cul ! Tu as traqué ceux de mon espèce pendant des années, et maintenant tu veux en laisser un boire ton sang jusqu'à la dernière goutte ? Et pourquoi moi ? Pourquoi pas une vampire sexy avec qui tu te paierais une bonne partie de jambes en l'air ?

— Je n'ai confiance en personne d'autre.

— Tu ne devrais pas te fier à moi, grogna Wraith.

— Ce n'est pas le cas, mais je sais que tu ne me tueras pas. L'hôpital est trop important pour toi, et tu ne peux pas te permettre de me perdre en tant que médecin.

— Si tu crois que je m'intéresse à qui ou quoi que ce soit, tu te fourres le doigt dans l'œil.

— Peu importe, répliqua Kynan en croisant les jambes au niveau des chevilles. Bon, tu me mords ou quoi ?

— Pas tant que tu ne m'auras pas dit pourquoi.

— Je te laisse boire gratuitement de mon sang et tu fais le difficile ? Quel genre de vampire es-tu donc ? (Comme Wraith ne réagissait pas, Kynan leva les yeux au ciel.) Bon, allez ! Mon sang est sain. Tu en veux. Tu le sais.

Le regard de Wraith se perdit dans le vague. Oui, il en avait envie, mais il ne lâcherait pas le morceau.

— Dis-moi.

— Va te faire foutre.

— Pas mon genre.

Ky soupira.

— Il paraît que tu n'as pas l'habitude de boire le sang des femelles.

— Des humaines. Les démones et les mâles humains font partie de mon menu.

— Pourquoi les hommes et pas les femmes ?

— Parce qu'ils ne me donnent pas la trique.

— C'est rassurant.

— Seulement si je décide de te mordre. Ce qui n'est pas le cas. À moins que tu me dises pourquoi.

— Parce que je veux savoir ce que ma femme a ressenti quand tu l'as mordue, putain ! rugit Kynan.

La violence et la soudaineté de sa colère le surprirent lui-même.

Wraith se détourna.

— Je ne voulais pas, murmura-t-il. Je te le jure.

Kynan se gifla le visage et se frotta les yeux.

Bon sang ! Il était crevé.

— Je sais.

Il entendit un bruissement et le grincement du fauteuil à côté de lui. La main de Wraith se referma sur son avant-bras et l'allongea, paume en l'air, sur l'accoudoir. Le cœur de Ky se mit à battre la chamade. Il préférait ne pas voir cela. Il n'en était pas capable. Il ressentit ensuite une douleur quand les dents aiguisées comme des lames s'enfoncèrent dans son poignet. L'instant d'après, une vague de chaleur déferla en lui et des picotements envahirent ses muscles et son système nerveux.

Seigneur ! C'est bon !

Il lança un regard vers le démon.

— Ça n'a rien de gay, hein ?

Wraith grogna et le fit taire du doigt.

Quelles étranges créatures, ces vampires ! C'en était effrayant. Cela dit, Kynan commençait à comprendre pourquoi certains humains se laissaient mordre volontiers. C'était extrêmement euphorisant et certainement addictif.

Il imaginait sans peine ce qu'on devait ressentir quand il s'agissait d'une femelle. À son cou, collée contre lui, allongée sur ou sous lui. L'excitation commença à monter à mesure que la femelle vampire lui apparaissait sous les traits de Gem, les canines plantées dans sa gorge. Seulement, Gem n'était pas un vampire, donc tout cela était ridicule.

Une sensation plus forte traversa son bras quand Wraith prit une plus grande aspiration. Quel connard de lui avoir mis Gem en tête plus tôt ! Maintenant, Kynan ne réussissait plus à s'en débarrasser. La vision avait été si réaliste qu'il la vivait à présent comme un souvenir, et non comme le fruit de son imagination.

Il l'entendait encore susurrer des mots érotiques à son oreille. Le son de sa voix le plongeait dans une décontraction encore plus intense et le berçait mieux que l'alcool le pourrait jamais.

— C'est quoi ce délire ? lança la voix de Gem, claire et tranchante.

Kynan entrouvrit les paupières juste assez pour la voir debout au milieu du salon, les bras croisés sous ses seins rebondis, remontés et gonflés par son corset bleu nuit. Il aurait parié que sa jupe couvrait à peine ses fesses. Ses bottes hautes et épaisses montaient au-dessus de ses genoux, ne laissant que ses cuisses nues et à portée de main.

Avec sa queue-de-cheval, son collier en cuir clouté et son rouge à lèvres noir, elle avait l'air prête à faire la fête. Pourquoi cette idée éveillait-elle la jalousie en Kynan ?

De toute façon, assis sur son canapé, soûl, et un vampire accroché à son poignet, il avait visiblement pété un plomb.

Putain de merde, songea Gem.

C'était… inattendu. Kynan était étalé sur son canapé, les jambes étendues, le bras gauche posé sur l'accoudoir. À côté de lui, à genou par terre, Wraith avait la bouche emboîtée au poignet de Ky. Quand il la regarda, ses yeux pétillaient de malice.

— Je répète : c'est quoi ce délire ? Qu'est-ce qui se passe ici ?

Kynan lui jeta un coup d'œil somnolent qui envoya une vague de chaleur dans tout le corps de Gem.

— À quoi ça ressemble, à ton avis ?

Elle foudroya Wraith du regard.

— À quelqu'un qui a eu la flemme de commander un livreur de pizzas pour le dîner.

Wraith lâcha prise et fit claquer ses dents.

— C'est meilleur quand c'est fait maison.

Il soutint son regard tout en léchant les trous du poignet de Kynan pour les refermer. Lentement. Avec sensualité. Gem déglutit ; tout d'un coup, elle avait la gorge sèche.

Wraith était au courant. Il savait qu'elle désirait Kynan et il jouait avec elle parce qu'il avait compris qu'elle rêvait de prendre sa place et de lécher cet humain. Et quand elle vit ses narines se gonfler, elle sut qu'il humait son excitation.

— Qu'est-ce que tu fais ici ? intervint Ky d'une voix enrouée, nonchalante, comme s'il venait de se réveiller.

Sa voix devait être superbe le matin.

— C'est Wraith qui m'a appelée.

Ky jeta au démon un coup d'œil signifiant « Tu comptes m'expliquer ? », mais ce dernier se contenta de hausser les épaules et de bondir lestement sur ses pieds.

— Quoi ? Je l'ai appelée quand tu étais aux toilettes. Je me suis dit qu'il valait mieux que tu ne restes pas seul. Maintenant, il faut que j'y aille. Le pauvre demi-litre de sang que tu m'as donné ne me suffit pas, déclara-t-il en partant vers la porte. À plus.

Kynan rejeta la tête en arrière pour observer le plafond qui tournait.

— Et merde ! soupira-t-il.

— C'est le terme, oui. À quoi tu pensais ? Tu n'as tout de même pas commis la bêtise de lui demander de te changer en vampire, ou quelque chose dans ce genre ?

— Tu peux m'accuser d'inconscience, mais je ne suis ni stupide ni suicidaire.

— Bon, alors ne deviens ni l'un ni l'autre, parce que je ne crois pas que Wraith puisse transformer qui que ce soit. Techniquement, ce n'est pas vraiment un mort-vivant.

Kynan leva son bras devant ses yeux.

— Gem ? Tu t'es déjà demandé qui se fierait suffisamment à un vampire pour le laisser le vider de son sang jusqu'aux portes de la mort ? C'est vrai, quoi, qu'est-ce qui peut empêcher un vampire de te laisser pour mort au lieu de te donner son propre sang en échange ?

— Je suis sûre que ça arrive. (Elle jeta un coup d'œil vers la cuisine, qui n'était en fait qu'une alcôve dans un coin du salon.) Je vais te chercher à boire. Il faut te réhydrater. Un petit conseil : la prochaine fois que tu décides de faire don de ton sang, appelle la Croix Rouge.

Kynan ne répondit pas. Gem fouilla dans son réfrigérateur, trouva une bouteille de boisson énergétique et en servit un verre. Quand elle revint, Ky était toujours dans la même position, les yeux clos mais le bras désormais ballant. Posant un genou sur le coussin à côté de lui, elle lui souleva la tête et appuya le verre contre ses lèvres.

Il en vida la moitié avant de rouvrir les yeux.

— Merci.

— Tu aurais eu du mal à t'hydrater avec de la bière, rétorqua-t-elle en lorgnant les canettes éparpillées au bout de la table et par terre.

Avec un sourire en coin, Kynan tira sur l'une de ses tresses. Le cœur de Gem s'emballa.

— Tu ne te soûles jamais, Gem ? Tu ne te lâches jamais sur une bouteille en espérant te noyer ?

Brusquement, elle prit conscience de la chaleur qui se dégageait de la cuisse de Kynan, collée à son genou, de la caresse de ses doigts sur sa tresse et de son souffle chaud sur sa joue.

— Non, chuchota-t-elle. Je ne peux pas.

— Ça te rend malade ?

— Oui, mentit-elle.

Elle ne devait pas lui dire la vérité. Pas maintenant, alors qu'il semblait avoir oublié sa nature. À savoir, un démon de troisième grade, le dernier et le pire niveau sur l'ufelskala, l'échelle de classement des démons. Si ceux de son espèce avaient été des tornades, celles-ci auraient été de catégorie F5.

Certes, elle n'était qu'une demi-démone, mais cela n'y changeait presque rien pour elle ou pour Kynan. Elle faisait de son mieux pour contenir sa moitié déchiqueteuse d'âme, ce qui impliquait qu'elle porte des tatouages de contrôle autour des chevilles, des poignets et du cou. De même, elle évitait l'alcool, car la boisson diminuait sa capacité à maîtriser son démon intérieur.

Elle avait découvert cela par la manière forte, le jour où elle s'était soûlée à la fête d'une fraternité à l'école de médecine. Un événement dérisoire l'avait plongée dans une rage folle. Par chance, elle avait identifié cette sensation, semblable à des lacérations sous sa peau, et elle avait couru à la Porte des Tourments la plus proche. Sans savoir comment, elle avait atterri à l'UG, où Reaver l'avait gavée de calmants jusqu'à ce que le bourdonnement se calme.

L'ange déchu lui avait évité de commettre un massacre sanglant.

Kynan lui caressa la gorge et, quand elle prit une soudaine inspiration, sa main se figea. Gem étudia son visage ; elle y vit une palette d'émotions défiler comme un film en lecture accélérée. La tristesse. La peur. L'excitation.

La confusion.

— Ce que tu es belle, murmura-t-il.

Des paroles d'ivrogne, mais elle s'en moquait. Depuis bientôt un an, il ne la considérait que comme une consœur, dans ses bons jours, ou comme une démone, le reste du temps. En cet instant, il la voyait comme une femme, donc elle se fichait qu'il la regarde à travers des fonds de bouteilles de bière.

Lentement, afin de ne pas le faire sursauter et éteindre l'étincelle sexuelle qui avait jailli entre eux, elle posa son verre. Elle porta sa main à la joue de Kynan et s'étonna de la chaleur qu'elle dégageait sur sa paume froide. Tandis qu'il la dévisageait, elle passa son pouce sur sa lèvre inférieure. Il entrouvrit légèrement sa bouche pulpeuse. Elle avait terriblement envie de l'embrasser. Pourtant, elle continua ses caresses. Doucement. Délicatement.

Kynan posa la main sur la hanche de Gem pour l'attirer vers lui. La jeune femme se mit à trembler nerveusement en se penchant en avant, le regard fixé sur sa bouche. Il lui effleura le visage puis il cessa de tripoter sa natte et glissa la main derrière sa tête pour l'amener à lui.

Leurs lèvres se rencontrèrent. Celles de Kynan, fermes, furent d'abord hésitantes. Puis, comme si une digue cédait, il l'embrassa à pleine bouche. Elle hoqueta de surprise et de soulagement.

Dieu merci !

Kynan posa les deux mains sur sa jupe et la souleva brusquement. Un doux pincement se fit sentir entre les jambes de Gem quand il l'attira sur son ventre afin qu'elle le chevauche. Elle s'agrippa à ses épaules pour trouver l'équilibre, sans que ses doigts s'enfoncent dans les muscles durs comme la pierre.

Au moment où son intimité entrait en contact avec le membre rigide qui tirait sur la fermeture du jean de Kynan, elle devint soudain très humide. Avec un râle, il s'arqua contre elle en la retenant par les hanches.

Il ne cessa pas de l'embrasser, tantôt lui léchant les lèvres, tantôt fouillant sa bouche à la recherche de sa langue. Brûlante de désir, elle se mit à se déhancher sur le ventre de Kynan, à frotter son sexe contre le sien, le tissu fin de sa culotte générant une friction délicieuse et chaude.

C'était un rêve. Il ne pouvait pas en être autrement. Elle embrassait celui qui jouait le premier rôle de chacun de ses fantasmes. L'orgasme n'était pas loin alors qu'ils n'avaient même pas retiré leurs vêtements. Gem voulait glisser son bras entre eux et délivrer son sexe de sa prison de denim, mais elle était terrifiée à l'idée de faire un geste qui l'inciterait à changer d'avis.

De ses lèvres, Kynan traça un chemin de feu le long de sa joue et de son cou.

— Gem, susurra-t-il contre la peau sensible de sa gorge. Mon Dieu, ce que tu es chaude !

À ces mots, un frisson de délice parcourut le corps de la jeune femme sous la caresse tiède et languissante de sa langue.

Un grondement sourd s'éleva du torse de Kynan en une vibration qui se répercuta dans tout son corps et dans celui de Gem. Leur souffle court marqua le début d'un nouveau rythme effréné entre ses jambes. Un filet de sueur apparut sur la peau de la jeune femme. Ses cuisses frémirent, ses seins durcirent et une puissante implosion la déchira de l'intérieur.

Avec un cri, elle s'accrocha des deux mains à Kynan, qui s'écrasa contre elle. Il siffla entre ses dents tandis que le corps de Gem convulsait sous l'effet de la libération. L'orgasme lui avait retiré toute pensée cohérente, mais pas la vue ; ainsi, quand elle le vit jouir, elle songea qu'elle n'avait jamais assisté à un si beau spectacle.

Il donna un dernier coup de reins, puis leur respiration ralentit et leurs hormones se calmèrent. Le cœur de Gem chantait. Seigneur ! Il était parfait. Il était fait pour le sexe.

— Oh ! Putain ! grommela-t-il. Merde ! Je suis désolé, Gem.

— Désolé ? (En souriant, elle fit glisser son doigt sur le torse de Kynan à travers sa chemise.) La seule chose dont tu pourrais être désolé, c'est que nous soyons encore habillés.

D'un air tendu, il esquiva son regard. Gem s'aperçut alors qu'une nouvelle tension venait de naître entre eux alors qu'elles auraient toutes dû se dissiper. Le visage de Kynan s'assombrit comme le ciel à la tombée de la nuit, et il la fit descendre de son ventre avant de se relever maladroitement. S'ouvrant à ce que Tayla appelait sa « vision démoniaque », elle tressaillit.

Les blessures émotionnelles de Kynan étaient profondes, mais elles avaient commencé à se refermer depuis deux mois. À présent, concentrées autour de son cœur telles des fissures sanguinolentes et luisantes, elles avaient l'air aussi récentes que le jour où elles lui avaient été infligées – le jour où il avait trouvé Lori dans les bras d'un autre.

— Kynan ? Qu'est-ce qui ne va pas ?

Les pouces dans les poches de son jean, il leva les yeux au plafond.

— Tu ferais micux de partir.

— Tu devrais me dire…

— S'il te plaît, Gem. (Il haussa les épaules et les laissa retomber.) Je suis soûl, épuisé et il me manque un demi-litre de sang. J'ai besoin d'être seul.

D'un air gêné, Gem se leva et rabaissa sa jupe, regrettant pour la première fois qu'elle ne soit pas plus longue.

— Si tu as besoin de quoi que ce soit…

— Je t'appellerai.

Avant de sortir, elle jeta un coup d'œil par-dessus son épaule ; elle savait pertinemment que son téléphone ne sonnerait pas.

Il courait un risque en traînant dans l'hôpital. Avant de « mourir », Roag fréquentait cet endroit à cause du stock inépuisable de femelles qu'il pouvait baiser, mais il avait toujours détesté ce lieu et ne comprenait toujours pas pourquoi ses frères l'avaient construit. Qu'est-ce qu'on en avait à foutre de rafistoler des démons ? Il trouvait beaucoup plus drôle de les mettre en pièces.

Ses Goules n'avaient pas réussi à trouver quelqu'un pour espionner à son compte, et il ne disposait pas du temps nécessaire pour le demander à un de ses sous-fifres. Sa revanche avait déjà pris trop de retard, et maintenant que Sheryen avait été ranimée, il ne lui restait que quelques jours pour retrouver Runa avant que le corps de zombie de Sher se décompose. Il lui fallait le sang de Runa, et tout de suite.

Sous la forme d'un banal slogthu, il passait pratiquement inaperçu aux yeux du personnel. En effet, il restait dans l'ombre, laissant supposer qu'il rendait visite à un malade. L'idée que ses frères le découvrent ne l'inquiétait pas : Eidolon ne faisait jamais de garde de nuit, Wraith passait ses nuits à picoler, et Shade devait s'occuper de sa salope de louve-garou.

Toutefois, certains membres du personnel possédaient le don de voir à travers les mutations magiques. Ils ne le reconnaîtraient pas, puisqu'il avait plus l'air d'un morceau de charbon que de lui-même, mais un démon déguisé en un autre éveillait toujours les soupçons.

Ainsi, il ouvrait l'œil en attendant la victime parfaite pour la prochaine phase de son plan. Il voulait frapper ses frères là où cela faisait mal : l'hôpital et son personnel. Une fois touchés, ses frangins commettraient des erreurs.

Une démone sora – Ciska, d'après son badge – passa devant lui nonchalamment, en direction de la Porte des Tourments. L'odeur de Wraith émanait légèrement de sa peau rouge. De trop nombreuses femelles, ici, sentaient son petit frère, qui menait la vie que Roag aurait dû vivre, à baiser sans s'occuper de rien d'autre au monde.

À cet instant, Roag décida de s'occuper de quelque chose. La sora l'ignorait encore, mais elle était sur le point de devenir sa prochaine victime.

Il prit une profonde inspiration pour emplir ses narines du parfum de son frère en se disant, avec grand plaisir, qu'elle portait l'odeur de Wraith pour la dernière fois. En effet, dans quelques instants, le seul fumet qu'elle dégagerait serait celui de sa propre terreur.

Chapitre 12

Runa ne se rappelait pas grand-chose de la nuit précédente. Du moins, pas après sa sortie de la douche. Elle s'était directement enchaînée dans son coin avant que Shade ait l'occasion de s'en charger. Après cela, tout n'était que néant, mais elle se rappelait avoir repris forme humaine en même temps que Shade. Malgré sa colère, elle avait cédé aux hormones qui faisaient rage en elle. Elle se souvenait parfaitement de la pure extase qu'elle avait ressentie en découvrant quelqu'un auprès d'elle pour soulager le désir virulent qui l'assaillait chaque lendemain de pleine lune.

Shade l'avait prise trois fois, sans un mot, sans pitié. Ensuite, ils s'étaient effondrés dans le lit et n'avaient toujours pas prononcé un mot. Étrangement, il l'avait serrée contre lui sans plus bouger jusqu'à ce qu'ils s'endorment. Runa s'était dit qu'il voulait s'assurer qu'elle ne s'enfuirait pas pendant son sommeil, mais cette théorie ne collait pas avec les longues caresses nonchalantes dont il l'avait gratifiée du bout des doigts.

Six heures plus tard, Runa se réveilla, mais, Shade dormant encore, elle revêtit une robe de chambre et parcourut la grotte à pas de loup. Elle explora les moindres recoins et fissures dans l'intention de trouver un téléphone. Elle en découvrit un dans la pièce où se trouvait la télévision. Silencieusement, elle s'assura que le démon était toujours assoupi. Quand elle constata avec satisfaction qu'il dormait à poings fermés, elle se faufila hors de la caverne.

La chaleur de la jungle l'enveloppa de vapeur. Comment Shade se débrouillait-il pour que l'intérieur soit si frais et sec, alors que, de toute évidence, il n'y avait pas de climatisation ? Bizarre.

Elle ne manqua pas de constater qu'elle s'intéressait à la température de la grotte au lieu de passer son coup de fil. En dehors du monde étrange dans lequel elle était tombée, Runa avait une vie qu'elle devait à présent affronter.

Le cœur serré, elle composa le numéro du portable de son frère, qui répondit dès la troisième tonalité.

— Arik ?

— Runa ! Où es-tu ? Je sais que tu n'es pas censée pointer avant demain, mais je pensais avoir de tes nouvelles avant.

En effet, elle restait rarement plus de trois ou quatre jours sans appeler Arik. Travailler au X impliquait beaucoup de solitude ; peu de ses collègues acceptant les sorties qu'elle leur proposait, son frère était sa seule échappatoire. Apparemment, la condition de loup-garou représentait un barrage à toute amitié avec des humains.

Runa s'éloigna de la grotte et s'adossa à un arbre.

— J'ai eu quelques ennuis.

— Tu vas bien ?

Même les grésillements et l'écho ne couvraient pas la tension de sa voix.

— Ça va, mais j'ai besoin que tu te renseignes sur un truc pour moi : le *Maluncœur*.

Runa entendit le grattement d'un crayon sur du papier, puis Arik reprit la parole.

— Qu'est-ce que c'est ?

— Aucune idée.

— Tu vas me dire ce qui se passe ?

Elle jeta un coup d'œil vers l'entrée de la caverne à travers les arbres. La voie était libre.

— Je me suis fait enlever par des Goules.

— Quoi ? Où es-tu ? Tu as besoin d'aide ?

— Du calme. Je suis en lieu sûr.

À peu près.

Les invectives de son frère auraient presque pu faire fondre les circuits des satellites qui transmettaient leur conversation.

— J'avais bien dit à Davis de ne pas t'envoyer en mission. Nom de Dieu ! C'est moi qui aurais dû partir à la recherche de Kynan.

Depuis le début, Arik s'était opposé à ce qu'elle travaille pour le X, mais, avec la fermeture de son café, la rupture avec Shade et sa lycanthropie, rien n'aurait pu empêcher Runa de faire quelque chose d'intéressant, pour une fois.

De fait, cet emploi était vraiment intéressant. Parfois un peu dangereux aussi, comme le jour où elle avait suivi un lion-garou à travers les rues de Madrid et atterri au milieu de sa troupe entière, qui s'apprêtait à partir chasser à la campagne. Elle devait sa survie uniquement à son pouvoir de muter à volonté et à lui seul.

— Ce n'est pas la faute du colonel, soupira-t-elle. Tu étais occupé et j'ai sauté sur l'occasion pour revenir à New York.

— Pour revoir ce démon, tu veux dire.

Elle ne gaspilla pas sa salive à le contredire, en partie parce que cela aurait encore conduit à une dispute sur la folie qu'elle commettait en étant amoureuse de Shade, et en partie parce qu'elle ne savait plus si elle était là pour le faire souffrir ou pour le revoir.

— Alors, c'est quoi, cette histoire de Goules ? demanda Arik, puisqu'elle ne répondait pas.

— C'est une longue histoire, mais le point essentiel, c'est qu'il semblerait que je sois unie à Shade.

— Comment ça, unie ?

Runa connaissait suffisamment son frère pour savoir qu'il serrait les dents.

— Je ne sais pas. Il faut que tu te renseignes là-dessus aussi. Essaie de découvrir s'il est possible de s'en libérer.

— Merde !

— Ouais, mais ce n'est pas tout. J'ai trouvé Kynan. (Elle appuya sa tête contre l'arbre.) Il travaille à l'hôpital des démons.

— Tu te fous de ma gueule ? C'est lui qui nous en a parlé le premier !

C'était également lui qui avait confié à Arik le caducée de démon ayant permis à Runa de déduire que Shade avait quelque chose à voir avec cet hôpital.

— Je sais. Je l'ai vu soigner le frère de Shade, Wraith.

— Tu es entrée dans l'hôpital ?

Elle ferma les yeux pour écouter les cris d'une créature de la canopée.

— Shade m'y a emmenée. Ses frères étaient là aussi. Je n'ai pas pu parler à Kynan, donc je ne sais pas ce qu'il fait là-bas.

— Où se situe l'hôpital ?

Un oiseau surgit des broussailles. Runa l'observa ; elle aurait tellement préféré s'envoler avec lui plutôt que de suivre la voie dangereuse qu'elle se traçait. D'un côté, il y avait l'armée, et de l'autre, Shade. Quoi qu'elle dise ou pas, elle trahirait quelqu'un.

— Runa ? Où est-ce ?

— Je ne sais pas.

— Tu ne sais pas, ou tu ne veux pas me le dire ?

Bonne question, face à laquelle Runa restait sans réponse. À la vérité, elle aurait été incapable de dessiner un plan d'accès à l'UG, mais même si elle l'avait pu, l'aurait-elle fait ?

— Je ne sais pas. Nous y sommes entrés par une Porte des Tourments, et je ne peux pas les utiliser seule.

— Je n'aime pas ça. Il faut que tu rentres à la maison.

— C'est impossible.

— Shade te retient prisonnière ? Je t'envoie une équipe…

— Pas du tout. (Si, c'était vrai, dans un sens.) C'est à cause du lien, Arik. Il a besoin de moi.

— Pourquoi ? demanda Arik d'une voix soudain grave et meurtrière.

Oh ! Parce qu'il a besoin de sexe plusieurs fois par jour et que je suis la seule à pouvoir le soulager.

D'ailleurs, que se passerait-il s'il ne la trouvait pas ? Pour les démons de son espèce, le sexe était comme de l'oxygène. Par conséquent, si Shade n'était pas satisfait… en mourrait-il ?

— C'est comme ça.

— Rentre à la maison.

— J'en ai l'intention. Mais il faut que j'en sache plus sur cette union. Par exemple, qu'est-ce qui m'arrivera si je le quitte ? Renseigne-toi pour moi, et vite.

Chaque jour la rapprochait de Shade, et elle pressentait qu'elle ne voudrait bientôt plus se défaire de leur lien.

Autour de Runa, le silence se fit dans la forêt. Elle en eut froid dans le dos. Sondant les environs, elle ne vit rien, mais ce changement d'atmosphère ne lui disait rien qui vaille.

— Je dois y aller. Je te rappelle dès que possible.

— Attends.

Quand une branche craqua, son cœur s'arrêta et elle reporta son attention vers une zone d'ombre au milieu des arbres dans son dos.

Oh mon Dieu !

Elle vit une paire d'yeux. Des yeux d'un rouge flamboyant.

Elle recula maladroitement en manipulant gauchement le téléphone. Son talon buta contre une racine, manquant de la faire tomber. Les ténèbres qui entouraient les yeux rouges se mirent à chatoyer avant de prendre forme en se rapprochant d'elle. Un cri naquit au fond de sa gorge, mais il fut étouffé par sa terreur.

La silhouette se solidifia.

Shade.

La voix métallique et paniquée d'Arik sortit du téléphone, qui tremblait dans la main de Runa.

— Je vais bien, dit Runa dans l'émetteur. Je te rappelle.

Elle raccrocha en se demandant avec malaise ce que Shade avait entendu.

Désormais, les yeux de celui-ci n'étaient plus que des fentes aussi rouges que des rayons lasers.

— Compagne, prononça-t-il d'une voix éraillée qui donnait l'impression qu'il ne savait plus parler.

— Shade ? Qu'est-ce qu'il y a ?

Lorsque Runa le prit par l'avant-bras, il ferma les yeux et se mit à tanguer.

— *S'genesis.*

Une plainte monta du corps nu de Shade.

La jeune femme remarqua que son pénis se dressait avec une telle vigueur que le démon ne pouvait que souffrir. Elle releva doucement le regard en passant sur sa peau brillante dont émanait une chaleur de flamme. Sur le bras de Shade, le *dermoire* se tordait sauvagement et, autour de son cou, une ombre palpitait au rythme de son pouls juste sous sa peau.

— C'est ton Changement ? l'interrogea-t-elle.

Shade acquiesça. Il ne lui avait pas expliqué ce qui se passerait pendant cette période de transition, ni combien de temps elle durerait, mais Runa ne s'était pas attendue à ce que ce soit aussi intense.

— Ça fait mal.

Comme pour confirmer ses dires, son corps se mit à convulser violemment.

— Qu'est-ce que je peux faire ?

Le démon retroussa les lèvres au-dessus de ses dents serrées.

— J'ai… besoin… de toi.

Ces paroles effacèrent toutes les choses blessantes qu'il lui avait dites la veille. Il avait besoin d'elle.

— Je suis là. Prends ce qu'il te faut.

Il ouvrit brusquement les yeux. Sans prévenir, il la plaqua contre un arbre. Runa cria lorsque l'écorce s'enfonça dans son dos et que la bouche de Shade écrasa la sienne.

— Pardon, marmonna-t-il contre ses lèvres. S'il te plaît, excuse-moi pour ce que je vais te faire.

Shade se réveilla en grognant. Tous ses muscles étaient courbaturés, sa gorge irritée, et il avait l'impression que sa peau avait été plongée dans l'acide. À côté de lui, Runa gisait à même le sol, roulée en boule. Elle ouvrit un œil groggy.

— Tu as encore besoin de moi ? demanda-t-elle d'une voix éraillée.

Le démon inspira, humant le parfum de la jeune femme, le savoureux arôme du rapport ininterrompu qu'ils venaient d'avoir. Pour l'instant, il n'avait pas besoin d'elle, mais il avait envie d'elle. Plus que jamais. Elle était sa compagne et il venait d'achever son Changement. Toute son attention, toutes ses envies étaient entièrement centrées sur elle et l'un de ses nouveaux désirs était de la remplir de sa semence pour qu'elle lui donne des enfants.

Ce qui serait une catastrophe. Déjà trop possessif, Shade supportait mal l'idée qu'il doive faire le nécessaire pour sauver sa propre vie, mais si elle portait son bébé…

— Non.

Sa voix était aussi râpeuse que celle de Runa, en conséquence de toutes ces heures passées à haleter et à crier dans l'effort physique du marathon sexuel qu'ils avaient couru sous leur forme normale toute la journée de la veille, puis la nuit entière en wargs.

— Repose-toi. Je crois que c'est fini.

— Tu en es sûr ?

— Pratiquement.

La *s'genesis* d'Eidolon s'était déroulée différemment, sur plusieurs jours, avec un caractère sexuel mineur grâce à des mois de traitement expérimental à base de son propre sang. Celle de Shade avait été moins longue et plus intense mais, grâce aux Dieux, le démon disposait d'une compagne avec laquelle se dépenser.

La honte lui pesait sur l'estomac. Tout ce temps passé à pester sur le principe de l'union, et voilà qu'il était bien content de l'utiliser pour faciliter sa transition vers une maturité totale.

Par les cloches de l'Enfer ! Je suis vraiment un sale con.

Des scènes des dix-huit dernières heures lui revinrent par bribes ; des images érotiques de tout ce qu'ils avaient partagé pendant qu'il sentait la *s'genesis* se frayer un chemin en lui. À aucun moment Runa ne lui avait résisté. Au contraire, elle s'était offerte à lui en un sacrifice volontaire face à son désir constant. Cela dit, il ne lui avait pas vraiment laissé le choix.

Shade se toucha la gorge et frémit en réaction à sa sensibilité.

— Est-ce que j'ai une nouvelle marque ?

La jeune femme passa ses doigts à l'endroit où il venait de se palper. Au lieu de faire mal, ce contact l'apaisa.

— Tu as un autre cercle autour du cou. Des symboles entremêlés comme des chaînons.

Désormais, Shade était fertile. Il ferma les yeux, la laissa le caresser et se sentit attiré vers elle.

— Tu vas bien ?

— Ça va. Et toi ?

Il déglutit, rouvrit les yeux et remarqua les traces de sa morsure féroce sur l'épaule de Runa et les zébrures laissées par ses ongles sur son dos et ses fesses. Vu ce qu'il lui avait infligé, il ne méritait pas qu'elle s'inquiète. Il ne la méritait pas, elle.

Sur un juron, il se leva et fuit vers la cascade sans tenir compte des appels de la jeune femme.

— Shade.

— Putain ! gronda-t-il en faisant volte-face. Quoi ?

Elle était nue – une vraie merveille – mais elle croisait les bras comme si elle regrettait de ne pas s'être habillée avant de le suivre dehors.

— Qu'est-ce qui se serait passé si je n'avais pas été là pour ta *s'genesis* ?

— Tu veux dire, si je n'avais pas eu de compagne ? (Le nuage de gouttelettes apaisait sa peau brûlante.) J'aurais été obligé de chercher autant de femmes et de démones que nécessaire, sans tenir compte de leur consentement ou de leurs envies.

Cette idée le rendait malade. En effet, il doutait d'avoir accordé beaucoup d'attention à l'avis de Runa la nuit dernière, quand il avait atteint le point le plus critique, quand il n'avait plus éprouvé qu'une pulsion démente de se déverser en elle.

— Tu ne m'as pas violée, Shade.

Sa mâchoire en tomba, mais il la referma immédiatement. Il savait qu'elle ne ressentait pas ses émotions, vu qu'elle ne partageait pas le lien avec lui, mais elle semblait lire dans ses pensées.

— Je ne t'ai pas vraiment laissé le choix.

Runa s'approcha et lui prit la main entre les siennes si délicates.

— J'aurais pu me défendre, si j'avais voulu.

Elle avait raison. Même en plein jour, elle aurait eu les moyens de se transformer en warg et de lui mettre une raclée.

— Tu aurais dû.

Peu de seminus survivaient à leur centième année et, parmi ceux-là, une bonne moitié mouraient pendant la *s'genesis*, victimes du manque de sexe ou assassinés soit par les femelles qu'ils tentaient de violer, soit par les mâles voulant protéger leur compagne.

— Cela nous concerne tous les deux à présent, que ça nous plaise ou non, déclara Runa.

À ces mots, Shade faillit éclater de rire. Ils n'étaient pas tous les deux dans cette merde. Runa ne partageait pas leur union, et il allait devoir la tuer pour se défaire du lien qui le rattachait à elle. Ce n'était pas le paradis dans leur couple, mais plutôt l'enfer.

— Et maintenant ? demanda-t-elle.

Il avait beau vouloir de toutes ses forces qu'il n'en soit rien, il sentit la passion monter dans son propre regard.

— Je peux te mettre enceinte. (Quand il l'entendit inspirer brusquement malgré le vacarme de la cascade, il apaisa immédiatement son inquiétude.) Je ne l'ai pas fait. Tu n'es pas féconde, en ce moment.

Comme elle n'avait pas lâché sa main, il ne put résister à la tentation d'utiliser son don de seminus pour sonder son corps et fouiller au fond de ses organes reproducteurs afin de déterminer combien de jour il lui restait avant son ovulation. Shade pouvait provoquer celle-ci s'il le souhaitait, et cette idée le séduisait diablement.

Runa rangea une mèche de cheveux derrière son oreille avant de dévisager Shade.

— Transforme-toi en quelque chose.

— Quoi ?

— Je veux voir à quoi ça ressemble. Est-ce que ton pouvoir est limité ?

— Nous ne pouvons nous changer qu'en des espèces de même taille et vivantes. Pas en ovipares. Nous pouvons doubler notre masse, mais pas la diminuer.

Les femelles devaient être en mesure de porter les petits des seminus, et de petites démones ne supporteraient pas de donner naissance à un bébé d'une espèce plus grande.

Shade s'aperçut qu'il caressait le poignet de sa compagne avec son pouce et qu'il l'attirait vers lui en la détendant : une technique de séduction propre aux incubes. Sauf que, cette fois, c'était lui qui succombait. Combien de femmes avaient réussi à s'adapter à son monde aussi vite et avec si peu de craintes et de réserve ? Runa aurait dû être terrifiée par les changements qui s'opéraient en lui, par ses violentes pulsions sexuelles de la nuit dernière et par le fait qu'il puisse la féconder selon son bon vouloir. Pourtant, elle voulait qu'il se métamorphose en une créature potentiellement horrible.

Elle était splendide. Sans la malédiction qui pesait sur lui, Shade aurait remercié sa bonne étoile d'avoir poussé Roag à les unir de force.

— Je ne suis pas sûr de savoir me transformer, reconnut-il.

— Quand je me transforme en dehors de la période de pleine lune, je n'ai qu'à m'imaginer en train de muter… et ça se produit.

Eidolon avait évoqué un phénomène similaire : la présence d'un autre démon aidait à prendre la forme de son espèce mais, dans le cas contraire, la clé était la concentration. Shade se repassa en mémoire des dizaines de races différentes, puis il décida finalement de ne pas trop terroriser Runa. Il s'orienta donc vers l'image d'un démon sora. Il se concentra… et, un instant plus tard, il sentit les picotements de sa peau qui s'étirait et la douleur atroce des articulations qui se déboîtent. Puis, tout à coup, sa peau fut rouge, ses ongles longs et il arborait une queue semblable à un fouet.

Cool !

Runa avait reculé d'un pas, mais elle l'examinait d'un œil curieux, et non apeuré.

— Tu ressembles à un démon de dessin animé. Il ne te manque plus qu'une fourche.

Shade éclata de rire, car Tayla avait eu la même réflexion à propos de Ciska, l'infirmière sora de l'UG – celle qui pouvait faire des choses étonnantes avec sa queue…

Cela lui donna une idée géniale.

D'un coup de queue, il saisit Runa par la taille. La jeune femme ne résista pas quand il l'attira vers lui, mais elle déglutit bruyamment en remarquant son érection. Shade baissa alors les yeux. En effet, ce gourdin justifiait sa légère appréhension. Il palpitait d'un rouge écarlate, sombre et profond, et une goutte d'excitation perlait à son extrémité imposante.

Pourtant, Shade ne percevait toujours aucune peur en Runa.

— C'est un jeu d'enfant pour toi, non ? murmura-t-elle.

— Quoi ?

— Le sexe. Séduire les femmes.

Shade passa le doigt sur les seins de sa compagne.

— C'est dans ma nature. (Lentement, il fit glisser sa queue sous les fesses nues de Runa.) Écarte les jambes.

Elle hésita le temps d'un bref battement de cœur, puis obéit. Il insinua sa queue entre les cuisses de la jeune femme et s'en servit pour titiller ses lèvres. Elle laissa échapper un bruit, cette minuscule inspiration si féminine qu'il aimait tant entendre.

Le démon fit courir ses doigts sur la poitrine de la jeune femme, et se servit de ses ongles légèrement allongés pour lui pincer les tétons tout en chatouillant son sexe du bout de la queue. Comme ce membre était pratique ! Il y avait peut-être du bon dans cette histoire de *s'genesis*.

Pour un mâle uni, en tout cas.

Shade baissa la tête et passa la langue sur les lèvres de Runa. Lorsqu'elle ouvrit la bouche, il s'y glissa, goûtant le léger piquant du dentifrice, et se demanda quand elle avait trouvé le temps – et l'énergie – de se laver les dents. Impatient d'en savourer davantage, d'en prendre plus, il se mit à faire des va-et-vient avec sa langue, à une cadence qui poussa Runa à s'accrocher à ses épaules et onduler des hanches contre lui sur le même rythme charnel.

Avant Runa, Shade n'avait jamais apprécié les baisers : il détestait l'intimité de cet échange. En revanche, il aimait la façon qu'elle avait de s'investir de toute son âme dès qu'elle l'embrassait. Elle manquait d'expérience, mais elle comblait ses lacunes en y mettant du cœur et des efforts.

La jeune femme laissa tomber une de ses mains entre eux, puis effleura le gland de Shade du bout des doigts en jouant avec le liquide qui y perlait. Avec un grognement, le démon rejeta la tête en arrière et la laissa faire, ce qui n'était pas arrivé depuis le début de ce cauchemar. Runa s'était tellement sacrifiée la veille qu'elle méritait à présent qu'il lui rende la pareille.

Il approcha la bouche de son oreille et joua avec son lobe.

— Tu portes mon odeur, Runa. Tu savais que, chaque fois que je te prends, mon essence imprègne ton corps tout entier ? Ton sang, tes cheveux, tes cellules.

Elle frissonna, mais Shade ne sut si cela était dû à ses paroles ou aux lentes caresses de sa queue entre ses cuisses.

— Et ta peau, elle a le même goût que moi. Je veux te goûter tout entière.

Cette fois, ce fut lui qui frémit au souvenir de la nuit où il avait récolté le miel de son excitation du bout du doigt pour le porter à sa bouche. Sa saveur était totalement enivrante, douce et riche à la fois, avec une pointe de piquant comme de la crème de whisky.

Le sang de Shade se mit à battre avec une force érotique qui le fit tomber à genoux. Il adorait son ventre plat, qu'il lécha du nombril à son entrejambe. Quand elle retint son souffle, il leva le regard vers elle. En voyant ses yeux écarquillés, il s'aperçut que sa bouche n'avait jamais été aussi proche de ce cœur magnifique de féminité. Même à l'époque où ils sortaient ensemble, il n'avait pas pris le temps de l'aimer ainsi.

Imbécile ! Quel temps perdu !

— Ouvre plus les jambes, lui ordonna-t-il.

Sans cesser de le dévisager, elle obéit.

Le regard rivé à celui de Runa, Shade enfonça la langue dans le sexe de la jeune femme. Instantanément, elle leva les yeux au ciel et ouvrit la bouche. Face à cette vision érotique, il serait tombé à genoux s'il n'y avait pas déjà été. Assoiffé d'elle, il empoigna ses cuisses pour les maintenir ouvertes tandis qu'il écartait ses lèvres intimes avec ses pouces.

Il emprisonna sa chair brûlante dans sa bouche, la léchant puis aspirant longuement et doucement. Il sentit les mains de Runa lui agripper les cheveux pour le retenir, même s'il ne risquait pas de partir. Pas alors que le nectar le plus suave de la terre et de Sheoul réunies se déversait dans sa gorge et l'inondait d'une lumière qui jaillissait de son for intérieur.

— Oh ! Oui, Shade !

Ondulant des hanches, elle jouit et son corps fut parcouru de convulsions si fortes que le démon dut la retenir pendant qu'il terminait son œuvre. Quand les muscles de Runa se mirent à trembler tandis que son orgasme s'achevait, il se redressa avec un vertige et une douloureuse envie d'elle.

— Tu veux que je reprenne ma forme normale ? s'enquit-il en caressant la peau veloutée de ses bras musclés.

— Non, susurra-t-elle. Ça fait partie de toi.

Par les flammes de l'Enfer !

L'explosion d'émotion qui jaillit d'elle le frappa jusqu'à la moelle et le fit fondre de l'intérieur. C'était dangereux, mais il ne pouvait plus s'arrêter. Il avait besoin d'être en elle.

Elle enroula ses jambes autour de sa taille et il la pénétra avec douceur, l'étirant avec son membre énorme tandis qu'il s'enfonçait tout au fond d'elle.

— Je te fais mal, geignit-il. Il faut que je me transforme.

Elle lui empoigna la figure des deux mains et soutint son regard.

— Reste comme ça, s'il te plaît.

Il n'avait pas le choix. Contraint de lui obéir, il commença un lent va-et-vient. La chaude pression de Runa était un délice qui lui permit de garder un rythme langoureux le temps de quelques coups de reins avant que son instinct reprenne le dessus. Il se mit alors à la baiser comme un damné. Chose qu'il était certainement. Elle cria son nom encore et encore et, chaque fois qu'il l'entendait sortir de ses lèvres parfaites, il devait se mordre la joue pour se retenir de jouir.

Quand Runa projeta la tête en avant pour le mordre à l'épaule, il abandonna. Son orgasme remonta par son échine avec une telle puissance qu'il sentit comme une explosion dans son crâne. Dans sa propre libération, Runa hurla et sa légère contraction déclencha un nouvel orgasme chez Shade, puis encore d'autres, au point qu'il en perdit le compte.

Ils s'effondrèrent ensuite contre la pierre humide. Les jambes de Shade tremblaient tellement qu'il tenait à peine debout, et il s'aperçut soudain que c'était la force de Runa qui l'empêchait de s'effondrer comme un tas de chiffons. Il avait repris son apparence normale, mais il ignorait à quel moment. Étrange qu'il n'ait pas senti la transformation. Faiblement, il s'examina afin de vérifier que tous ses membres étaient bien à leur place, et son cœur s'arrêta quand il arriva à sa main.

Ses doigts disparaissaient par intervalles. Sa poitrine se serra et son pouls s'emballa sous l'effet de la terreur.

Merde… Oh ! Merde !

Runa s'arqua et rua avec une telle force que le sexe de Shade glissa hors d'elle. Bien qu'il tremble tellement que son pied faillit déraper sur la pierre humide, il retint sa compagne. Alors qu'elle se libérait, il regarda de nouveau ses mains et il comprit.

La malédiction s'était déclenchée.

CHAPITRE 13

– C'était magique, murmura Runa contre l'épaule de Shade.

Elle lécha les gouttelettes d'eau qui ornaient sa peau, savourant cette fraîcheur désaltérante sur sa langue sèche. Elle reconnut le goût chaud de la jungle, la saveur de la terre froide et le parfum de la puissance masculine.

Toujours appuyé sur elle en la clouant à la pierre humide, Shade gémit. Il la serra fort, plus près de lui que jamais, semblait-il. Tendre et attentionné, il tremblait de tout son corps contre elle. Un an plus tôt, il lui avait brisé le cœur, mais elle se sentait guérir.

Naturellement, Shade était incapable de rester durablement dans cette torpeur chaleureuse. Il la repoussa et, évitant son regard, il repartit à grands pas vers la caverne. Était-ce l'imagination de Runa ou était-il transparent par endroits ? Elle l'avait déjà vu s'effacer presque totalement dans les ombres… mais là, c'était différent. Sans doute un effet secondaire de sa transformation en un autre démon.

La jeune femme entra sous la chute d'eau pour se rincer – c'était vraiment cool, cette douche naturelle rien que pour lui – puis, quand elle eut terminé, elle alla le retrouver dans la cuisine. Ses cheveux étaient encore mouillés, mais il portait son habituel costume en cuir.

Y compris ses gants.

Ses mains tremblaient et la tension l'enveloppait telle une couverture. Son malaise venait-il de leur proximité ? Il se passait quelque chose, mais Runa ne réussissait pas à accrocher son regard.

— Tu vas quelque part ?

Évitant de répondre, il lui jeta une serviette de bain et poussa une assiette sur la table.

— Mange.

Runa enroula la serviette autour d'elle. Quand elle vit le sandwich jambon-fromage, bien qu'elle soit affamée, l'embarras qui s'était soudain instauré entre eux lui retourna l'estomac.

— Je n'ai pas faim.

Lorsque leurs regards se croisèrent enfin, la jeune femme frémit à la vue du noir qui cernait les yeux de Shade.

— Si, tu as faim. Je le sens.

Ah ! Lui et ses sens surdéveloppés !

Il mordit dans son sandwich avec voracité.

— Pourquoi je ne perçois pas ta faim ? demanda Runa.

— Je sais pas. Mange.

Avec un soupir, elle s'assit en face de lui, le regarda mâcher et vit sa gorge onduler quand il avala. Cette bouche avait parcouru son corps. Sa mémoire était marquée au fer par cette image qui la fit rougir : lui, entre ses jambes, les muscles de sa mâchoire roulant contre ses cuisses tandis qu'il se délectait d'elle.

— Qu'est-ce que tu regardes ? l'interrogea-t-il. J'ai un truc entre les dents ou quoi ?

— Non ! Bien sûr que non, répondit-elle en riant. J'aime te regarder. Je ne peux pas m'en empêcher. C'est un crime au pays des démons ?

— Je ne crois pas.

Un courant d'air froid souffla dans la grotte et fit frissonner Runa, qui passa une main dans ses cheveux emmêlés. Elle se dit qu'elle devait avoir l'air d'un rat mouillé.

— Écoute, je sais que la situation n'est idéale pour aucun de nous, mais si tu as raison sur le fait que notre union est permanente…

— C'est le cas.

— OK, donc il me semble qu'il nous reste quelques éléments à élucider.

Shade détacha un Fanta citron du pack de six qu'il avait posé sur la table et le poussa vers la jeune femme.

— Comme quoi ?

— Comme le fait que je ne compte pas passer le restant de mes jours dans cette grotte. La pleine lune est terminée. Est-ce qu'on peut aller ailleurs ?

— Non.

— Donc tu espères que je vais rester ta prisonnière pour le reste de ma vie ?

Le démon serra son sandwich si fort que de la mayonnaise s'échappa des tranches de pain.

— Tu as oublié Roag ? Tu as tué sa femelle. Il va vouloir se venger.

— Qu'est-ce que tu en sais ? Tu as dit qu'il était fou.

— Sa folie ne le rend que plus dangereux. Et je le sais parce que c'est ce que je ferais si quelqu'un te tu… (Il lâcha son sandwich dans son assiette, la faisant tourner comme une toupie.) Je n'ai pas envie de parler de ça.

Runa le dévisagea. Une part d'elle voulait l'embrasser à cause de ce qu'il venait de dire – ou presque – à propos de ce qu'il ferait si elle se faisait assassiner. Pourtant, une autre part d'elle refusait de se laisser piéger par ses esquives bien trop coutumières.

— Tant pis pour toi, lança-t-elle en lâchant également son sandwich. Je ne peux pas vivre comme ça, et je m'y refuse. Est-ce que tu as pensé que j'avais une vie aussi ? Un boulot pour lequel je suis assez douée ? Des gens à qui je manquerai ?

— En fait, non. Ça ne m'a pas traversé l'esprit, rétorqua-t-il avec un rire amer. Depuis tout ce temps, je n'y ai pas pensé une seule fois. Par les Dieux, je suis vraiment un connard !

— Je ne débattrai pas de ça, marmonna Runa.

Des paroles de colère se déversèrent de la bouche de Shade dans un langage guttural qu'elle ne connaissait pas, bien qu'elle en comprenne le fond. Ses invectives se déchaînaient en une vraie tornade. Toutefois, il s'interrompit en plein milieu pour remettre en place la tranche de pain supérieure de son sandwich en l'alignant parfaitement à celle du dessous.

— À qui est-ce que tu parlais au téléphone ? s'enquit-il brusquement.

Et *vlan* ! Le cœur de Runa s'emballa.

— Tu t'en souviens ?

— J'étais peut-être à moitié dingue à cause de la *s'genesis*, mais ouais, tout me revient.

La gorge sèche, elle attrapa son soda.

— Qu'est-ce que… tu as entendu ?

— Assez pour savoir que ton interlocuteur connaissait l'existence de l'hôpital et que ça avait un rapport avec Kynan.

Runa en eut une sueur froide. Elle n'avait jamais su mentir correctement et, avec leur lien, Shade sentirait ses émotions et décèlerait si elle lui servait un gros mensonge. Peut-être pouvait-elle lui accorder quelques miettes de vérité…

— Je parlais avec Arik. Je t'ai dit que Kynan et lui se connaissaient.

— Comment ?

— Qu'est-ce qui se passe ? C'est un interrogatoire ?

— Réponds à ma question. (Il se pencha au-dessus de la table.) Plus tu te dérobes, plus tu me parais suspecte ; et bien que je ne puisse pas te torturer – à moins que tu en aies envie –, je n'aurai aucun problème à pendre Kynan par les pieds. Maintenant, crache le morceau.

— Arrête de me donner des ordres.

Shade pesta et, cette fois, elle comprit parfaitement l'insulte grossière qu'il lui lança.

— On a déjà fait ça, mon pote. Alors tu pourrais peut-être te débarrasser de cette humeur bougonne et te rappeler que je n'y suis pour rien. Et pendant que tu y es, profites-en pour te laver la bouche.

Shade abattit les deux poings sur la table si fort que Runa sursauta. Puis, au bout d'un moment, il finit par reconnaître tout bas :

— Tu as raison.

En matière d'excuses, elle savait pertinemment qu'elle n'obtiendrait rien de plus.

— Ils se sont connus à l'armée.

— Est-ce qu'il nous espionne ? demanda-t-il en plissant les yeux.

— Non.

Shade hocha la tête comme si, tout d'un coup, tout devenait clair.

— Le boulot dont tu parlais… c'est pour les militaires, c'est ça ?

Foutue !

— Non… je…

Le mensonge lui noua la langue. Shade ne s'y laisserait pas prendre, de toute façon, donc elle baissa les yeux et murmura :

— Oui.

— Quel est le rapport avec Kynan ? (Voyant qu'elle ne répondait pas, il soupira.) Aide-moi à comprendre.

Ne sachant par où commencer, et de peur de laisser échapper plus d'informations que le strict nécessaire, Runa choisit prudemment ses mots.

— Il servait de lien entre l'Aegis et l'armée. Il a disparu quand sa femme est morte. Depuis, nous n'avons eu aucune nouvelle de lui et personne, à l'Aegis, n'a été en mesure de nous mettre en relation avec lui. Donc je suis venue à New York pour le chercher.

De toute évidence, Tayla savait où il se trouvait, mais elle gardait cela secret pour quiconque en dehors des Aegis. L'armée avait missionné Runa non seulement pour le localiser, mais surtout pour le ramener. Les militaires le voulaient à tout prix. Elle ignorait pourquoi et elle n'était pas en position de le demander. Quand on recevait des ordres, on les exécutait sans discuter.

Shade lui décocha un coup d'œil perçant.

— Tu me caches quelque chose.

— Non…

— Quand tu es venue chez moi, ce n'était pas par colère contre moi, hein ? Tu voulais des informations sur l'Underworld General. C'est ça ?

La jeune femme détourna les yeux et croisa son propre reflet dans la porte du réfrigérateur métallisé. Cette image lui renvoya toute sa culpabilité en pleine figure.

— Oui.

— Tu me haïssais tellement que tu voulais m'abattre avec l'hôpital. Je ne t'en blâme pas, ajouta-t-il d'une voix plus douce.

Comment nier la vérité ?

— Il n'y avait pas que ça, chuchota-t-elle dans un besoin étrange de soulager Shade. Je ne mentais pas quand je t'ai dit que je voulais tuer le warg qui m'a mordue et que j'étais venue chez toi pour ça.

— Quel jour c'était ?

— Vendredi. Une semaine avant que tu atterrisses dans le cachot avec moi.

Le démon passa sa main gantée sur son visage.

— Merde !

— Quoi ?

— Je parie que Roag essayait de choper Wraith. Il était censé me retrouver chez moi cette nuit-là, mais nous avons annulé au dernier moment parce que je devais venir ici…

— Avec une femelle, termina Runa avec une amertume dans la voix qui la surprit elle-même.

Shade esquiva son regard et ses épaules s'affaissèrent légèrement. La jeune femme eut vraiment pitié de lui.

Elle ne croyait plus à la façade de je-m'en-foutiste qu'il affichait.

— OK, reprit-elle d'une voix plus calme. Et comment Roag aurait-il su que Wraith serait chez toi ?

— Solice le savait. Elle était infirmière à l'hôpital. C'est elle qui m'a euh… torturé dans les cachots.

— Ah ! Bon, apparemment, elle n'était pas au courant de vos changements de plan ce soir-là, et ils m'ont enlevée moi au lieu de toi et Wraith.

— L'enc… euh ! Qu'il aille au Diable ! s'exclama-t-il en secouant la tête. Je suis sincèrement navré, Runa. (Celle-ci n'eut pas le temps de s'étonner ni de s'adoucir, car il se dégagea immédiatement de ses excuses avec l'agilité d'un contorsionniste.) Dis-moi jusqu'à quel point tu es impliquée dans l'armée ?

Malgré son dégoût pour cette conversation, d'une certaine manière, Runa fut soulagée que ce secret soit enfin levé. Désormais, peut-être que Shade comprendrait son besoin de retourner dans le monde réel.

— Je suis une engagée volontaire. Ils m'ont aidée à m'en sortir après mon agression.

— Ils t'ont aidée ? Comment ?

— Arik m'a emmenée à la base, où ils ont essayé de guérir ma lycanthropie, expliqua-t-elle avant d'inspirer profondément. Les traitements auxquels ils m'ont soumise étaient expérimentaux, ce qui explique pourquoi, deux mois après le début, mon pouvoir de me transformer à volonté s'est déclaré.

— Donc tu penses que leurs expériences sont à l'origine de ce phénomène ? (Elle opina du chef, et il secoua la tête.) Tu aurais dû me le dire. Eidolon aurait une idée plus précise de ce qu'il cherche.

— Je ne savais pas comment vous réagiriez, tes frères et toi. Certes, je suis un loup-garou, mais je suis toujours un être humain, et je ne peux pas trahir les miens en divulguant des secrets sur l'armée des États-Unis. Réfléchis : si la situation était inversée, qu'est-ce que tu ferais ?

Runa savait pertinemment qu'il refuserait d'admettre qu'elle avait raison. D'ailleurs, il évita de répondre grâce à une autre question.

— Qu'est-ce que tu as dit à ton frère sur l'hôpital quand tu lui as parlé hier ?

— Rien, je te le jure.

Shade croisa les bras.

— Tu sais ce que Kynan a raconté à l'armée ?

— Non.

— Qu'est-ce que tu peux m'apprendre de plus à propos de l'unité pour laquelle tu travailles ?

— S'il te plaît, Shade. Je ne peux pas en parler.

Sous le regard qu'il lui décocha, le froid qu'elle avait ressenti plus tôt s'insinua comme une flèche dans sa moelle.

— Alors Kynan parlera.

Laissant Runa bouche bée et furibonde à cause de sa menace, Shade s'éloigna de la table à grands pas.

Il ne s'agissait pas réellement d'une menace. Bon sang ! Si Ky avait la moindre animosité à l'encontre de l'hôpital, s'il travaillait secrètement contre eux…

L'enculé !

Au moins, Runa ne pouvait pas lui hurler dessus s'il se contentait de penser ce mot.

— Oh non ! Tu ne t'en sortiras pas en partant comme ça !

La jeune femme le rattrapa dans le salon. Il fallait qu'il sorte de cet endroit. Il avait besoin de reprendre ses esprits avant de faire une bêtise, comme la serrer dans ses bras et lui promettre de redresser les torts que Roag lui avait causés. Son estomac gronda, lui rappelant avec précision pourquoi il n'avait pas le droit d'agir ainsi : sa malédiction l'affectait déjà. Il avait mangé deux sandwichs avant que Runa sorte de la cascade, et il avait l'impression de ne pas en avoir avalé une seule bouchée.

Une faim insatiable.

Un sur quatre.

— Runa, habille-toi, dit-il sans se retourner. Il faut qu'on retourne à l'hôpital.

L'hôpital qu'elle avait pour mission d'espionner. Étrangement, le fait qu'elle ait accepté le blessait davantage qu'il aurait fallu.

— Pour faire d'autres examens, ou pour torturer Kynan ?

— Surtout des examens.

Shade aurait pu appeler Eidolon pour dénoncer Kynan et lui expliquer les expériences de l'armée sur Runa, mais il préférait le lui annoncer de vive voix. Désormais, l'UG représentait plus que jamais un refuge. Il était peut-être un démon, mais avant tout il était urgentiste. De fait, son désir de sauver des vies égalait presque ses pulsions sexuelles.

Avec Runa. Sa compagne.

Putain !

— Shade ?

— Quoi ? Je n'ai pas dit de gros mot.

Rien de mieux pour avoir l'air coupable, espèce d'imbécile!

— J'ai peur.

Sentait-elle que le danger qui la menaçait venait autant de lui que de Roag ? Shade fit volte-face, l'estomac noué par l'appréhension. Elle était là, le menton haut, les épaules carrées et les cheveux plaqués sur ses épaules en une masse humide.

— Pourquoi ?

— Parce que je ne maîtrise rien. Ton taré de frère veut ma mort, je suis liée à toi irrémédiablement, et je serais incapable de te quitter même si je le voulais car je ne sais pas utiliser les Portes des Tourments. (Elle déglutit assez difficilement pour qu'il l'entende.) Tu as l'air de croire qu'il me suffit de tout accepter dans la foulée et, honnêtement, j'ai essayé… mais tu ne me rends pas la tâche facile. Tu te comportes comme si ce n'était que temporaire tout en me disant que c'est permanent. Si c'était définitif, tu ne voudrais pas apprendre à me connaître ? Ou au moins faire un effort pour que ça marche ? Je ne comprends pas. Vraiment pas.

Sur ces dernières paroles, le tremblement qui fit vibrer la voix de Runa mit brusquement un terme à son envie de la prendre dans ses bras. Il voulait la connaître. Il voulait savoir dans quelles conditions elle avait grandi, quel était son film préféré, son plat préféré, les voyages dont elle rêvait. Comment lui dire que, malgré sa réelle envie de savoir toutes ces choses, il ne pouvait pas se le permettre ? Chaque miette qu'il grappillerait le rapprocherait d'elle… et de son sort funeste.

Ainsi, au lieu de lui expliquer tout cela, il lui ouvrit ses bras, conscient qu'il commettait une énorme erreur.

Runa vint volontiers se pelotonner contre son torse. C'était agréable. Sa chaleur enveloppait Shade et comblait en lui des zones restées vides et froides depuis trop longtemps.

Il enfouit son nez dans ses cheveux, au sommet de son crâne, et huma la senteur fraîche et exotique du shampoing et de l'eau de la jungle.

— Je suis désolé de t'avoir entraînée là-dedans.

— Ce qui est fait est fait, répliqua Runa en raffermissant son étreinte. Le passé n'a pas d'importance.

— Si, maugréa-t-il. Car le passé influe sur l'avenir.

Les paumes de la jeune femme suivirent la ligne de son échine en une caresse réconfortante.

— Parle-moi du tien. Pas des blessures que Gem évoquait ou de choses dans le genre, s'empressa-t-elle de préciser. Quelque chose d'agréable. À propos de ta famille, par exemple.

Shade saisit l'intérêt de la manœuvre : Runa avait besoin de le comprendre. Cependant, la douleur causée par la mort de Skulk était encore fraîche, et parler de sa famille lui paraissait soudain être le baume qu'il lui fallait.

— Je t'ai dit que mon géniteur était un démon seminus. Il a pris la forme d'un umber pour féconder ma mère. Tout de suite après, elle s'est unie à un umber et, quand je suis né, ça leur a fait un choc : non seulement j'étais seul, mais j'avais l'apparence d'un humain au bras tatoué. Heureusement, les umbers sont de bons parents. Ils m'ont gardé et ont continué à avoir des enfants. (Runa le caressait toujours, l'incitant à poursuivre.) Skulk était la plus petite de la dernière portée. Juste après, mon père umber s'est fait tuer en essayant de défendre notre nid d'un démon mangeur de nourrissons.

— C'est horrible ! s'exclama Runa, dont la main se figea au bas de son dos.

Shade remua jusqu'à ce qu'elle comprenne le message et recommence à le caresser.

— Ma mère a massacré ce salopard, mais la perte de son compagnon l'a dévastée. Après ça, je l'ai beaucoup aidée. (Il sentit Runa sourire contre son buste.) Quoi ? Qu'est-ce qu'il y a de si drôle ?

— C'est juste que j'ai du mal à t'imaginer en baby-sitter pour une bande de fillettes.

Il entortilla une mèche des cheveux de Runa autour de son doigt.

— J'aime les bébés. J'aimerais en avoir plein ma grotte…

Il s'interrompit. Il n'avait jamais ressenti cela. Pas avec Runa. Avec personne d'autre non plus.

— Des enfants, souffla-t-elle. J'imagine qu'il faudra bien qu'on finisse par en parler, non ?

— Ouais.

La voix de Shade était rauque et voilée, combinant l'instinct seminus qui lui dictait de la féconder sur-le-champ et le bon sens qui lui hurlait de fuir le plus vite possible.

Le bon sens l'emporta… de justesse.

— Viens. Il faut qu'on aille à l'hôpital.

Gem était impatiente de finir le travail. Après le désastre de la veille avec Kynan, elle ne supporterait pas de le voir quand il commencerait sa garde dans une heure.

Elle se sentait si pathétique à courir après un homme qui ne voulait pas d'elle, sauf quand il était soûl. Pis encore, après les événements de la nuit passée, elle savait que, s'il entrait aux urgences maintenant et levait le petit doigt, elle tomberait à ses pieds comme un toutou prêt à exécuter toutes les saloperies que son maître lui ordonnerait.

Idiote !

La Porte des Tourments des urgences s'illumina et Wraith en sortit à grandes enjambées. Il tenait dans ses bras le corps ensanglanté d'un démon à la peau rouge…

Ciska ! Oh mon Dieu !

Une bouffée d'adrénaline secoua Gem, qui se mit à aboyer des ordres aux infirmières et aux aides-soignants environnants tandis qu'elle conduisait Wraith dans une chambre libre.

— Qu'est-ce qui s'est passé ?

Pendant que le démon allongeait Ciska, Gem enfila ses gants.

— Je sais pas, répondit-il sur un ton étrangement détaché. Je l'ai trouvée comme ça.

— Où ?

— Devant l'hôpital.

Reaver les rejoignit avec des infirmiers, mais Gem avait l'horrible pressentiment qu'il était trop tard. La démone était en charpie et une plaie béante lui barrait le ventre. Gem aurait parié qu'il lui manquait plusieurs organes.

Des Goules. Roag.

— Qu'on appelle Eidolon. Et, si Shade est dans le coin, faites-le venir aussi.

Eidolon était capable de reconstituer les tissus abîmés, mais Shade pouvait agir sur le fonctionnement des organes et maintenir la respiration et la circulation sanguine mieux que n'importe quelle machine.

— Pas de souffle à gauche, annonça un infirmier vampire.

— Intubez-la, ordonna Gem avant de faire signe à Reaver. Pression artérielle et pouls ?

— Deux secondes, répondit-il.

Sentant un souffle chaud sur sa nuque, Gem sursauta.

— Alors, Gem, susurra Wraith à son oreille. Comment ça se fait qu'on n'ait jamais baisé ?

— Peut-être parce que je ne t'apprécie pas ?

Et, vu son comportement alors qu'une de leurs infirmières agonisait, rien n'était plus vrai à cet instant.

Il posa les mains sur les hanches de la demi-démone et elle sentit ses dents frotter son cou.

— Laisse l'infirmière. Elle va mourir, de toute façon. Viens avec moi, tu vas voir, ça va te plaire.

— Mais sans déconner, c'est quoi, ton problème ? s'exclama Gem en le repoussant. Tu es encore défoncé ?

Tout en riant, il lui fit un clin d'œil et sortit de la pièce à grands pas. Wraith était odieux mais, si vicieux soit-il, elle ne l'avait jamais connu cruel. Au pire, elle se serait attendue à ce qu'il fasse un scandale en jurant de venger leur collègue mutilée.

— Docteur, regardez.

L'un des aides-soignants venait d'ouvrir la bouche de Ciska. On y avait fourré un morceau de tissu et – *oh mon Dieu !* – on l'avait épinglé à sa langue. Aussi délicatement que possible, Gem le détacha et ne put retenir un haut-le-cœur quand elle reconnut l'écriture qu'elle y lut.

« Cadeau pour Wraith. Je sais ce que tu as fait. »

Wraith alluma une cigarette juste en face d'Eidolon dans la salle de pause. Les démons n'étaient pas sujets au cancer des poumons, mais il restait à E quelques principes humains datant de l'époque où il fréquentait l'école de médecine, et il détestait la fumée. Ce qui expliquait pourquoi il était si drôle d'allumer une cigarette au sein de l'hôpital.

— Bon sang, Wraith ! grogna-t-il.

Toutefois, il n'ajouta rien. Décevant. Wraith ressentait un sérieux besoin de se détendre. Shade avait téléphoné une heure plus tôt pour annoncer qu'il était en route et qu'il voulait leur parler ; l'attente le rendait fou, entre autres parce qu'il s'inquiétait pour Shade, et en partie parce qu'il détenait des tonnes de nouvelles informations à partager avec ses frères.

La nuit dernière, après son départ de chez Kynan, il était parti chasser, mais pas en quête de sang. Il avait traqué Ramsès, un ancien du Conseil des seminus. Après quoi il s'était entretenu avec une vieille ensorceleuse difficile à attraper qui le haïssait depuis le premier coup d'œil. Wraith avait œuvré pendant des heures pour la dépouiller de son animosité en couchant avec elle. Heureusement pour lui, il ne se fatiguait pas facilement. Désormais, il possédait des informations qui aideraient Shade autant que lui.

Après cela, il avait exploré les environs de la Porte des Tourments d'Irlande du Nord. Il n'avait rien découvert mais il y retournerait cette nuit pour fouiller la partie sud de l'île. Il retrouverait Roag, et ce qu'il lui infligerait entrerait dans la légende. Dans plusieurs siècles encore, les pires démons raconteraient cette histoire à leurs rejetons.

La porte s'ouvrit en claquant contre le mur. Shade entra à grandes enjambées en mâchant un chewing-gum, intégralement couvert de cuir jusqu'au bout des doigts. Il avait dû venir en Harley.

De plus, Wraith constata avec jalousie qu'il arborait un nouveau *dermoire* autour du cou. Son Changement s'était opéré.

— Où est Runa ? s'enquit Eidolon.

— IRM. (Lorsque son aîné haussa les sourcils, Shade secoua la tête.) Non, je ne l'ai pas laissée avec d'autres mâles. C'est le docteur Shakvhan qui s'occupe des examens que tu as demandés.

Wraith souffla un nuage de fumée.

— Tu tiens ça de votre union ?

Eidolon acquiesça.

— Bizarrement, juste après s'être uni, on a tendance à se montrer un peu surprotecteur.

Voilà qui justifiait encore la décision de Wraith de ne jamais, au grand jamais, prendre une compagne. Non. Il attendait impatiemment de se perdre dans le monde post-*s'genesis*. Il voulait vivre le restant de ses jours sans se poser de question et baiser à en perdre la raison. Et s'il devenait fou dangereux, ses frères le tueraient.

— Alors, quoi de neuf ? C'est le moment de se débarrasser de Runa ?

Shade serra ses poings gantés.

— La ferme !

— Shade ? intervint doucement Eidolon. Tu vas bien ?

Il dressa les poings puis les referma, et Wraith eut la nette impression qu'il cachait quelque chose.

— Ça va. Je veux juste me débarrasser de cette foutue lycanthropie. Maintenant, je sais ce que vivent les clebs enchaînés au fond du jardin. Est-ce que tu en sais plus grâce aux tests ?

— Toujours rien. Sois patient.

— Patient, mon cul ! Je refuse de vivre une nouvelle pleine lune dans cet état, déclara Shade avant de se laisser tomber dans le canapé. Mais j'ai quelque chose qui pourra peut-être t'aider. L'armée a fait des expériences sur Runa. Ils essayaient de la guérir, et ce sont leurs traitements qui lui ont donné le pouvoir de se transformer à volonté.

Eidolon affichait un air exalté, comme chaque fois qu'il bûchait sur des mystères médicaux.

— Ça explique beaucoup de choses. Une partie de son ADN est si anormale que je commençais à me demander si elle n'avait pas des ancêtres démons. Mais si c'est le fruit d'expérimentations… tu viens de me faire gagner beaucoup de temps.

Shade se pencha en avant en appuyant ses avant-bras sur ses genoux.

— Il se peut que nous ayons un autre problème. Notre Aegi-médecin préféré.

— Kynan ? Qu'est-ce qu'il a fait ?

— Apparemment, il était avec le frère de Runa dans l'armée. Certainement dans une division secrète. Runa, qui en fait partie aussi, a été envoyée pour le retrouver. Ils sont au courant pour l'hôpital. Je crois que c'est Kynan qui les a informés.

— Putain ! jura Eidolon en consultant sa montre. Il est de garde en ce moment. Wraith et moi allons avoir une petite conversation avec lui. Tu es au courant pour Ciska ?

Wraith réagit par une grimace.

— Qu'est-ce qu'elle a ?

— Elle est morte juste après que tu l'as amenée.

Ciska ? Morte ? Le choc et le chagrin s'abattirent sur lui et le troublèrent.

— Quoi ? Comment ?

Il avait passé la nuit dernière avec elle. Dans son bureau. Sur son bureau. Il était censé la retrouver à la salle de pause dans une heure.

— Qu'est-ce que tu veux dire ? Pourquoi tu me demandes comment elle est morte ? s'étonna Eidolon. Tu l'as vue. Elle a été mutilée.

Wraith écrasa son mégot dans le lavabo.

— Je ne vois pas du tout de quoi tu parles.

— Tu l'as confiée à Gem. Tu ne t'en souviens pas ?

— Tu crois vraiment que j'oublierais une chose pareille ?

Eidolon le dévisagea pendant un moment d'un air contemplatif, comme s'il tentait de déterminer la part de vérité. Finalement, il plongea sa main dans sa poche et en sortit quelque chose.

— Elle portait un message. Il t'est adressé.

Wraith prit le tissu ensanglanté des doigts de son frère. « Je sais ce que tu as fait. » Identifiant l'écriture, il sentit une décharge glacée le long de son échine.

— Par les cercles de l'Enfer ! gronda Shade. C'est Roag qui l'a amenée ici.

Un poids tomba sur l'estomac de Wraith.

— Roag est venu ici ? Dans l'hôpital ?

— L'enfoiré ! Quel connard de merde ! grogna Eidolon en abattant son poing sur un placard.

Pendant de longues minutes, il resta ainsi, les mains appuyées sur le meuble et la tête baissée. Wraith connaissait cette pose : elle signifiait « Je me calme sinon je vais tuer mon frère ». Sauf que, pour une fois, le frère en question n'était pas Wraith.

— Que signifie ce message ? demanda finalement Eidolon d'une voix empreinte d'une fureur à peine contenue. Qu'est-ce qu'il sait ?

Wraith s'apprêta à mentir, mais pas pour se protéger lui-même. La vérité aurait blessé Shade, qui affrontait déjà assez de douleur depuis quelques jours. Quant à Eidolon… ce serait la goutte d'eau qui ferait déborder le vase. Wraith n'était pas stupide, il savait que son frère aîné le faisait travailler pour garder un œil sur lui et pour l'empêcher d'avoir des ennuis. Toutefois, après cela, Eidolon n'en aurait sûrement plus rien à foutre.

— Wraith ? l'appela Shade sur un ton calme et apaisant. Il faut que tu t'expliques.

Quand Eidolon fit volte-face, son expression confirma toutes les prédictions de Wraith. La déception dansait déjà dans ses prunelles noires. Rien de neuf, en fait.

Wraith se racla la gorge, où une boule semblait coincée. Ses deux frères se crispèrent, comme s'ils se préparaient à l'entendre en songeant « Mais qu'est-ce qu'il a encore fait ? ».

— Ce qui s'est passé au *Soufre* était ma faute. J'ai renseigné les Aegis parce que je savais que Roag s'y trouverait. (Il croisa le regard de Shade.) Je l'ai condamné à mort.

Les yeux fermés, Eidolon secoua la tête, mais la réaction de Shade inquiétait davantage Wraith. À cause de lui, Roag voulait se venger et Skulk était morte.

Dans le canapé, Shade resta immobile, le visage fermé.

— Dis quelque chose, réclama Wraith.

C'était d'ailleurs plus une supplique.

Shade resta silencieux. Wraith prit une profonde inspiration. Il avait besoin de savoir ce que ressentait son frère, mais il ne percevait rien. Aucun autre parfum que celui de sa femelle. Et du sexe.

— Putain ! Shade ! Tout ce qui vous arrive à toi et à Runa est ma faute. Skulk est morte à cause de moi. Ne reste pas planté là !

C'est pourtant ce qu'il fit, jusqu'à ce que Wraith n'y tienne plus. Ce dernier fit demi-tour, appuya son bras au mur, au-dessus de sa tête, et ferma les yeux pour patienter. Quoi qu'ils lui fassent, il ne se défendrait pas. Il méritait tout ce qu'ils lui infligeraient.

Quand Shade prit enfin la parole, sa voix était glaciale et aussi menaçante qu'un vent polaire.

— Je n'ai pas à te demander tes raisons. Il était devenu incontrôlable. Mais espèce de couillon ! Pourquoi tu ne nous en as pas parlé plus tôt ?

Parce que je ne voulais pas que vous me haïssiez.

Shade et Eidolon représentaient tout ce qu'il avait au monde. S'il vivait encore, c'était uniquement pour eux.

— Peut-être que Shade ne veut pas te demander pourquoi tu as fait ça, mais moi si. (La voix d'Eidolon était aussi enflammée que celle de Shade était glaciale, ce qui signifiait que leur aîné n'essayait même pas de faire appel à son calme de Justicier.) Le meurtre de Roag aurait dû être une décision de groupe et tu le sais pertinemment.

— C'est vrai, admit Wraith en se retournant. Mais tu n'aurais jamais accepté. Ton cher petit Roag ne pouvait pas faire de mal. Moi, par contre, je ne fais jamais rien de bien. Pourtant, je n'ai jamais infligé à une femme ce qu'il leur a fait subir.

Il frissonna au souvenir de la dernière humaine de Roag qu'il avait découverte, celle qui avait fait sortir Wraith de ses gonds, celle qui l'avait décidé à abattre Roag dès la première occasion – qui s'était présentée au *Soufre*.

— N'empêche que tu as hâte que ta *s'genesis* s'opère, répliqua Eidolon. Alors que tu pourrais te transformer en un monstre aussi malfaisant que lui. En quoi es-tu meilleur que lui ?

Sur les murs, les écritures se mirent à briller au moment où la colère de Wraith explosa en lui. Pourtant, après avoir jeté un coup d'œil à Shade, toujours assis et les yeux fermés, il se calma.

— La différence, marmonna-t-il, c'est que je refuse de basculer dans la folie que ça impliquerait. (Il planta un regard mauvais dans les yeux d'Eidolon.) Contrairement à Roag. Et si ça arrive, je compte sur vous pour faire le nécessaire.

Shade se prit le visage entre les mains.

— Bon sang, Wraith ! Tu… putain !

— Je sais. J'ai vraiment déconné, cette fois. Mais si vous aviez vu cette femme… si vous saviez…

Il s'interrompit et se détourna encore de ses frères. Il n'aurait jamais dû se laisser dépasser par ses émotions.

Il aurait dû se contenter de les laisser le tabasser. Ils en avaient encore la possibilité – le devoir, même.

Au bout d'un long moment, un bruit de pas résonna sur le sol en tuiles noires. Wraith s'arma de courage et se prépara à recevoir un coup, qui ne tomba jamais. En revanche, des bras l'étreignirent. Eidolon. L'instant d'après, une autre masse plus lourde s'appuya sur lui.

Shade.

— Petit frère, dit Shade d'une voix râpeuse, c'était stupide, mais tu ne pouvais pas savoir que Roag survivrait et qu'il reviendrait encore pire qu'avant. Donc, à partir de maintenant, plus de bagarres, plus de regrets.

— Roag essaie de nous liguer les uns contre les autres, ajouta Eidolon d'une voix aussi tremblante que celle de Shade. Il cherche à nous affaiblir.

Il recula et obligea Wraith à se retourner. Il posa une main sur la joue de Shade, et l'autre sur celle de Wraith.

— Dorénavant, nous ne sommes plus qu'un.

Shade frémit comme s'il venait de se prendre une claque, et un éclair doré passa dans ses yeux.

— On va tester notre unité tout de suite, annonça-t-il en se rendant rapidement vers la porte. Runa a des ennuis.

Chapitre 14

Elle le sentait ; celui qui l'avait changée en loup-garou, en un monstre auquel elle ne pouvait échapper.

Il était là.

Au creux de son cou, à l'endroit où il l'avait mordue, sa chair brûlait comme si les dents du monstre étaient toujours enfoncées dedans. Tout son corps se tendit et vibra d'un pouvoir d'une noirceur exquise. Une nappe de malveillance flottait juste sous la surface de sa peau et lui procurait autant de dégoût que d'adrénaline. Elle avait lu que les rapports entre les *therionidryos* et leurs créateurs étaient puissants et maléfiques.

Chacune de ses cellules le lui confirmait.

— Vous pouvez vous rhabiller, à présent.

Le docteur Shakvhan aida Runa à descendre de la table métallique et, tandis que la belle succube s'affairait autour de son matériel médical, la jeune femme retira la chemise de nuit de l'hôpital pour remettre son jean et son sweat.

Avec le surplus d'énergie qui faisait trembler ses mains, ce ne fut pas une tâche aisée. La tension était lovée dans tous ses muscles et s'insinuait jusqu'à sa moelle. Quand la démone médecin lui tourna le dos,

Runa fila par la porte. Elle allait retrouver ce loup-garou et elle le tuerait.

Ici, dans l'hôpital.

La femelle venait vers lui. Luc ne la resituait pas, mais il la connaissait et il savait ce qu'elle voulait.

Il la saisit par la gorge à l'instant même où la douleur la frappait. Elle se tordit, non pas parce qu'il la soulevait au-dessus du sol, même si cela ne devait pas être confortable, mais parce qu'elle avait essayé de le blesser. Maintenant, elle en payait le prix. Luc n'avait jamais testé le sort de havre et ignorait totalement la douleur que cette femme endurait en ce moment mais, même dans le cas contraire, il doutait qu'il aurait eu pitié d'elle. Plus rien ne l'étonnait.

Non, c'était faux. Le lien étrange et malveillant qu'il partageait avec cette femelle le décontenançait. Il avait l'impression qu'il venait de sniffer de la cocaïne trafiquée par un démon. Cela lui procurait une extase aussi incroyable que son envie pure et violente de tout casser. Il n'avait pas ressenti cela depuis le jour où il avait traqué son créateur pour le réduire en lambeaux à mains nues.

— Luc, lâche-la, ordonna Shade en un grondement sourd et contrôlé.

Il approchait en compagnie de ses frères, mais un masque de colère lui déformait le visage.

— Avec plaisir.

Luc ouvrit la main et laissa tomber la fille, mais Shade la rattrapa avant qu'elle atterrisse. Dommage.

— Mal, haleta-t-elle en serrant si fort son crâne que ses articulations blanchirent.

Shade l'attira contre lui et décocha un regard assassin à Luc.

— Qu'est-ce que tu as fait ?

— C'est elle qui m'a attaqué.

Une infirmière fae, qui vidait des cuvettes de sang dans une cabine proche d'eux, hocha la tête.

— Il dit vrai. Quelle idiote.

Shade caressa les cheveux de l'idiote en question, mais ses yeux étaient toujours aussi noirs et criants d'envie de meurtre.

— Pourquoi elle t'aurait attaqué ?

— Parce que je l'ai engendrée.

Dans les secondes qui suivirent, on aurait pu entendre une mouche marcher par terre dans le silence qui tomba sur les urgences habituellement si bruyantes. Frank, l'un des laborantins, se figea même entre deux pas tandis qu'il passait à côté d'eux.

Des ombres s'agitèrent dans les yeux de Shade, comme animées par sa fureur.

— Toi ?

— C'était la nuit où les tueurs ont essayé de m'attraper.

La nuit où ils avaient massacré celle qui devait devenir sa compagne avant même qu'il ait eu le temps de le lui demander.

— Elle m'a foncé dedans alors qu'ils me poursuivaient, raconta-t-il avant de hausser les épaules. Si ça peut te consoler, je croyais l'avoir tuée.

Du moins, il l'espérait. Le Conseil des wargs ne faisait preuve d'aucune indulgence en cas de meurtre ou d'infection d'humains, même s'ils préféraient amplement qu'on les tue plutôt qu'on les transforme. Le Conseil des wargs était constitué de loups-garous de naissance qui, si on les avait laissés faire, auraient rayé de la planète tous les wargs créés par infection, qu'ils considéraient comme des individus de seconde classe.

Avant cette nuit-là, Luc faisait profil bas pour éviter d'attirer l'attention du Conseil. Il avait conservé beaucoup de son humanité à force de vivre au milieu des humains et de s'enfermer à chaque pleine lune.

Et les tueurs avaient attaqué. Ils s'étaient introduits chez lui, puis dans la cellule verrouillée où il s'apprêtait à s'unir à Ula, qu'ils avaient tuée. Grièvement blessé, Luc était parvenu à s'échapper. Cette nuit hantait sa mémoire et ses cauchemars.

Il ne savait pas depuis quand il fuyait, tapi dans l'ombre et derrière les voitures garées, ni où il se trouvait, mais quand son adrénaline commença à diminuer, il était en territoire inconnu, en bordure de la ville et bien loin de son quartier de banlieue.

Ses poumons s'embrasaient à chaque respiration et la nausée le menaçait.

Ula.

Un cri lui déchira la gorge et résonna dans les ténèbres tel un hurlement à la lune. Se dressant sur ses pattes arrière, il ouvrit son esprit pour localiser la Porte des Tourments la plus proche. Au nord. À quelques rues de là. Trop loin, mais son seul espoir.

Il bondit en direction du portail sans plus essayer de se cacher. Se fiant uniquement à son instinct, il bifurqua à un virage et percuta une femme. Elle dégageait une odeur de fureur et de douleur qui se muèrent immédiatement en une terreur pure et glaciale. Ces émotions se heurtèrent à celles de Luc, identiques, qui se condensèrent en une bombe.

Une faim incontrôlable, le besoin de mettre quelque chose en pièces… Pris de tremblements, il la domina de toute sa hauteur.

— Cours, Petit Chaperon rouge.

En raison de sa forme animale, ses paroles sortirent sous la forme d'un grognement qui la fit crier comme une mauvaise actrice de série B. Les tueurs avaient dû l'entendre. La panique anéantit le peu d'humanité qui restait à Luc, et il se jeta sur elle. Il planta les dents dans la chair tendre au creux de son cou. Tandis qu'il la secouait comme un chien de terrier un rat, elle lui assena des volées de coups de poing et de pied dans le torse, en une tentative futile de se défendre.

— Par ici !

La voix du tueur retentit à travers sa folie meurtrière. La femme gémit ; elle pendait mollement dans sa gueule. Au loin, des pas lourds résonnèrent entre les immeubles environnants.

D'un coup de tête, Luc envoya le corps inerte de la femme derrière une benne à ordure et s'élança sur le trottoir, percutant les lampadaires et les panneaux de signalisation dans une course éperdue vers la Porte des Tourments. Vers l'hôpital.

Il avait réussi à arriver à l'UG, où Eidolon lui avait sauvé la vie. Cependant, ses dernières gouttes d'humanité s'étaient écoulées par les plaies que les tueurs lui avaient infligées.

Il avait fini par devenir le monstre qu'il redoutait depuis toujours, mais il s'en moquait. Ce n'était plus qu'une question de temps avant que Wraith tienne sa promesse – celle qui assurerait à Luc qu'il ne s'en prendrait pas à d'innocentes victimes humaines.

— Qu'est-ce que ça peut te faire ? rétorqua Luc à Shade. Ce n'est pas ta compagne.

— Si, justement.

— Elle n'est pas marquée.

La gorge de Shade portait les marques d'union, mais les bras de la femelle en étaient dénués.

— J'avais remarqué, warg.

— Peu importe, répliqua Luc en haussant les épaules. Assure-toi qu'elle ne s'approche pas de moi. Je n'aimerais pas avoir à exercer mon droit de préemption.

Les yeux de Shade virèrent au rouge et, dans ses bras, la femelle montra les dents.

— Tu n'oserais pas, grogna-t-elle.

— Ne me tente pas.

— Tu serais mort avant, cracha Shade.

— Et tu ne vivrais pas longtemps après m'avoir tué, répliqua Luc. Pas vrai, doc ?

Eidolon avait exercé en tant que Justicier pendant un temps, il connaissait les lois démoniaques. Selon le droit warg, tout membre de cette espèce pouvait, au cours de la première année suivant l'infection de son engeance, prendre son *therionidryo* pour compagnon – avec ou sans son consentement – ou le tuer impunément. Dans le cas où Shade abattrait Luc pour l'empêcher d'appliquer son droit de préemption, la loi démoniaque le condamnerait à la peine de mort.

— Personne ne tuera personne, déclara Eidolon. Shade, emmène Runa dans une chambre. Luc, rentre chez toi et calme-toi.

Puis, se tournant vers une infirmière qui passait par là :

— Vous ! Appelez Kynan. Cet hôpital part en vrille. Il faut que ça cesse immédiatement.

Roag suivait Shade de près, mais discrètement, tandis que ce dernier transportait la salope meurtrière qui lui servait de compagne.

Je te vengerai, ma Sheryen chérie.

Son envie de tuer Runa, maintenant qu'elle était à portée de main, l'agitait de tremblements. Toutefois, il fallait qu'il la joue fine et qu'il règle sa vengeance comme du papier à musique. Si tout se passait bien, il en finirait avec ses frères et avec cette pute du même coup. À moins qu'il laisse à Shade la vie sauve juste pour permettre à sa malédiction de s'accomplir. S'il assistait à la mort de Runa dans d'atroces souffrances et à petit feu, cela déclencherait certainement les pires effets de la malédiction. Ensuite, il disposerait de toute l'éternité pour se remémorer ces images en boucle.

Cette simple pensée fit rire Roag. Sans réduire sa foulée, Shade regarda par-dessus son épaule. Pendant un instant, Roag retint son souffle. Il avait pris l'apparence d'un rampant, un démon hideux de la taille d'un homme. Il se faisait passer pour un patient, ce qui lui avait permis d'assister à l'intéressante rencontre entre Luc et Runa aux urgences. Bien que Roag sache que Shade ne le reconnaîtrait pas, il n'en était pas moins paralysé par la peur. L'aboutissement de sa vengeance était si proche qu'il ne devait pas tout faire échouer maintenant.

Quand Shade emprunta un couloir transversal, Roag respira enfin. Il devait se rendre au labo ainsi que dans la réserve spéciale où Eidolon rangeait des potions et ses artefacts. En effet, son frère possédait une collection étendue d'objets magiques et mythiques et Roag savait exactement ce qu'il lui fallait.

Tout d'abord, pour accéder à cette zone, il devait prendre les traits d'un membre fiable de l'équipe, dont la mort affecterait sérieusement ses frères.

Il se rendit en hâte au service des urgences, où Luc se dirigeait vers les portes coulissantes de l'entrée réservée aux ambulanciers. Il se déplaçait comme s'il était le maître des lieux, avec une arrogance que seul Wraith parvenait à surpasser. Abattre ce warg serait un véritable plaisir.

Roag se faufila dans une pièce fermée par des rideaux et opta pour une transformation encore inédite : Shade. Il se rendit en vitesse aux urgences, où il trouva Luc en train de récupérer ses affaires dans une ambulance.

— Tu rentres chez toi ?

Luc leva un regard méfiant depuis le côté du conducteur.

— Tu as entendu : Eidolon m'a dit de prendre quelques jours de congé. Pourquoi ?

Roag haussa les épaules.

— Juste pour m'assurer que tu n'allais pas traîner autour de Runa.

— J'ai dit ça pour te chercher. Tu ne me verras pas dans les parages tant que la période du droit de préemption ne sera pas révolue.

— Ravi de te l'entendre dire, murmura Roag. Je vais récupérer un truc dans la voiture.

Il monta dans l'habitacle de l'ambulance et attrapa la boîte à pharmacie. Il ignorait quelle quantité de ces médicaments lui suffirait à tuer Luc, mais il se dit qu'en les mélangeant tous dans une grande seringue, il réussirait au moins à l'assommer, de sorte qu'il pourrait lui briser la nuque. Hors de question qu'il affronte ce warg sans assurer ses arrières.

Au moment où il remettait la boîte en place, Luc grimpa dans la camionnette. Roag dissimula la seringue à côté de lui. Il devait absolument faire sortir Luc du véhicule. Le sort de havre agissait à l'intérieur des ambulances, mais le parking était sans protection.

— Qu'est-ce que tu fais ? s'enquit le loup-garou. J'ai déjà fait l'inventaire.

Roag leva les yeux au ciel.

Ils inventorient ces merdes ? Mes frères sont des putains de maniaques !

— Cet hôpital est à moi. Je fais ce que je veux, métamorphe de mes deux, lâcha Roag de la voix de Shade la plus sarcastique et arrogante qui soit.

Luc bloquait la sortie de derrière, alors Roag passa par la porte latérale en espérant que l'autre le suivrait. Au moment de descendre, il simula une mauvaise chute.

— Aïe ! Merde ! Luc, je crois que je me suis cassé la jambe !

Le warg contourna l'ambulance.

— Je devrais te laisser comme ça, déclara-t-il en s'agenouillant à côté de lui. Ne bouge pas.

Roag examina les environs : aucun témoin. Dès que Luc posa la main sur sa jambe, il frappa. Il enfonça profondément la seringue dans son ventre et la vida entièrement.

Avec un rugissement, Luc écrasa Roag sur le côté de la camionnette. L'impact lui fit perdre l'apparence de

Shade, mais cela n'avait désormais plus d'importance. À genoux, le loup-garou respirait bruyamment. Ses yeux s'emplirent de surprise, puis, étrangement, de calme. À croire qu'il avait eu envie de mourir.

Content de t'aider.

Lentement, le warg glissa au sol, chaque souffle plus rauque et laborieux que le précédent. Un son magnifique que Roag était impatient d'entendre de la bouche de Runa.

Une convulsion secoua Luc, qui expira et cessa de bouger. Roag chercha son pouls… présent, mais faible. Le warg ne tiendrait pas cinq minutes de plus.

Roag se hâta de traîner le gros cul de Luc à l'arrière de l'ambulance. Ensuite, il passerait un appel anonyme aux autorités pour leur signaler que Shade avait tué Luc pour l'empêcher d'exercer son droit de préemption. Dès qu'ils coinceraient son frère, Runa serait vulnérable.

— Luc ? appela une voix féminine dans le parking.

Roag prit l'apparence de sa victime avant de bondir hors de l'ambulance.

— Ouais ?

Deux ambulanciers, un mâle et une femelle, approchaient. Il ferma la porte de la camionnette pour cacher le cadavre.

— Le patron a dit que tu devais rentrer chez toi. On sera de garde aujourd'hui.

Roag jeta un coup d'œil au véhicule et maudit le sort. Enfin, s'il se débrouillait correctement, il ne serait pas obligé de garder la forme de Luc encore longtemps. Juste assez pour s'introduire dans le labo et fourrer une de ses idées dans le crâne de Wraith.

Avec un sourire, il s'éloigna des deux ambulanciers.

— Pas de problème. Je déguerpis.

Sans décrocher un mot, Shade accompagna Runa dans une chambre individuelle où il la déposa délicatement sur le lit. Les étranges lumières rouges qui éclairaient tout l'hôpital baignaient également la pièce de grenat, générant des ombres sinistres sur les traits déjà mornes et graves de Shade, dont le regard était pourtant chaleureux.

— Merci.

Son aide la touchait. Elle avait tellement mal à la tête qu'elle ignorait si elle aurait été en mesure de marcher toute seule jusque-là. De plus, elle aimait être bercée dans les bras puissants de Shade.

— Mais tu aurais pu me prévenir que l'hôpital était protégé par un sort qui interdit toute violence.

— Je n'aurais pas dû en avoir besoin, grommela-t-il alors que ses doigts contredisaient la dureté de ses paroles en la caressant.

— Je suis désolée de t'avoir humilié sur ton lieu de travail.

Runa détourna les yeux, mais la vue des têtes de mort alignées contre les murs ne la rassura pas vraiment.

— Tu peux me croire, répliqua-t-il en lui relevant le menton du bout de l'index : il en faudrait sacrément plus pour m'humilier ici.

Soulagée par sa compréhension, elle soupira.

— C'est juste que je cherche celui qui m'a attaquée depuis si longtemps que, quand j'ai senti sa présence, je n'ai pas pu me contrôler.

Shade serra les dents si fort que Runa entendit ses os craquer.

— Est-ce que tu le sens encore ?

— Oui.

La trace huileuse de la colère chatoyait toujours sur la peau de Runa. À cet instant précis, elle aurait donné n'importe quoi pour passer une heure sous la cascade de Shade.

Celui-ci se laissa tomber dans un fauteuil à son chevet.

— Tu le sens, lui, mais pas moi, murmura-t-il.

— Seulement quand il est très proche. Comme maintenant. (Elle se redressa en gémissant quand un éclair de douleur lui foudroya le crâne.) Il n'oserait pas vraiment faire appel à…

— Non ! l'interrompit Shade en sautant sur ses pieds. Il n'invoquera jamais son droit de préemption, je te le jure.

Elle avait appris l'existence de cette loi lors de ses recherches sur les loups-garous, mais, sincèrement décidée à abattre son créateur dès qu'elle le trouverait, elle n'avait jamais considéré cette coutume comme une réelle menace.

— Je ne sais pas ce qui serait le pire : qu'il me tue, ou…

— Ne pense pas à ça. (En deux pas, le démon se retrouva auprès d'elle et la serra contre lui.) L'année sera bientôt finie ; Luc ne pourra plus te revendiquer comme compagne.

— Qui le fera ? susurra-t-elle.

— Oh ! Runa…

Le cœur de Shade tambourinait contre l'oreille de la jeune femme, telle une berceuse qui la détendait. Elle inspira profondément, profitant de cet instant de calme.

Ils restèrent ainsi un long moment puis, finalement, la bourbe malfaisante qui circulait dans les veines de Runa se dissipa. Sous l'effet du soulagement, elle s'effondra dans les bras de Shade.

— Il est parti. Il a dû emprunter une de vos Portes des Tourments.

— On devrait y aller aussi.

— À la grotte ? (Il acquiesça en reculant et elle secoua la tête.) Je t'ai dit que je ne voulais pas être ta prisonnière toute ma vie.

— Ce que tu veux n'a aucune importance.

Le salaud!

— Comment peux-tu être aussi attentionné et protecteur, puis un vrai connard deux secondes après ?

— Runa, Roag s'est introduit dans l'hôpital. Il a tué une de nos infirmières juste pour nous montrer qu'il en était capable. Il faut que je te garde en lieu sûr.

À l'annonce de la présence de Roag dans les locaux, elle défaillit. Son compagnon tendit immédiatement les bras pour la retenir.

— C'est bon, je te tiens.

D'un air absent et du bout du pouce, il lui caressa le bras – celui qui aurait dû porter les marques d'union. Runa se dégagea de son étreinte sans qu'il essaie de la retenir.

— Ça a un rapport avec le fait que je ne sois pas marquée ? (La culpabilité qui barrait le visage de Shade confirma les soupçons de la jeune femme.) Oh ! Mon Dieu ! souffla-t-elle. Le lien n'agit pas dans les deux sens. Voilà pourquoi tu ne me laisses pas m'éloigner, pourquoi tu me retiens captive de ta grotte. Tu as peur que je te quitte.

Les mains gantées du démon se mirent à trembler. Il les serra alors contre lui.

— Tu as toutes les raisons de le faire.

— Qu'est-ce qui se passerait si c'était le cas ?

— Tu sais que j'ai besoin de faire l'amour plusieurs fois par jour, et que, désormais, je ne peux l'assouvir qu'avec toi. Si tu me quittais, je serais condamné à te traquer et, si je ne te retrouvais pas, je deviendrais fou et je mourrais au bout de quelques jours.

Runa hoqueta de surprise.

— Ah !

— Ouais. Ce n'est pas pour rien que les mâles de mon espèce prennent rarement une compagne.

À présent qu'il avait expliqué la situation en détail, elle comprenait pourquoi il était déterminé à la garder auprès de lui. Il devait être terrifié. Runa doutait qu'elle aurait géré aussi bien que lui si leurs rôles avaient été inversés. Depuis son réveil dans les cachots de Roag, il faisait abstraction de ses propres craintes pour la protéger. Après leur union, il avait continué à la préserver et à lui donner un sentiment de sécurité tel qu'elle n'en avait jamais connu auparavant. Certes, il avait été dur avec elle, mais il l'avait aussi complimentée et encouragée en lui donnant le courage de croire en elle et de prendre des risques.

Pour la première fois depuis qu'elle était devenue une warg, elle ne se sentait pas comme une marginale ou un monstre. Si étrange que soit le monde de Shade, elle s'y sentait à sa place.

Elle appliqua sa paume contre la joue du démon pour forcer son attention sur elle.

— Je te promets que je ne te quitterai pas. Et je ne te refuserai rien dont tu auras besoin.

Elle était soulagée d'apprendre que leur union était à sens unique et que rien ne lui arriverait s'il la quittait, mais elle refusait de le laisser mourir.

Bien qu'elle ignore pourquoi, sa promesse sembla attrister Shade. De toute évidence, elle avait dit quelque chose qu'il ne fallait pas. Il serra les dents, sa gorge se contracta et sa voix gronda comme une machine à expresso.

— Pour l'amour de tous les impies, arrête ! Arrête d'être si gentille, putain ! Tu devrais me haïr.

— Te haïr ? répéta-t-elle, incrédule. Mon Dieu ! Shade, je t'aime, dit-elle, le cœur battant la chamade. Je t'aime depuis le premier jour.

Shade était blanc comme un linge.

— Mais… quand on était prisonniers de Roag… tu as dit que tu me détestais.

En effet, et elle y avait même cru à cette époque, mais elle comprenait à présent ce que sa mère répétait systématiquement chaque fois qu'elle découvrait une nouvelle aventure de son père : « On ne peut pas vraiment haïr quelqu'un qu'on a aimé. On ne peut que lui faire du mal. »

— J'ai menti, gros nigaud, répliqua-t-elle doucement. À moi-même et à toi, mais la vérité, c'est que je t'aime. (Elle prit une inspiration tremblante.) Oh ! Seigneur !

La terreur tourmentait Shade tel un revenant lui chuchotant sans cesse à l'oreille. Il fit volte-face et s'écarta de plusieurs pas, mais cela ne suffisait pas : à cet instant, il aurait mieux valu plusieurs kilomètres.

— Ne dis pas ça. N'y pense même pas.

— C'est vrai.

Runa posa la main sur l'épaule du démon, qui siffla et la repoussa d'un soubresaut.

— Bon sang, Runa ! s'exclama-t-il, se maudissant pour le tremblement de sa voix. Pourquoi tu veux tout compliquer comme ça ?

— Moi ? J'ai fait tout ce que tu m'as demandé. C'est toi qui es compliqué. Tu tiens à moi, je t'interdis de le nier.

Il en avait envie, mais elle aurait deviné qu'il mentait. Ses étourdissements passés, il sentait ses muscles s'affaiblir. S'il retirait ses gants, il verrait la transparence qui gagnait peu à peu ses mains. Il craquait tellement pour Runa qu'il en avait mal au cœur. Ce cœur qui cesserait bientôt de battre à cause de la malédiction qui le changerait en ombre. Pour l'éternité.

— Alors ?

— Alors quoi ?

Runa leva les mains au ciel.

— Tu es insupportable !

Avec raideur, il s'approcha d'elle et confirma ces propos en soutenant son regard. Il était si près d'elle que leurs bustes se frôlaient.

— Tu étais sincère il y a deux minutes ? Si j'avais envie de toi, ici et maintenant, alors que n'importe qui pourrait entrer, est-ce que tu refuserais parce que tu es énervée ?

— Non, rétorqua-t-elle en levant le menton.

Par les Dieux !

Le caractère de cette femme l'excitait, le provoquait, le poussait à s'assurer qu'elle lui appartenait, et que son maléfice aille au diable ! Il passa une main dans les cheveux de Runa pour la retenir tandis qu'il se penchait pour l'embrasser. Quand leurs lèvres s'effleurèrent, une décharge crépita dans ses veines. Puis la langue de la jeune femme vint lui caresser les lèvres, et les étincelles électriques s'embrasèrent si vite que le corps de Shade ne fut plus que flammes.

Runa le mettait en transe sans le faire exprès. Il était temps qu'il reprenne le contrôle. Il tira brusquement la tête de sa compagne en arrière de sorte qu'elle ne pouvait plus bouger, entièrement à la merci de sa bouche. Sous ses petits baisers et mordillements, elle frémit.

Finalement, quand il fut fin prêt, il murmura :

— Écarte les jambes. Tout de suite.

— Non.

Il se pétrifia.

— Tu as dit que tu ne refuserais pas.

— Mais je n'ai pas dit que je te laisserais me contrôler. (Un rictus malicieux souleva le coin de ses lèvres.) Et c'est exactement ce que tu es en train de faire. Tu cherches à te prouver que je suis à tes pieds. Eh bien ! Va te faire foutre ! Je ne refuserai pas de coucher avec toi : si tu en as envie, sers-toi. Mais tous tes petits jeux de dominant, tu peux te les garder. Je te défierai dès que tu iras dans cette direction.

Cette réaction amusa Shade et le fit sourire malgré l'irritation qui lui chauffait le sang. La Runa avec qui il était sorti un an plus tôt se serait laissé mener à la baguette sans broncher, et il l'aurait traitée comme un vulgaire jouet sexuel sans se soucier de sa malédiction.

En revanche, la petite boule de feu qu'elle était devenue brûlait tellement que seule une main de fer pouvait la manipuler. Une main de fer et un nouvel angle d'approche.

Il ne la tuerait pas… et, maintenant qu'il y pensait, il s'apercevait qu'il le savait depuis le début. Elle ne mourrait pas à cause de lui. Il portait seul la responsabilité de son maléfice ; ce n'était pas à Runa de payer pour ses bêtises, mais à lui.

Soit il s'en sortirait, soit il succomberait à un destin pire que la mort. Quoi qu'il en soit, dans les deux cas, il emporterait Roag avec lui.

Chapitre 15

Comme un lycéen convoqué dans le bureau du proviseur, Kynan se dirigeait vers l'aile administrative de l'hôpital. Lorsque Eidolon l'avait convoqué, Ky avait senti son estomac se nouer.

La porte du bureau s'ouvrit, laissant apparaître le médecin assis derrière sa table, les bras repliés sur son buste et ses longues jambes croisées au niveau des chevilles. Wraith se tenait là, dans un coin, ses yeux bleus aussi froids que la glace.

Tout cela ne présageait rien de bon.

— Ferme la porte, ordonna Eidolon sur un ton aussi glacial que le regard de son frère. Ensuite, tu m'expliqueras comment tu connais Arik Wagner.

Kynan dut ravaler la boule et le « Merde ! » qu'il avait dans la gorge pour récupérer sa voix.

— Je l'ai rencontré à l'armée.

— Donne-moi ta main.

Pour quoi faire ? se demanda l'humain, sans songer un seul instant à désobéir.

Eidolon le prit par le poignet et posa son pouce à l'intérieur pour prendre son pouls.

— Je vais être franc avec toi. Tu n'as pas besoin de jouer les détecteurs de mensonges, si c'est ce que tu essaies de faire.

— C'est ça. (Cette confirmation d'Eidolon blessa Kynan.) Maintenant, dis-moi comment il a entendu parler de l'hôpital.

Et merde !

Le cœur de Kynan s'emballa comme le moteur d'une voiture. Il n'avait rien fait de mal, mais ce qu'il avait accompli lorsqu'il était un Aegi apparaissait désormais comme une énorme trahison.

— C'est moi qui lui en ai parlé l'an dernier, quand Tayla m'a révélé son existence, mais c'était avant que je travaille ici.

— Qui d'autre est au courant ? (Kynan ne répondant pas, Eidolon lui serra le poignet.) Qui d'autre ?

— Je ne peux pas te répondre.

La colère d'Eidolon se manifesta par les taches dorées qui apparurent dans ses yeux.

— Il vaudrait mieux pour tes miches que tu le fasses. J'ai le devoir de protéger cet hôpital.

— Tu n'as pas à t'inquiéter.

— Dans ce cas, pourquoi l'armée a envoyé la sœur d'Arik à ta recherche ?

Ça craint.

— Je ne savais pas qu'il avait une sœur.

— C'est le cas, intervint Wraith. Et il se trouve qu'elle est maintenant la nouvelle compagne de Shade.

Putain ! Le monde est petit. L'armée est petite. Bon sang ! Je ne devrais même pas m'étonner qu'ils aient envoyé quelqu'un à ma recherche.

Même s'il n'avait plus été un membre actif de ces organismes, il avait continué à échanger des informations avec eux avant d'intégrer le personnel de l'UG. Ensuite, il avait complètement coupé les ponts avec l'Aegis et le X. Il donnait un coup de main à Tayla quand elle en avait besoin, mais il évitait les Aegis autant que possible. Cela lui remémorait trop de souvenirs et il n'aimait pas qu'on lui rappelle son passage dans le camp adverse.

Si les militaires apprenaient qu'il travaillait pour l'ennemi, ils le traîneraient par la peau des fesses et le colleraient au trou – ou pire – jusqu'à Dieu seul savait quand.

— S'il te plaît, Kynan. (Il n'avait jamais entendu Eidolon supplier qui que ce soit de cette façon.) Réponds à ma question.

— Je ne peux pas.

Wraith bondit. Un quart de seconde plus tard, Kynan se retrouvait plaqué contre le buste du démon, qui le retenait d'un bras et le paralysait en enfonçant douloureusement un doigt à la base de son crâne.

— Je commençais juste à t'apprécier, l'humain, murmura Wraith à son oreille. Donc j'espère vraiment que tu n'as pas essayé de nous la faire à l'envers. Voyons ce que tu caches dans ta petite tête, OK ? annonça-t-il d'une voix rauque.

Les Gardiens portaient des bijoux ensorcelés pour se prémunir des attaques psychiques, mais Kynan s'était débarrassé de sa bague un mois plus tôt. Il avait tout de même appris quelques techniques de protection qui lui permirent de dresser rapidement des barrières autour de ses pensées.

Wraith éclata de rire.

— Tu crois que je ne peux pas me débarrasser de ça ?

Soudain, Ky se retrouva sur une plage, seul, à l'exception d'une silhouette féminine qui marchait vers lui au loin. Elle portait une robe d'été qui lui arrivait aux genoux, du genre de celles que Lori possédait. Il eut un pincement au cœur lorsque la femme s'approcha. Son pouls s'accéléra. Elle ressemblait énormément à son épouse. Elle lui souriait.

Le sourire de Lori.

Tout cela venait de Wraith, Kynan le savait, mais il ne put s'empêcher de souffler :

— Lori ?

Elle le rejoignit au pas de course et se jeta dans ses bras. L'impact et le choc le firent basculer par terre en entraînant la femme dans sa chute.

— Tu es morte, protesta-t-il. C'est n'importe quoi. Wraith, arrête ça.

— Chut. (Elle posa un doigt sur les lèvres de Kynan pour le faire taire.) Parle-moi d'Arik.

Il secoua la tête. Ses pensées commençaient à se brouiller et ses souvenirs à se troubler. Ses barrières commençaient à s'abaisser.

— Kynan ? Dis-moi tout.

— Arik fait partie du commando d'élite X, la division de l'armée consacrée au paranormal.

Merde ? Je l'ai vraiment dit ?

— Oui, tu l'as vraiment dit. (Elle enfouit son visage dans le cou de Kynan comme elle le faisait toujours quand elle voulait faire l'amour en douceur.) Tu leur as parlé de l'hôpital de démons ?

Il expira lentement et longuement, mais rien n'y fit, il avait toujours l'impression que quelque chose n'allait pas. Wraith n'était qu'un… mais, au fait… qui était Wraith ?

— Dis-moi, mon amour, susurra-t-elle.

— Oui, je leur en ai parlé. Mais je ne leur ai pas indiqué où il se trouvait.

Quand il avait découvert son emplacement, il n'était déjà plus en contact avec le X.

— Tu devrais le leur dire.

— Jamais.

— Tu m'as manqué, Ky. Je suis désolée pour tout.

Elle glissa sa main sur l'abdomen de son mari jusqu'à ce que ses doigts rencontrent sa ceinture. Là, elle grimpa sur lui et se frotta contre lui, de la même manière que Gem.

Gem, si sexy...

— S'il te plaît, Ky, fais-moi l'amour.

— Je t'aimais de tout mon cœur, Lori.

Il la saisit par la taille, la fit rouler sur le dos et immobilisa ses mains au-dessus de sa tête. Il ne se laisserait pas encore avoir par ses conneries.

— Jusqu'à ce que tu me trahisses et me jettes comme une vieille chaussette, gronda-t-il.

Elle se mit à onduler du bassin pour éveiller le désir de Kynan. En vain.

— Parle-moi de l'hôpital des démons. Dis-moi ce que tu as raconté au X.

Il se renfrogna.

— Je ne les ai pas contactés depuis la nuit où je t'ai surprise avec Wraith.

Wraith ! Sale fils de pute !

Tout à coup, il se retrouva au milieu du bureau d'Eidolon, le cœur battant.

— Enfoiré ! marmonna-t-il. Espèce d'enfoiré.

Il s'écarta du démon, mais il avait les jambes trop faibles pour tenir debout et dut se retenir à la table.

Il resta ainsi, les yeux fermés, le dos voûté, essayant désespérément de redescendre complètement sur terre. Les images de Lori avaient été étonnamment réalistes, même s'il savait qu'elles étaient fausses. Pourtant, une chose était vraie, bien que cela l'ait surpris.

« Je t'aimais de tout mon cœur, Lori. Jusqu'à ce que tu me trahisses… »

Putain de merde ! Je ne l'aime plus, alors ?

Luttant contre la surprise et la nausée, il laissa Wraith raconter à Eidolon tout ce qui s'était passé dans sa tête.

— Je suis désolé que nous ayons dû avoir recours à ça, Kynan, s'excusa Eidolon. Mais il fallait que nous sachions ce que tu nous cachais. Nous garderons le secret du X tant qu'ils ne nous feront pas de crasses. Je te le promets.

Kynan hocha la tête sans ouvrir les yeux. Il comprenait. Il savait ce qui les avait obligés à lui soutirer les informations qu'il leur cachait. Il aurait agi de la même façon s'il avait été à leur place. Il avait commis de pires choses sous prétexte de protéger l'Aegis.

— Ky, si tu as besoin d'un peu de repos, prends autant de jours que tu voudras, lui proposa Eidolon avant de le laisser seul avec Wraith.

— Ça va, mon pote ?

Quand Kynan pivota face au démon, sa tête se mit à tourner.

— Va te faire foutre.

— Pourquoi tu m'en veux à moi et pas à Eidolon ?

— Parce que c'est lui le chef, ici. Il protège son hôpital. Alors que toi…

Tu es mon ami.

Bon sang, il le pensait vraiment ? Seulement parce que Wraith avait planté ses canines dans son bras ? Non, il n'y avait pas que cela : ils s'entraînaient ensemble depuis des mois à la salle de sport et ils se mettaient des raclées aux jeux vidéo, mais une amitié ne se forgeait pas là-dessus. Kynan devait être sérieusement atteint s'il croyait le contraire.

— Alors que moi… quoi ?

— Tu as pris ton pied.

— Tu crois que ça m'a plu d'utiliser ta défunte femme contre toi ? l'interrogea Wraith tout bas.

— C'est bien toi qui as dit que tu ne te souciais de rien ni de personne.

Le démon se crispa comme s'il était vexé.

— Ça ne veut pas dire que j'aime voir souffrir les gens qui m'entourent.

— C'est vrai, tu es un cœur tendre, ironisa Kynan avec une grimace.

— Je te soulagerais de ta douleur si je pouvais, l'humain, rétorqua Wraith si bas qu'il l'entendit à peine.

L'instant d'après, le démon s'éloignait comme si ses pieds étaient en feu.

Les genoux faibles et les muscles raidis, Kynan s'effondra maladroitement dans le fauteuil d'Eidolon. Tant de choses lui trottaient désormais dans la tête : Lori et Gem, ses relations avec l'hôpital, les Aegis et le X. Il s'était abruti avec l'alcool et le travail pour ne pas se poser de questions, mais elles l'assaillaient toutes d'un seul coup, à présent.

Une chose ne lui laissait aucun doute : il devait protéger l'hôpital, et pas uniquement parce qu'il appréciait Eidolon et ses frères. Tout ce qu'il y avait appris serait inestimable pour la médecine humaine, s'il réussissait à convaincre le médecin chef de partager ses connaissances. Sans mentir, si les calculs de Kynan étaient justes, environ dix pour cent des maladies humaines étaient d'origine démoniaque. Plus particulièrement, les accouplements entre humains et démons engendraient un nombre incalculable de virus, comme Gem le lui avait confirmé grâce à son expérience au sein d'un hôpital humain.

Comment se faisait-il que la sœur d'Arik soit unie à Shade ? Kynan se massa la nuque en grognant pour en défaire les nœuds. Si elle avait informé son frère qu'il travaillait là, il était foutu. Le X enverrait toute une unité à ses trousses.

Il fallait qu'il appelle Arik.

Ensuite, il devrait régler une question plus urgente. Une question qui ne cessait de hanter ses rêves et ses cauchemars.

Gem.

Étonnamment, Shade ne releva pas le fait que Runa lui tenait tête. En fait, elle avait la nette impression que cela lui plaisait.

Tant mieux, car il en verrait d'autres. Elle était consciente de sa propre timidité, une vraie carpette, en fait, il fallait le reconnaître. Toutefois, cette histoire de morsure de loup-garou l'avait légèrement endurcie, et survivre aux cachots de Roag ne lui avait pas été totalement néfaste non plus. De plus, Shade possédait le don de la mettre en boule, et à présent qu'elle savait à quel point il avait besoin d'elle…

La honte lui fit monter le rouge aux joues tandis qu'ils arpentaient les couloirs noirs de l'hôpital. Certes, selon lui, les femelles détenaient tous les pouvoirs dans les relations avec les seminus, mais cela ne signifiait pas qu'elle devait en abuser.

— Où est-ce qu'on va, déjà ?

Observant les étranges sillons tracés sur les murs, Runa se demanda à quoi ils servaient.

— Dans mon bureau. Il faut que j'établisse le nouveau planning des ambulanciers, répondit-il avant de la regarder du coin de l'œil. Ne touche pas à ça.

D'un geste vif, elle écarta la main de la gargouille devant laquelle elle s'était arrêtée.

— Pourquoi ?

Quelle beauté ! Des veines noires et dorées zébraient le marbre blanc et lisse de la statue.

— Il mord.

Elle recula d'un bond, et Shade reprit son chemin à travers le couloir. Runa aurait juré que la gargouille affichait désormais un léger rictus.

— Ton hôpital est flippant, murmura-t-elle en s'empressant de le rattraper.

Cet endroit lui collait la chair de poule mais, au moins, il ne sentait pas comme les hôpitaux humains chargés de cette odeur entêtante de désinfectant additionnée à la puanteur, plus subtile mais plus dérangeante, de maladie et de mort. Cette simple pensée fit frémir Runa et lui rappela sa mère agonisante reliée à un tas de machines, puis son père, dans le même centre de soins, plusieurs années plus tard.

— Au fait… depuis quand es-tu ambulancier ? s'enquit-elle, d'une part pour chasser de son esprit les raisons pour lesquelles elle détestait les hôpitaux et, d'autre part, par simple curiosité.

— Un peu plus de quarante ans. Environ tous les dix ans, je suis une formation pour me familiariser avec les nouvelles technologies et les dernières techniques.

— Ça, c'est du dévouement ! commenta-t-elle en trottant derrière lui alors qu'ils croisaient une créature monstrueuse à deux têtes. Et qu'est-ce qui t'a donné envie de faire ça ?

Au soupir de Shade, elle comprit qu'il lui faisait une faveur en lui répondant.

— J'ai hérité de pouvoirs censés m'aider à séduire et à me reproduire, mais je peux aussi les utiliser pour guérir des blessures. Quand mes frères et moi avons ouvert cet hôpital, j'ai préféré ne pas passer des lustres à l'école pour devenir médecin. En plus, ajouta-t-il en haussant les épaules, en tant qu'ambulancier, je n'ai qu'à aller chercher les patients et à les ramener chez eux ; pas besoin de m'impliquer davantage comme E ici.

— Tu n'as pas à t'attacher.

— C'est une façon de voir les choses.

D'après Runa, s'agissant de Shade, c'était la seule et unique façon de voir les choses.

Tandis qu'ils bifurquaient dans un autre couloir, elle faillit percuter une cage en fer renfermant une sorte de démon ailé. Son bec crochu et ses serres acérées lui en indiquèrent un peu trop à son goût sur le régime alimentaire de la créature. Celle-ci poussa un sifflement et battit d'une aile, l'autre étant immobilisée dans un plâtre.

— Qu'est-ce que c'est que ce truc ? demanda-t-elle en contournant prudemment la cage.

— C'est l'équivalent d'un vautour chez les démons.

— Il ne devrait pas plutôt aller dans une clinique vétérinaire pour démons, par exemple ?

Fascinée, elle s'arrêta près de la cage et passa une main entre les barreaux pour caresser les plumes pointues. L'animal manifesta sa joie par un cri strident.

— Si, mais comme tu t'en doutes, les vétérinaires sont rares chez nous, et la plupart d'entre eux ont des postes à responsabilité dans des cliniques vétérinaires humaines, donc on nous a amené cet oiseau ici. E ne refuse jamais de patients, excepté certaines espèces bien déterminées. Une fois, il a même soigné un chien que Skulk avait trouvé.

Un sourire triste marqua ses traits. Runa lui prit la main dans l'espoir de le réconforter, mais il se tendit. Alors, avec un soupir, elle recula.

— Et est-ce qu'il y a beaucoup d'ambulanciers comme toi ? s'enquit-elle surtout pour changer de sujet.

Shade fit claquer sa langue à l'intention de la créature ailée, qui frotta sa tête écailleuse sur la main du seminus.

— Comme moi, c'est-à-dire ? Asociaux ?

— Ouais. Enfin, j'ai remarqué que Luc était aussi ambulancier, et il ne m'a pas eu l'air d'être un gai luron.

Une onde de fureur jaillit de lui en une vague de chaleur qui toucha Runa en même temps que le juron du démon.

— Je le castrerais bien pour le punir de t'avoir fait du mal.

— Ça veut dire oui ?

— Non, la contredit-il en partant dans le couloir, obligeant la jeune femme à trottiner pour le rattraper. Beaucoup d'ambulanciers et de techniciens médicaux des services d'urgence choisissent ce métier à cause de l'adrénaline qu'il leur procure. On ne sait jamais sur quoi on va tomber quand on reçoit un appel. C'est comme se jeter au milieu d'un champ de bataille. Skulk aimait…

Sa voix se brisa et il serra les poings.

— J'aurais voulu la connaître, déclara Runa d'une voix douce.

Shade s'immobilisa et fit volte-face.

— Pourquoi ?

Sa question était dénuée de malice. Elle n'exprimait que de la curiosité.

— Parce que tu l'aimais et, d'après ce que je sais, ça ne t'arrive pas tellement souvent.

Il pinça les lèvres et son expression s'attendrit. D'un geste lent et mal assuré, il dégagea une mèche de cheveux qui barrait le visage de la jeune femme, avec délicatesse, comme un souffle sur sa peau. Pourtant, son toucher mit les nerfs de Runa à vif.

— Par les portes de l'Enfer ! marmonna-t-il. Si seulement…

— Quoi, Shade ?

Elle appuya sa joue au creux de la main du démon, contre la chaleur de sa peau. Mordillant le bas de sa paume, elle vit ses yeux s'assombrir et ses paupières s'abaisser alors qu'il la couvait d'un regard sensuel.

— Si seulement quoi ?

Brusquement, il lui lâcha la main et pivota pour reprendre sa marche d'un pas plus rapide et plus lourd qu'avant.

— Rien.

Insupportable !

Elle le connaissait suffisamment, à présent, pour savoir quand cela valait la peine qu'elle se démène ; là, en l'occurrence, une offensive n'aurait mené à rien. Aussi, au lieu de le provoquer, elle le suivit dans un hall qui ouvrait sur les bureaux.

À mesure qu'ils dépassaient les portes, elle s'aperçut que les seules fenêtres de la pièce se trouvaient entre le couloir et les bureaux, ceux-ci ne donnant pas sur l'extérieur. Maintenant qu'elle y pensait, l'hôpital non plus.

— On est sous terre ? demanda-t-elle en se sentant soudain stupide de ne pas l'avoir remarqué plus tôt.

— Techniquement, nous sommes à New York, sous un parking abandonné.

— Vos entrepreneurs démons n'ont rien à voir avec les nôtres, s'exclama-t-elle, admirative.

Shade poussa un grognement de satisfaction, puis un autre quand Kynan lui rentra dedans en sortant d'un bureau.

— Kynan ! gronda Shade. Il faut qu'on parle.

— Tes frères m'ont déjà passé un savon, donc si on lâchait l'affaire ?

— Kynan ? répéta Runa en contournant Shade pour parler à celui qu'on l'avait envoyée chercher et sans qui elle ne se serait pas retrouvée dans un tel pétrin.

— Vous devez être la sœur d'Arik, répondit-il en fronçant les sourcils.

Elle hocha la tête, un peu intimidée de rencontrer en chair et en os cet homme qui avait survécu à une bataille dont sa propre équipe et les ennemis n'étaient pas ressortis vivants, et qui avait abattu d'une seule main un démon fangorg. Était-il aussi un traître à la race humaine ?

— Est-ce que l'armée sait où je me trouve et ce que je fais ici ?

— Oui.

Grâce à moi.

Son visage impassible impressionna la jeune femme. S'il s'inquiétait, il n'en montra rien. Il se contenta d'un vague signe du menton avant de jeter un coup d'œil lourd de sens à Shade.

— Je ne ferai jamais rien qui nuise à cet hôpital, j'espère que tu le sais. (Puis il se retourna vers Runa.) Ravi de vous avoir rencontrée.

Sur ce, il s'en alla. Quand il eut enfin disparu, la jeune femme interrogea Shade.

— Tu le crois ?

— Ouais, répondit-il. Cet homme est une réplique humaine d'Eidolon. Il a le même sens de l'honneur de rabat-joie.

Runa feignit de s'étouffer d'indignation.

— Quelle horreur ! Tu devrais peut-être le tuer tout de suite.

Il la regarda dans le blanc des yeux et, un instant, elle crut l'avoir vexé. Encore. Démontrant le contraire, il lui sourit du coin des lèvres.

— Quoi ?

— Le loup te va à ravir.

Il s'empourpra et vacilla comme s'il comprenait qu'il venait de lui prouver qu'elle avait eu raison de le traiter de menteur lorsqu'il prétendait ne pas tenir à elle.

Désormais, il ne lui restait plus qu'à l'obliger à l'admettre.

Chapitre 16

Malgré l'insistance de Shade pour que Runa reste à ses côtés pendant qu'il travaillait dans son bureau, sa compagne lui avait à juste titre rappelé qu'il était accroc au contrôle. Ainsi, bien que cela le ronge, il l'avait autorisée à explorer l'aile administrative le temps qu'il mette à jour le planning des ambulanciers et qu'il règle d'autres problèmes survenus alors qu'il se faisait torturer par Roag. Et puis ces gants, quelle plaie pour écrire ! Pourtant, il n'osait pas les retirer, non seulement parce qu'il refusait que ses frères et Runa se rendent compte de son état, mais aussi parce qu'il ne voulait pas se voir disparaître. C'était plus facile de faire semblant que tout allait pour le mieux dans le meilleur des mondes.

— Est-ce que je peux aller chercher à boire dans la salle de pause ? lança la voix de Runa.

— Vas-y, mais ne sors pas de l'administration.

— Je t'ai déjà dit que je ne m'en irais pas, ne t'inquiète pas.

— Fais attention. Il n'y a pas que des anges dans le personnel.

Il disait vrai, mais il voulait surtout ne courir aucun risque à présent que tout le monde était au courant de la venue culottée de Roag dans les locaux.

Il entendit sa compagne s'éloigner et, quand il perçut de nouveau un bruit de pas, son travail l'accaparait tellement qu'il ne songea pas un instant qu'il pouvait s'agir d'une autre personne.

Et puis Wraith, visiblement très agité, apparut dans l'encadrement de la porte.

— Enlève tes gants.

Merde!

— Va te faire foutre.

— Ne m'oblige pas à te les retirer de force.

Le cœur de Shade s'emballa. Wraith avait compris. Du moins, il soupçonnait quelque chose.

— Dis-moi plutôt pourquoi tu ramènes ton cul ici ?

Lorsque son frère leva les yeux au plafond, Shade sut que cela ne présageait rien de bon. De toute façon, c'était toujours pareil avec Wraith.

— Je voulais t'en parler plus tôt. Je suis allé au Conseil des seminus. Devine ce qu'ils ont répondu quand je leur ai demandé s'ils avaient déjà entendu parler d'une union avec un warg.

— Aucune idée, mais tu vas me le dire.

Wraith le cloua sur place avec un air sérieux qui ne lui ressemblait pas.

— Une seule, Shade. Une seule union, qui s'est soldée par une catastrophe. Le lien ne fonctionnait qu'à sens unique. Ça te rappelle quelque chose ? Les wargs ne peuvent pas s'unir à notre espèce. Du coup, quand la femelle a été en chaleur, elle a pris un compagnon loup-garou et, ensemble, ils ont assassiné le seminus.

— Je ne m'inquiète pas pour ça, prétendit Shade malgré la crise d'angoisse qui le menaçait.

— Ça veut dire que tu es prêt à l'abattre ?

— Wraith…, le prévint-il dans un grognement grave et guttural.

— Tu as dit que tu la tuerais. C'est le moment.

Shade bondit hors de sa chaise et plaqua son frère au sol. Les poings de ce dernier s'engouffrèrent dans ses flancs tel du fer chauffé à blanc, le foudroyant de décharges atrocement douloureuses. Grâce à la colère, il trouva la force d'y résister et de projeter ses poings en avant. Le son du cuir sur la peau de son frère lui procura une immense satisfaction. Un coup de Wraith le toucha à la bouche avec une force telle qu'il en fut sonné et sentit le goût du sang. Shade abattit son coude, atteignant son frère à la gorge. Dès cet instant, Wraith en eut fini de jouer.

Une seconde plus tard, Shade volait en arrière. Le bureau le coupa dans son élan et faillit lui rompre l'échine. Wraith lui assena un coup de pied dans la cuisse, provoquant en lui douleur et fureur. Il vit rouge, bien qu'il sache au fond de lui que son frère retenait ses poings ; en effet, ce dernier aurait facilement pu lui briser la jambe.

D'une simple roulade, Shade alla attraper la cheville de Wraith pour l'attirer vers lui. Instantanément, le poing de ce dernier emplit son champ de vision, mais il se détourna juste à temps pour esquiver un violent coup dans le nez. Cela n'empêcha pas pourtant les doigts serrés de son frère de s'écraser sur sa joue et de propager une onde de douleur sur son visage. Avec un rugissement de rage, Shade plongea sur lui et projeta le genou dans son ventre. Le grognement de Wraith était déjà une victoire en soi, car il souffrait généralement en silence.

Shade sentit des mains le saisir par les épaules et l'arracher à son frère. Wraith roula sur le côté, très certainement les yeux aussi dorés que ceux de Shade et les canines sorties.

— Ça suffit ! tempêta Eidolon en s'interposant. (Ne prêtant pas attention à lui, Shade se jeta sur Wraith, mais leur aîné le bloqua par la taille et le plaqua contre le mur.) Reprends-toi, frangin, gronda-t-il sur un ton menaçant. Qu'est-ce que tu as dans le crâne ?

— J'ai envie d'arracher la tête de Wraith !

Eidolon le colla de nouveau au mur.

— Frapper Wraith ne résoudra rien.

Shade ne l'écoutait pas. Il voulait réduire Wraith en morceaux. Celui-ci s'approcha.

— E, demande-lui pourquoi il n'enlève pas ses gants.

Le goût du sang emplit la bouche de Shade.

— Ferme ta putain de gueule ! aboya-t-il.

Ils ne se quittaient pas des yeux.

— C'est quoi, cette histoire ? s'enquit Eidolon en lâchant Shade.

— Je m'apprêtais à partir en Irlande à la recherche de Roag quand Luc m'a intercepté, expliqua Wraith sans détacher son regard de Shade. Il a dit qu'il avait vu Shade disparaître. C'est pour ça que je suis venu ici, pour ramener ce con à la raison.

— À ce que je vois, ça fonctionnait à merveille, ironisa Eidolon en reculant, lèvres pincées.

— Allez, Shade. Enlève tes gants. Prouve-nous que tu ne craques pas pour ta petite louve, insista Wraith en secouant la tête. Elle t'a aidé à supporter le Changement, mais tu n'as plus besoin d'elle. Tu as dit que tu la tuerais. Arrête de te défiler.

— Shade, ça va ? s'enquit Eidolon en fronçant les sourcils.

Non. Ça n'allait pas. La douleur le transperçait comme des milliers d'aiguilles, mais il ne s'agissait pas de sa propre souffrance. C'était celle de Runa. Il tendit le cou vers la porte, où elle se tenait, blême et le menton tremblant.

Elle avait tout entendu. Son chagrin déferla en Shade. Elle pleurait. Elle se sentait trahie.

Par les cercles de l'Enfer ! Elle a compris !

— Runa, tenta-t-il d'une voix rauque.

Elle laissa tomber sa canette de soda et s'enfuit dans le couloir. Avec un juron, Shade s'arracha à l'étreinte d'Eidolon, mais avant qu'il atteigne la sortie Wraith l'intercepta et l'aplatit contre le mur.

— On va la rattraper. Tu dois la laisser partir, maintenant. Pour toujours.

— Non !

Shade ne disposait pas de la moitié des qualités de Wraith en matière de combat, mais il réussit à s'extraire de sa poigne et du bureau. Il fallait qu'il retrouve Runa avant ses frères. Avant qu'Eidolon et Wraith la tuent par amour pour lui, ou que Roag s'en charge... par haine.

Runa courait à toute allure dans les couloirs de l'hôpital, les yeux piquants. La trahison lui brûlait les veines comme des langues de feu calcinant tout sur leur passage. Elle avait cru que ce fils de pute tenait à elle, même s'il refusait de l'admettre. Il venait de la trahir pour la seconde fois, et elle l'avait laissé faire. Cette fois, en revanche, il lui prendrait plus que son cœur.

Il prendrait sa vie.

« Tu te moques de moi une fois, tant pis pour toi. Deux fois, tant pis pour moi. Trois fois… je suis morte. »

Il fallait qu'elle sorte de cet hôpital.

Tandis qu'elle cherchait une issue, dans la panique, elle éprouvait quelques difficultés à respirer. Elle savait que, bien que l'hôpital se trouve sous terre, des ambulances en partaient pour parcourir les rues de New York. Il devait donc exister un moyen d'en sortir. Runa connaissait l'existence de la Porte des Tourments des urgences, puisqu'ils l'avaient empruntée pour aller et venir, mais serait-elle en mesure de l'utiliser ? Elle avait vu comment Shade l'activait… Elle devrait au moins réussir à se cacher en lieu sûr – à proximité de la base militaire. Si Arik la retrouvait avant Shade, l'armée la protégerait.

« Tu n'as plus besoin d'elle. »

Les paroles de Wraith la blessaient comme une lame glacée. Elle avait attendu que Shade dise à son frère d'aller se faire foutre, mais il n'en avait rien fait. Puis son cœur avait cessé de battre quand Wraith avait ajouté :

« Tu as dit que tu la tuerais. »

Mon Dieu !

Quand elle fit irruption dans les urgences, une infirmière à la peau bleue tourna sa tête à cent quatre-vingts degrés pour la foudroyer de ses yeux blancs. Alors Runa s'arrêta.

Calme-toi, se raisonna-t-elle. *Du calme. Tu ne peux pas te permettre d'attirer l'attention.*

Droit devant, la Porte des Tourments chatoyait tel un rideau de lumière ondulante. La jeune femme s'en approcha avec assurance, comme si les lieux lui appartenaient et qu'elle savait exactement où elle allait.

Auprès du portail, le laborantin qui avait prélevé son sang la rejoignit.

— Vous partez ? demanda Frank. Je termine juste mon service. Je vais prendre la porte avec vous.

— Runa ! retentit la voix de Shade au bout du couloir, lointaine mais forte.

Le cœur de la jeune femme marqua un temps d'arrêt. Elle devait se presser et ce type pouvait peut-être l'aider à utiliser la Porte des Tourments.

— D'accord. Ce serait sympa. Merci.

Ils entrèrent sous l'arcade et s'engouffrèrent instantanément dans les ténèbres sinistres. Les cartes luisantes tracées sur les murs noirs et lisses constituaient la seule source de lumière de cet endroit. Frank semblait attendre qu'elle choisisse sa destination. Le cœur battant, Runa chercha la carte grossière des États-Unis que Shade avait manipulée en sa présence.

— C'est ça que vous cherchez ? s'enquit le laborantin en tapotant un dessin qu'elle ne reconnut pas.

À cet instant, une carte des États-Unis apparut sous le doigt de Frank.

— Non… je voulais…, rétorqua-t-elle sans desserrer les dents.

Il ne fallait pas que le personnel de l'hôpital sache où elle se rendait, à Washington, à la base militaire où elle travaillait.

— Oui, oui, c'est bon. Merci.

— New York… Quelle porte ?

Elle n'en avait aucune idée. Elle examina la carte pour y trouver une sortie proche de chez elle. Il y en avait deux. Elle en choisit une et la porte s'ouvrit immédiatement sur un parc sombre et boisé. Se promener dans un jardin public en pleine nuit ne lui apparut pas comme la meilleure chose qu'elle ait faite de sa vie, mais cela restait beaucoup plus prudent que de rester à l'hôpital, où des démons voulaient sa mort. De plus, là, elle pourrait se changer en loup-garou si elle avait des ennuis. Pas de doute, elle courait moins de danger au milieu des pires spécimens humains que…

Les humains. Frank en était un.

Les humains ne pouvaient pas utiliser les Portes des Tourments.

Par conséquent, celui qui se tenait à côté d'elle n'était pas Frank.

Oh! Mon Dieu!

Des frissons lui parcoururent l'échine, mais elle se força à rester calme en prenant de lentes et profondes inspirations.

— Merci, marmonna-t-elle poliment avant de sortir dans l'herbe, les genoux flageolants.

Elle fit un pas, puis deux, puis trois… Jusque-là, tout allait bien.

Puis un grognement grave et menaçant s'éleva dans son dos, de plus en plus fort. Ravalant la boule de terreur qui s'était formée dans sa gorge, elle fit volte-face.

Sous l'arche se trouvait un démon brûlé et difforme. Le mal irradiait de lui comme de la fournaise du diable.

Roag.

Un cri se forma dans les poumons de Runa quand il tendit ses mains crochues et en charpie vers elle.

— Petite salope! Je vais te dépecer vivante pour ce que tu as fait à Sheryen.

Elle se mit à courir plus vite que jamais. Elle trébucha une fois et faillit chuter. Des battements d'ailes lui parvinrent en même temps qu'un courant d'air, et un démon ailé atterrit devant elle avec un bruit sourd. Il sourit, révélant ses énormes dents de requin acérées, et ses yeux rouges déchargèrent sa haine directement dans la tête de Runa.

La jeune femme n'avait aucune chance contre Roag si elle gardait sa forme humaine, mais elle ne pouvait pas se transformer : cela l'aurait rendue vulnérable pendant les quelques secondes de métamorphose. Il lui fallait du temps.

Elle enfonça son poing dans le ventre écaillé de la créature, puis lui assena un violent coup de pied au bas-ventre.

Merci pour les entraînements, Arik !

Avec un rugissement, Roag cracha de la bile jaune qui piqua la peau de Runa en tombant sur son bras et son cou. La jeune femme fila sur sa droite vers un coin du parc qu'elle connaissait bien. Le feuillage y était dense et ralentirait un démon de la taille de cette créature ailée.

Les poumons de Runa lui brûlaient par manque d'oxygène, mais elle ne s'arrêta que lorsque les piqûres à son côté la paralysèrent et que ses jambes refusèrent de la porter plus loin. En bordure du parc, elle plongea dans un fossé et, au moment où elle touchait le sol, elle se concentra pour faire ressortir la louve qui veillait en elle.

Les claquements de ses os et les déchirures de sa peau lui procurèrent également une sensation extatique de puissance. L'instant d'après, elle était accroupie dans l'herbe derrière un arbrisseau, son ouïe fine percevant les moindres feuilles et brindilles que Roag écrasait en courant dans sa direction.

Celui-ci bondit hors des arbres mais, cette fois, il avait pris la seule apparence plus effrayante que son enveloppe calcinée : Shade.

— Runa ? C'est moi. Tu es en sécurité, maintenant.

Elle n'était pas stupide, et si Roag pensait qu'elle allait courir dans les bras de Shade comme un gentil toutou, non seulement il était fou, mais il se berçait d'illusions. Runa ne bougea pas et attendit qu'il se rapproche.

Le démon balaya les environs du regard avant de s'arrêter sur sa cachette.

— Je sais que tu es là.

La warg s'élança au-dessus du buisson et percuta le buste massif du démon, l'entraînant dans sa chute.

— Putain ! gronda-t-il.

Roag avait vraiment adopté les mêmes manières que Shade.

D'un grand geste du bras, il projeta Runa contre un tronc d'arbre. Malgré le choc, elle retomba immédiatement sur ses pieds. Dans ce corps, elle était plus forte que Shade et elle le surplombait, du haut de ses puissantes pattes velues.

— Runa, écoute-moi. (Elle reconnut sa voix douce et rassurante de médecin urgentiste. Roag faisait bien son boulot, car elle y croyait presque.) Je ne veux pas te faire de mal. Reprends ta forme normale pour qu'on puisse discuter de tout ça.

Elle se jeta sur lui et, cette fois elle referma les crocs autour du cou du démon et lui enfonça les griffes dans les épaules. Du sang chaud coula sur sa langue avec un goût qui l'enflamma davantage. Elle claqua encore des dents… mais elle n'attrapa qu'une bouchée de fourrure.

Tout d'un coup, elle ne dominait plus un démon mais un warg identique à l'immense bête noire dont Shade avait pris la forme pendant les nuits de pleine lune. Ses grognements vibrèrent aussi bien en lui qu'en elle. Ils se mirent à rouler en un nœud de griffes et de crocs, se déchirant l'un l'autre, faisant voler des touffes de poils dans les airs.

Runa garda le dessus jusqu'à ce que Roag enroule une patte autour d'elle et la fasse tomber face contre terre. Il la maintint ainsi tout en laissant monter de sa gorge un grognement sourd, et il claqua des dents contre sa nuque tandis qu'il plantait ses griffes dans ses côtes. Moitié plus lourd qu'elle, il la compressait contre le sol et, au plus grand dégoût de la jeune femme, son membre en érection appuyait sur son bassin.

Des larmes de rage et d'impuissance piquèrent les yeux de Runa. Roag allait la tuer, elle le savait, mais pas sans d'abord l'avoir torturée et violée. Elle hurla intérieurement dans l'espoir que Shade la sente. Enfin, peut-être n'y prêterait-il pas attention, comptant sur l'intervention d'un tiers pour s'occuper d'elle à sa place.

Elle aurait dû rester à l'hôpital. Shade voulait la tuer, mais au moins il lui aurait accordé une mort rapide.

Shade sentait le corps de Runa se raidir sous lui tandis qu'elle bandait les muscles pour se débattre. Par conséquent, il s'enroula plus fermement autour d'elle. Ils saignaient tous les deux, même s'il avait lui-même encaissé le pire. Il s'était refusé à lui faire du mal et il payait maintenant pour les coups qu'il avait retenus.

Rien ne s'était déroulé comme prévu. Shade était arrivé à la Porte des Tourments de l'hôpital au moment où elle se refermait, juste à temps pour apercevoir Runa à l'intérieur. Quand il avait vu Frank, son cœur s'était arrêté : l'humain ne pouvait pas utiliser la porte.

Shade avait presque perdu la tête à force d'attendre que le portail veuille bien se rouvrir. Seule la présence apaisante d'Eidolon lui avait permis de garder son calme. Dès que le signal lumineux avait indiqué que la porte était prête, ses frères et lui s'étaient engouffrés dedans. Il ne se faisait aucune illusion sur leurs intentions : ils ne comptaient pas l'aider à rattraper Runa ; ils voulaient Roag.

Vibrant de la terreur de Runa, le lien qui unissait Shade à sa compagne l'avait directement conduit à elle. Eidolon et Wraith s'étaient lancés sur les traces de Roag, Shade supposant que la créature ailée qui s'était envolée depuis les arbres n'était autre que leur frère.

Il espérait qu'ils l'avaient capturé, mais, ce qui comptait pour le moment, c'était la louve-garou bloquée sous lui.

Elle haletait d'épuisement et tremblait d'une rage qui frôlait la peur, ce qui doucha rapidement l'ardeur de Shade éveillée par leur lutte. Pensait-elle qu'il était Roag ?

En tout cas, elle avait toutes les raisons d'être terrifiée par lui.

Cette pensée lui fendit le cœur. Il n'était pas un monstre. Ça non.

Dans ce cas, pourquoi en avait-il tellement l'impression ?

— Runa…

Au lieu de dire son prénom, il poussa un grognement brutal. Il s'aperçut alors qu'il avait toujours sa forme de warg, adoptée pour se défendre contre les attaques de Runa. Lentement et prudemment, il sortit ses dents de sa nuque, mais ne la libéra pas de son poids. Il la sentit se tendre encore plus.

Il se concentra et reprit son apparence de seminus. Mesurant alors pleinement la taille imposante de Runa, il comprit qu'il prenait des risques.

— Runa, c'est moi.

Elle lui répondit par un grondement agressif peu encourageant.

— Je peux te le prouver. Roag ne saurait pas comment nous nous sommes rencontrés, pas vrai ? (Il glissa son visage dans la fourrure soyeuse de Runa pour lui susurrer à l'oreille, qu'elle remua, lui chatouillant les lèvres.) Il ne saurait pas que je t'ai prise derrière ton café et que tu étais si excitée et si serrée que j'ai failli jouir avant d'être complètement en toi.

Tous ses sens en éveil et à l'affût des ennemis, il entendit l'accélération du souffle de Runa ; il venait de lui rappeler pourquoi ils allaient aussi bien ensemble.

— Il ne saurait pas que ce que je préfère, quand je te fais l'amour : c'est après, quand je te regarde jouir dans mes bras.

Elle en eut le souffle coupé. Cela suffit pour que Shade sache qu'elle ne doutait plus de son identité et que ses paroles ne la laissaient pas insensible.

— Ouais, tu sais que c'est moi. J'ai besoin que tu reprennes forme humaine. Je peux t'expliquer tout ce que tu as entendu. (Une onde de tension émana d'elle, suivie de confusion puis d'une pointe de chagrin.) S'il te plaît, *lir*...

Il s'interrompit. *Lirsha* ? Il allait sérieusement dire ça ? « Ma chérie » ? « Mon amour » ?

Par les cercles de l'Enfer !

— Parle-moi. Je t'en prie.

Elle trembla de tout son corps, mais elle ne se métamorphosa pas.

Au loin, Shade perçut des voix humaines. Trop lointaines pour l'inquiéter, mais ils devaient aller ailleurs. Beaucoup de démons étaient invisibles aux humains s'ils le souhaitaient, mais les loups-garous et les démons humanoïdes comme ceux de son espèce leur apparaissaient aussi clairement que des humains.

— Je vais reculer. Pas de geste brusque.

Il se décolla de Runa et s'assit à côté d'elle, sur ses talons, les mains sur les cuisses afin de paraître le moins menaçant possible. À présent qu'il était nu, ses vêtements éparpillés par terre, il se dit qu'il ne pouvait pas avoir l'air moins dangereux. Risquant un coup d'œil vers ses extrémités, il sentit un poids tomber sur son cœur bien qu'il se soit attendu à ce qu'il voyait. La transparence vacillante s'était propagée de ses mains jusqu'à ses poignets, et de ses pieds à ses chevilles.

Runa se mit immédiatement à quatre pattes et se mit à tourner autour de lui en montrant ses énormes dents.

Bon sang ! Ce qu'elle est grosse ! Et belle…

Sa fourrure couleur caramel luisait au clair de lune et ses yeux brillaient comme des charbons ardents.

— Reviens, supplia Shade d'une voix rocailleuse.

Il jouait le tout pour le tout : soit elle le tuait, soit elle l'épargnait. Quoi qu'elle fasse, il mourrait.

Un instant, l'air se figea. Runa émit un léger bruit, puis elle commença sa transformation, éveillant l'espoir en Shade. Sachant qu'elle était lucide, il détourna les yeux le temps que le bruit épouvantable des muscles et des tendons qui claquaient en reprenant leur place cesse. Quand il se retourna vers elle, elle était complètement nue à l'air libre de la nuit, comme lui.

— Allons en lieu sûr, annonça-t-il doucement, conscient qu'il n'avait pas l'air crédible.

— En lieu sûr ? ricana-t-elle ironiquement. Avec toi ? C'est une blague ? Pourquoi tu as pris la peine de me sauver des griffes de Roag alors que tu aurais pu le laisser faire le sale boulot à ta place ?

— Je sais ce que tu as entendu, mais je te jure que je ne vais pas te tuer.

— Tu vas laisser tes frères s'en charger ?

— Ils ne te toucheront pas. Je ne laisserai personne te faire de mal, Runa.

La jeune femme enroula ses bras autour d'elle et frissonna.

— Mais tu y as pensé.

— Oui, avoua Shade sans prendre de pincettes.

Rien ne pouvait adoucir cette vérité.

Quand un éclair de douleur passa dans les yeux de Runa, le démon aurait fait n'importe quoi pour la rassurer, mais il était beaucoup trop tard.

— Tu dois crever d'envie de rompre ce lien. Je n'imaginais pas que tu me détestais à ce point.

Par les Dieux ! Si seulement c'était vrai. Ça me bouffe de ne même pas être foutu de me maîtriser et de faire en sorte que ça arrive !

— C'est justement le problème, marmonna-t-il. Je ne te déteste pas assez.

— Tu es sérieux ? s'étonna-t-elle d'un air ébahi qui le fit se sentir tout petit. Tu ne plaisantes pas ? Tu *veux* me détester ? Quelle espèce de connard peut avoir envie de haïr quelqu'un ?

Elle secoua la tête comme pour tenter de trouver un sens aux paroles de Shade.

— Écoute…

Des bruits de pas l'interrompirent. Il bondit immédiatement sur ses pieds pour protéger Runa des intrus qui, il l'espérait, se composeraient d'au moins un de ses frères. Sain d'esprit, de préférence.

— Qui c'est ? chuchota Runa.

— Reste derrière moi.

Deux démons émergèrent du feuillage, et le cœur de Shade se pétrifia. Ils étaient de races différentes : un cinglenuit et un seminus pré-*s'genesis* dont le *dermoire* révélait qu'ils avaient un arrière-arrière-grand-père en commun. Ils portaient tous les deux l'uniforme des Carceris, les démons qui capturaient et emprisonnaient ceux qu'on accusait d'avoir violé la loi démoniaque.

Le cinglenuit s'avança.

— Shade, fils de Khane, vous êtes accusé du meurtre d'un warg dans l'intention de l'empêcher de recourir à son droit de préemption. Qu'avez-vous à dire pour votre défense ?

Runa hoqueta de surprise.

— Tu as tué Luc ?

— J'avoue que j'aimerais m'en attribuer le mérite, répondit Shade, mais ce n'est pas moi qui ai fait ça.

Le seminus inclina la tête.

— Le jugement revient à la Judicia. Votre réponse est enregistrée. À présent, rendez-vous.

Mais bien sûr !

La Judicia saurait identifier les fondements de l'affaire, mais Shade ne pouvait pas se permettre de rester enfermé en attendant d'être innocenté alors que Roag avait Runa dans le collimateur. Il ne laisserait pas sa compagne sans protection.

— Certainement, sourit-il. Accordez-moi un instant pour dire au revoir.

Sans laisser aux Carceris le temps de refuser, il se tourna vers Runa, qui le dévisageait avec un mélange de confusion et de colère résiduelle – une colère lisible dans la tension de tous ses muscles.

— Tu vas courir, murmura-t-il à son oreille. Va vers la Porte des Tourments. Je te suivrai. Si je ne t'ai pas rejointe au bout de deux minutes, trouve Eidolon ou utilise la porte pour aller à l'hôpital. Compris ?

— Non, je ne comprends pas.

— Fais-le, c'est tout. (Il sentit une main se refermer sur son bras : le cinglenuit. Shade écrasa son poing sur la figure hideuse de son adversaire.) Runa, va-t'en !

Évidemment, la jeune femme fit tout le contraire. Elle attaqua l'autre seminus par surprise alors qu'il entreprenait d'aider le cinglenuit. Shade avait oublié comme elle se battait bien, mais il n'avait pas le temps d'admirer ses gestes. Bien qu'il se soit entraîné avec Wraith depuis des dizaines d'années, il restait plus petit et moins fort que le cinglenuit, ce qui lui coûta un temps précieux avant de réussir à le maîtriser.

Shade reçut un double coup rapide à l'abdomen avant de plonger et d'assener au cinglenuit un balayage retourné dans les genoux.

Ce dernier s'étala par terre et roula dans un fossé. Se relevant d'un bond, Shade projeta l'intérieur de sa paume sur le nez de son adversaire. Tandis que celui-ci lui tournait le dos en se tenant le visage, Shade agrippa la main de Runa afin qu'ils filent vers la Porte des Tourments. Là, ils plongèrent dans le portail et Shade tapota la carte qui les conduirait au Costa Rica.

Dès qu'ils ressortirent, ils partirent en courant vers la grotte de Shade, dans laquelle il poussa Runa.

— Merde ! gronda-t-il au moment où la pierre glissait devant l'entrée. Je me suis fait baiser !

Et je suis à poil.

Normalement, ces deux situations se combinaient plutôt bien, mais il se dit que Runa n'apprécierait pas la plaisanterie. De plus, il fallait qu'il couvre les parties de son corps en train de disparaître. Il prit donc la direction de la chambre, Runa sur ses talons.

— C'était quoi, tout ça ? s'enquit-elle.

— De quel moment tu parles ? demanda-t-il en lui jetant une robe de chambre.

— De tout, répondit-elle en se glissant dans le vêtement. Mais j'avoue que, pour l'instant, je me demande surtout s'ils peuvent nous retrouver.

— Ils ont plusieurs moyens de nous suivre à travers les Portes des Tourments, répondit Shade en passant un jean. Mais, une fois qu'ils auront passé la porte, il leur faudra encore trouver mon repaire, et ce ne sera pas facile. Le plus sage pour nous est de rester cachés ici : Roag ne connaît pas l'existence de cet endroit, donc il ne pourra pas les en informer.

— Qui étaient ces démons ? Des sortes de flics ?

— Quelque chose comme ça.

Il fouilla dans son armoire en quête d'un sweat et de gants.

— Et la Judicia ?

Bon sang ! Mais où sont passés tous mes putains de gants de motard ?

— Shade ? La Judicia ?

Tout en pestant, il se rendit devant sa commode. Pas de gants.

— Ce sont des démons qui rendent la justice. Eidolon en a fait partie à une époque, donc je sais à quoi m'attendre. Ils finiront par tout comprendre, mais je ne peux pas me permettre d'attendre dans une cellule.

Runa fronça les sourcils.

— Est-ce que, euh… sans moi, tu souffrirais aussi dans une de leurs cellules ?

Shade secoua la tête.

— Elles sont conçues spécialement pour éliminer les besoins de chaque espèce. Durant son emprisonnement, un vampire n'a pas besoin de se nourrir, un incube n'a pas besoin d'avoir de rapports sexuels… et ainsi de suite. (Eh oui ! Ces démons judiciums, logiques et pondérés, pensaient à tout.) Tu crois que c'est moi qui l'ai fait ?

— Quoi ? Tuer Luc ? (Runa secoua la tête.) Je sais que non. J'étais à portée de ta voix presque tout le temps que j'ai passé à l'hôpital.

— Ce doit être Roag. (Il se pinça le haut du nez, mais rien ne chasserait le mal de tête qui commençait à battre dans ses tempes.) Il a dû le tuer, prendre son apparence et me balancer à Wraith. Il est de plus en plus culotté.

Shade saisit le téléphone satellite, sortit de la caverne pour recevoir un meilleur signal et appela Eidolon sur son portable. Son frère répondit dès la deuxième sonnerie.

— Shade ?

— Ouais.

— Tu vas bien ? Tu n'as rien ?

— Pour l'instant. Les Carceris sont après moi.

— Je sais. Tu ne t'es pas rendu service en t'enfuyant.

— Je ne pouvais pas laisser Runa sans protection. À moins que toi et Wraith ayez réussi à choper Roag…

— Ce salaud nous a échappé. Et on dirait qu'il s'est introduit dans la réserve de l'hôpital.

Shade pesta. Leur frère avait pu voler du matériel potentiellement dangereux.

— Frangin, il faut qu'on s'active et qu'on le retrouve au plus vite. Et je pense que tu devrais emmener Tay en lieu sûr.

— C'est déjà fait. Elle va rester au QG des Aegis. Quand nous aurons besoin de nous retrouver, elle viendra à l'hôpital sous l'escorte de Kynan. Comment ça se passe avec Runa ?

Celle-ci l'avait suivi dehors. Bien qu'elle se tienne tranquillement à l'entrée de la grotte, bras croisés, la flamme qui brûlait dans ses yeux ne dégageait rien de calme. Encore cette histoire selon laquelle il voulait la tuer, certainement.

— Elle va bien, pour le moment.

— Vraiment ? (Eidolon baissa la voix au point que Shade dut tendre l'oreille.) Bon, qu'est-ce qui t'arrive ? Wraith est inquiet et j'ai du mal à le calmer.

— Tu veux dire qu'il va retomber dans l'autodestruction ?

— Si improbable que ça puisse paraître, je pense qu'il essaie de se contrôler. Surtout parce qu'il est à deux doigts de se lancer à tes trousses. Il pense que tu as besoin d'aide.

Le crâne de Shade semblait sur le point d'exploser.

— Merde ! Je ne veux pas qu'il découvre cet endroit.

— Tu sais ce que ça signifie : tu ferais mieux de revenir. À moins que…

— Ne parle pas de ça.

— C'est le *Maluncœur*, hein ? Tu es amoureux de Runa.

Shade inspira brusquement.

— Je ne peux pas en parler.

S'il abordait le sujet à haute voix, le maléfice paraîtrait plus réel. Et si la situation n'était pas encore assez grave, il se rendrait compte de sa réalité dès l'instant où il disparaîtrait pour toujours.

Les invectives d'Eidolon crépitèrent dans les ondes téléphoniques.

— Je ne le laisserai pas avoir raison de toi.

— Tu n'y peux rien. C'est mon problème.

Il avait déconné, encore et encore, depuis le premier jour de la malédiction. Pendant toutes ces années, Shade avait considéré Wraith comme le plus bousillé de la famille, mais il battait son petit frère à plate couture.

Chapitre 17

Runa retourna dans la chambre et se laissa tomber sur le lit de Shade pendant qu'il terminait sa conversation avec son frère. Qu'allait-elle faire, désormais ? Son compagnon soutenait qu'il n'avait plus l'intention de la tuer, mais elle ne savait plus que croire. En tout cas, il avait bien projeté de l'assassiner, et cela ne lui faisait ni chaud ni froid.

Mon Dieu ! Quelle idiote j'ai été de lui refaire confiance !

Shade entra dans la pièce et resta planté là, son téléphone à la main. Une main qui semblait disparaître, et qui devint complètement invisible. Au même moment, le combiné lui échappa.

— Putain, souffla-t-il en considérant le combiné mais sans se fatiguer à le ramasser.

— Qu'est-ce qui se passe, Shade ?

— Je ne veux pas en parler.

Runa se leva brusquement.

— Tu sais quoi ? Je n'en ai rien à foutre, de ce que tu veux. Tu me dois la vérité.

C'était peut-être son imagination, mais elle eut l'impression qu'il avait honte.

— Je ne peux pas.

— Tu peux me dire pourquoi tu voulais que je meure ? Est-ce que c'est sur la courte liste des choses dont tu *peux* parler ? C'était juste pour te défaire de notre lien, ou il y avait une autre raison ?

Son absence de réponse lui fit perdre toute maîtrise de ses nerfs. Elle lui assena alors une violente gifle qui lui engourdit la main et laissa une trace écarlate sur la joue de Shade.

— Mon Dieu ! Vous avez bien dû vous moquer de moi, tes frères et toi. Vous avez dû me trouver pathétique et désespérée, quand j'ai juré de rester auprès de toi même si je n'étais pas liée à toi.

Dans les profondeurs obscures des yeux de Shade, les ombres noires se remirent à danser.

— Je ne me suis jamais moqué de toi, se défendit-il brutalement. Je ne t'ai jamais trouvée pathétique.

Runa éclata de rire. Le son sortit de sa gorge comme une boue démoniaque et bouillonnante.

— Tu aurais dû. Je me dégoûte moi-même. (Elle secoua la tête et examina la pièce du regard.) Et tu sais ce qu'il y a de pire ? Même en sachant ce que tu étais, je suis tombée amoureuse de toi. Une nouvelle fois.

— Je ne voulais pas que ça arrive, Runa. J'ai été clair depuis le début à ce sujet.

— Oh oui ! C'est vrai, tu as tout fait pour que ça n'arrive pas. (Elle avait une telle aigreur dans la voix que de l'acide semblait s'en écouler.) Vraiment, je ne devrais rien te reprocher. Tu as tout fait pour que je te déteste, mais j'avais trop besoin d'amour pour le voir. En fait, c'est ma faute. Voilà. J'espère que tu te sens moins coupable.

Elle était complètement perdue, comme sa mère à l'époque où elle restait avec son père abusif, alcoolique et infidèle. Runa avait clairement hérité de ces gènes corrompus. D'accord, son père avait fini par redevenir sobre et arrêter de tromper sa mère, mais Runa lui en voulait déjà trop pour s'en apercevoir. Ou pour y accorder de l'importance.

Si seulement elle avait pu canaliser un peu de cette amertume et de cette colère pour blesser Shade. Elle détourna les yeux de peur que sa faiblesse naturelle la fasse tomber dans ses bras. Les engins de torture et de plaisir accrochés aux murs scintillaient dans la faible lumière comme s'ils lui faisaient des clins d'œil – comme s'ils se moquaient d'elle.

Combien de femelles avaient-ils touchées ? Combien de femelles Shade avait-il fait fondre en larmes et conduites à l'orgasme avec ces instruments ?

Runa avait le cœur gros d'amertume et la gorge serrée. Elle pouvait à peine parler, mais elle réussit à articuler d'une voix râpeuse :

— Je veux que ça disparaisse, Shade. Tout ce que je ressens pour toi. Tout ce qui me fait tant ressembler à ma mère.

Elle se débarrassa de sa robe de chambre puis alla se poster avec raideur à l'endroit prévu pour le fouet, une planche en bois de deux mètres cinquante en haut de laquelle pendaient des menottes en cuir.

— Vas-y, fais-moi la même chose qu'aux autres femelles. Et ne te dégonfle pas, cette fois.

— Je ne t'infligerai pas ça, Runa. (La voix de Shade se brisa et la jeune femme eut presque pitié de lui.) Je ne veux pas recommencer.

— Pourquoi ? Pourquoi tu pourrais le faire aux autres mais pas à moi ?

— Leurs motivations n'étaient pas les mêmes.

— Elles en avaient envie parce qu'il y avait des ténèbres en elles. Et peut-être parce qu'elles aimaient souffrir. Qu'est-ce que tu en sais ? Peut-être que ça m'excite aussi, lâcha-t-elle tout bas. En fait, je sais que c'est le cas, parce que j'ai déjà mal rien qu'en t'aimant, et pourtant j'en demande toujours plus.

— Arrête de dire ça, dit-il en reculant maladroitement avant de trébucher sur le téléphone. Arrête de dire que tu m'aimes.

— Alors fais en sorte que ça cesse. Fais-moi mal. Je veux souffrir autant à l'extérieur qu'à l'intérieur.

— Runa, gémit-il. Ne fais pas ça. Je t'en prie, ne joue pas à ça.

Elle posa son front contre la planche en fermant les yeux et en respirant lentement.

— Shade, tu vas le faire. Tu me dois bien ça, putain. Je te jure que tu vas le faire.

Shade en avait l'estomac complètement retourné. En effet, il devait bien cela à Runa, mais ce qu'elle lui demandait était au-dessus de ses forces. Cependant, contrairement à la dernière fois, quand elle croyait qu'il ne lui ferait aucun mal, elle pensait maintenant qu'il allait le faire. Et elle en avait envie.

La dernière fois, seule la curiosité la motivait, mais à présent elle le désirait avec une intensité qu'il ne comprenait pas encore, et leur lien l'obligeait à la satisfaire. Une contrainte malsaine et séduisante, à l'égal de la folie, à laquelle il s'abandonna avec un frisson.

— Saisis la planche à deux mains, ordonna-t-il d'une voix tremblante qu'il détesta. Si je dois faire ça, je ne t'attacherai pas avec les menottes.

Il crut un instant qu'elle allait protester, car il comprenait que le cran dont Runa faisait preuve désormais était authentique et ancré dans ses gènes. Finalement, elle obéit et serra la planche si fermement que les jointures de ses doigts blanchirent.

Pour la première fois de sa vie, Shade regretta de ne pas disposer du même pouvoir que Wraith ; comme il aurait aimé s'introduire dans la tête de Runa pour lui faire croire qu'il lui accordait ce qu'elle réclamait !

Son cœur se serra et son corps tout entier se tendit face au spectacle de la jeune femme s'abandonnant à sa merci, de ses courbes souples épousant le bois, de ses cheveux cascadant jusqu'au milieu de son dos. Shade les repoussa délicatement par-dessus ses épaules. Runa laissa échapper un discret hoquet révélateur de son désir. Par les Dieux, elle en avait vraiment envie. Il feula tandis que son propre désir montait en lui en dépit de tous ses efforts pour le réprimer.

Il pouvait peut-être détourner son attention et lui donner une illusion de plaisir et de supplice… en n'y allant pas de main morte sur le plaisir.

Il se permit de se détendre et d'espérer que son plan fonctionnerait. Runa n'était pas stupide ; il devrait se montrer convaincant.

— Carre les épaules, aboya-t-il.

Surprise, elle sursauta, mais s'exécuta. Bien. Pour la récompenser, Shade caressa du bout des doigts ses fesses hautes et rebondies. Lentement, il tourna autour d'elle en laissant glisser sa main sur la taille de la jeune femme, effleurant juste la courbure de son pubis. Elle prit une inspiration soudaine qui le fit sourire.

— Vous, les humains, vous êtes tellement vulnérables quand vous êtes nus.

— Pas les démons ?

— Certains, si. Mais pas moi. (À ces mots, il retira ses vêtements, qui le gênaient dans ses mouvements.) Je suis plus puissant quand je suis nu. (À son deuxième passage, il s'arrêta devant elle.) Plus un mot. Ne parle que si je t'en donne l'autorisation. (Devant son expression rageuse, il comprit qu'elle ne s'attendait pas à cela.) Quel est le problème, petite louve ? Tu croyais que ce serait uniquement physique ? (Il approcha la bouche de l'oreille de Runa.) Ce que je fais aux femelles se passe à la fois dans la tête et dans le corps.

Humant l'air, il sentit le mélange entêtant de la contrariété et du désir.

— Ce n'est pas ce que je veux, rétorqua-t-elle.

Bien. Elle renoncerait peut-être à cette folie. Shade espérait que cela arriverait avant qu'il soit trop engagé. Pour l'instant, il pouvait encore réfléchir, mais plus elle en attendait de lui, plus son esprit s'embrouillait, et il finirait par se comporter comme un animal guidé par son instinct. Par son instinct, mais aussi par les souhaits de Runa.

— Qu'est-ce que je t'ai dit ? Ne parle pas sans ma permission.

Il lui claqua les fesses, assez fort pour laisser une belle trace rose de la forme de sa main. Shade caressa la peau échaudée qu'il venait de gifler jusqu'à ce que Runa se mette à gémir en s'appuyant contre sa paume.

Bon sang ! Ce qu'il aimait la toucher, la caresser ! Il aimait les petits bruits qu'elle produisait lorsqu'elle était excitée. Petit à petit, il glissa sa main plus bas, entre ses cuisses. Un miel velouté lui couvrit les doigts tandis qu'il la caressait d'avant en arrière à un rythme qui accéléra le souffle de Runa.

Son membre dur comme de l'acier, Shade dut serrer les dents pour refréner son envie de la prendre sur-le-champ.

— Si tu veux que j'arrête, ton mot de passe sera « ombre ». Dis-le et ne l'oublie pas.

— Om… ombre, chuchota-t-elle en s'arquant dans sa main.

— Bien. C'est très bien.

Ce serait plus facile qu'il l'avait cru. Avec un sourire, il étudia les instruments accrochés au mur et choisit la cravache. Correctement manipulée, elle mordait la chair d'une manière agréable. Utilisée en complément d'une récompense, elle procurait de superbes orgasmes maquillés en punitions.

Quand Shade fit claquer la cravache dans sa paume, le bruit du cuir sur sa peau fit bondir Runa.

— Tu vas me dire pourquoi tu as envie de ça.

Un éclair de surprise éclaira les yeux de Runa.

— Quoi ?

— Baisse les yeux, ordonna-t-il sévèrement avant de lui fouetter l'avant des cuisses.

Runa obéit immédiatement.

— Je ne te dirai rien dans ces conditions.

— C'est comme ça que ça marche, Runa.

— Je ne suis pas bête, murmura-t-elle. Tu veux que je parle pour que ça me libère de ma culpabilité, c'est ça ? (Elle releva brusquement les yeux et planta son regard dans celui de Shade.) Mais, mes secrets, tu vas devoir me les arracher. (Le démon déglutit, se mit à suer et fut pris de panique.) Tu as cru que tu pourrais me piéger ? Tu pensais que je céderais à cause d'une petite fessée ? Comme si je n'avais pas passé ma vie à me faire battre ? Tu sais quoi, Shade ? Tu peux aller te faire foutre si tu me prends pour ce genre de mauviette. (Elle frappa violemment la cravache, qui tomba des mains de Shade.) Prends quelque chose de sérieux. Ça.

Il suivit son regard et vit le fouet. De la bile lui monta à la gorge.

— Non.

Runa resta muette. Elle se contenta de le désarmer par la seule force de sa volonté, beaucoup plus puissante que la sienne. Quel imbécile il avait été de la croire faible ! Il n'avait jamais rencontré quelqu'un de si fort.

Concentre-toi. Bluffe.

— Premièrement, annonça-t-il en s'assurant que sa voix était convaincante, tu vas me dire qui t'a frappée.

Il avait l'impression de le savoir, depuis la brève allusion à son père, mais il voulait lui soutirer le maximum sans lui faire de mal, et cette histoire de maltraitance constituait un aveu inattendu.

Comme Runa ne répondait pas – elle était maintenant décidée à se taire – il glissa la cravache entre ses jambes. Il décrivit des cercles lents à l'intérieur de ses cuisses jusqu'à ce qu'elle commence à trembler. Runa dégageait un parfum d'inquiétude, mais Shade ignorait si elle appréhendait le plaisir ou la punition.

— Mon père, OK ? C'était mon connard de père.

Le démon fit remonter la claquette le long de son sexe. Il ne s'agissait que d'une maigre récompense de rien du tout, mais le gémissement de soulagement de Runa fit paraître ce geste beaucoup plus sensuel.

— Écarte davantage les jambes… Oui, c'est ça, l'encouragea-t-il sans cesser de la caresser en douceur. Et qu'est-ce que tu avais fait pour mériter ça ?

Elle eut un haut-le-cœur, mais elle garda ses pieds ancrés au sol.

— Rien.

— Alors pourquoi il faisait ça ?

— Il était… alcoolique.

Tout se passait bien ; elle semblait avoir oublié cette saleté de fouet. Soudain, une vision inquiétante de Runa sous les poings de son père assaillit l'esprit de Shade. Dans des moments comme celui-ci, il arrivait souvent que certains souvenirs surgissent dans sa tête, mais ces images-là touchaient directement son cœur. Il voulait tuer cet homme pour ce qu'il avait infligé à Runa.

Désormais, tout devenait clair. Il comprenait à présent pourquoi elle l'avait incité à lui faire du mal. Elle haïssait réellement son père et elle espérait certainement que le même genre de traitement l'aiderait à détester Shade. Elle devait savoir que cela ne fonctionnerait pas et qu'il n'était question, pour l'heure, que de retourner aux racines de sa douleur, mais son esprit logique n'était pas encore prêt à l'admettre.

— Où est-il ? grogna Shade sans se contrôler.

— Mort, répondit Runa d'une voix empreinte d'une telle souffrance que le démon lâcha la cravache, qui tomba bruyamment par terre. Il est parti quand j'étais ado. Ensuite, je ne l'ai revu que sur son lit de mort.

— Qu'est-ce qui… En quoi ça te gêne qu'il soit mort si tu le détestais ?

Elle lui lança un regard noir.

— Je ne le détestais pas quand il est mort, et, si tu veux en savoir plus, tu sais quoi faire.

Shade jeta un coup d'œil au fouet.

— Tu n'as pas besoin de ça, finit-il par rétorquer dans l'espoir de lui faire changer d'avis.

— Tu sais que c'est faux, le contredit-elle en secouant la tête.

Malheureusement, elle avait raison, et il avait horreur de ça. Il se détestait, lui. D'un pas pesant, il alla décrocher le fouet. L'objet lui parut aussi lourd que s'il était en plomb, et Shade se jura sur tous les saints et les impies qu'il détruirait ce fouet dès le lendemain matin. Il anéantirait tout ce qui se trouvait dans cette pièce.

Avec une profonde inspiration, il se tourna vers Runa.

— Où était ta mère quand ton père te maltraitait ?

Une étincelle passa dans ses yeux. Il y avait une histoire là-dessous, mais la jeune femme n'était pas prête à la partager. Du moins, pas sans encouragements.

Shade revint devant elle et, à l'aide du fouet enroulé comme une corde, il la frappa derrière les cuisses. Il n'y mit pas assez de force pour lui faire mal, mais juste assez pour qu'elle glapisse de surprise.

— Raconte.

— Au travail. Elle n'a jamais su.

— Tu en es sûre ? demanda-t-il doucement.

Shade avait grandi auprès d'une mère qui devinait le moindre éternuement de ses petits, même si elle se trouvait à mille kilomètres d'eux, et il soupçonnait les mères humaines de ne pas être tellement différentes.

— Elle n'en savait rien, insista Runa à travers ses dents serrées.

— Tu mens.

Il lui assena un coup de fouet, plus fort, cette fois.

—Non.

Sa voix tremblait, car ils y arrivaient : ses peurs remontaient à la surface.

—Elle savait, mais tu n'as jamais été capable de l'admettre.

—Non !

Une onde de choc le frappa si fort qu'il dut reculer. Elle ne plongerait pas plus profondément dans ses peurs tant qu'il ne serait pas plus dur avec elle. Elle en ressentait un tel besoin que le fouet vibra dans la main de Shade et que son bras se leva seul, bien qu'il répète désespérément « non » à voix basse.

Le fouet claqua sur le dos de Runa, légèrement, mais il laissa tout de même un trait rose qui prit tout de suite la forme d'une zébrure. La jeune femme ne laissa échapper aucun bruit, contrairement à Shade, qui cria du plus profond de sa gorge.

—Ta mère savait, et elle n'a rien fait pour te protéger. Admets-le, Runa. Admets-le ou nous ne passerons jamais à autre chose.

Un sanglot échappa à la jeune femme.

—Elle… je ne peux pas.

—Si tu peux, et tu vas le faire.

Le bras de Shade se leva encore. Le fouet laissa une nouvelle marque sur son dos et une cicatrice beaucoup plus grosse dans l'âme de Shade.

—Oui, murmura-t-elle. Elle savait. Forcément. Mais elle n'a rien fait. (Voyant une larme rouler sur la joue de Runa, Shade n'eut qu'une envie : l'essuyer.) Pourquoi elle n'a rien fait ? Il me faisait du mal. Il la trompait. Il dépensait tout leur argent dans son whisky, même si ça devait nous priver de nourriture.

Si émouvants soient ses souvenirs, si bénéfique soit cette manœuvre pour elle, elle avait encore beaucoup de choses à extérioriser. Shade percevait toujours les ténèbres en elle, et il ne semblait pas pouvoir lâcher le fouet. Il ne maîtrisait plus ses gestes, son corps ne réagissait qu'aux désirs de Runa. Ils avaient dépassé le point de non-retour et, désormais, le seul moyen de mettre fin à ce manège était qu'elle prononce le mot de passe.

Le bras de Shade se leva.

— Runa, dis le mot de passe.

La nausée lui tordit l'estomac. *S'il te plaît, s'il te plaît, dis-le.*

— On… (la gorge de Runa se serra) on n'en a pas fini.

Merde!

Sans qu'il puisse s'en empêcher, il la frappa près de l'omoplate. Il voulut lui dire qu'il était désolé, mais il ne trouva pas les mots. Il n'avait jamais présenté d'excuses auparavant ; ce n'était pas dans sa nature, pas le genre des démons comme lui. Il ne résistait pas plus à la tentation de laver les âmes qu'à son besoin de respirer, mais cette situation le tuait.

— De quoi te sens-tu coupable, Runa ? D'où viennent ces ténèbres en toi ? demanda-t-il d'une voix forte malgré la faiblesse qu'il ressentait intérieurement. Je les perçois en toi. J'ai toujours su qu'elles étaient là.

La jeune femme secoua la tête.

— Réponds ! aboya-t-il.

— Je le haïssais, s'écria-t-elle. Et je la détestais, elle, parce qu'elle ne le quittait pas.

Shade ne parvenait pas à détacher son attention des muscles fins et puissants qui frémissaient dans le dos de Runa, non par peur ou par douleur, mais de fureur.

— Tout le monde déteste ses parents à un moment donné.

— Pas comme moi. Je voulais qu'elle le quitte. J'étais mauvaise, je faisais en sorte de le mettre en colère pour qu'elle voie qu'il devait partir.

— Tu n'étais qu'une enfant…

— Arrête ! hurla-t-elle. C'était pire, bien pire.

Shade éprouva une envie subite de la réconforter. Il tendit le bras vers elle, mais le retira immédiatement en sifflant.

Sa main était invisible. Elle avait littéralement disparu jusqu'au coude. La terreur lui étreignit les poumons au point de les vider. Il examina son autre main. Bien évidemment, son autre putain de main qui tenait le fouet était aussi solide et opaque que la pierre qui les entourait !

Les muscles de son bras se crispèrent en se préparant à frapper de nouveau. Shade savait qu'il ne pourrait pas retenir son geste, mais il devait essayer. Pour seule récompense, il eut la sensation qu'on lui enfonçait des scalpels sous la peau.

Le fouet tomba et Runa poussa un râle de douleur et de plaisir mêlés. Le champ de vision de Shade rétrécit et se brouilla tandis que son subconscient prenait en charge ce qu'il savait ne pas être en mesure d'accomplir.

— Pire comment ?

Sa voix lui sembla soudain totalement étrangère.

— Maman a fini par lui poser un ultimatum, et il est devenu sobre. Il s'est changé en père de famille modèle, mais il était trop tard.

Runa étouffa un gémissement d'angoisse.

Shade se rapprocha, tremblant de tout son corps quand il effleura du bout des lèvres la marque rose qu'il avait imprimée sur sa peau sensuelle.

— Pourquoi ?

S'il te plaît, Runa, parle. Je ne veux pas recommencer.

— Parce que je le détestais déjà, gémit-elle. J'avais seize ans quand je l'ai surpris avec une autre femme.

Le pouls de Shade s'emballa. Ils étaient à présent au bord du précipice ; il sentait la culpabilité et les ténèbres remonter à la surface et étreindre Runa, mais pas encore prêtes à être éradiquées.

— Qu'est-ce que tu as fait ?

— Arik m'a suppliée de ne pas en parler, mais je l'ai fait. Je l'ai répété à ma mère et je me suis réjouie à l'idée de lui briser le cœur… Oh mon Dieu ! J'ai aimé ça !

Shade se sentit déchiré par la force de sa culpabilité.

— Est-ce que tu as réussi à faire rompre tes parents ?

Elle hocha la tête.

— Ma maman… s'est suicidée. Mais elle a fait ça pour rien, Shade.

Shade sentit son sang se glacer.

— Pourquoi ?

Elle pencha la tête en avant, ses épaules s'affaissèrent, et il ne comprit pas la posture qu'elle adopta.

— Il était mourant. Et… et il m'a avoué que le jour où je l'avais trouvé avec cette femme, il était en train de rompre. Ma maman… Oh mon Dieu ! Shade !

— Qu'est-ce qu'il y a ?

Runa sanglota.

— Elle n'aurait pas dû savoir pour cette femme. C'était fini depuis un moment. Si je ne lui avais rien dit…

— Runa, il ne faut pas t'en vouloir.

Ces mots manquaient vraiment d'originalité ; elle avait dû les entendre des centaines de fois et ils n'avaient servi à rien.

Une seule chose aurait de l'effet sur elle, et un frisson parcourut l'échine de Shade quand elle la demanda.

— Encore, Shade. S'il te plaît, encore !

— Je ne peux pas.

Pourtant, dans sa main, le fouet lui susurrait des paroles sinistres. La poignée lui brûlait la paume comme si elle s'enracinait dans sa peau et cherchait ce qu'il y avait de plus démoniaque en lui.

— Fais-moi mal, murmura-t-elle. Arrête de te défiler. Fais-moi payer.

Le poing de Shade se serra autour du manche. À son cou, une douleur irradiait de ses marques d'union, lui rappelant qu'une femelle – sa compagne – lui réclamait quelque chose. Et son instinct l'incitait à lui obéir malgré les protestations de son esprit.

Son bras se leva.

Oh non !

Des gouttes de sueur perlèrent sur ses tempes quand il s'efforça de lâcher le fouet, qui tomba bruyamment au sol. Les dents serrées, Shade surmonta la douleur provoquée par tant de résistance à sa nature.

Il faut que je tienne.

Contre sa volonté, ses pieds se mirent à bouger avec raideur et maladresse pour l'emmener contre le mur. Horrifié, il vit sa main s'emparer d'un martinet auquel des bandes de cuir tressé pendaient comme des dreadlocks. Chaque lanière se terminait par un petit aiguillon en os pointu.

— Dépêche-toi, Shade, insista la voix de Runa, tel un aimant qui l'attirait vers elle.

Encore une fois, son bras se leva. Son esprit hurla et ses tripes se crispèrent quand il abattit le martinet de toutes ses forces… sur son propre torse.

Il fut déchiré par la douleur, par un supplice à la fois doux et paralysant.

— Qu'est-ce que tu fais ? s'étrangla Runa. Arrête !

— Je ne… peux pas.

Étrangement, le fardeau de Shade s'allégea sous la torture, qui le libéra d'une partie de sa culpabilité et, en même temps, il fut heureux d'avoir réussi à épargner Runa.

— Je supporterai la douleur à ta place, jura-t-il. Si l'un de nous doit saigner, ce sera moi. Ce sera toujours moi.

Il ferait tout pour elle, c'était une certitude.

— Non, s'écria-t-elle. (Elle tendit les mains vers lui, mais il enferma ses poignets dans les menottes au-dessus de sa tête.) Je t'aime. Je sais que ce n'est pas ce que tu veux et je suis désolée, mais je ne peux pas m'en empêcher.

Une vague de chaleur émana de Runa comme un coup de vent : elle était libérée. Tout autour d'elle, l'air semblait plus léger. Elle poussa un cri d'extase et ondula des hanches tandis qu'un plaisir mental et physique s'emparait d'elle. C'était exactement ce que les femelles que Shade amenait là recherchaient : l'orgasme le plus intense de leur vie et qui, d'une certaine manière, durerait éternellement. Rien n'était plus agréable qu'une âme lavée de sa culpabilité, de ses regrets et de sa haine.

Pourtant, le démon ne pouvait plus retenir le martinet. Les ténèbres et la culpabilité de Runa étaient levées, mais pas les siennes, et il ignorait totalement comment s'en débarrasser.

Chapitre 18

Wraith surgit de la Porte des Tourments et atterrit dans la touffeur de la jungle. Retrouver Shade ne fut pas facile, jusqu'à ce que sa souffrance lui parvienne et flagelle son esprit à tel point que la traque de son frère devint aussi vitale que respirer. Pour suivre la trace de Shade, il s'était surtout fié à son intuition, entraîné par le sentiment qu'il était urgent de le retrouver.

Il n'était pas le seul sur la piste : Eidolon avait fait appel à ses contacts de la Judicia, qui l'avaient informé que les molosses des Carceris avaient été lâchés. Par ailleurs, Roag le traquait sans doute aussi. Après un examen du sol démontrant qu'ils n'étaient pas encore passés par là, Wraith s'engagea sur le petit sentier partant du portail.

La chaleur de la jungle enveloppait Wraith à mesure qu'il filait à travers la végétation, tous ses sens tournés vers Shade. Tout droit. Son frère se trouvait droit devant, et il souffrait.

Sortant du couvert des arbres, Wraith émergea dans une petite clairière où une cascade tombait de la falaise surplombante. Il aurait aimé prendre le temps d'admirer le spectacle, mais il avait l'impression qu'on lui broyait les poumons et le cœur, et avait de plus en plus de mal à respirer.

Shade.

Wraith contourna prudemment la chute d'eau jusqu'à un endroit où les rochers semblaient s'emboîter anormalement bien. Il étudia les environs à la recherche d'ouvertures, car même si rien n'indiquait que cet endroit était autre chose qu'une oasis paisible au milieu d'une jungle, il sentait Shade tout près.

Il devait s'agir d'une sorte de grotte, mais il n'en trouvait pas l'entrée. Il y avait forcément un autre passage.

Il leva les yeux vers la rivière qui se déversait sur la pierre noire et brillante. Derrière le voile d'eau, des renfoncements sombres laissaient deviner une espèce de caverne.

Wraith entreprit d'escalader la roche glissante et irrégulière. Il se fichait éperdument de déchiqueter ses mains, son jean et son super tee-shirt du *Hard Rock Café* de Bucarest. Enfin, il s'en fichait un peu. Le tee-shirt, qui lui avait été offert par une serveuse roumaine sang-mêlé en échange d'une partie de jambes en l'air, lui rappelait des souvenirs torrides.

À cent cinquante mètres de hauteur, trempé jusqu'aux os, il faillit perdre prise et s'écraser au sol, mais il se rattrapa à un genre de lierre épineux qui lui fit un mal de chien. Avec un tressaillement, il le décrocha de sa paume et se glissa derrière la cascade.

Bingo!

Environ dix mètres au-dessus de lui, il aperçut une large saillie plate qui semblait s'enfoncer profondément dans la roche. Il grimpa à la paroi avec précaution et s'y hissa, un vrai défi consistant à contrer la force incroyable de l'eau sans être projeté dans le bassin ou sur les pierres, plus bas. Il réussit finalement et resta quelques secondes allongé sur le dos contre la roche lisse, le temps de reprendre son souffle, mais le supplice de Shade, semblable à des pics à glace dans sa poitrine, l'incita à se relever immédiatement.

Il s'enfonça dans les profondeurs du tunnel, trop propre et trop lisse pour être naturel. Une serviette de toilette pendait à un rocher, comme si quelqu'un avait pris une douche sous la cascade. Alors que sa vue s'adaptait à l'obscurité, il entendit des sanglots.

Et merde!

Wraith s'empressa de tâter les murs de la grotte dans l'espoir de trouver une entrée. Quand il la dénicha, il se fit presque un croche-pied tout seul dans sa précipitation. Il se retrouva alors dans une cuisine moderne dont l'étrangeté le fit tiquer, mais seulement un instant.

Des bruits de douleur détournèrent son attention et vidèrent son esprit de toute autre pensée que celle de rejoindre son frère.

Il traversa la cuisine avec peine, faisant tomber une salière de la table sur son passage.

— Shade!

Dans son élan, il tourna trop rapidement à un angle et se cogna l'épaule contre une porte.

Là, il se figea. Tous ses muscles se pétrifièrent, son cœur s'arrêta de battre, ses poumons se figèrent comme du béton.

Shade se trouvait dans une sorte de chambre de torture, un martinet à la main, pendant que Runa se débattait pour se libérer des menottes qui la retenaient par les poignets. Elle sanglotait et suppliait Shade de lâcher son arme.

Le choc envoya un frisson glacé dans l'échine de Wraith, qui vacilla. Puis le saisissement disparut aussi vite qu'il l'avait pris, laissant un vide qui s'emplit immédiatement d'une fureur brûlante.

Il se jeta sur son frère et le plaqua au sol en le rouant de coups, puis il s'aperçut que Shade ne se défendait pas.

— Qu'est-ce que tu fous ? hurla Wraith.

Les yeux perdus dans le vide, Shade ne répondit pas. La nausée retourna l'estomac de Wraith. Vu cet endroit, les Dieux seuls savaient ce que Shade avait infligé à… combien de femmes ? Et il s'auto-flagellait ? Mais pourquoi ?

— Tu les tues ? chuchota-t-il. Shade, est-ce que tu les tortures à mort ?

Il respirait par à-coups et l'air lui brûlait les poumons. Les souvenirs des tortures qu'il avait lui-même subies aux mains des vampires défilaient dans sa tête en une suite effrénée d'images ignobles.

— Non, dit Shade en écarquillant les yeux. Non, jamais. Par les Dieux, Wraith ! Comment tu peux croire ça ? (Il tourna le regard vers Runa.) Je dois la libérer…

— Tu ne t'approcheras pas d'elle.

Wraith frappa son frère tellement fort que celui-ci s'évanouit.

Une forte odeur de sang embaumait l'air. Le vampire en lui trouvait ce parfum alléchant, séduisant, même s'il dégoûtait l'autre part de lui par la façon dont il avait été versé. Wraith s'approcha de Runa, tremblant comme jamais depuis… en fait, il ne se rappelait pas avoir déjà été aussi furieux.

La jeune femme était toujours debout, les mains agrippées à la planche. Impossible de savoir où elle trouvait la force de ne pas glisser par terre. Wraith se surprit donc à admirer cette résistance tandis qu'il détachait les menottes et décollait ses doigts du bois, un à un.

— Eh, dit-il doucement. Ça va. Tu vas bien.

— Sh… Shade ?

— Il ne peut plus te faire de mal.

— Il ne m… m'en a pas fait…

Peut-être pas encore.

Wraith ne possédait pas les compétences ou les connaissances médicales de ses frères, mais il savait reconnaître un état de choc. Quand Runa perdit connaissance dans ses bras, il la porta jusqu'au lit encastré dans le mur. Shade réussissait à dormir dans cette chambre des horreurs… comme c'était charmant !

Bon sang, connaissait-il donc si mal son propre frère ? Il secoua la tête, car il savait que c'était faux. Il savait dans quelles circonstances il avait grandi, dans un foyer chaleureux au milieu de sœurs qu'il adorait. Il connaissait le plat et la boisson préférés de Shade : les tacos au poisson et le Fanta citron ; mais, grâce au ciel, pas ensemble. Il savait que son frère aimait le cinéma mais qu'il regardait les films généralement seul car il appréciait surtout les comédies romantiques neuneu.

Ce Shade-là n'aurait jamais eu une chambre de torture chez lui. Comment diable Wraith n'avait-il jamais remarqué un secret aussi dingue alors qu'il lisait les pensées de son frère ?

Putain !

Allongée sur le ventre, Runa gémit, la tête dans l'oreiller. D'une main tremblante, Wraith la mit sous une couverture en prenant garde à ne pas toucher ses poignets écorchés à force de s'être débattue dans les menottes. Il baissa les yeux vers Shade, toujours étendu par terre, inconscient. Que faire, maintenant ?

Eidolon. Il devait appeler Eidolon. Lui saurait quoi faire. Comme toujours.

Wraith tira son portable de la poche de son jean. Pas de réseau. Quelle surprise, ici, au fin fond de l'Amérique centrale !

Pourtant, même là, dans ce coin perdu, Shade devait avoir un moyen de communiquer avec le monde extérieur ; il n'aimait pas être isolé trop longtemps. Il avait beau jouer à celui qui n'a besoin de personne, au fond, son frère était un être sociable. Sociable et sadique.

Putain !

D'un rapide coup d'œil, Wraith examina la grotte, trouva un téléphone satellite et composa le numéro d'Eidolon. Dès que son aîné décrocha, le calme apparent de Wraith se désintégra comme le premier sort d'un apprenti sorcier.

— E, on a un gros problème. Merde, merde, merde…

— Du calme, répondit Eidolon d'une voix à peine audible derrière la friture. Qu'est-ce qui se passe ?

— Shade. C'est Shade. Je suis dans… dans sa chambre de torture.

Le silence emplit les ondes.

— Merde.

— Tu étais au courant ? (S'apercevant qu'il criait presque, Wraith baissa d'un ton.) Tu connaissais cet endroit ?

— Nous en reparlerons plus tard. Dis-moi ce qui se passe. Où est Shade ?

La gorge sèche, Wraith déglutit.

— Il est ici. Il est blessé. Et sa femelle… Viens vite !

— J'arrive tout de suite.

Wraith se laissa tomber sur le lit, à côté de Runa, et il posa la main sur la nuque de la jeune femme. Les yeux fermés, il se concentra pour lui inspirer des images rassurantes, en espérant qu'elle aimait les plages, la piña colada et le sable chaud. N'importe quoi qui lui offre quelques minutes de tranquillité pour l'aider à guérir de l'enfer qu'elle venait de traverser.

Il se rendit compte seulement plus tard qu'il venait de l'aider au lieu de la tuer comme il l'aurait dû pour préserver Shade de l'emprise du *Maluncœur*.

Peut-être parce que, au fond, il avait la conviction que son frère était déjà trop impliqué pour qu'on puisse l'aider.

Eidolon confia à Reaver la charge des urgences et se rendit directement à la grotte de Shade. La découverte de cet endroit par Wraith ne présageait déjà rien de bon, mais quand il vit Runa étendue sur le lit et Shade inconscient au sol, il comprit que la situation était bien pire que ce qu'il avait imaginé.

— Je m'en occupe, annonça-t-il à l'intention de Wraith, qui se leva pour lui laisser sa place.

— Dépêche-toi, insista son cadet.

Sa voix n'était qu'un nœud d'inquiétude, de chagrin et de peur. Il s'agissait bien de Wraith qui, d'habitude, se fichait éperdument des autres. Eidolon songea qu'il ne comprendrait jamais son frère.

Au moment d'examiner Runa, il hésita et suspendit son geste au-dessus de son dos. Le plus sage aurait été de la tuer maintenant, pendant que Shade était inconscient et la jeune femme trop déconnectée pour comprendre. Il pouvait faire cela rapidement et humainement.

Humainement. Quelle plaisanterie ! Les humains aimaient se croire supérieurs, au-dessus du lot, mais où était la supériorité chez des gens qui lapidaient à mort les femmes infidèles ? Ou pour qui les combats d'animaux constituaient un jeu ? Bien sûr, les démons n'étaient pas meilleurs, mais au moins ils ne se cachaient pas derrière des doctrines religieuses et des traditions culturelles pour excuser leur violence. Les démons, eux, avaient l'excuse d'être des démons.

— E ?

La voix de Wraith le sortit de ses pensées. Eidolon n'avait jamais trop aimé les humains et leur arrogance, ce qui mettait systématiquement Tayla hors d'elle car elle se plaisait à lui rappeler qu'elle n'avait jamais rencontré quelqu'un d'aussi arrogant que lui.

— À mon avis, tu ne devrais pas faire ça, intervint Wraith tout bas. Shade lui en a fait subir assez.

Impossible de savoir si son regard rivé au sol masquait son embarras d'être surpris en pleine démonstration de pitié ou s'il observait Shade.

— Si je ne le fais pas, nous allons le perdre.

— On le perdra quoi qu'il arrive. Tu le vois : le maléfice agit déjà.

Une lame brûlante de douleur le transperça. Wraith avait raison. De toute évidence, Shade aimait Runa. La tuer ne servirait qu'à accélérer le processus. Il n'avait qu'à observer Kynan pour le deviner : son amour pour Lori n'avait peut-être jamais été aussi fort que juste après sa mort, car il ne se distinguait plus du malheur causé par son meurtre et sa trahison.

Eidolon passa en mode médecin afin d'examiner rapidement Runa. Il constata avec soulagement qu'elle souffrait plus d'épuisement qu'autre chose. Shade s'était contenu. L'aîné jeta un coup d'œil vers celui-ci, dont le torse, le ventre et les épaules arboraient des blessures multiples. Il se ravisa : Shade n'avait absolument pas retenu ses coups.

Eidolon se concentra et attendit que la tiédeur de son pouvoir de guérison fourmille dans son bras droit, puis il posa sa main sur l'épaule de Runa. Instantanément, les zébrures disparurent de son dos, comme les écorchures à ses poignets. Derrière lui, il entendit Shade s'agiter pour rejoindre Runa, mais Wraith s'assit sur leur frère pour le retenir.

— Laisse-moi me lever, gronda Shade.

Quand il poussa un grognement de douleur, Eidolon devina que Wraith venait de comprimer un point sensible.

— Putain, E, marmonna-t-il. Tu as bientôt fini avec elle ?

Eidolon se renfrogna. Shade avait les lèvres retroussées en un rictus de souffrance, et il essayait d'attraper le martinet tombé au sol. Bon sang ! Eidolon prit la main de la jeune femme.

— Runa. (Celle-ci roula sur le côté en clignant des yeux à mesure qu'elle reprenait conscience de ce qui l'entourait.) Shade t'a donné un mot de passe. Il faut que tu le prononces.

— Quoi ? demanda-t-elle en tirant la couverture sur sa poitrine.

— Le mot de passe ! C'est quoi ? Il faut libérer Shade.

Runa blêmit.

— Ombre, murmura-t-elle. Ombre.

Shade s'effondra avec une expression de pur soulagement.

— Je suis désolé, Runa, s'excusa-t-il d'une voix râpeuse. Vraiment désolé.

— Shade, qu'est-il arrivé ? s'enquit Eidolon. Pourquoi es-tu blessé ?

— Qu'est-ce qui se passe, bordel ? insista Wraith.

Plus rien ne justifiait qu'il mente ou qu'il tourne autour du pot. Eidolon descendit du lit pour s'agenouiller auprès de Shade et lui insuffler des ondes guérisseuses.

— Ce n'est pas aussi grave que tu crois, Wraith.

Ce dernier se leva d'un bond et fit un grand geste de la main.

— Tu veux revenir sur ta déposition, frangin ? Parce que, si tu veux mon avis, ces trucs-là… (il s'empara d'une paire de menottes accrochées au mur) sont exactement ce que je crois. Notre frère est un malade. Et dire que je pensais que Roag était le plus fou de nous tous, ajouta-t-il avec un rire amer.

Runa sauta du lit tellement vite qu'elle renversa presque Eidolon, puis, nue comme un ver, elle se dressa nez à nez avec Wraith.

— Je ne te permets pas de comparer Shade à Roag. Tu ne sais pas de quoi tu parles. Ouvre-la encore et je te descends.

Après tant d'années passées en compagnie de Wraith, Eidolon ne l'avait jamais vu rester sans voix.

Runa venait de réaliser l'impossible.

Runa se détourna de Wraith et s'agenouilla à côté de Shade. Il était d'une pâleur cadavérique, il tremblait et son corps avait à moitié disparu. Son combat contre le besoin de punition de Runa représentait un sacrifice incommensurable.

— Je suis désolé, marmonna-t-il. Vraiment.

Elle posa la paume sur la joue de Shade, sa barbe naissante lui gratta légèrement la main.

— Non. C'est moi qui suis désolée. Ce que tu as fait pour moi…

— Je le referais.

— Je sais, rétorqua-t-elle, les yeux piquants. (Elle tira l'édredon du lit et l'enroula autour d'eux.) Je suis libre. Est-ce que tu le sens ?

La culpabilité qu'elle ressentait à cause de la mort de sa mère avait disparu, tout comme sa colère contre Shade. Désormais, plus rien d'autre ne comptait que le lien qui les unissait. Elle n'était peut-être pas marquée physiquement, mais cela ne changeait rien à la force de leur union.

Il déglutit une fois, puis deux.

— Les ténèbres t'ont quittée, mais je ne peux toujours pas… Par les Dieux, Runa ! Je n'arrive pas à croire que j'ai fait ça. Je n'ai jamais été capable de protéger les femelles qui ont fait partie de ma vie. Je les ai toujours fait souffrir. À toi aussi, je t'ai fait du mal.

— Chut.

Elle posa un doigt sur les lèvres de Shade. Alors, il l'attira sur ses genoux et la serra si fort qu'elle en eut presque le souffle coupé. Elle entendait le cœur du démon battre à tout rompre, couvrant presque les voix de ses frères tandis qu'Eidolon essayait d'expliquer le don qui donnait à Shade le pouvoir de libérer les femelles de tout ce qui les troublait. D'après les invectives de Wraith,

Runa en déduisit que la conversation ne se déroulait pas bien.

Avec douceur, elle s'écarta de Shade tout en restant sur ses genoux.

— Il faut que tu m'expliques pourquoi tu disparais.

Elle tourna un regard lourd de sens vers son bras gauche, qui oscillait entre plusieurs stades de transparence. Quand elle sentit Shade commencer à trembler, cela lui creva le cœur. Quel que soit le problème, c'était grave.

— Tu te souviens que tu m'as posé des questions sur le *Maluncœur* ? (Elle hocha la tête, et il poursuivit.) C'est un maléfice. Une malédiction que j'ai attirée sur moi.

— Comment ?

Il lui caressa les cheveux, mais quand ceux-ci traversèrent sa main avec un simple bruissement, il laissa tomber son bras.

— Tu sais combien de temps il m'a fallu pour arrêter d'en vouloir au sorcier qui me l'a jeté ? Pendant combien de temps je l'ai accusé au lieu de m'en prendre à moi-même ? (Il secoua la tête.) J'avais vingt ans. Ma mère est partie chasser en me confiant mes sœurs, mais, pendant son absence, ma première phase de maturation s'est déclenchée.

Runa acquiesça au souvenir de ce qu'il lui avait raconté et de ce qu'elle avait lu à propos du processus de maturation chez les seminus.

— Pour passer ce cap, vous devez avoir des rapports sexuels pendant plusieurs jours d'affilée.

— Ouais. Je suis donc sorti à l'affût de femelles en prenant celles qui me tombaient sous la main.

Quand j'emploie le mot « prendre », c'est volontaire. (Il soupira longuement et leva les yeux au plafond.) Je n'avais jamais couché avec une femelle avant la transition ; donc quand c'est arrivé, j'étais brutal, je ne me contrôlais pas. J'avais juste besoin de jouir pour surmonter cette phase, tu vois ? Après, j'en avais envie parce que j'en avais envie, pas besoin. Tu comprends ?

Pas vraiment, mais Runa hocha la tête. Elle remarqua que ses frères s'étaient déplacés dans le couloir près de la porte pour leur laisser un peu d'intimité, et elle se demanda ce qu'ils savaient déjà de cette histoire et ce qu'ils en découvraient.

— Donc, au lieu de rentrer à la grotte pour protéger mes sœurs, j'ai ramassé cette starlette humaine et on est allés chez elle. (Il tourna les yeux vers les instruments accrochés au mur.) C'est là que j'ai découvert que j'avais hérité des umbers le pouvoir de percevoir ce que les femelles cachent au fond d'elles… et que je pouvais les aider à s'en libérer quand elles en avaient besoin.

— Donc tu…

— Ouais. Et pendant ce temps, son mari est rentré. Ça ne s'est pas super bien passé. On s'est battus et je l'ai tué, raconta-t-il avec un frisson. Mais avant de mourir, il m'a maudit. Il m'a condamné à ne jamais connaître l'amour, au risque de disparaître.

— Tu mourrais ?

— Pire.

Horrifiée, elle l'écouta décrire ce qui lui arriverait.

— Oh mon Dieu ! s'exclama-t-elle en mettant la main devant sa bouche. C'est… c'est pour ça que tu voulais me détester. Tu ne voulais pas…

— Tomber amoureux de toi, termina-t-il d'une voix cassée. Mais c'est trop t…

— Shade ! cria Eidolon en entrant dans la chambre. Ne le dis pas. Ne dis rien de plus.

Runa vit avec horreur le corps tout entier de Shade commencer à disparaître. Elle eut alors le sentiment que, s'il avouait à voix haute son amour pour elle, tout serait fini. Pas étonnant que ses frères aient voulu se débarrasser d'elle. Et même si le fait que Shade y ait pensé la blessait toujours, elle comprenait.

— Et juste après ça, tu as découvert ce qui était arrivé à tes sœurs, c'est ça ? demanda Wraith pour détourner l'attention de Shade de ses sentiments pour elle.

— Ouais, confirma Shade d'une voix aussi brisée que son cœur. Je suis retourné à la grotte où je les avais laissées. Elles étaient mortes. Toutes, sauf Skulk. Si seulement je ne m'étais pas tapé la starlette, elles seraient peut-être encore en vie.

Des ondes de haine émanèrent de Shade, ainsi qu'un chagrin si profond que Runa pouvait presque en sentir le goût.

— C'est pour ça que tu crois ne pas pouvoir protéger les femelles ?

— Il n'y a pas eu qu'elles. Ma mère, non plus. Et puis Skulk…

— Arrête, l'interrompit-elle doucement. Je me suis longtemps reproché la mort de ma mère, donc je sais que je vais passer pour une hypocrite en te disant ça, mais rien de tout ça n'était ta faute. Tu as fait de ton mieux. Et puis, Shade, tu m'as protégée. Tu m'as fait sortir des cachots de Roag, tu m'as encore sauvée de ses griffes aujourd'hui, et tu m'as extraite de ce puits obscur de culpabilité. Je ne me suis jamais sentie aussi bien. Il faut juste que nous trouvions le moyen de te guérir de cette saleté de maléfice.

— Il n'y a pas de remède, objecta Eidolon. Pas maintenant qu'il est tombé… euh… enfin, bref, il n'y a pas de remède. La malédiction peut être transférée, mais seulement à un être aimé.

Runa sentit tous ses espoirs s'envoler. Puis la colère déferla.

Oh non ! Hors de question que je le perde maintenant ! Il y a forcément un remède.

— Où est le téléphone ?

— Pourquoi ? s'enquit Shade en fronçant les sourcils.

— Je vais appeler Arik. Peut-être que l'armée trouvera quelque chose qui vous a échappé.

— L'armée des États-Unis ? grimaça Wraith. Ils ne trouveraient même pas leur queue si une pute leur…

— Wraith, l'interrompit doucement Eidolon. Nous allons avoir besoin de toute l'aide possible.

Le plus jeune frère ne répondit rien, mais il lui apporta le téléphone. Runa le remercia avant de se retourner vers Shade.

— Tiens bon, OK ?

— Promis.

Il sourit pour faire plaisir à Runa, mais il avait renoncé à tout espoir depuis bien longtemps.

Seigneur ! Elle avait envie de le serrer dans ses bras, de lui faire un câlin, de lui faire l'amour jusqu'à ce que tout ça soit oublié, mais elle devait tenir ses distances. Elle ne voulait pas accélérer le maléfice et, surtout, elle refusait qu'il voie qu'elle était sur le point de craquer.

Elle enfila rapidement son jean ainsi qu'un débardeur, puis elle laissa les trois démons dans la chambre pour aller appeler Arik depuis le salon. Elle espérait qu'il avait découvert des informations à propos du *Maluncœur*. Elle composa le numéro tout en arpentant la pièce de long en large.

Arik décrocha, mais elle l'entendait à peine.

— C'est Runa.

Il répondit, mais les interférences couvraient sa voix. Elle se rendit dans la cuisine, où la réception était meilleure, mais cela empira la ligne du côté d'Arik. Finalement, elle emprunta la porte dérobée de la grotte. C'était mieux. Pas génial, mais elle ne pouvait pas courir le risque de trop s'éloigner de l'entrée.

— Ça passe ? Tu m'entends ?

— 5 sur 5, dit Arik, le souffle court.

— Je te dérange ?

— En plein entraînement, c'est tout.

Comme d'habitude. S'il n'était pas à son bureau, il faisait du sport.

— Écoute, j'ai quelque chose pour toi. Tu sais, le *Maluncœur*, sur lequel je t'ai demandé d'enquêter ? C'est une malédiction.

— Je sais, mais c'est à peu près tout ce que j'ai appris.

— Apparemment, on peut le transférer à un être aimé, mais il doit y avoir un autre moyen de s'en sortir.

— Je ne dispose pas de beaucoup d'informations pour aller plus loin.

— Fais tout ce qu'il faudra. Il faut que tu en apprennes plus, et vite. C'est en train de tuer Shade. C'est un genre de maléfice de vengeance qui provoque la disparition de sa victime si elle tombe amoureuse.

— Qu'est-ce que tu racontes ?

Elle ne put retenir davantage les larmes qui menaçaient de couler depuis un moment.

— Je l'aime.

— Putain de bordel de... Runa ! C'est un démon !

— Et moi un loup-garou. Personne n'est parfait.

— Ce n'est pas le moment de faire des blagues, frangine. (Elle entendit un bruit sourd qui ressemblait de façon inquiétante à un coup de poing dans un mur.) C'est intolérable. J'envoie une équipe te chercher.

— Oh que non ! rétorqua Runa avant d'adoucir sa voix. (En effet, mettre Arik en boule revenait à faire ressortir son côté surprotecteur et dominateur.) Je ne veux pas que l'armée sème la pagaille à l'hôpital.

— Ça, ce n'est pas à toi d'en décider. Là-bas, ils soignent les démons, nos ennemis.

Le sang de Runa se glaça.

— Et on dirait bien que c'est ce que je suis en train de devenir.

— On en reparlera plus tard, décréta Arik après quelques jurons qui irritèrent l'oreille de sa sœur.

— Il n'y a rien à discuter. J'aime Shade.

— Tu ne peux pas avoir le beurre et l'argent du beurre. Les militaires renvoient même les somnambules s'ils les considèrent comme dangereux pour leurs secrets. Tu crois que le X va te laisser travailler pour son compte le jour et vivre avec un putain de démon la nuit ?

— Ce « putain de démon » t'a sauvé la vie.

Pas de doute : Arik n'apprécia pas cette piqûre de rappel.

— N'empêche que ça ne plaira pas au commandement.

— S'ils sont incapables de gérer ça, c'est leur problème.

— Donc tu serais prête à abandonner ton emploi, ta vie, pour Shade ?

L'année qui venait de s'écouler lui revint brusquement en mémoire : toutes les recherches intéressantes, les missions passionnantes, tout ce temps passé à fouiner, à sonder et à faire des expériences, et la solitude. Puis les bras de Shade.

— Je ne renonce à rien.

Après un flot d'invectives, le silence se fit.

— Kynan a établi le contact, reprit finalement Arik sur un ton qui laissait entendre que la conversation à propos de Shade n'était pas terminée. Il a dit que tu lui avais parlé.

— Il va vous aider ?

Et trahir l'hôpital?

— Pour l'instant, il ne coopère pas, mais il changera d'avis.

Runa en doutait, après avoir lu l'expression de son visage.

— Écoute, il faut que j'y aille, annonça-t-elle en chassant un énorme insecte qui bourdonnait à son oreille. Mais je te rappelle plus tard pour voir si tu as découvert quelque chose.

— Je n'aime pas ça.

L'insecte fonça sur elle, mais elle l'esquiva tout en parlant.

— J'avais cru comprendre. Occupe-toi juste du *Maluncœur* en priorité. (En l'absence de réponse, elle craignit tout à coup qu'il ne l'aide pas du tout.) Tu te souviens de l'union dont je t'ai parlé ? Si Shade meurt, moi aussi.

— Oh ! Seigneur !

Runa ne culpabilisa pas un instant pour ce mensonge.

— Ouais. Donc trouve les informations.

— D'accord, souffla-t-il. Runa ?

— Quoi ?

— Je t'aime.

Elle sourit : il avait beau la faire tourner en bourrique, il finissait toujours par l'amadouer.

— Je t'aime aussi.

Elle raccrocha et cette imbécile de bestiole, orange et de l'envergure d'une chauve-souris, se posa sur son cou. Runa poussa un cri perçant en sautant dans tous les sens avant de se rendre compte qu'elle réagissait vraiment comme une mauviette. L'insecte s'envola en bourdonnant, et la jeune femme soupira de soulagement. Ayant grandi en ville, elle ne faisait pas sa maligne dans la nature, et il n'y avait pas plus naturel que cet endroit.

Les odeurs, les bruits… Prenant conscience du silence de la forêt, elle fronça les sourcils. La dernière fois que cela s'était produit, Shade avait surgi de nulle part, les yeux illuminés de rouge par la *s'genesis* qui le tourmentait.

— Runa.

Elle fit volte-face au moment où Shade émergeait des broussailles, comme toujours vêtu de cuir noir. Et il était entier. Aucune transparence. Ce n'était pas Shade.

Le cœur de Runa bondit dans sa poitrine comme s'il voulait s'enfuir vers la grotte. L'entrée n'était qu'à trois mètres, mais la jeune femme avait l'impression de se trouver sur la ligne de tir au but face à la cage du gardien sur un terrain de football. Elle piqua un sprint. Le faux Shade s'élança et l'attrapa par la gorge, étranglant son cri.

Le téléphone lui tomba des mains. Elle planta les ongles dans le bras du démon, battit des jambes, mais il ne bougea pas tandis qu'il resserrait son étreinte et que ses yeux brûlaient de dégoût.

Ses traits se troublèrent, en partie masqués par les taches rouges qui envahissaient le champ de vision de Runa. La dernière chose qu'elle vit avant que les ténèbres l'avalent fut le visage de Roag.

— Prends ma main.

Shade dévisagea Wraith, qui s'accroupissait à côté de lui.

— Quoi ?

Wraith serra sa paume dans sa poigne.

— Maintenant, répète après moi : *Solumaya. Orentus. Kraktuse.*

— Pourquoi ?

— Fais ce que je te dis.

Toujours assis par terre, Shade arracha sa main de celle de son frère et remonta son caleçon.

— Dis-moi pourquoi.

— Je n'ai pas eu le temps de tout t'expliquer dans ton bureau, en partie parce que tu me tabassais…

— Wraith, l'interrompit Eidolon. Qu'est-ce qui se passe ?

— J'y viens, répondit l'autre en dégageant impatiemment ses longs cheveux noirs de son visage. J'ai rendu visite à une vieille amie sorcière. Une vieille ennemie, en fait, mais c'est du passé. (Eidolon se racla la gorge, et Wraith leva les yeux au ciel.) Ouais, ouais, j'y arrive. Bon, nous savions que le *Maluncœur* pouvait être transféré à un être aimé, mais nous ignorions comment. Elle m'a donné la solution.

— En prononçant les mots que tu viens de dire ? s'enquit Shade.

— Ouais. Donc transmets-le-moi, dit-il en tendant la main. Il faut qu'on se touche. Merci d'avoir remis ton caleçon.

Shade recula, regrettant de se sentir si faible car, s'il l'avait pu, il se serait levé et aurait filé par la porte.

— Tu es fou ? Je ne vais pas le transférer sur toi !

Il reculait toujours, mais Wraith le suivait.

— Oh ! Si, frangin.

— Va te faire foutre.

— Je ne tomberai jamais amoureux, Shade. Le maléfice ne m'affectera pas. Jamais. Alors vas-y.

Shade secoua la tête si fort que ses cheveux lui piquèrent le visage.

— Hors de question.

— Putain, Shade ! (La voix de Wraith n'était qu'un murmure.) Tu m'as sauvé la vie tellement souvent, laisse-moi te rendre la pareille.

— Non. Je…

Shade s'interrompit quand un sentiment de malaise s'instilla dans sa poitrine. Le mal fourmilla sur sa peau et se referma autour de son cou comme un nœud.

— Runa, haleta-t-il. Où est-elle ?

Il bondit sur ses pieds mais agrippa le bras d'Eidolon quand une vague de nausée faillit faire céder ses genoux.

— Sûrement encore au téléphone avec son frère, répondit Wraith.

Étourdi, Shade lâcha un juron.

— Dehors. Elle est dehors. Il y a un problème.

— Les Carceris, avança Eidolon en attirant son attention.

— Peut-être qu'un jaguar l'a attrapée, supposa Wraith.

Eidolon le fusilla du regard avant de reporter son attention sur Shade.

— Reste ici. Wraith et moi, on s'en occupe.

— Et mon cul, c'est du poulet ? grogna Shade.

La sensation d'étouffement disparut, le laissant déstabilisé et incapable de percevoir l'humeur de Runa. Il la sentait proche, mais même cette impression était vague. S'écartant d'Eidolon, il se traîna vers la sortie.

— Shade, attends ! On n'en a pas fini ! le héla Wraith en le suivant.

Derrière lui, Shade entendit Eidolon pester.

Si ces salopards de Carceris avaient blessé Runa pour l'atteindre lui, il allait tuer quelqu'un. Ou quelques-uns.

Tout en sortant de la grotte, il se prépara à affronter le cinglenuit et le seminus rencontrés plus tôt. Ils seraient sans doute accompagnés de chiens des Enfers, et ces sales bêtes raffolaient des combats. Bien dressés, les molosses des Carceris ne tuaient pas leurs cibles, mais cela ne passait jamais loin. Pire : grâce à leurs cornes, ils infligeaient à leurs victimes à terre des souffrances hautement supérieures à une simple bosse au tibia.

Wraith et Eidolon sur ses talons, Shade fonça sur le sentier descendant sur le versant sud, où la chute d'eau se jetait dans le bassin, sans se soucier de rester discret. Droit devant, dans la clairière, Runa gisait au sol, étendue au pied d'un arbre.

— Putain de bordel de…

Il reçut un coup en pleine tête et la douleur explosa dans son crâne. Faisant volte-face, il se retrouva nez à nez avec un démon drec visqueux armé d'un gourdin.

Wraith fit claquer le fouet. Il le maniait comme s'il s'agissait d'une extension de son propre bras. Shade lui demanderait plus tard comment il avait réussi à s'en saisir tout en courant. Le fouet entailla le visage du drec, projetant du sang et des dents tout autour de lui.

D'autres démons surgirent des broussailles, mais Shade se faufila entre eux à toute allure, ne prêtant attention qu'à Runa. Il y était presque. Presque…

Une énorme créature à quatre ailes atterrit devant Shade. Il n'avait encore jamais vu de démon de cette espèce : un monstre noir hideux à l'odeur – et à l'aspect – de chair en décomposition. Sa tête se limitait presque à une bouche béante pleine de rangées entières de dents tranchantes comme des lames de rasoir.

Ça craint.

Dans le dos de Shade, les combats faisaient rage. Il en déduisit que ses frères se débarrassaient du plus gros des ennemis, mais il ne pouvait pas se retourner pour s'en assurer. La créature ailée se trouvait entre Runa et lui, et Shade ne comptait laisser personne se mettre entre eux encore une fois.

Il s'accroupit pour balayer de la jambe l'une des chevilles du monstre. Celui-ci s'étala au sol mais se releva immédiatement. Shade abattit alors violemment le poing sur son ventre. La chair spongieuse et humide aspira sa main jusqu'au coude dans le corps du démon.

Par les feux de l'Enfer, ça c'était un vilain pouvoir.

Shade pivota et décocha un coup de pied à l'entrejambe de la créature, qui cria et abattit lourdement une aile sur son épaule. Il esquiva le coup, qui ne le frappa qu'en biais, mais une décharge de douleur et l'odeur du sang lui donnèrent une idée de l'étendue des dégâts. Un autre monstre atterrit près de lui, ses battements d'ailes secouant les arbres et générant un tourbillon de ronces et de feuilles. Au même moment, Shade reçut un coup dans le dos et la puissance de l'impact l'étourdit.

Putain, mais qu'est-ce qui se passe ?

Cela ne correspondait pas au mode opératoire des Carceris, à moins qu'ils aient changé de méthode ces dernières années.

— *Khroyesh !*

« Stop », en sheoulien, le langage universel des démons. Un ordre qui aurait pu soulager Shade s'il n'avait pas été adressé par la voix rocailleuse de Roag.

Les monstres ailés reculèrent. Roag sortit de derrière l'un d'eux avec Runa, à peine consciente, dans ses bras. Il portait une sorte d'attache et des lames étranges à la Freddy Kruger aux endroits où il aurait dû avoir des doigts.

— Reste où tu es, lui commanda Roag en portant les ciseaux à la gorge de Runa. Sinon, elle meurt.

— Tu ne veux pas en arriver là, frangin, tu peux me croire.

Roag leva ses sourcils noirs et dévastés, qui n'avaient pas entièrement repoussé depuis l'incendie.

— Tu n'es pas en position de me menacer. (Du menton, il désigna Eidolon et Wraith, sur le point d'être maîtrisés par leurs adversaires.) Dis-leur d'arrêter.

Afin de souligner son propos, il lacéra la joue de Runa. Celle-ci geignit, mais Shade sentit, grâce à leur lien, qu'elle était trop inconsciente pour vraiment souffrir.

— Va te faire voir, répliqua-t-il en s'efforçant de garder une voix calme alors qu'il voulait hurler.

— Obéis !

Un autre mouvement de lame ouvrit une nouvelle entaille dangereusement proche de la jugulaire de Runa.

L'odeur de son sang emplit Shade d'une fureur vive et amère. Il avait envie de se changer en quelque chose d'horrible pour croquer la sale tête de Roag, mais il ne pouvait pas mettre Runa en danger. Même s'il réussissait à tuer Roag, l'armée de monstres les abattrait certainement tous.

— Wraith ! Eidolon ! appela-t-il sans quitter Runa des yeux. Abandonnez !

— Jamais, frangin, répondit Wraith d'une voix gargouillante.

Shade le soupçonna de s'être ouvert la lèvre et d'avoir la bouche pleine de sang, dont le goût pénétrait déjà ses papilles, ce qui signifiait que, entre cela et la douleur, son côté vampire l'avait emporté.

Merde !

— Arrête-le, l'avertit Roag en appuyant ses lames contre la peau délicate de la gorge de Runa.

Le cœur de Shade tambourinait et une sueur froide perla sur son front.

— E ! Il faut que tu arrêtes Wraith tout de suite !

Déchiré entre l'envie de rester au plus près de Runa et celle d'aider Eidolon à immobiliser Wraith, Shade eut un moment d'hésitation, auquel le bruit de Wraith tabassant leur frère mit rapidement un terme. Shade fonça vers eux. Il saisit son cadet par-derrière, réussit à bloquer ses bras sur ses flancs, mais seulement un instant. Wraith avait toujours l'avantage sur lui, mais si l'on ajoutait sa soif de sang, le combat pour le maîtriser devenait une lutte acharnée.

Ils l'aplatirent au sol, mais Wraith faisait preuve d'une force et d'une fureur incroyables. À la flamme rouge de ses yeux et à la longueur de ses canines, Shade doutait que le demi-vampire sache encore contre qui il se battait.

Eidolon usa de tout son poids pour retenir Wraith à terre pendant que Shade canalisait son pouvoir en lui afin de ralentir le cœur et le souffle de son petit frère et de s'insinuer plus profondément en lui pour interrompre le flux d'adrénaline.

— Du calme, frangin. Détends-toi, murmura Shade tout en regardant par-dessus son épaule pour s'assurer que Runa allait bien et qu'aucun des démons de Roag ne s'apprêtait à les attaquer par surprise.

Ramener Wraith à la normale prit un temps atrocement long et presque inutile. Dès qu'ils le lâcheraient, il se jetterait certainement comme un fou sur les démons de Roag.

— Bon, bon, très bien, intervint ce dernier. Mais pour être honnête, je n'arrive pas à croire qu'aucun de vous deux n'ait compris que tuer Wraith vous faciliterait grandement la vie.

Eidolon montra les dents.

— Tu sais ce qui me faciliterait la vie, espèce d'enfoiré de…

— Non, l'interrompit Shade en lui étreignant le bras. Je ne peux pas me permettre de mettre Runa en danger.

Les feuilles d'arbre bruissèrent dans le vent, qui leur apporta une odeur de soufre. Les chiens des Enfers.

— Où as-tu trouvé ces sales cabots ? s'enquit Eidolon en relâchant Wraith.

Celui-ci se leva d'un bond leste et resta planté là, tremblant sous l'effort de ne pas se jeter sur Roag.

Quand Roag frotta ses lames sur les cheveux de Runa, ce fut à Shade de se retenir, surtout quand des mèches de sa belle chevelure tombèrent lentement au sol.

— Quoi ? Vous croyez que je n'ai pas mon propre chenil ?

Shade dut tourner sept fois sa langue dans sa bouche pour ne pas rétorquer que Roag n'avait pas pu contrôler sa propre femelle, donc qu'il en serait encore moins capable avec un chien des Enfers, mais Runa était toujours en péril. Deux officiers carceris arrivèrent dans la clairière, encadrés par deux sous-fifres de Roag.

Voilà comment il avait retrouvé Shade. Il avait capturé les deux agents pour les forcer à le traquer à l'aide de leurs molosses.

Le fils de pute !

— Shade ? chuchota Runa d'un ton calme. Je suis désolée.

La fierté envahit alors son compagnon. En effet, il ne percevait aucune peur en elle, alors que sa force embaumait l'air.

— Ce n'est pas grave, *lirsha*.

— Tu sais que tu es en train de disparaître ? lui rappela Roag avec une grimace. Si tu veux mon avis, si, c'est grave.

Un grondement rauque s'éleva du fond de la gorge de Runa. Le pouls de Shade accéléra dans un accès de panique.

— Runa, non !

Elle frappa. Un doublé : un violent coup de pied au menton de Roag et un coup de poing en plein dans sa figure. Une onde de choc heurta Shade ; elle essayait de se métamorphoser.

— Petite salope ! siffla Roag en plantant une de ses lames dans son épaule, la faisant hurler. Cette lame est en argent massif. Tu ne pourras pas te transformer.

Un voile écarlate envahit le champ de vision de Shade. Il bondit en avant, décidé à arracher la gorge de son frère. Quelque chose lui transperça le cou. Une fléchette empoisonnée, à coup sûr. Il s'effondra assez violemment pour en avoir le souffle coupé. Déterminé à rejoindre Runa, il arracha la pointe plantée dans sa peau. Les hurlements de rage d'Eidolon et de Wraith lui indiquèrent qu'ils venaient de subir le même sort.

La dernière chose qu'il entendit avant de perdre connaissance fut une plainte de Runa qui lui glaça le sang.

Chapitre 19

Sur le seuil de l'appartement de Gem, Kynan avait l'estomac noué et l'esprit embrouillé par la dizaine de coups de courage en bouteille avalés avant de venir. Du vivant de Lori, il ne buvait pas vraiment mais, depuis quelque temps, sa solitude l'incitait à rechercher le genre de compagnie que ce bon vieil Old Nick offrait.

En général, il ne tombait pas dans les bras de Nick avant l'après-midi. Toutefois, ce matin, il avait commencé tôt, après avoir appelé Arik qui lui avait confirmé que l'armée était au courant qu'il travaillait à l'UG. Ky avait clairement précisé qu'il ne trahirait ni Eidolon ni l'hôpital, et Arik semblait le prendre bien. Ils avaient ensuite pris le temps de se donner des nouvelles dans un échange chaleureux – trop chaleureux. Il avait un mauvais pressentiment.

La porte s'ouvrit sur Gem, apparemment surprise, mais terriblement sexy avec son sweat court dont le col en V descendait assez bas pour laisser entrevoir son soutien-gorge vermeil. Sa minijupe noire semblait faite du même tissu que son haut, et était tellement courte que Kynan s'attendit presque à apercevoir sa culotte ; assortie à son soutien-gorge ? Il avait l'étrange impression qu'elle considérait ces vêtements comme une tenue décontractée d'intérieur.

— Ah ! Kynan. Quelle surprise !

— Je peux entrer ?

Elle le dévisagea en plissant les yeux comme pour déterminer s'il s'agissait d'un piège, puis elle libéra le passage. Son parfum citronné et sucré parvint aux narines de Kynan quand il entra et il faillit vaciller.

C'est l'alcool.

Peut-être, mais ce n'était pas l'alcool qui mettait sa queue au garde-à-vous.

Il entra dans le petit salon et se tourna vers elle.

— Tu t'apprêtais à sortir ?

— Sortir ? répéta-t-elle avant d'examiner ses habits. Ah ! Non. Enfin, nulle part en particulier, en tout cas. J'allais dévaliser l'épicerie. Excitant, hein ?

Son membre réagit immédiatement, car oui, c'était excitant.

Petit con !

Kynan s'éclaircit la voix, se frotta la nuque et prit son courage à deux mains pour exprimer ce qu'il avait à dire.

— Bon, Gem, écoute. Je crois qu'il faut qu'on parle.

— Je pense, oui.

Elle appuya sa hanche au dossier du canapé en cuir ; noir, comme le reste de ses meubles. Même son abat-jour était noir. En fait, dans son salon, tout était noir ou blanc. Pas une once de gris chez Gem, mais cela n'avait rien de surprenant.

— Et si tu commençais par me dire pourquoi tu continues à te torturer ? proposa-t-elle sans ménagement. Lori est morte depuis un an.

Il s'attendait à cela, donc sa surprise se mua rapidement en colère défensive.

— Il y a une date limite pour le chagrin ? rétorqua-t-il. C'est un truc de démon ?

— Pourquoi on en revient toujours à ça ? Si je disais que j'aime la beauté des nuages, tu me répondrais qu'il n'y a que les démons qui les trouvent beaux.

Le fait qu'elle ait raison le contraria encore davantage.

— À quoi tu t'attendais ? Je les ai combattus pendant des années. J'ai perdu des amis à cause d'eux. J'ai perdu ma femme à cause d'eux.

— Et voilà que tu te retrouves chez une démone.

— Je ne compte pas rester.

Elle croisa les bras.

— Qu'est-ce que tu fais ici ?

— Je suis venu m'excuser. Je me suis comporté comme un sale con, l'autre nuit. Je n'aurais pas dû t'allumer comme ça. Je me suis servi de toi, ce n'était pas juste. Je ne recommencerai pas.

— Tu ne t'es pas servi de moi. J'avais besoin de toi, tu avais besoin de moi… Il n'y a pas de mal à ça.

— On ne vit pas dans le même monde, Gem.

— Ah non ? Pourtant je te vois tous les jours dans le même hôpital que moi. Comme moi, tu portes la blouse marquée du caducée des démons.

Tout en jurant, Kynan se passa la main dans les cheveux.

— Tu crois que je ne sais pas que c'est n'importe quoi ?

— Je crois que tu t'immerges dans un monde que tu détestes pour t'accrocher à ta colère. Tu ne veux pas oublier la trahison de ta femme, pas vrai ?

— Tu ne sais pas de quoi tu parles, grommela-t-il.

— Tu crois que je ne vois pas que ce ne sont pas les démons que tu hais, mais toi-même ? (Gem s'approcha pour se placer juste devant lui, ses seins lui effleurant le buste.) Tu détestes l'idée que tu as envie de moi. Ça te rend dingue, non ? Ça te bouffe le cerveau.

— Tu sais ce qui me bouffe le cerveau ? (Il empoigna l'ourlet de sa jupe et sa voix se mua en un grondement sourd.) Ces ridicules petits bouts de tissu provocants. Ça te fait jouir d'allumer les mecs ? C'est un humain que tu cherches ? Tu aimes baiser avec eux pour ensuite t'amuser d'avoir réussi à convaincre un stupide humain sans méfiance de se taper une démone ?

Ces questions étaient injustes et inspirées par la colère, la frustration et cette bonne vieille libido. Kynan ne savait pas exactement ce qu'il en espérait, mais en tout cas il ne s'attendait pas à ce que Gem lui pince le bras.

— Crétin.

— Quoi ? grogna-t-il en fronçant les sourcils.

— Kynan, ça ne te ressemble pas, de dénigrer les gens, répondit-elle d'une voix douce mais assurée et, étonnamment, dénuée de colère. (Après ce qu'il venait de dire, elle aurait dû être furieuse.) Je sais que tu souffres et que tu es perdu, mais, au fond de toi, tu es toujours quelqu'un de bien.

— Arrête de répéter ça ! Est-ce que quelqu'un de bien abandonnerait les personnes avec qui il a travaillé pendant des années ? Est-ce qu'il traînerait avec des démons ? Est-ce qu'il aurait envie de coucher avec une dé…

Il s'interrompit avant d'en dire plus, mais c'était trop tard.

— Je n'aurais jamais pensé que tu étais un lâche, déclara-t-elle, faisant bouillonner le sang de Kynan dans ses veines. Mais tu en es un. Tu as tellement peur de tes propres faiblesses que tu ne t'autorises aucun sentiment ni aucun acte qui aille à l'encontre de la montagne de principes hautains sur laquelle tu es juché.

Un lâche ?

Kynan ne décrochait pas de ce mot, qui le ramenait à son passé militaire, où il n'avait jamais pu supporter ne serait-ce que l'odeur de la couardise chez autrui. Il voulait bien admettre qu'il avait peur ; qui n'aurait pas été effrayé face à un démon gerunti de neuf mètres de haut, aux dents de T-Rex et aux griffes aussi longues qu'un homme ? En revanche, il n'était pas un lâche.

Pourtant, il venait de prouver le contraire à Gem en refusant de reconnaître, même en son for intérieur, qu'elle l'attirait. Il voulait être avec elle… sur elle… en elle. La faire crier. Oh oui ! Il voulait s'enfoncer dans son corps de démone et se débarrasser de tous ses autres problèmes. Il n'avait qu'à franchir la ligne qui séparait le bien du mal, le méchant du gentil, le plaisir de la douleur.

Cette limite se brouilla dès qu'il plongea son regard dans les yeux de Gem. Quand sa langue rose écarta lentement ses lèvres pour les humecter en une caresse sensuelle, il ne se contenta pas de franchir la frontière ; il courut de l'autre côté.

Sans prévenir, il fit glisser ses doigts sur la nuque de Gem, empoigna ses cheveux et l'embrassa. Elle se raidit et scella ses lèvres pour lui interdire l'entrée. Toutes ses pulsions l'assaillirent : l'instinct masculin qui exigeait de monter une femme, et l'instinct de soldat qui réclamait la victoire.

Il colla son corps ferme contre les formes rebondies de Gem. Le cœur battant, il passa sa langue sur la bordure des lèvres de la démone avec une insistance croissante. La saisissant par les fesses, il l'attira contre son membre de plus en plus dur et, avec un grognement, Gem fondit. Elle ouvrit la bouche, et il en profita immédiatement.

Elle avait un agréable goût de fruits sucrés et d'épices savoureuses. Quand leurs langues s'entremêlèrent, il ne pensa plus qu'à la lécher tout entière. Il voulait l'allonger par terre et la pénétrer si fort qu'elle crierait « encore »…

Et après ? Ils se marieraient et auraient beaucoup d'enfants ?

Haletant, Ky s'arracha à elle. Son sang battait douloureusement dans ses tempes et dans sa queue.

— Je ne peux pas. Il ne faut pas.

Les yeux de Gem brillaient d'une lueur de désir qui titillait tout ce qu'il avait de mâle en lui.

— Si. Nous sommes adultes, Kynan. Pas besoin de permission. À moins que le problème vienne de ta phobie des démons, ajouta-t-elle sur un ton plus sec.

Si seulement ce n'était que ça, souhaita-t-il intérieurement.

— Je ne suis pas prêt pour une relation stable, Gem. Je serais brutal et totalement déconnecté émotionnellement. (Il prit le menton de Gem dans sa main et se rapprocha d'elle.) Ce ne serait qu'un plan cul et je te traiterais comme une poupée gonflable. Je n'ai rien de plus à donner pour l'instant, alors que tu mérites mieux que ça. Je ne peux pas t'accorder ce que tu attends. Je ne sais pas si j'en serai capable un jour. Tout ce que je sais, c'est que je n'ai rien d'autre à offrir que du sexe.

Il se détourna, mais il l'entendit se rapprocher.

Bon sang!

— Ça me va, répondit-elle. Ky, j'ai envie de toi depuis si longtemps. Si j'avais pensé avoir une chance avec toi quand Lori était vivante, j'aurais essayé de te séduire. Le fait que tu sois marié ne m'aurait pas dérangée.

Sa voix, si timide et légèrement tremblante, le déstabilisa.

— Mon Dieu, Gem ! Tu peux trouver beaucoup mieux que moi. Il le faut. Tu mérites tellement plus que ce que j'ai à t'offrir.

— Oh ! On dirait presque que tu me respectes. Moi, une démone. Sérieusement, est-ce qu'une démone mérite d'être bien traitée ?

Elle parlait à présent avec amertume. Kynan serra les dents, car elle avait raison : elle était une démone. Pourquoi s'inquiétait-il de ce qu'elle ressentait ? De sa fragilité ?

— Donc c'est ce que tu veux ? Tu as vraiment envie que je te baise comme un animal ? demanda-t-il en faisant demi-tour.

— Oui, murmura-t-elle.

L'instant d'après, il était sur elle. Il la retourna et la pencha en avant sur l'accoudoir du fauteuil. D'une main, il releva sa jupe, tandis que, de l'autre, il sortait son membre en érection. À la vue de ses fesses rondes et fermes, le souffle de Kynan accéléra. Il s'accorda donc le temps de caresser sa peau douce. Gem frissonna et s'appuya indécemment contre lui. Incapable d'attendre et non désireux de ralentir le processus, il lui arracha sa culotte – rouge, comme il le pensait – et pénétra la démone d'un coup de reins puissant.

Il sentit une légère résistance, mais trop tard, puis elle poussa un cri de douleur qui se prolongea après qu'il s'est figé.

— Putain ! (Il ferma les yeux en prenant une inspiration profonde et tremblotante.) Pourquoi tu ne m'as rien dit ?

— Parce que j'avais peur que tu ne le fasses pas si tu le savais, avoua-t-elle en baissant la tête afin de lui cacher son visage.

Il se retira en grondant.

— Sans déconner ! Évidemment que je ne l'aurais pas fait, putain !

Merde, merde, merde, merde !

Son érection déjà disparue, il rangea son membre dans son caleçon et s'effondra contre le mur avant que ses genoux cèdent. Une vierge. Il n'en avait connu qu'une avant elle.

Lori.

Il avait également été vierge au moment de leur rencontre. Il venait de fêter ses dix-huit ans et s'embarquait pour un camp d'entraînement. Elle se trouvait au CIRFA pour s'engager. Ils avaient eu le coup de foudre et, même s'il n'avait jamais vraiment espéré la revoir, ils s'étaient retrouvés affectés à la même base. Ils s'étaient fréquentés pendant six mois avant de se marier sur un coup de tête. Cette nuit-là, Kynan lui avait pris sa virginité, lentement et tout en douceur. Cela avait été une expérience fabuleuse pour tous les deux.

Et voilà qu'il venait de prendre la virginité de Gem brutalement, sans même lui donner un orgasme en échange.

— Bon sang, Gem, dit-il avec lassitude. Pourquoi moi ? Pourquoi tu t'es donnée à moi après avoir tenu aussi longtemps ?

Elle lui fit face en baissant sa jupe de ses mains tremblantes.

— Je suis amoureuse de toi depuis des années, lui confia-t-elle sans le regarder. Depuis la première fois où je t'ai vu au Mercy General.

Cela lui semblait si loin. À l'époque, Kynan emmenait les Gardiens à cet hôpital pour consulter un médecin qui connaissait l'existence du combat entre les Aegis et les démons. Gem y exerçait comme interne sans qu'il soupçonne à aucun moment qu'elle était une démone.

— Je n'ai jamais pu me résoudre à coucher avec quelqu'un d'autre, poursuivit-elle. Même si je savais que j'avais autant de chances avec toi qu'une boule de neige en enfer. (Elle renifla et essuya une larme du revers de la main.) Tout ce que je voulais… c'était te donner quelque chose de pur. C'est tout ce que j'ai. Tout ce que j'avais. À part ça, tout en moi est sali par mon sang de démon. Mais j'avais cela, et ça t'a toujours appartenu.

Oh bordel !

Le cœur de Kynan se serra comme si un étau invisible se refermait sur lui. La honte lui donna la chair de poule. Qu'était-il censé répondre à cela ?

La sonnerie du téléphone le fit sursauter et, quand il sortit son portable de sa poche, il s'en voulut de trembler.

— Oui ?

— Ky, mon vieux, c'est Arik. Je n'arrive pas à joindre Runa et j'ai des informations qui pourraient s'avérer importantes. Tu sais comment contacter Shade ?

Kynan aurait juré que son interlocuteur s'était étranglé en prononçant le nom du seminus. Pas surprenant, s'il savait que sa sœur était unie à lui, un démon.

— Je vais voir ce que je peux faire, répondit-il avant de raccrocher. Je dois y aller, annonça-t-il sans un coup d'œil à Gem.

Il partit sans se retourner, se comportant exactement comme le lâche qu'elle l'accusait d'être.

Tandis que Runa reprenait connaissance, l'obscurité l'enveloppa, tellement épaisse qu'elle se demanda si ses yeux étaient bien ouverts jusqu'à ce qu'elle batte plusieurs fois des paupières.

— Runa. *Lirsha*. Réveille-toi.

L'inquiétude de Shade déchira les ténèbres. La jeune femme leva la tête avec un gémissement quand une douleur cinglante lui transperça l'arrière du crâne. Elle déglutit dans une tentative vaine de ravaler la nausée qui bouillonnait dans son estomac. Où était-elle ?

Une lumière orange clignota à la lisière de son champ de vision quand elle s'assit sur le sol de pierre froide avec le cliquetis des chaînes attachées à ses chevilles. La luminosité la fit loucher. Des bougies ? Non, des torches. Familières. Elle huma l'air et détecta une odeur oppressante de sang, de moisissure, d'excréments et de terreur.

Oh mon Dieu !

Elle était de retour dans les cachots de Roag. Prise d'un haut-le-cœur, elle se pencha juste à temps pour éviter de vomir sur ses genoux. Ses tripes se contractèrent et se vidèrent de leur contenu chaud. Derrière le sifflement de ses oreilles, elle entendait Shade répéter son prénom d'une voix de plus en plus inquiète à chaque seconde.

Quand le souvenir de sa capture lui revint à la vitesse d'un train, elle espéra s'évanouir de nouveau et basculer dans l'ignorance la plus totale. Elle ferma les yeux et envisagea de se rouler en boule dans cette intention précise. Elle l'avait déjà fait, un jour où son père alcoolisé s'était encore déchaîné. Trois jours durant, elle était restée au fond de son placard, voyageant par l'esprit vers des contrées plus agréables où rien de ce qui se passait autour d'elle ne l'atteignait. Les médecins avaient diagnostiqué une catatonie dont ils avaient fini par la sortir, mais elle n'avait jamais oublié avec quelle facilité elle y était entrée.

Avec quelle facilité elle pourrait y retourner maintenant.

— Runa, bébé, reste avec moi.

Shade avait compris. Il savait à quoi elle pensait, il connaissait sa faiblesse. Il avait chassé la culpabilité qui la tenaillait depuis des années, mais pas l'enfant qu'elle avait été. Il insistait sur le fait qu'elle avait changé au cours de cette dernière année, qu'elle était devenue plus forte, mais son envie de se rouler en boule et de se laisser aller prouvait combien elle était encore faible.

— Runa, l'appela la voix profonde, traînante et autoritaire d'Eidolon, la sortant de son brouillard d'apitoiement. Regarde-moi.

Toujours à quatre pattes, elle tourna la tête vers lui. Elle y voyait plus clair, mais cela n'arrangeait pas forcément la situation. Elle croyait se trouver dans une cellule similaire à celle où elle avait été enfermée avec Shade, mais c'était pire.

Ils étaient bien dans les cachots de Roag : dans la grande salle où le démon rangeait ses instruments de torture. On avait enchaîné Runa au mur et enfermé Shade et ses frères dans des cages individuelles, nus. Shade se pressait contre les barreaux de la cage du milieu comme pour essayer de se rapprocher d'elle au maximum, et son corps oscillait entre transparence et opacité.

— Oh ! Shade ! chuchota-t-elle.

— Écoute-moi, reprit Eidolon depuis la cage située à gauche de Shade.

Il était assis contre les barreaux du fond, les bras sur les genoux comme s'il se prélassait chez lui devant la télé.

— Plus Shade s'inquiète pour toi, plus son maléfice progresse vite. Si tu meurs, son chagrin l'achèvera. Il faut que tu t'accroches. Sois forte.

— Elle l'est, répliqua Shade. (Il plongea son regard noir, virant à l'obsidienne à force d'intensité, dans les yeux de Runa.) Tu es forte. Tu vas tenir le coup.

Roag sortit de l'ombre de la cage d'escalier, de l'autre côté de la salle, suivi par deux démons solidement charpentés à tête de bélier.

— Et ce serait un joli coup, non ? De survivre à ça, je veux dire.

Il s'élança en avant, faisant voler sa toge noire en un geste gracieux et théâtral.

Debout dans un coin de sa cage, la tête ballante et les cheveux collés au visage par du sang séché, Wraith feula. Runa en eut le souffle coupé. Il ressemblait à… à un démon, en fait. Il affichait un masque de rage, des canines aussi longues que celles d'un tigre et ses yeux brillaient comme des charbons ardents. Il n'était qu'une masse de sang et de contusions, pire que Shade et Eidolon. Quand Roag s'approcha, la rage s'empara de Wraith. Il se jeta sur les barreaux encore et encore, comme pour briser tous les os de son corps afin de se glisser entre eux. Shade essaya de le calmer, mais rien n'y fit.

— Il est tellement irritable, commenta Roag avec désinvolture. Enfin, je le serais sûrement aussi, si on m'avait gardé en cage et torturé pendant vingt ans.

— Tu nous tiens tous, maintenant, lança Eidolon en se levant. Qu'est-ce que tu veux de plus ?

Derrière Roag, les deux démons herculéens allumèrent un feu dans la cheminée.

— J'ai une liste d'un kilomètre de long, frangin. Elle commence par de la souffrance et elle finit par de la souffrance, précisa-t-il avec un sourire. Et tu t'y connais bien, E, non ?

Wraith se figea dans sa cage, la tête baissée, haletant et fusillant Roag du regard.

— La ferme ! aboya Eidolon en secouant sa cage. Ferme ta putain de gueule !

— Pardon ? Tu ne veux pas que ce pauvre petit Wraith sache tout ce que tu as enduré à sa place ?

— E…

Le grondement sourd de Wraith vibra jusque dans la moelle de Runa. Une grave révélation allait être dévoilée.

Roag se tourna vers Wraith.

— Tu as sûrement déjà pas mal morflé de découvrir que Shade prenait son pied en torturant des femelles. J'imagine qu'apprendre ce que le Conseil des vampires inflige à Eidolon tous les mois va te démolir encore plus.

Ça pourrait bien te faire complètement péter les plombs. Tu n'as jamais été très stable.

— Espèce de salaud, marmonna Eidolon. Je te faisais confiance. Je tenais à toi !

— Pas moi, reconnut Shade en haussant les épaules. Tu as toujours été un connard.

Roag lança un ordre dans une autre langue à ses sous-fifres, qui jetèrent des tisonniers en fer dans le feu, et le sang de Runa se glaça comme un fleuve en hiver.

— Ce sera bientôt ton tour, Shade, annonça Roag en s'approchant de la cage de Wraith tout en gardant une marge de sécurité. Tu as remarqué que le Conseil des vampires t'avait laissé tranquille ? Que tu pouvais tuer à tout-va sans qu'ils en aient rien à foutre ? C'est parce que, il y a longtemps de ça, notre cher et tendre frère Eidolon s'est porté volontaire pour subir ta punition à ta place.

À la pâleur de Wraith, Runa crut qu'il allait s'évanouir.

— Non.

— Tu n'es qu'une merde, murmura Eidolon. Je vais te mettre en pièces de mes propres mains.

— Oh ! Tu vas bien découper l'un de nous, mais on en reparlera plus tard, promit Roag sans détacher son attention de Wraith. Maintenant, petit frère, est-ce que tu sais qu'il subit ces châtiments parce que tu tues plus d'humains que le nombre auquel tu as droit chaque mois ? Tu sais qu'ils torturent Eidolon pendant des heures entières ? Quand ils en ont fini, il ne reste plus un centimètre de son corps qui ne saigne pas. Et le plus amusant, c'est que ça dure depuis des années. J'ai tout fait pour qu'il en soit ainsi.

Eidolon écarquilla brusquement les yeux.

— C'est toi. Tu prends la forme de Wraith et tu commets ces meurtres.

— Wraith n'a pas besoin de mon aide pour dépasser son quota et te faire torturer. En fait, j'aime juste tuer des humains.

Wraith se mit à trembler. Ses yeux étaient si accablés et si tristes que sa détresse était presque palpable.

— Pourquoi, E ? s'enquit-il d'une voix cassée. Pourquoi tu ne m'as rien dit ?

— Imbécile ! l'insulta Roag en éclatant de rire. Ils ne t'ont rien dit parce que tu n'es qu'une sale larve faiblarde. Je n'ai jamais compris pourquoi ils ne t'avaient pas laissé mourir dans cet entrepôt.

— Wraith, ne l'écoute pas, intervint Shade sur un ton froid et autoritaire afin de retenir l'attention de son frère. E a supporté ces châtiments parce que tu en as déjà subi assez. C'est pour la même raison que nous ne t'en avons pas parlé.

— Il n'a pas subi la moitié de ce qu'il aurait dû, répliqua Roag. Aucun de vous, d'ailleurs.

Il claqua des doigts et deux autres démons – qui avaient dû descendre l'escalier pendant que Runa était absorbée par la conversation – amenèrent une femelle blafarde qui se déplaçait comme un zombie.

Et pour cause : Runa s'aperçut avec horreur qu'il s'agissait bel et bien d'un zombie.

Seigneur ! C'est celle que j'ai tuée quand je me suis évadée avec Shade.

— Putain de malade mental ! s'exclama Shade, les yeux rivés sur la femelle. Tu l'as ranimée.

— Oui, et c'est ta compagne qui va verser le sang sacrificiel dont j'ai besoin pour ramener entièrement à la vie celle que j'aime.

Shade retroussa les lèvres en un grognement silencieux. Dans un mouvement si rapide que Runa ne le vit qu'une fois terminé, il se transforma en une espèce de démon extrêmement maigre et passa un bras anormalement long à travers les barreaux pour attraper Roag. Ses griffes se refermèrent sur la poitrine de ce dernier, faisant gicler du sang sur le chevalet en bois placé à côté de lui.

Roag bondit en arrière en glapissant. Une colère froide et inhumaine flamboya dans ses yeux.

— Je vais adorer te faire souffrir. Je vais adorer vous faire du mal à vous tous. (Il se tourna vers Eidolon en portant sa main à son torse.) Est-ce que je t'ai raconté le meilleur ? Non seulement je vais tuer Runa sous les yeux de Shade et le regarder disparaître pour toujours, mais je vais amputer Wraith de certaines parties de son corps, le dépecer et t'obliger à me greffer tous les bons morceaux.

La mâchoire de Runa en tomba presque par terre. Les yeux d'Eidolon se tintèrent d'un rouge furibond et s'éclairèrent comme des guirlandes de Noël. Des guirlandes d'un Noël démoniaque.

— Qu'est-ce qui te fait croire que je vais accepter ? demanda Eidolon d'une voix qui semblait venir du fin fond de l'Enfer.

— Parce que, mon cher frère, si tu refuses, tu n'as pas la moindre idée des tortures que j'infligerai à Tayla.

La terreur d'Eidolon percuta Runa comme une décharge glaciale.

— Tu ne détiens pas Tayla.

— Pas encore, mais ça viendra. Je vais l'attirer ici grâce à ta douleur.

— E, ne l'écoute pas, intervint Shade en secouant la tête. Rappelle-toi : Wraith ne me sentait pas quand j'étais ici.

— J'ai retiré le sort de camouflage, rétorqua Roag. Elle viendra. Et je serai là pour l'accueillir.

D'un pas raide, il se rendit près du feu où plusieurs fers chauffaient. Il adressa un signe de tête aux deux énormes démons, qui prirent chacun un tison dans la braise. Avec un sourire, Roag se retourna vers Shade.

— À nous de jouer, les garçons.

Chapitre 20

Kynan échoua dans ses recherches. Bon sang ! Il ne trouvait pas non plus Eidolon ni Wraith. De retour à l'hôpital, il s'apprêtait à rappeler Eidolon quand son portable sonna, affichant le numéro de celui-ci.

— Ouais ?

— C'est Tayla, se présenta celle-ci d'une voix vibrante de panique. Eidolon est blessé. Oh mon Dieu ! Kynan, c'est grave.

Il ressentit à la fois une montée d'adrénaline, une impression de chute libre au creux de son estomac et comme une accélération ascensionnelle dans son crâne. Il s'efforça de conserver sa voix posée de médecin.

— Calme-toi et dis-moi ce qui s'est passé.

Un sanglot lui répondit à l'autre bout du fil.

— Il m'a appelée il y a plusieurs heures depuis l'hôpital. Wraith avait besoin de lui. Chez Shade, je crois. Wraith était fou d'inquiétude. Je n'ai pas eu de ses nouvelles depuis. Oh mon Dieu !

Un frisson glacial grimpa le long de l'échine de Kynan. Si les frères étaient ensemble et que l'un d'eux souffrait, ils avaient sûrement des ennuis.

— Tayla, écoute-moi. Tu sens Eidolon, n'est-ce pas ? C'est comme ça que tu sais qu'il souffre ?

— Oui. Il faut que je le rejoigne.

— Tu peux le trouver ? Tu peux utiliser votre lien pour le localiser ?

— Oui… il avait dit que les cachots de Roag se trouvent en Irlande. J'y vais tout de suite.

— Tu ne dois pas y aller toute seule. Je t'accompagne.

— Tu ne peux pas emprunter la Porte des Tourments.

Kynan poussa un soupir. Les restrictions s'appliquant aux humains lui avaient échappé, un instant. Seuls les êtres à l'âme noire ou les humains inconscients étaient en mesure de traverser ces portails. Par conséquent, il allait falloir l'assommer. Cette simple idée lui donna la chair de poule : on racontait que si un humain se réveillait à l'intérieur, il en ressortait mort.

— On peut contourner les restrictions, déclara-t-il. Retrouve-moi à l'hôpital.

— J'ai besoin de Gem. Tu sais où la trouver ?

— Je vais l'appeler.

— Elle ne répond pas sur son portable. Elle était contrariée par un connard qui s'est payé sa tête ou un truc dans le genre… Donc elle est allée au *Vamp*. Tu peux la rejoindre là-bas ?

Merde ! Le *Vamp*. La discothèque gothique de l'Enfer. Et Kynan savait parfaitement bien qui était le « connard » en question.

— Tay, ne fais pas de bêtises, n'y va pas toute seule. Attends que nous soyons tous arrivés à l'hôpital, OK ?

— Dépêche-toi, Kynan.

Il raccrocha et prit la direction du *Vamp*. La boîte de nuit était obscure, bruyante et étrange. Ce devait être une soirée spéciale death metal. Kynan se fraya un passage à travers la masse fluctuante des corps en serrant les dents à force de se sentir écrasé. La moitié des gens portaient trop de vêtements, tandis que l'autre moitié, pas assez. Aucun doute que Gem appartenait à ces derniers. À cette pensée, il serra les poings avec une colère qu'il n'avait pas le droit de ressentir.

Distinguant une tête noir et bleu qui dansait devant lui au milieu de la foule, il fila droit vers elle. Il la vit le premier. Malgré la jalousie qui le brûlait à la vue d'un grand vampire mimant l'accouplement en dansant, Kynan ne pouvait s'empêcher d'admirer la démone.

Depuis les talons de quinze centimètres de ses bottes noires jusqu'à sa minijupe de la même teinte, elle était toute en jambes longues, dont une arborait des roses tatouées à l'intérieur de sa cuisse. Gem portait un corset rouge à lacets qui faisait ressortir ses seins magnifiques et, autour de son cou gracieux, son collier clouté pour chien était relié à son haut par une chaîne. Kynan n'avait jamais été attiré par le style gothique, mais elle le portait à merveille et il se surprit à vouloir être à la place du naze auquel elle se frottait.

Celui-ci donnerait sûrement à Gem ce que Kynan lui avait refusé. Il l'emmènerait certainement chez lui, où il lui ferait l'amour avec attention et sans colère. Il lui procurerait un orgasme en allant et venant en elle, tout en l'embrassant et en caressant sa peau douce.

Toutefois, Kynan concevait difficilement qu'un type maquillé de blanc, d'eye-liner et de rouge à lèvres noirs puisse être un bon amant. De toute façon, il ne voulait imaginer personne en train de coucher avec Gem.

Comme si elle percevait sa présence, elle fit volte-face. Ses yeux verts étincelèrent de surprise avant de se plisser malicieusement avec une lueur menaçante.

Elle repoussa le type en chaleur et traversa la foule à coups d'épaules sans détacher son attention de Kynan.

Merde !

Comme ensorcelé, il restait planté là, totalement empoté, tandis qu'elle venait à lui, contre lui, seins contre torse. Elle l'empoigna par le col pour l'attirer le plus près possible de sorte qu'il glisse une jambe entre les siennes. Aucune chance qu'elle ne sente pas l'érection qui lui brûlait le ventre, tout comme lui ne pouvait manquer la chaleur qu'elle frottait contre sa cuisse.

Elle se vengeait, il le savait. Il aurait adoré lui laisser l'occasion de le chauffer puis de s'en aller, mais des vies étaient en jeu. Toutefois, il prit le temps de poser les mains sur ses fines hanches et de venir contre elle dans sa propre version de la danse érotique du faux vampire. À en juger par les halètements de Gem, Kynan se débrouillait mieux que l'autre.

Ses yeux brûlaient de passion. Bien qu'il sache que ce n'était pas sage, Ky s'empressa de lui prendre la bouche brutalement. Le baiser qu'elle lui rendit lui coupa le souffle et les pensées, lui faisant presque oublier l'objet de sa présence ; mais il s'en souvint et se força à se détacher d'elle.

— Je ne suis pas venu pour ça, cria-t-il par-dessus la musique.

— Sans déconner ? répondit-elle en planta ses poings sur les hanches. Je n'ai jamais cru que tu étais venu pour me sauter devant une salle bondée alors que tu ne veux même pas le faire en privé.

Celle-là, il l'avait bien méritée.

— Tayla a besoin de nous.

Il la prit par la main et l'entraîna dehors, où elle l'obligea à s'arrêter.

— De quoi tu parles ?

— Les frères seminus ont disparu, expliqua-t-il en l'éloignant de la file d'attente. Runa aussi. D'après Tayla, E souffre.

— Roag ?

— Sûrement. On va les chercher.

À cet instant, le téléphone de Kynan retentit et il le sortit de sa poche en se dirigeant vers sa Mustang. L'écran affichait le nom d'Arik.

— Ouais ?

— Tu as retrouvé ma sœur ?

— J'ai une piste, mais je ne peux pas la suivre tout de suite.

Arik jura.

— Je suis en route pour New York. J'ai un message pour elle, si jamais tu la retrouves avant moi.

Kynan écouta et, bien qu'il ne pige pas un broc de ce qu'Arik lui racontait, il promit de transmettre l'information à sa sœur.

S'ils survivaient à cette nuit.

Shade patientait dans sa cage. Il attendait que Roag revienne poursuivre son petit jeu.

Un jeu, oui. Poignarder Eidolon et Shade avec des tisons chauffés à blanc, quelle rigolade ! Au moins, Roag avait fait sortir ses sous-fifres et sa copine pour laisser ses frères souffrir en paix un moment.

Assis dans un coin de sa cage, Eidolon s'efforçait de cacher sa douleur. Il ne voulait pas que Tayla vienne le retrouver, mais Shade craignait qu'il soit trop tard.

Ce dernier se frotta la cuisse à l'endroit où un fer l'avait profondément blessé, mais comme pour la plupart de ses plaies, la chaleur avait cautérisé celle-ci, empêchant son sang de couler.

Bien que Roag ait menacé de laisser ses larbins violer Runa, cela ne s'était pas encore produit – *grâce aux Dieux!* – et ils n'avaient pas non plus touché à Wraith, même s'il était le plus amoché de tous.

Quand Eidolon et Shade s'étaient fait brûler, poignarder et rouer de coups, leur frère était devenu fou. Il s'était jeté contre sa cage jusqu'à n'être plus qu'un ramassis de chair ensanglantée. À présent, il restait immobile comme une statue, les yeux braqués sur l'escalier par lequel Roag avait disparu. Son expression criait au meurtre, avec une pointe de folie qui en disait long sur l'état d'esprit dans lequel il se trouvait et que Shade n'enviait pas.

Wraith n'avait ni bougé ni prononcé un mot depuis des heures, quoi que Shade puisse faire ou dire. Celui-ci se demanda si son petit frère s'en remettrait un jour.

En supposant qu'ils survivent.

Quand Shade songea à ce que Roag leur réservait, un frisson le traversa. La mort était une chose, mais prélever des organes et la peau de Wraith vivant, puis obliger Eidolon à les greffer sur Roag…

Nom de Dieu!

Shade secoua sa cage, dans l'espoir de chasser la fureur dans son regard.

— Bébé ? Ça va ?

Elle ne le quittait pas des yeux depuis le départ de Roag. Elle était devenue aussi folle que Wraith pendant les jeux de Roag et de ses sous-fifres. Ses chevilles étaient en sang à force d'avoir tiré sur ses chaînes.

— Je vais le tuer.

Sa voix était éraillée à force de crier, mais il n'y avait aucune retenue dans ses paroles. Shade savait qu'elle arracherait le cœur de la poitrine de Roag à la première occasion.

Il prit une profonde inspiration qui gonfla son cœur de sang et d'un amour si chaleureux, si merveilleux que ses yeux menacèrent de verser des larmes de fillette.

— Putain ! Shade ! s'écria Eidolon en se levant d'un bond.

— Oh non ! Shade ! Non ! hurla Runa.

Il baissa les yeux et le sol s'écroula sous ses pieds. Il voyait à peine son corps. Il disparaissait et, à ce rythme, il ne lui restait plus que quelques minutes d'existence devant lui.

Kynan, Gem et Tay se tenaient près de la Porte des Tourments de l'UG. Tayla leur avait fait gagner un temps précieux en ayant déjà fouillé les alentours des portails irlandais. Une fois trouvé la bonne porte et neutralisé le démon qui la gardait, elle était repassée prendre Ky et Gem à l'hôpital.

Cette dernière n'avait pas adressé un mot à l'homme depuis leur départ du *Vamp*.

— Est-ce que tu as contacté une cellule irlandaise de l'Aegis pour assurer tes arrières ? s'enquit-elle.

— J'aurais bien voulu, répondit sa sœur, mais je ne peux pas compter sur eux pour tuer uniquement nos ennemis et ne pas blesser les démons.

Ky hocha la tête.

— Je suis d'accord. Ils pourraient nous être très utiles, mais nous aurions beaucoup trop de choses à leur expliquer, surtout si vous changez de forme, toutes les deux. En plus, nous avons déjà de l'aide.

Un murmure d'assentiment passa parmi les démons qui formaient un arc de cercle autour d'eux : des membres de l'hôpital qui avaient insisté pour les accompagner. La quasi-totalité du personnel de garde s'étaient portés volontaires pour secourir Eidolon et ses frères, ce qui témoignait de leur loyauté et contredisait la réputation d'égoïsme des démons.

Avec un sourire, Tayla attacha ses cheveux roux en queue-de-cheval.

— Qui l'eût cru ?

Comme à son habitude, elle portait sa tenue de combat en cuir rouge – couleur que la plupart des démons ne voyaient pas et qui rendait son porteur presque invisible à leurs yeux.

— Ouais. Des démons pas si méchants. Première nouvelle ! (Il lança un regard à Gem, mais reporta vite son attention sur Tay.) Parée au décollage ?

— Fin prête.

Tayla tendit la main et il lui remit une des deux seringues qu'il avait préparées. Leur contenu lui ferait perdre connaissance pendant environ cinq minutes, assez longtemps pour faire passer son cul d'humain par la Porte des Tourments. Il n'y était pas allé de main morte sur la dose : il ne voulait pas être dans les pommes plus que nécessaire, mais il avait encore moins envie de se réveiller en plein milieu du transfert. S'il devait mourir, il préférait que cela se passe pendant la bataille qu'à l'intérieur du portail.

— Vous savez tous comment ça marche ? demanda Tayla en s'adressant à tout le monde. Dès qu'on sort de la porte, je pars devant. Je suis sûre que ce salaud m'attend, donc je vais me laisser capturer. Vous nous suivrez et quand je serai dans le château, vous profiterez du moment où ils s'occuperont de moi pour les attaquer. OK ?

Ky n'aimait pas l'idée que Tay se sacrifie, mais ils n'avaient pas le choix. Des murmures d'assentiment s'élevèrent au-dessus des bruits de fond de l'hôpital. Gem suspendit un gros sac d'armes à son épaule. Tay s'était équipée de diverses armes un peu partout sur son corps, comme Roag s'y attendait certainement. Ky aussi était chargé du poids rassurant de tout son équipement habituel. En sus, il emportait une trousse de secours.

Avant que Tay le pique, il la saisit par le poignet.

— Si je ne me réveille pas dans les quatre minutes qui suivront notre arrivée en Irlande, dis à Gem de m'injecter l'antiépileptique rangé dans la trousse.

Il courait un risque en prenant le stimulant à base d'adrénaline qu'Eidolon avait mis au point pour les patients hybrides humain-démon, mais Kynan se devait d'être opérationnel immédiatement.

— Promis.

Abasi, un énorme lion-garou, vint se poster derrière lui quand Tay lui administra le contenu de la seringue. Instantanément, tout devint noir autour de Kynan et il eut juste le temps de sentir Abasi le retenir avant de perdre connaissance.

Chapitre 21

Runa ne verrait bientôt plus Shade. Elle ne détournait pas son attention de lui et ne pouvait pas retenir les larmes qui coulaient sur ses joues. Eidolon disait à Shade de ne pas la regarder, car cela semblait aggraver sa transparence, mais il gardait ses yeux braqués sur elle. Sa tristesse évidente la dévastait. Bon sang ! Elle voulait crier à en perdre haleine… à en perdre l'esprit.

— Ding dong ! C'est l'heure !

Le ton chantant de Roag envoya une décharge glacée dans le dos de Runa. Il fit entrer sa petite amie zombie dans la cellule et l'assit sur une table d'autopsie installée après les tortures de Shade et d'Eidolon.

— Et j'ai un cadeau pour vous.

Le bruit de quelqu'un se débattant dans un cliquetis de chaînes leur parvint de l'escalier. Sous les yeux de Runa, trois démons traînèrent dans la salle le corps ensanglanté d'une femelle humanoïde. L'expression dévastée d'Eidolon lui indiqua qu'il s'agissait de Tayla.

Elle devait être extrêmement forte, car les trois démons, pourtant deux fois plus grands qu'elle, luttaient pour la maîtriser.

— Ravi que tu aies pu te joindre à nous, l'accueillit Roag. Tu y as mis le temps. Je commençais à croire que tu t'en fichais.

— Si tu touches à un seul de ses cheveux, je ne ferai rien de ce que tu attends, jura Eidolon.

Roag grogna.

— Tu changeras d'avis quand mes hommes la violeront.

Il indiqua un coin de la pièce, où une créature colossale munie de longues défenses les observait d'un regard purement diabolique et libidineux.

— Ce sera le premier. (Roag se rendit auprès de Runa et la libéra.) Bien entendu, je ne veux pas que celle-ci soit jalouse.

Runa éprouva une sensation de brûlure et, du coin de l'œil, elle vit pourquoi. Roag venait de lui planter une sorte d'aiguille à tricoter en argent dans l'épaule, sans aucun doute afin de l'empêcher de se transformer. Cela l'affaiblissait également assez pour lui interdire de se débattre. Ainsi, ce fut avec une détestable impression de mollesse qu'elle fut traînée à côté de la morte-vivante.

Roag accrocha le poignet de Runa à une énorme table en pierre et se retourna pour attraper un étrange cimeterre à dents de scie suspendu au mur. Avec un sourire, il en lécha le tranchant.

— Ça va faire mal, Runa. Ce n'est pas une obligation, mais sinon ce ne serait pas drôle. (Il passa sa langue sur la lame presque amoureusement avant de reprendre la parole.) Tu vois, ma chère Sheryen a besoin de ton sang, mais il lui faut aussi ton cœur. Tant qu'il bat encore, bien sûr, précisa-t-il en caressant la joue de sa compagne.

Quand il rendit son coup d'œil à Runa, il lui apparut exactement tel qu'elle avait fini par imaginer les démons, dans les moindres détails : une folie diabolique dans les yeux, une haine profonde pour tout ce qui existait de bon, de l'amour pour tout ce qu'il y avait de mauvais et d'atroce.

— Maître ! s'écria une créature verte à ramure en dévalant l'escalier, la main crispée sur le moignon ensanglanté de son bras. On nous attaque !

Au-dessus de leurs têtes, le fracas des épées et des coups de poing s'ajouta à des couinements de douleur. À l'instant où le vacarme éclatait, un éclair de lumière aveugla presque Runa et une espèce de monstre apparut à la place de Tayla. La chose lui ressemblait, mais en plus grand, avec des ailes de chauve-souris et une peau écailleuse.

Sans oublier des crocs et des griffes énormes. Les chaînes qui retenaient la créature se désagrégèrent et elle bondit sur Roag.

Pendant un temps, il sembla que le monstre Tayla allait lui botter le train, mais les sous-fifres intervinrent et elle commença à crouler sous leur nombre. Roag, dont une plaie béante à l'épaule dégoulinait de sang, abaissa son épée des deux mains en poussant un grognement. Tayla hurla et reprit forme humaine en une seconde, la lame plantée dans le ventre.

Eidolon laissa échapper un cri de lamentation qui résonna dans les cachots. Portée par un froid morbide, sa plainte persista plus longtemps que la normale.

La bataille se rapprochait, mais Runa ne parvenait pas à détacher son regard de la compagne d'Eidolon, qui se tordait de douleur au sol.

— Va voir ce qui se passe là-haut ! aboya Roag à un de ses sous-fifres.

Le grand démon libidineux arriva au bas de l'escalier au moment où des dizaines de démons s'en déversèrent.

Désemparée, Runa vit Kynan, Gem et une ribambelle de démons, certains vêtus de la blouse de l'hôpital, engager un combat sanglant et violent. Quand Gem reçut un coup à la tête et s'effondra par terre, Kynan dégaina un pistolet de sa veste en cuir et ouvrit un trou de la taille du poing dans le torse du responsable.

Pourtant, malgré l'impressionnant arsenal de Kynan, les hommes de Roag prenaient la main et dominaient leurs assaillants, lentement mais sûrement. Roag restait sur le côté, protégeant Sheryen de tout son être.

Le temps sembla ralentir, rythmé par les coups de poing que Runa avait l'impression de recevoir dès qu'un ami tombait. Son pouls tambourinait contre ses tympans, étouffant les cris de douleur et le fracas du métal. Dans leurs cages, Shade et ses frères se jetaient contre les barreaux pour essayer d'enfoncer les portes.

— Runa ! l'appela une voix à peine audible depuis le tourbillon de désespoir dans lequel elle basculait.

Roag était en train de gagner. Elle allait mourir dans d'atroces souffrances et Shade souffrirait pour l'éternité.

— Runa ! Le maléfice…

À l'aide d'une arme étrange, une double lame en forme de S, Kynan infligea une profonde entaille au flanc du démon qu'il affrontait. Il se fraya un passage vers Runa avec une expression féroce et imperturbable.

Pourtant, ce qu'il voulait lui dire devrait attendre : une lame mordit la chair de la jeune femme en pleine poitrine et Roag fondit sur elle, les yeux brûlants de malveillance.

— Assez patienté, grogna-t-il. C'est le moment de me donner ton cœur.

— Non ! hurla Shade en se jetant de tout son poids contre la porte de sa prison.

La terreur et l'adrénaline décuplaient sa force. La porte se tordit, mais ne céda pas. Ces cages étaient conçues pour résister aux démons les plus puissants, et l'espace entre les barreaux était trop étroit pour permettre à n'importe quelle espèce de s'y faufiler.

Toujours au-dessus de Runa, Roag leva les yeux et décocha à Shade un sourire à faire froid dans le dos.

D'un coup de coude, Kynan écarta un darquethoth et se rapprocha assez de Runa pour gifler Roag du revers de la main. La tête de ce dernier partit en arrière avec un craquement et du sang gicla de son nez écrasé. Le darquethoth sauta sur le dos de Kynan, mais l'humain montra les dents et se jeta en avant. Shade retint son souffle en priant tous les Dieux qui voudraient bien l'entendre de laisser Kynan aider Runa.

Malheureusement, le darquethoth saisit son adversaire par les bras et l'entraîna plus loin. Kynan appela Runa d'une voix étouffée, mais ce qu'il dit la fit écarquiller les yeux. Dans un dernier effort monumental, Kynan bondit, bras tendus, et abattit sa lame si près du poignet de Runa que Shade s'attendit à voir tomber sa main.

Au lieu de cela, la chaîne se rompit, libérant la jeune femme. En dépit de la baguette en argent plantée dans son épaule qui la handicapait, elle roula sur le côté et attrapa Roag à l'aide de ses jambes. Avec un grognement, elle le propulsa sur la cage de Shade.

Les Dieux avaient répondu à son appel et il ne les décevrait pas. Quand son frère percuta la porte, Shade lui agrippa le bras. L'étroitesse des barreaux et son corps disparaissant lui laissaient peu de chance de vaincre Roag, mais bon sang, il allait lui mettre la dérouillée de sa vie.

— La famille ! retentit la voix de Runa à travers la clameur du combat au moment où il tirait Roag d'un coup sec et si fort que son crâne craqua contre un barreau. Ton maléfice ! Arik !

Ce qu'elle disait n'avait aucun sens.

— Quoi ?

Tandis qu'elle descendait tant bien que mal au bas de l'autel sur lequel Roag l'avait déposée, Shade perçut le râle douloureux de sa respiration.

— Il a trouvé une nouvelle traduction pour ta malédiction : être aimé… ou famille.

Il en avait déjà discuté avec Wraith. Il pouvait se débarrasser du *Maluncœur* en le transférant à un être aimé…

La famille. Ou… la famille.

Par les squelettes de l'Enfer ! Était-ce possible ? Il ne prit pas le temps d'y réfléchir davantage. Il tenait Roag et, bien que son frère commence à échapper à son étreinte, Shade prononça les mots que Wraith lui avait demandé de dire.

— *Solumaya. Orentus. Kraktuse* !

Rien ne se produisit.

Merde !

Puis, soudain, l'air se mit à vibrer entre Shade et Roag. Lentement, le corps du premier redevint opaque tandis que le second se faisait si transparent par endroits que son frère voyait Runa à travers.

Oui !

Profitant que l'euphorie lui redonnait des forces, il s'accrocha à Roag, qui ne semblait pas conscient de porter désormais la malédiction de Shade.

Après s'être difficilement approchée d'eux, Runa vola la clé accrochée à la ceinture de Roag et recula d'un bond quand il voulut la gifler. L'un des larbins s'élança vers elle, mais Gem saisit la créature reptilienne par le cou et la jeta à terre.

— Libère Eidolon ! cria Shade à Runa.

Il tenait Roag trop près de la porte de sa cage. Il ne pouvait pas courir le risque qu'elle soit blessée.

Une fois libre, Eidolon mit Roag à terre d'un coup de poing en plein visage, puis il fonça vers Tayla tandis que Runa déverrouillait la cage de Shade. Celui-ci en sortit comme une flèche. Les ennemis approchaient et Roag se relevait déjà. Dans un même mouvement fluide, Shade plaqua sa compagne contre la cage et arracha la barre en argent de son épaule. Son cri étouffé lui creva le cœur.

— Je suis désolé, souffla-t-il.

Quand il posa les doigts sur la blessure, il regretta de ne pas disposer du don d'Eidolon. Tout ce qu'il pouvait faire pendant les quelques secondes dont ils disposaient, c'était stimuler la libération d'endorphines pour soulager la douleur de Runa.

— Ça va, le rassura-t-elle. Derrière toi !

Shade fit volte-face et enfonça la paume dans la gorge de Roag. Il aurait aimé réduire ce fils de pute en bouillie, mais ils avaient besoin de Wraith et de son habileté au combat. Il libéra donc son cadet. Celui-ci poussa un grognement et plongea au milieu de l'ennemi comme un couteau dans du papier de soie.

Une masse énorme percuta Shade par le côté. Pris par surprise, ce dernier se retrouva dos au mur, engagé dans une lutte mortelle. Ce démon était fort, beaucoup plus que Shade. Il le saisit par le cou avec une main presque humaine, se servant de ses ailes pour garder l'équilibre tandis qu'il pressait Shade pour extraire la vie de son corps.

Un ange déchu. Par les Dieux ! Qu'est-ce que Roag fout avec un putain d'ange déchu dans son château ?

La lutte futile de Shade fit sourire la créature, puis le seminus ne vit plus que des crocs et du sang. Runa, sous sa forme de warg, venait d'arracher une aile de l'ange.

Celui-ci pivota pour s'enfuir. Quand Runa fit mine de le suivre, Shade l'attrapa par la peau du cou.

— Du calme, jeune fille. Ces mecs sont presque impossibles à tuer. Laisse-le.

Un cri d'agonie de Roag s'éleva au-dessus de la clameur de la bataille. Il examinait ses mains avec horreur. Eh oui ! Il venait de découvrir le maléfice. Il braqua le regard sur Eidolon, penché sur Tayla. Tandis que celui-ci soignait sa compagne, son *dermoire* apparaissait en lignes lumineuses.

Roag allait transférer la malédiction sur Eidolon.

Shade s'empara d'une hache de guerre accrochée au mur. En deux enjambées, il parcourut la distance qui le séparait… de Sheryen.

Roag essaya d'atteindre Eidolon, mais Shade abattit son arme.

— Ça, c'est pour Skulk, fils de pute !

La tête de Sheryen se sépara de son corps avec un léger bruissement. Roag fit volte-face et, paralysé dans son élan, il percuta Eidolon.

— Sher ! hurla-t-il.

Là, pour la première fois de sa vie, Shade lut une tristesse authentique dans les yeux de son frère. Celui-ci continua de crier et, progressivement, sa voix et son corps s'évanouirent dans le néant.

— Et ça, ajouta Shade plus bas, c'est pour nous tous.

C'était fini. Sans Roag, la cohésion de ses hommes vola en éclats. Certains se découragèrent et devinrent des proies faciles pour Gem, Kynan et le personnel de l'hôpital ; les autres s'enfuirent. Wraith, obnubilé par sa soif de sang et son besoin de vengeance, les poursuivit dans l'escalier en colimaçon.

Runa reprit forme humaine et Shade serra son corps nu contre le sien.

— Tu vas bien ? Je vais chercher E pour qu'il te soigne.

— Je peux attendre. C'est plus urgent pour d'autres.

Shade reporta son attention sur son frère.

— Comment va-t-elle ?

Tayla se leva en s'époussetant. Chez de nombreux démons chanceux, la métamorphose ne détruisait pas les vêtements, comme dans le cas de Tayla.

— Je vais bien. Je suis comme neuve.

Eidolon semblait aussi réticent à s'éloigner de sa compagne que Shade de la sienne, mais plusieurs membres de l'hôpital venus à leur secours se trouvaient dans un état grave. Toutefois, Shade prit le temps de déposer sur les lèvres de Runa un baiser chaud et langoureux qui promettait de se poursuivre plus tard. Il lui devait tellement ! Il passerait le restant de ses jours à réparer les torts qu'elle avait subis par sa faute et celle de Roag.

Revêtant sa casquette de médecin en un clin d'œil, il se détacha d'elle. Certaines blessures étaient assez graves pour qu'ils doivent se servir de la trousse de secours apportée par Kynan. Heureusement, toutes les personnes présentes ayant des compétences médicales, à l'exception de Runa, le triage se fit rapidement malgré la perte d'un aide-soignant lion-garou travaillant avec eux depuis presque dix ans. Les blessés capables de marcher accompagnèrent les plus grièvement atteints à la Porte des Tourments pour les ramener à l'hôpital. Quand Shade et Eidolon eurent fait tout leur possible, l'épuisement les rattrapa.

Quelqu'un avait fouillé le château et rapporté des tuniques appartenant aux larbins de Roag. Runa et Shade s'en couvrirent pendant qu'Eidolon usait de ses dernières forces pour soigner la louve-garou, Gem et Kynan. Shade le fit ensuite asseoir sur un tabouret en bois avant qu'il s'effondre. Tayla grimpa sur ses genoux et se blottit contre lui.

— Je les ai tous eus, ces enfoirés, lança Wraith en dévalant l'escalier. (Il n'était qu'un amas de chair sanguinolente et de plaies béantes.) Et Solice, aussi. (Il vacilla et s'écroula sur le sol de pierre dans un craquement de rotules.) Cette salope !

— Merde !

Shade fondit sur lui. Il l'atteignit en même temps qu'Eidolon, et ils le saisirent chacun par une épaule pour le relever tout en lui insufflant des ondes d'énergie. Celles de l'aîné commencèrent à ressouder ses blessures, mais avec une grande lenteur. Il était exténué. En marmonnant un juron, Shade le relaya pour chercher d'éventuelles blessures internes dans le corps de

Wraith. Par bonheur, ses organes étaient intacts, mais il manquait dangereusement de sang. En voyant sa tête si ballante que son menton touchait son torse et que ses cheveux masquaient son visage, Shade se demanda s'il était trop faible pour la redresser.

— Il faut qu'il se nourrisse, diagnostiqua Shade en se levant. Tout de suite.

Sur le sol, la paille s'éparpilla dans les courants d'air froid et le silence. Gem s'avança.

— Je vais le faire.

Une vague érotique de désir se dégagea de Wraith comme une brise.

— Tu es sûre de savoir ce que tu fais ? s'enquit E en levant un sourcil. Parce qu'il va te sauter dessus dans les secondes.

Elle déglutit mais hocha la tête.

— Ce n'est pas comme si j'étais vierge.

Cette remarque semblait cacher un double sens, mais Shade ignorait totalement de quoi il s'agissait.

— Non, refusa Kynan en s'agenouillant devant Wraith. Je vais le faire. Il a déjà bu mon sang.

Eidolon se leva en jetant un coup d'œil surpris à Shade, qui dut lui rendre à peu près le même. Quand diable Wraith avait-il bu le sang de Kynan ? Et pourquoi ? Shade imaginait mal que l'humain le lui ait permis, mais Gem n'avait pas l'air surprise. Peut-être que… Nan ! Les seminus ne couchaient pas avec des mâles : ils ne pouvaient jouir qu'avec des femelles. Mais un seminus devait pouvoir baiser un mâle si une femelle se trouvait dans le coin. Alors est-ce que Gem, Ky et Wraith…

Shade secoua la tête pour s'éclaircir les idées. Il commençait à divaguer et il refusait de se laisser aller à de telles pensées.

— Est-ce qu'il aura quand même besoin de sexe ? demanda Runa.

— C'est mieux de faire les deux en même temps, confirma Shade avec un hochement de tête. Mais s'il peut se nourrir maintenant, on lui trouvera une femelle à l'hôpital.

Ils reculèrent tous quand Kynan retroussa sa manche et tendit son poignet à Wraith. Ce dernier gonfla les narines et, avant que Shade ait le temps d'avertir l'humain, son frère plantait ses canines dans sa gorge. Kynan battit des bras, convulsa, puis se détendit.

— On parie qu'il ne se portera plus volontaire pour ça ? chuchota Shade.

Quelques minutes plus tard, Gem s'agenouilla à côté de Wraith, qui lui grogna dessus : ses yeux dorés la voyaient comme une menace pour sa nourriture.

— Du calme, dit-elle doucement en prenant le poignet de Kynan. Wraith, il faut arrêter, maintenant.

Le demi-vampire tira l'humain plus près de lui tout en aspirant de longues et puissantes gorgées comme pour avaler le plus de sang possible avant qu'on lui enlève son repas.

Shade prit le pouls de Kynan de l'autre côté de son cou. Il battait vite – beaucoup trop – et faiblement. À l'aide de son pouvoir, le démon examina l'intérieur de l'humain et obtint la confirmation que ce dernier manquait de sang.

— Arrête, frangin. Tout de suite.

Wraith aspira plus fort. Eidolon le saisit par l'épaule et le tira en arrière.

— Bon sang ! Tu es en train de le tuer ! s'exclama-t-il en lui tapant l'arrière de la tête. Tu vas tuer Kynan. Wraith !

Dans les yeux du demi-vampire, l'or disparut, remplacé par un bleu électrique. Il retira ses canines de l'humain et battit des paupières en émergeant de l'état second dans lequel le plongeait sa soif de sang. Kynan s'effondra par terre, on ne peut plus pâle et inconscient.

— Choc hypovolémique, annonça Shade en retenant la tête de Kynan avant qu'elle percute le sol. Il faut qu'on l'emmène à l'hôpital.

Il glissa ses bras sous le corps de Ky, mais Wraith referma sa main sur le poignet de son frère.

— Je vais le porter.

Sa voix était empreinte d'une telle détermination qu'aucune objection n'aurait pu s'y opposer. Wraith avait besoin de s'occuper de Kynan.

— D'accord, accepta Shade. Mais dépêche-toi.

Chapitre 22

Inconscient sur son lit d'hôpital, Kynan recevait du sang B^+ par intraveineuse. Shade se tenait silencieusement à ses pieds, Runa à son côté. Assis sur la rambarde, Wraith se tenait la tête entre les mains et semblait revenir de plusieurs séjours dans les fosses à esclaves de neethuls.

— Il va s'en sortir, mon vieux.

Shade donna une tape sur l'épaule de son frère, désormais couverte, comme eux tous, de la blouse de l'hôpital. Wraith leva ses yeux injectés de sang et cernés de noir.

— C'est Gem qui l'a dit. Elle ne mentirait pas.

Wraith hocha la tête.

— Je vais juste attendre qu'il se réveille.

— Et après ?

— J'ai deux ou trois trucs à faire.

Shade se retint de sermonner son frère sur le fait de se nourrir de drogués ou d'aller se battre. Après la petite révélation de Roag à propos des tortures subies par Eidolon quand Wraith dépassait son quota mensuel de meurtres, Shade pressentait que le demi-vampire saurait rester prudent dorénavant. Du moins, il ferait attention à ne tuer personne. De là à ne pas mettre sa propre vie en danger, c'était un autre problème.

Shade serra la main de Runa, et ils sortirent silencieusement dans le couloir, où Eidolon patientait. Tay et Gem discutaient à quelques portes de là pour leur laisser un peu d'intimité.

— Comment va-t-il ? s'enquit E.

— Ky ou Wraith ?

— Les deux.

— Ky a meilleure mine. Wraith… (Shade secoua la tête.) Je ne sais pas.

— Je suis content que la tourmente de Roag dure éternellement, marmonna l'aîné.

— Pareil pour moi, frangin.

D'un air absent, Eidolon jeta un coup d'œil dans la chambre avant de se retourner vers Shade.

— J'ai de bonnes nouvelles. Pour commencer, Luc est vivant.

— Répète un peu ça !

— Luc. Tu sais, le créateur de Runa ?

Dans un élan de possessivité, Shade serra les dents, mais Runa lui caressa les doigts avec son pouce pour l'apaiser.

— Ouais, tu aurais pu te passer de ce détail. (Cette histoire de créateur lui restait en travers de la gorge.) Alors, comment a-t-il survécu ?

— C'est un de nos nouveaux ambulanciers qui l'a retrouvé. Il l'a ranimé, lui a apporté les premiers soins, et ensuite, ce n'était plus qu'une question de temps. Je viens de l'examiner. Il est sorti du coma et hors de lui. Il dit qu'une créature toute brûlée et déguisée en toi a essayé de le tuer. Il dit aussi qu'on n'a fait que retarder l'inévitable en lui sauvant la vie.

— Ce garçon a besoin qu'on lui remette les idées en place. Attends un peu…, dit Shade en plissant les yeux. Depuis quand tu sais qu'il est vivant ?

— Depuis que nous avons perdu Roag dans le parc et que tu es parti dans ta grotte avec Runa. Je voulais t'en parler avant, mais…

— Roag nous a attrapés. (Shade prit une profonde inspiration avant de poser à Runa la question dont il redoutait vraiment la réponse.) Est-ce que tu sens Luc ?

Elle sourit.

— Je ne sens absolument rien.

Eidolon se racla la gorge, et Shade comprit qu'il s'apprêtait à leur déballer un discours de docteur Je-sais-tout.

— Sa mort, bien que momentanée, a dû vous déconnecter l'un de l'autre, comme ce qui nous est arrivé quand Roag est mort. J'ai une théorie à ce propos…

— Et l'autre bonne nouvelle ? l'interrompit Shade.

À vrai dire, il se foutait royalement de cette théorie, et à cheval démoniaque offert on ne regardait pas les dents. De toute façon, il n'aurait jamais fait ça : ces bestioles crachaient du feu.

Eidolon enchaîna.

— Grâce à ce que tu m'as dit à propos des expériences de l'armée sur Runa, j'ai pu recentrer mes recherches.

— Tu veux dire que tu as trouvé un remède ?

Eidolon hocha la tête.

— Presque. J'ai réussi à isoler les protéines à l'origine de l'infection. Le vaccin devrait être prêt d'ici à deux semaines. Un mois tout au plus.

Oui !

Shade avait envie de hurler à la lune, de prendre Runa dans ses bras et de la faire tourner jusqu'à en être tous les deux malades.

— Et pour Runa ?

Celle-ci posa la main sur son épaule, lui transmettant ses espoirs et ses peurs comme une décharge électrique. L'expression d'Eidolon les fit tous les deux redescendre immédiatement sur terre.

— Tu ne peux pas la guérir, murmura Shade. Pourquoi ?

— Les morsures de loups-garous altèrent l'ADN, expliqua Eidolon. Ce que les militaires lui ont fait n'a servi qu'à affecter la façon dont ses gènes synthétisent les protéines. Celles-ci lui permettent de se transformer quand elle veut, et ce sont également elles qui t'ont infecté, mais sans modifier ton ADN. Je peux détruire les protéines chez vous deux, et je peux te guérir… mais le seul effet que cela aura sur elle, ce sera de lui retirer le pouvoir de muter à volonté.

— Mais je me changerai toujours en boule de poils à chaque pleine lune, soupira Runa.

— Oui, confirma Eidolon. Je suis navré.

Elle secoua la tête.

— C'est bon. Je commence à m'habituer à être un loup-garou. Ça m'a bien servi une ou deux fois. Et puis, rien que pour vivre quatre fois plus longtemps, ça vaut le coup.

Par les Dieux ! Il n'avait pas pensé à ça ! Si elle redevenait humaine maintenant, il la perdrait beaucoup trop tôt. Il ne le supporterait pas. Rompre leur lien ne le tuerait pas, mais sa peine, oui.

Runa serra son épaule.

— Fais-toi soigner. Tu as assez de choses à gérer sans cette histoire de loup-garou en plus.

Il ne la méritait pas, mais bon sang, il avait de la chance de l'avoir. Chaque fibre de son corps haïssait Roag, mais c'était cet enfoiré qui lui avait donné Runa. Sur le moment, cela ne lui était pas apparu comme un cadeau, mais désormais il ne regrettait pas d'être uni à elle, même si leur lien n'était pas réciproque.

Elle comprit ce qui lui passait par la tête.

— Je n'irai nulle part, promit-elle. Avec ou sans marques, tu es à moi. Je t'aime, Shade.

Il l'attira contre lui.

— Mais le lien est à sens unique, donc tu ne me sens pas. Si j'ai besoin de toi, si je suis blessé…

— Je ne serai jamais loin de toi. On s'arrangera.

— Bon sang ! Je t'aime.

Elle poussa un soupir qui caressa les oreilles de Shade avec une douceur dont il ne se lasserait jamais.

— Accepte l'injection.

— Je ne suis pas sûr d'en avoir envie, maintenant.

Eidolon recula pour leur permettre de discuter.

— Ne refuse pas, insista-t-elle. C'est ta seule chance d'être libre.

— Peut-être que je ne veux pas l'être.

Il fit glisser son doigt sur la joue de Runa en se délectant des tourbillons chaleureux de caramel qui assombrissaient ses prunelles couleur champagne.

— Peut-être que j'aime ce qui se passe entre nous les nuits de pleine lune, et quand on se réveille, toujours sous l'emprise de la lune.

— On aura toujours ça. Tu peux te changer en warg quand tu veux.

— Shade, intervint Eidolon en s'approchant avec Tay. Il y a un autre point à prendre en compte : tes enfants.

— Eh bien ? Runa n'est plus humaine, donc ce seront des seminus pur-sang.

— Oui, mais aussi des wargs.

— Runa n'est pas warg de naissance, donc ça m'étonnerait.

Les humains changés en loups-garous donnaient naissance à des bébés humains normaux – sauf si la conception avait lieu alors que la mère avait sa forme animale – alors que les loups-garous de naissance accouchaient presque toujours de wargs, peu importe les conditions de la conception.

— À mon avis, les expériences ont pu interférer avec ça aussi. Si nous guérissons ta lycanthropie, je pourrai utiliser tes anticorps pour mettre au point un vaccin pour tes enfants. Même pour ceux qui seront conçus sous forme animale en période de chaleur.

Shade soupira. Il refusait qu'on le guérisse, mais il ne souhaitait pas que ses fils soient atteints de lycanthropie. Sans une compagne, les nuits de pleine lune seraient dangereuses pour eux et pour toutes les femelles qu'ils croiseraient.

— D'accord. Fais-le.

Runa prit le visage de Shade entre ses mains et attira ses lèvres contre les siennes.

— Je t'aime, dit-elle sans se décoller de lui, d'une voix rauque et profonde qui l'embrasait comme elle seule savait le faire. Et tu sais comment je vais te le prouver ?

Il recula légèrement.

— Comment ?

— Tu te souviens de ce que tu refusais que je te fasse quand on sortait ensemble ?

Elle jeta un bref coup d'œil vers son entrejambe qui se gonflait rapidement et il prit une inspiration haletante.

L'image d'elle à genoux, le prenant dans sa bouche… bon sang !

— Je ne pouvais pas te laisser faire, expliqua-t-il d'une voix cassée. Ma semence est un aphrodisiaque. J'aurais été incapable de t'expliquer pourquoi tu aurais été folle de désir après ça.

Son sourire malicieux lui coupa la parole et le souffle, et faillit arrêter son cœur.

— Je n'ai jamais eu besoin d'aphrodisiaque avec toi, mais ça m'intéresse.

La petite diablesse passa sa langue sur ses lèvres, et voilà ! Shade était à point. Impossible de revenir en arrière.

Eidolon ouvrit la bouche, mais Tayla s'approcha d'eux et fit taire son compagnon d'un regard.

Bien joué, la tueuse !

Shade se dirigea vers la Porte des Tourments en se demandant où il allait emmener Runa, car son appartement comme sa grotte étaient trop éloignés des portes qui les y mèneraient.

Encore une fois, Runa comprit à quoi il pensait et le serra contre elle.

— Tu crois qu'il y a une salle d'examen disponible ?

Une vague d'amusement – et de désir non négligeable – jaillit en lui.

— On pourrait en avoir besoin plusieurs heures…

— Voire plusieurs jours, le reprit-elle avec un sourire aguicheur.

Shade se liquéfia de l'intérieur et durcit plus que la pierre à l'extérieur.

— Oh oui ! Viens.

Eidolon regarda son frère entraîner Runa. Leur excitation n'échappa pas à sa perception d'incube. Son propre corps s'anima, de sorte que, quand Tayla l'enlaça en susurrant « Tu crois qu'il y a d'autres salles libres ? », il n'hésita pas.

Il jeta un coup d'œil à Wraith en passant devant la chambre de Kynan et pria pour que son frère trouve lui aussi la paix dont il avait besoin.

Pourtant, Eidolon ne parvenait pas à se débarrasser du sentiment que, dans le cas de Wraith, les prières n'étaient jamais entendues.

Les bips insupportables des équipements hospitaliers percèrent les ténèbres profondes des rêves de Kynan et le propulsèrent dans le monde réel, où un démon se tenait à son chevet.

— Wraith ?

Kynan battit des paupières pour chasser le sommeil de ses yeux. Il avait l'impression d'avoir dormi pendant une semaine. C'était peut-être le cas. Et puis qu'est-ce qu'il foutait à l'hôpital ?

En tant que patient ?

Wraith s'assit au bord de son fauteuil en posant les coudes sur ses genoux écartés.

— Ça roule, ma poule ?

Ma poule ? Kynan cligna encore des yeux. Il ne se trouvait pas à l'UG, mais dans la quatrième dimension.

— Comment… Qu'est-ce qui s'est passé ?

Dès que la question sortit de sa bouche, il se rappela la bataille dans le château irlandais. Mais il n'avait subi que des blessures mineures et Eidolon l'avait soigné.

— Comment je me suis retrouvé ici ?

Wraith baissa les yeux en se massant la nuque.

— Eh bien, euh… c'est un peu ma faute.

Cette histoire était de plus en plus bizarre. Rien ne mettait jamais Wraith dans l'embarras et, autant qu'il sache, le démon n'avait jamais rien regretté. Pourtant, il lui jouait la scène du « J'ai merdé ».

— Comment ça, c'est ta faute ? Qu'est-ce que tu as fait ?

— Pas grand-chose, en fait. Je t'ai juste vidé de ton sang.

Kynan fronça les sourcils en fouillant dans ses souvenirs. Après la bataille, ils avaient procédé au triage et au soin des victimes. Wraith avait pris en chasse les fuyards. Il était revenu couvert de sang et de contusions… et en manque de sang. Oui, ça lui revenait à présent : Gem s'était portée volontaire, mais Kynan avait refusé de la laisser faire. Et ce n'était pas comme si Wraith n'avait jamais bu son sang.

À la différence que, la première fois, il s'agissait d'aider Ky à entrer en contact avec Lori, afin qu'il comprenne un minimum ce qui s'était passé dans sa tête la nuit où il l'avait surprise dans les bras de Wraith. En revanche, la deuxième fois, il l'avait laissé faire pour l'empêcher de toucher à Gem.

Il avait aussi voulu aider le démon. En effet, malgré la colère de Ky envers Wraith à cause de leur accroc dans le bureau d'Eidolon, il éprouvait aussi de la reconnaissance à son égard. Grâce à Wraith, il ne ressentait plus de rancœur pour Lori et, même si toute sa vie était toujours aussi foireuse, au moins, cette partie-là était guérie.

— Et alors ?

Le démon leva brusquement la tête.

— Comment ça, « Et alors ? »

— Pourquoi tu tires cette tête ?

— J'ai failli t'envoyer six pieds sous terre, imbécile d'humain !

Ah ! Revoilà notre bon vieux Wraith !

— Content de voir que la culpabilité n'a pas atteint ton tact légendaire.

— Content de voir que ta quasi-agonie n'a rien changé au fait que tu es un connard, rétorqua Wraith.

Kynan sourit.

— Maintenant qu'on a bien rigolé, pourquoi tu me raconterais pas ce que j'ai raté quand j'étais inconscient ?

En un rien de temps, l'atmosphère de la pièce perdit son caractère étrange. Wraith se détendit et son embarras d'avoir été surpris en train de se soucier de quelqu'un disparut.

— Gem n'a presque pas quitté ton chevet, raconta le démon, retrouvant son effronterie.

— Elle est médecin, soupira Kynan.

— Elle a envie de jouer au docteur, oui, ricana Wraith.

— Laisse tomber, vieux.

— Mon pote, insista Wraith en accrochant son regard. Il faut que tu sautes sur l'occasion.

— Ce n'est pas si simple.

— Pourquoi ?

— Et c'est un incube qui me le demande.

Wraith leva les yeux au plafond.

— Vous, les humains, vous vous encombrez trop de principes. C'est du sexe. Votre corps est fait pour ressentir du plaisir. Pourquoi ne pas en profiter ?

— Mon problème, ce ne sont pas mes principes.

Je ne sais même plus ce qui me pose problème.

— Alors quoi ? Ne me prends pas pour un con en essayant de me faire croire qu'elle ne t'excite pas.

— Enfin, mec ! Tu l'as bien regardée ?

Wraith haussa les sourcils.

— Bien sûr que oui.

— Quelle surprise ! Tu mates tout ce qui respire.

— Comme E aime à le souligner, qu'elles respirent n'est pas une condition sine qua non.

Avec un soupir, Kynan rejeta la tête en arrière et observa les lourdes chaînes qui pendaient au plafond noir. Un grincement retentit quelque part dans l'hôpital.

— Je ne sais pas, mon vieux. Lori a vraiment foutu le bordel dans ma tête.

— Tu es en paix avec ça, maintenant.

Le souvenir de Wraith pénétrant dans son esprit l'irrita un peu, mais il avait raison.

— Ce n'est pas ça. Je ne sais pas si je pourrai de nouveau faire confiance à quelqu'un comme à elle.

— Et qui dit que ça doit être aussi sérieux avec Gem ? Tu vois pourquoi je dis ça des humains ? Tu ne t'es jamais comporté comme un crevard quand tu étais plus jeune ?

— J'étais assez jeune quand j'ai rencontré Lori.

— Et tu ne l'as jamais trompée ?

— Non, répondit Kynan avec une grimace. Quel con, hein ?

— J'ai l'impression qu'il est temps que tu retires la blouse derrière laquelle tu te caches et que tu t'amuses un peu.

Wraith l'encourageait. Wraith, que Kynan avait toujours cru trop égocentrique pour voir plus loin que le bout de son nez. Ce type était plus observateur que Ky – et que ses frères, peut-être – voulaient bien le croire.

Le démon se leva.

— Écoute, vieux. Je sais que ta femme t'a joué un sale tour, mais tu lui accordes beaucoup plus d'intérêt qu'elle le mérite. Lâche tes casseroles et vis ta vie.

— Ce n'est pas un peu hypocrite de ta part ?

— Complètement, confirma le démon en agrippant puissamment l'épaule de Kynan. Mais je vais de ce pas appliquer les conseils que je prodigue. À plus, l'humain.

Wraith sortit de la chambre à grands pas accompagné par le bruit lourd et inquiétant de ses bottes sur le sol de pierre. Kynan eut soudain l'impression que le démon s'apprêtait à faire une chose qui aurait des conséquences sur l'hôpital comme un séisme sans fin.

Sachant qu'il n'y pouvait rien, Kynan s'assit au bord de son lit et arracha sa perfusion. Il n'arrivait pas à croire qu'il allait suivre les conseils de Wraith, mais ce type avait vu juste : Kynan se noyait depuis trop longtemps dans l'alcool et le travail, au point de s'y perdre. L'heure était venue d'affronter ses démons.

Gem se servait une tasse de café quand on frappa à la porte de son appartement.

— Entrez !

Un bruit de pas retentit et elle se retourna. Kynan se tenait à l'entrée de la cuisine, de toute sa stature. Gem en eut le souffle coupé.

— Voilà le topo, annonça-t-il sans préambule. J'ai passé ma vie à réfléchir au bien et au mal, à faire le bien et à lutter contre le mal. Je voulais sauver ce monde de fous. Et puis, tout d'un coup, le mal ne m'est plus apparu aussi mauvais, et les gens que je croyais bons sont devenus les méchants. Je me suis perdu un moment, Gem, et il faut que je me retrouve. Je tuais les démons et, soudain, je me suis mis à les sauver… à vouloir coucher avec. (Ses yeux s'assombrirent de façon inquiétante.) Mais il faut que je reprenne mes esprits. Que je trouve ma place dans ce monde de dingues.

Dans la main de la démone, la tasse se mit à trembler. Elle la posa avant de la renverser.

— Où veux-tu en venir ?

— Je retourne chez les Aegis.

Son cœur se serra.

— Tu… tu nous quittes ?

Il parcourut la distance qui les séparait en cinq ou six enjambées et ne s'arrêta qu'à quelques centimètres d'elle. Si près que sa chaleur engloutit Gem et que son odeur musquée de mâle déclencha une déferlante de désir sensuel dans ses veines.

— Ah ! Ça non ! Écoute-moi bien. L'Underworld General n'est plus un endroit sûr pour moi. Je suis presque certain que les militaires me surveillent, et je refuse de mettre l'hôpital en danger. Je travaillerai pour l'Aegis, mais je ne m'en vais pas. Mes amis sont ici. E, Shade, Wraith, Tayla. (Il posa la main sur la joue de Gem.) Toi.

Le cœur de Gem s'emballa dans sa poitrine.

— Des amis. C'est pour ça que tu es venu ? Pour me dire que nous sommes amis ?

— Je ne veux pas que nous soyons amis, la contredit-il en l'observant patiemment de ses yeux bleu marine. Je veux que nous soyons amants.

Oh oui ! Oui, oui, oui !

L'excitation et la joie jaillirent en elle. Ce devait être un rêve.

Kynan suivit le contour de sa lèvre inférieure avec son pouce.

— Je me suis dit que si Tayla réussissait à servir l'Aegis tout en étant à moitié démone et unie à un démon, je pouvais bien sortir avec une démone aussi.

— Tu… tu es sérieux ?

Il esquissa un petit sourire en coin tout en inclinant lentement la tête pour acquiescer.

— Oui.

Les yeux de Kynan s'assombrirent de désir et Gem se demanda si ses propres prunelles dégageaient une telle chaleur. Quand il glissa ses mains le long des bras de la jeune femme, la chair de poule lui couvrit la peau. À ses épaules, il l'immobilisa. Lentement, si lentement qu'elle faillit grincer des dents, il baissa ses lèvres vers celles de Gem.

Des coups retentirent à la porte.

— Fais comme si tu n'étais pas là, murmura-t-il contre sa bouche.

— J'en ai bien l'intention.

La porte explosa. Kynan fit volte-face en poussant Gem derrière lui. L'instant d'après, elle entendait le bruit d'armes automatiques que l'on chargeait.

Merde !

Kynan soupçonnait que le X le surveillait, mais il ne s'attendait pas à ce qu'ils se révèlent ainsi au grand jour. Il en déduisit qu'ils étaient restés dans l'ombre pour espionner ses faits et gestes ainsi que ses connaissances. S'ils avaient découvert la nature de Gem… Il la poussa un peu plus derrière lui et fit face à l'ex-agent des Forces spéciales à la tête du groupe. Ses cheveux, en brosse, étaient aussi sombres que l'expression de son visage.

— Putain, baisse tes armes, Arik.

D'un bref signe du menton, ce dernier indiqua à ses hommes, tous vêtus de treillis noir, d'obéir.

— Il faut qu'on parle.

— Crois-moi, il vaut mieux que ça se passe en privé.

Arik se rendit dans le salon. Kynan n'eut pas d'autre choix que de le suivre.

— Reste ici, dit-il à Gem. Je m'en occupe. Ne t'inquiète pas.

— Je ne m'inquiète pas, le rassura-t-elle en souriant. Ils me rembourseront ma porte, lança-t-elle en direction d'Arik.

— Je les en informerai.

Il lui serra la main, puis alla retrouver le militaire sans perdre Gem de vue. Droit comme un I, il s'efforça de maîtriser ses nerfs.

— C'est quoi, ce bordel ?

Quelle maîtrise !

— Je suis désolé qu'on ait dû s'y prendre comme ça, s'excusa Arik. Mais tu as dit que tu ne viendrais pas.

— Parce que je n'étais pas d'humeur à me faire torturer pour des informations.

— On ne t'aurait pas torturé, mais il ne s'agit pas de ça. Le fait que tu travailles dans un hôpital de démons est, euh... gênant. Les renseignements pourraient nous être utiles, mais ce n'est pas pour ça qu'on a envoyé Runa à ta recherche.

— Je commence à m'impatienter, donc va droit au but.

Arik jeta un coup d'œil dans la cuisine et baissa la voix.

— Il faut que tu reviennes au X.

— Non, c'est non, mon pote.

— On ne dit non que quand on a le choix.

— Explique-moi pourquoi je viendrais sans me défendre, demanda Kynan en serrant les poings.

— Tu sais que tous les membres de l'armée ayant subi une attaque de démon doivent se soumettre à des tests auprès du X, expliqua Arik sans tension ni geste de provocation.

Ouais, je sais.

Il avait passé toute une batterie d'examens avant que l'armée le remette aux Aegis.

— Et alors ?

— Maintenant que nous disposons de techniques plus modernes, nous avons mis à jour les vieux tests. (Arik baissa les yeux avant de planter son regard dans celui de Kynan.) Certaines données sont ressorties des tiens. Un gène suspect.

Un nœud se forma à l'estomac de Kynan.

— Surtout, ne me dis pas qu'il s'agit d'un gène démoniaque, Arik. N'y pense même pas.

— C'est justement le problème, Ky. On pense que c'est autre chose.

— De quoi, alors ? De métamorphe ?

Arik secoua la tête.

— Il est encodé bizarrement. Je ne sais pas quel est le terme technique pour ça. Je ne suis qu'un tas de muscles.

— Putain de merde, crache le morceau !

— D'ange déchu, Kynan. On pense qu'un ange déchu perche quelque part dans ton arbre généalogique.

Le déni envahit les pensées de Kynan.

— Les anges déchus sont des démons.

— Pas systématiquement. Il est probable que celui-ci ne soit jamais entré dans Sheoul. Un ange déchu, mais pas vraiment un démon.

Kynan songea à Reaver. Il ignorait pourquoi, mais l'ange déchu résidant à l'UG se trouvait dans cet entre-deux et n'en parlait jamais. Autant que sache Kynan, personne ne connaissait l'histoire de Reaver, ni comment ni pourquoi diable il n'était jamais entré dans Sheoul.

Cette nouvelle était vraiment incroyable. Il devait s'agir d'une erreur. Forcément. Pourtant, il avait beau vouloir se répandre en injures, il devait garder son calme. Les tests étaient peut-être faussés. Dans le cas contraire, il devait découvrir ce que signifiaient ces résultats.

— Que me veut le X ? s'enquit-il d'une voix plus rauque qu'il l'aurait voulu. Accouche.

— On doit pratiquer d'autres examens et faire quelques recherches.

— Fouiner, tu veux dire.

Arik ne le contredit pas.

— On n'a jamais rien vu de tel auparavant.

Et Kynan n'était pas né de la dernière pluie. Le X n'envoyait pas une unité armée pour embarquer une personne sur laquelle il voulait faire des tests.

— Quoi d'autre ?

Une veine se mit à palpiter sur le front d'Arik. Kynan comprit alors que le soldat allait jouer sa dernière carte, celle qu'il ne pouvait divulguer qu'en cas d'absolue nécessité.

— Seigneur ! Ce n'est quand même pas une saloperie de prophétie ? Parce qu'elles ne veulent jamais rien dire et ne s'accomplissent jamais comme prévu…

Arik planta un regard solennel dans les yeux de Kynan.

— C'est plus qu'une prophétie, Ky. Il est question d'un mystère de proportion biblique et dont tu pourrais bien être la clé.

— La clé de quoi ?

— De la fin du monde, déclara Arik d'un air grave. D'Armageddon.

La déflagration de la bombe qu'Arik venait de lâcher l'ébranla jusqu'à la moelle. Kynan eut un mouvement de recul, puis il resta planté là en silence, trop abasourdi et terrifié pour parler, bouger ou respirer. Finalement, quand ses poumons commencèrent à lui brûler, il prit une bouffée d'air et se ressaisit.

— Laisse-moi une seconde.

Ses jambes tremblantes le portèrent jusqu'à la cuisine, où Gem vint à sa rencontre, les yeux humides et le menton tremblant. Elle savait.

— Tu t'en vas.

— Oui.

Impossible de minimiser l'impact de cette décision, et il ne s'était pas attendu à être aussi touché. Juste au moment où il reprenait sa vie en main, où une blessure guérissait enfin, il devait brusquement en gérer une autre. En effet, même s'il n'était pas prêt à croire Arik les yeux fermés, il ne pouvait pas non plus faire la sourde oreille.

—Je suis désolé, Gem.

Il l'embrassa de tout son cœur, puis il partit.

Chapitre 23

La dernière pleine lune remontait presque à un mois – la première transformation de Shade en loup-garou, et la douzième de Runa. Cette nuit sifflerait le coup d'envoi du dernier cycle de lycanthropie pour Shade. En effet, il n'attendait plus que la fin de cette phase lunaire pour qu'Eidolon lui administre son vaccin. En revanche, Runa se métamorphoserait pour la treizième fois et, bien que beaucoup de gens pensent que le nombre treize était de mauvais augure, elle avait toujours ressenti tout l'inverse. Le treize lui portait bonheur, donc elle ne comprenait pas ce qui la mettait mal à l'aise ces derniers temps.

Shade lui-même se comportait étrangement depuis deux jours : il se montrait exagérément attentif et scotché à elle. Sans un appel d'urgence de l'hôpital, il ne l'aurait pas quittée des yeux. Il lui avait même demandé de l'accompagner, mais elle devait se préparer pour la pleine lune imminente.

Le sourire aux lèvres, elle arriva chez elle. Dans leur tanière. Depuis que Shade avait vendu son appartement, ils passaient le plus clair de leur temps chez elle. Toutefois, quand Runa se sentait d'humeur espiègle, ils se rendaient à la grotte du démon pendant plusieurs jours.

Shade avait voulu s'en séparer, mais Runa l'avait convaincu de la garder. Après quelques changements de décoration – qui impliquaient l'abandon de la plupart de ses accessoires, mais pas de tous – l'endroit était devenu parfaitement accueillant. Runa avait même fait la surprise à Shade de se renseigner sur ses origines umbers et de remplir la grotte d'objets d'art et de tapis de cette espèce. Voyant cela, il était resté bouche bée et l'avait prise dans ses bras pour la serrer comme s'il ne devait plus jamais la lâcher.

Runa ne s'en serait pas plainte.

Tandis qu'elle gravissait le vieil escalier de bois, son portable se mit à sonner. La musique personnelle de son frère insista impatiemment pendant qu'elle posait le sac de courses sur son perron et fouillait dans la poche de son coupe-vent.

— Salut, Arik ! Tu es rentré ?

Il venait de passer une semaine chez elle et était retourné le matin même à la base.

— Ouais. Je suis sorti du train il y a un quart d'heure. (Les chocs et les grincements du tapis à bagages l'obligeaient à hausser le ton.) Tu ne pourrais pas me mordre, ou un truc dans le genre, pour que je puisse me servir des Portes des Tourments ? Ça va quand même beaucoup plus vite que l'avion.

Runa éclata de rire. Elle avait appris à utiliser les fameuses portes, mais elle préférait la bonne vieille sensation de commander des roues de ses propres mains. De fait, elle se rendait presque tous les jours en voiture à l'Underworld General.

Quelques jours après la bataille dans les cachots, Runa et Arik avaient eu une conversation. À la suite de sa rencontre avec Shade, il avait accepté de cacher son secret au X, puisqu'elle avait voulu continuer à y travailler, mais cela l'avait mis mal à l'aise. À cause d'elle, Arik risquait sa carrière si la vérité éclatait au grand jour. De plus, Runa avait trouvé une bien meilleure occupation.

Elle avait proposé à Eidolon de gérer la cafétéria de l'hôpital, le défi étant de subvenir aux besoins d'une dizaine d'espèces. Cette idée l'enthousiasmait tant qu'elle se sentait à présent libre de prendre des risques, contrairement à son approche conservatrice à l'époque de son café. Bien sûr, elle ne parcourrait plus le monde à la recherche de métamorphes ou d'animaux-garous, mais Shade l'emmènerait où elle voudrait dès qu'elle ressentirait le besoin de voyager.

— Arik, ça te tuerait d'être enfermé trois nuits par mois.

— Peut-être. (Elle entendit le sourire dans sa voix.) C'était bon de te voir si heureuse, petite sœur.

— C'est vrai, je suis très heureuse, confirma-t-elle. Je sais que tu doutais de Shade, mais il ne faut pas t'inquiéter.

— Non, ça va. De toute évidence, il t'est entièrement dévoué. Ça ne change rien au fait que c'est un démon, mais il m'a sauvé la vie.

— À moi aussi, lui rappela-t-elle doucement.

— C'est pour ça que je lui laisse le bénéfice du doute.

— Et Kynan ? Est-ce que l'armée lui laisse le bénéfice du doute ?

Elle ne comprenait toujours pas ce qui se passait. Le X avait emmené Kynan à son quartier général, où on l'avait soumis à une batterie d'examens. Comme le frère de Runa, il refusait d'en parler, mais il avait confié un message à cette dernière pour qu'elle le transmette à Gem.

« Dis-lui de ne pas m'attendre. »

— Je n'ai pas le droit de parler de Kynan. Tu le sais, insista Arik avant de marquer une pause. Ma valise arrive. Je file. Je t'aime.

— Moi aussi.

Runa raccrocha et, sans savoir pourquoi, elle observa le bas de la rue. Dans un coin, un homme au regard perçant la surveillait. Un frisson courut sur la peau de la jeune femme. Elle n'aurait su expliquer sa réaction mais, quand l'étranger détourna les yeux, elle suivit leur direction : il observait un homme qui venait de monter sur le trottoir. Il était aussi lumineux que l'autre était sombre, mais quelque chose les unissait.

Un air familier.

Le cœur de Runa s'emballa.

Les deux hommes échangèrent un regard noir et estimèrent la distance qui les séparait de la jeune femme. Devant le désir et la mutation imminente qui pétillaient dans leurs yeux, Runa ne put contenir un hoquet de surprise. Ces étrangers étaient des wargs.

La chaleur et l'excitation envahirent son corps.

Oh mon Dieu ! Voilà donc ce qui me déstabilise depuis quelque temps. C'est le début de mes premières chaleurs.

Il fallait qu'elle appelle Shade, et tout de suite. Avant que ses pulsions prennent le pas sur son esprit et la poussent à faire une bêtise, comme emmener un de ces loups-garous dans sa cage pour s'accoupler avec lui. Chez les wargs, les femelles en chaleur laissaient les mâles se battre pour elles, puis elles copulaient avec le vainqueur.

Si elles tombaient enceintes pendant leur cycle lunaire, l'union devenait permanente. Comme chez les démons seminus, les wargs s'unissaient pour la vie.

Les deux hommes se heurtèrent en même temps que leurs poings. À l'instar de Runa, ils étaient guidés par leur instinct et, bien qu'ils aient commencé à se battre sous leur forme humaine, ils termineraient dans leurs corps de bêtes. Dans un quartier résidentiel, cela risquait de tourner au désastre.

— Va-t'en, marmonna Runa pour elle-même.

Une part sombre et primitive de son être voulait observer le combat et les départager, mais son côté encore humain savait qu'elle devait se sortir de là.

Shade... Dépêche-toi...

Il avait dû sentir son désir. Aucun doute qu'il était déjà en route. Quelle que soit l'urgence pour laquelle il s'était rendu à l'UG, son instinct le ramènerait à la maison.

Runa leva les yeux vers le ciel qui s'assombrissait rapidement, mais c'était inutile : son organisme tout entier lui indiquait que la lune se lèverait d'une minute à l'autre.

Elle se glissa en vitesse dans la maison et fonça à la cave. La pièce encore en chantier était vaste et insonorisée afin de permettre à deux loups-garous de produire autant de bruits qu'ils voulaient.

Runa entra dans la cage, située au centre de la salle que Shade et elle avaient agrandie en améliorant son confort. Elle claqua la porte et fit rouler les chiffres du cadenas.

Au son de verre brisé, son sang ne fit qu'un tour. L'instant d'après, les deux étrangers se trouvaient dans la cave et se jetaient l'un sur l'autre.

Allez, Shade !

Elle tira son portable de sa poche et composa le numéro de son compagnon.

— J'arrive, bébé, la rassura-t-il sans un « bonjour » et avec une note de panique dans la voix.

Sans qu'elle ait pu répondre, il raccrocha.

Runa appela ensuite Tayla en jurant. Elle avait appris à connaître la compagne d'Eidolon depuis deux semaines et, à ce moment précis, la demi-démone était leur meilleur espoir d'empêcher les wargs de sombrer dans une folie furieuse.

— Runa, ça va ?

— Pas le temps d'expliquer. J'ai un problème. Des wargs dans ma cave. S'ils sortent de la maison…

— Merde ! OK, je rassemble une équipe et on s'occupe d'eux.

— Ne les tuez pas.

— Je sais. On fera attention.

Runa raccrocha. Elle se demandait si, au bout de presque un an d'union avec un démon, Tayla trouvait toujours étrange d'assurer la protection de créatures telles que les loups-garous au lieu de les tuer. Pour sa part, Runa avait voulu abattre Luc à cause de ce qu'il lui avait fait, mais elle se félicitait de ne pas avoir cédé à cette envie. Ce type n'était pas le plus amical au monde mais, à sa manière bourrue, il lui avait demandé pardon pour son agression.

Ses excuses n'étaient pas nécessaires. Désormais, elle était plus forte et sa longévité lui accorderait énormément de temps aux côtés de Shade. Si jamais un remède devait voir le jour, elle le refuserait.

D'un œil mauvais, elle observait les deux hommes en train de mettre la cave sens dessus dessous. Leur injecter l'antidote à eux serait un réel plaisir, en revanche.

Le rugissement de Shade fit trembler la maison tout entière. Son odeur emplit la cave quand il dévala l'escalier et bondit au cœur de la mêlée. Il portait toujours sa blouse, mais il avait chaussé ses habituelles rangers, qui infligèrent une douleur monumentale à ses rivaux quand il leur assena des coups de pied au niveau de leur tête.

— Reste dans la cage ! hurla-t-il à l'intention de Runa quand elle tendit la main vers le cadenas.

— Mais tu pourrais entrer…

— Il faut que je gagne.

Son cœur se gonfla. Au bout d'un an dans la peau d'un loup-garou, elle comprenait instinctivement la détermination de Shade. Les combats choquaient l'esprit humain de Runa, mais la femelle warg en elle se délectait de l'euphorie brute qui lui donnait l'impression d'être le prix d'un combat ancestral pour la domination.

Au vu de l'enthousiasme de Shade, il ressentait la même chose. Il avait besoin de se battre pour elle. Il voulait se battre pour elle. Il s'était uni à elle en tant que démon seminus, mais il lui fallait reproduire l'opération en tant que warg.

Un frisson d'excitation mêlée de crainte courut sur la peau de Runa. S'il perdait…

Le pied de Shade percuta le brun en pleine poitrine, le projetant sur une étagère de boîtes de conserve.

Tandis que l'homme s'écroulait au sol, inconscient, la jeune femme poussa un soupir de soulagement.

Et d'un.

Des ondes de testostérone et de fureur crépitèrent dans l'air quand le blond se jeta sur Shade et qu'ils s'écrasèrent tous les deux sur la rampe de l'escalier. Le seminus reçut un uppercut tellement puissant que sa tête partit en arrière et que son regard se voila.

— Shade ! s'écria Runa en secouant la cage.

Elle tourna les mollettes du cadenas pour tenter de trouver la bonne combinaison, voyant que le blond commençait à profiter de l'étourdissement de Shade et sortait un couteau suisse de son jean.

Dans un grand geste du bras, l'étranger abattit son arme. Shade l'esquiva au dernier moment en se contorsionnant, mais la lame lui entailla l'épaule et la blouse en laissant un mince filet rouge dans son sillage.

— Fils de pute ! grogna le démon.

Il pivota et écrasa plusieurs fois ses pieds et ses poings sur le torse et la figure de l'autre. Le couteau vola de la main du blond, mais il lui aurait été inutile d'ici à une dizaine de secondes, de toute façon…

La peau de Runa se mit tout d'un coup à tirer douloureusement. Sa métamorphose était imminente.

— Shade, dépêche-toi !

Les mains tremblantes et déjà en train de s'allonger, Runa se déshabilla. Shade saisit son adversaire par son bras poilu et le jeta par terre avant de se débarrasser de ses chaussures d'un coup de pied. Le blond lui attrapa la cheville et le fit tomber à côté de lui. Désormais, tous deux ressemblaient moins à des hommes qu'à des bêtes dont les griffes et les crocs constituaient une nouvelle source de danger… et d'excitation.

Les pensées de Runa commençaient à se brouiller, détournées par son désir grandissant, et son corps était submergé par l'odeur de la bagarre dans l'air. La porte. Elle devait ouvrir la porte avant de n'être plus qu'un animal.

Elle s'acharna donc sur le cadenas et, quand la porte s'ouvrit avec un cliquetis, une décharge de douleur traversa Runa. Ses os craquèrent, ses articulations s'étirèrent et, à travers le rugissement de son sang dans ses oreilles, elle entendit les grognements de douleur des mâles. Cela, la souffrance causée par la transformation, constituait le pire moment de l'existence d'un loup-garou.

Malgré sa tourmente, Shade réussit à s'accrocher à sa volonté de remporter la bataille. Il posa la paume sur le front de son ennemi et l'obligea à coller sa tête au sol avec un craquement qui résonna dans toute la cave. Quand le bruit cessa, Shade bondissait déjà à travers la porte de la cage, qu'il claqua derrière lui. Pour Runa, peu importait qu'elle ne soit pas fermée à clé. La transformation l'avait achevée.

De même que ses chaleurs.

Shade se dressa devant elle sur ses pattes arrière noires, en une créature belle et imposante aussi excitée que sa compagne. Tandis qu'il se jetait sur elle, elle l'esquiva. Certes, elle le désirait, mais il lui restait un test à passer.

Il devait également la dominer, elle.

Il poussa un grognement basique et érotique qui parcourut Runa telle une caresse profonde, la réchauffant et la préparant pour lui. Pour l'heure, elle n'était presque qu'un tas d'hormones déchaînées. Au fond d'elle, son utérus se contracta et son vagin se serra. Pourtant, quand Shade voulut la toucher, elle le repoussa à coups de griffes.

L'instant d'après, il était sur elle. Runa gronda en essayant de le mordre, mais il referma la mâchoire sur son cou et la maintint en place. Dans un dernier élan d'énergie, la louve roula sur le côté, déséquilibrant Shade avant qu'ils s'écrasent tous les deux sur la paroi de la cage.

La victoire de Runa fut de courte durée : dans un tourbillon de fourrure et de crocs, son mâle la remit là où il voulait et, d'un coup à la fois doux et puissant, il la pénétra.

Une explosion d'extase envahit le corps de Runa. Il ne s'agissait pas du simple plaisir sexuel : qu'ils soient unis par les liens seminus ou pas, Shade était désormais son vrai compagnon.

Leurs hurlements se joignirent l'un à l'autre, telle une louange s'élevant dans la nuit.

Shade se réveilla nu, courbaturé et épuisé, enlacé avec Runa, qui remua et s'étira. Il lui caressa les bras tout en gémissant à cause de ses muscles et de ses articulations endoloris. Il avait toujours les yeux fermés, surtout parce qu'il envisageait de se rendormir pour une semaine entière.

Ces trois derniers jours et nuits avaient été les plus éreintants de toute sa vie. Il ne s'en plaignait pas : Runa et lui avaient passé leur temps à s'accoupler, sous leurs deux formes, ne s'accordant de pauses que pour se nourrir pendant le jour. Quelqu'un, probablement Tayla ou Eidolon, leur avait déposé de la viande la première nuit.

Il ne se rappelait pas les avoir vus venir chercher les mâles contre lesquels il s'était battu et verrouiller la porte de la cage afin que Runa et lui ne s'échappent pas, mais il préférait ne pas s'en souvenir. Il ne faisait aucun doute que les deux amants avaient dû leur offrir un aperçu de l'accouplement des loups-garous.

Eidolon ne laisserait jamais son frère oublier cet épisode.

La peau de Runa chauffait la main de Shade. Non, elle ne la chauffait pas : elle lui brûlait la paume. Il s'efforça d'ouvrir les yeux. Il voyait flou, ce que n'arrangeait pas la chevelure de Runa sur son visage. Il se redressa sur un coude en grommelant.

— Hmm. (Runa bâilla.) Qu'est-ce que tu fais ?

— Je…

Il se figea. Son souffle resta coincé dans sa gorge comme un bouchon. Le bras gauche de Runa…

Par tous les saints de l'Enfer !

Runa lui décocha un coup d'œil inquiet par-dessus son épaule.

— Qu'est-ce qu'il y a ?

— Tu es marquée. Tu portes ma marque d'union, expliqua-t-il sans parvenir à détourner les yeux de son bras.

— Sérieusement ? s'étonna-t-elle en se tortillant pour s'asseoir avec un sourire qui le frappa en plein cœur. Waouh ! C'est vrai, hein ? (Elle posa la main sur celle de Shade et leurs doigts s'entrecroisèrent tandis qu'elle suivait de l'index les dessins tracés sur sa peau.) Nous sommes unis.

— Ouais. (En raison de son émotion intense, sa voix donnait l'impression qu'il venait d'avaler une remorque de verre pilé.) Tu es à moi, maintenant.

La main de Runa s'immobilisa et elle le regarda dans le blanc des yeux.

— Je l'ai toujours été. Seulement, tu ne le voyais pas.

— Je suis vraiment désolé…

Elle posa son doigt sur les lèvres de Shade.

— Tu ne le voyais pas parce que ta vie était en jeu.

Il déposa un baiser sur sa paume avec tout l'amour dont il était capable, laissant ses lèvres s'y attarder.

— Tu méritais tellement mieux que ce que je t'ai donné.

— Oui, acquiesça-t-elle d'un air malicieux. C'est vrai, mais, comme toi, je ne m'en rendais pas compte. (Du bout des doigts, elle suivit les lignes de son *dermoire*.) Un œil fermé.

— Je me suis toujours demandé pourquoi ça me symbolisait. Pour E, c'est une balance, mais il a été engendré par des démons judiciums, donc c'est logique. Wraith arbore un sablier… on le charrie souvent en prétendant que c'est parce qu'il est impatient et jamais à l'heure. Mais le mien… je ne l'ai jamais compris.

— Il est ouvert, maintenant.

— Pardon ?

— Ton signe. C'est un œil ouvert, à présent. Il n'est plus fermé.

Les yeux de Shade se mirent à piquer.

— La balance d'Eidolon était déséquilibrée avant qu'il s'unisse à Tayla. (Il déglutit pour éviter de pleurer comme une femmelette.) Il lui a fallu des jours pour s'apercevoir du changement.

— Donc il a trouvé son équilibre… et toi, tu n'es plus aveugle.

— Plus jamais.

Elle se retourna, passa les jambes autour de celles de Shade et l'attira en elle. Après les trois nuits qu'ils venaient de passer, il ne pensait pas pouvoir recommencer – au moins pendant des semaines – mais le corps nu et chaud de Runa contre le sien éveillait en lui des sensations impossibles à ignorer.

Une sonnerie interrompit ses pensées indécentes.

— Je ne réponds pas, susurra-t-il.

— Il le faut. C'est ton frère.

Shade coinça Runa sous lui et laissa la boîte vocale s'occuper de l'appel. Eidolon devrait attendre.

Le message d'Eidolon sur le répondeur s'avéra urgent. Ainsi, Shade et Runa se douchèrent, engloutirent leur petit déjeuner – il prépara des pancakes, car il n'existait rien de meilleur que les glucides après trois nuits de viande crue – et foncèrent en Harley à l'UG. Là, ils trouvèrent Eidolon s'occupant de paperasse d'un air renfrogné dans son bureau.

— J'ai enfin reçu l'inventaire de la réserve, dit-il sans les saluer. Nous avons un problème.

Shade s'assit et installa Runa sur ses genoux.

— Donc Roag a vraiment emporté quelque chose ?

Lorsque Eidolon acquiesça, Shade pesta. Leur frère avait disparu pour toujours, pourtant il leur causait encore des problèmes. Ils savaient qu'il s'était introduit dans leur entrepôt le jour où il avait essayé de tuer Luc, mais ils ignoraient ce qu'il avait volé exactement.

— Qu'est-ce qu'il a pris ?

— Entre autres choses, l'Œil d'Eth et la nécrotoxine corrosive.

L'Œil d'Eth était une boule de cristal utilisée pour la divination, mais l'autre… Ce nom évoquait vaguement quelque chose à Shade.

— C'est-à-dire ?

— Un poison contre lequel il n'existe aucun antidote.

— Et tu gardais ça… pour quoi faire ? s'enquit Shade en haussant un sourcil.

— Parce que j'ai découvert que, en quantités microscopiques, il pouvait guérir la vérole lecépique chez les trillahs.

Par les cercles de l'Enfer !

— J'imagine que Roag n'en avait pas besoin pour une mission démonitaire vouée à sauver les trillahs d'une maladie qui en touche un sur mille tous les cent ans.

— Tu crois ?

La main chaude de Runa glissa sur la nuque de Shade, dont elle massa les muscles qui commençaient à se crisper.

— Bon, quelle qu'aient été ses intentions, ce salopard est mort. Il ne fera de mal à personne avec ça.

— J'espère que tu as raison, soupira Eidolon, avant de lever les yeux au ciel face à la grimace de Shade. Oui, je suis paranoïaque.

— Sans déconner ?

Son frère lui rendit un regard vide.

— Tu devrais tirer un coup.

Quand les yeux de son aîné s'éclairèrent, Shade comprit qu'il pensait à Tayla. Quant à lui, il déposa un baiser dans le cou de Runa, car il savait exactement quel effet cela procurait de songer à une femelle ravissante et attirante. Et de la porter sur ses genoux. Et sur son…

— En quoi E est-il paranoïaque ?

Shade découvrit Wraith dans l'encadrement de la porte, appuyé au montant, les bras croisés et…

Nom de Dieu !

Cela faisait un mois que Wraith ne s'était pas montré, ce qui n'était pas inhabituel. En revanche, il arborait désormais un *dermoire* facial.

Sa *s'genesis* s'était opérée.

Avec une bonne année d'avance.

Le silence s'étira et la main de Runa se figea sur la nuque de Shade.

— Bordel de merde ! marmonna celui-ci.

E s'enfonça dans son fauteuil, bras croisés, avec un air grave.

— Tu as quelque chose à nous dire, peut-être ?

Wraith haussa les épaules comme si tout cela n'était qu'une énorme plaisanterie.

— Vous vous souvenez de la sorcière qui m'a appris la formule de transfert pour le maléfice de Shade ? Elle a déclenché ma *s'genesis*, moyennant un bon prix, évidemment.

Au vu de son sourire narquois, Shade devina la nature de ce prix. Il voulait demander à Wraith les raisons d'une telle décision, mais il les connaissait. En tant que seminus sans compagne et capable de se comporter exactement selon les règles innées de leur espèce, peu de questions l'intéresseraient en dehors d'une seule : féconder des femelles. Wraith vivait un enfer depuis quatre-vingt-dix-neuf ans et, bien que le Changement n'efface pas le passé, il le ferait paraître plus lointain. Désormais, sans une minute pour y penser et l'esprit entièrement occupé par la recherche de femelles, Wraith trouverait, d'une certaine façon, la liberté.

Bon sang ! C'est surprenant qu'il se soit donné la peine de s'arrêter à l'hôpital.

— Pourquoi il porte sa marque au visage et pas sur le cou ? demanda Runa en effleurant la gorge de Shade du bout des doigts.

— Parce qu'il n'a pas de compagne, expliqua Shade en commençant presque à ronronner.

— Et il va rester comme ça, ajouta l'intéressé en tournant les yeux vers Runa, qui s'était débarrassée de sa veste d'un coup d'épaules. Eh ! Elle a la marque d'union !

Eidolon tourna brusquement la tête.

— Comment ?

— C'est cool, hein ? se réjouit Shade en portant la main tatouée de sa compagne à ses lèvres. Je ne sais pas comment ça s'est passé, ni pourquoi. C'était là quand on s'est réveillés ce matin.

— La nuit dernière, c'était la pleine lune, déclara Wraith d'une voix songeuse avant de reporter son attention sur Runa. Tu étais en chaleur ?

Runa passa par environ huit nuances de rouge. Shade lui caressa le bras en suivant le tracé de sa marque, puis il répondit pour elle.

— Ouais, j'ai des putains de cicatrices pour le prouver. Pourquoi ?

— C'est Luc qui m'a parlé de ça, un jour, expliqua Wraith en secouant la tête. Il m'a dit que les wargs ne s'unissaient que pendant les chaleurs de leurs femelles, et seulement si elles tombaient enceintes.

Shade en eut le souffle coupé.

— C'est ce qui devait nous manquer pour nous unir complètement.

— Vous voulez dire que…, murmura Runa.

— On va voir.

D'une main tremblante, Shade prit celle de sa compagne. Il vit son *dermoire* s'illuminer et sentit une vague de chaleur descendre le long de son bras quand son pouvoir pénétra le corps de Runa. Il parcourut ses veines jusqu'à son utérus. Là, il retint sa respiration en la sondant… et trouva ce qu'il cherchait : un ovule fécondé.

— Shade ?

Il dut ravaler la boule qu'il avait dans la gorge pour reprendre la parole.

— Wraith a raison. Oh ! Bon sang ! On va être parents. (Il s'interrompit quand son pouvoir perçut un autre œuf, puis un autre.) Il y en a trois. On va avoir trois bébés.

L'expression ébahie de Runa ne lui permit pas de définir si elle était heureuse ou pas, mais, pour sa part, il souriait comme un imbécile. Des fils ! Et il allait en avoir trois !

— Félicitations, frangin, s'exclama Wraith en lui donnant une claque sur l'épaule avant de sortir de la pièce. Je préfère que ce soit toi que moi.

Sur ce, il disparut. Eidolon lui emboîta le pas : son inquiétude quant à l'état de leur cadet émanait de lui en ondes perceptibles. Wraith était une grenade dégoupillée prête à exploser.

Toutefois, il s'arrêta sur le seuil.

— Je suis heureux pour toi, mon vieux. Si tu peux juste t'abstenir de m'appeler pour faire du baby-sitting…

Il sourit et partit.

Shade haleta tout en posant ses mains sur les joues de Runa.

— Ça va ? Tout ce qui t'arrive à cause de moi…

Lentement, un sourire radieux illumina le visage de la jeune femme.

— Je vais plus que bien, Shade. Pour la première fois de ma vie, je me sens vivante. Et c'est grâce à toi. (Elle suivit du doigt les lignes de sa marque.) Je crois que tu es vraiment maudit : tu es condamné à rester avec moi.

— Je m'en remettrai, répliqua-t-il d'une voix râpeuse.

Ses yeux se remirent à piquer. Runa faisait ressortir le meilleur de lui alors qu'il ne pensait pas avoir un soupçon de bien en lui.

Être condamné à aimer Runa ? Existait-il une meilleure malédiction dans le monde entier ?

BRAGELONNE – MILADY, C'EST AUSSI LE CLUB :

Pour recevoir le magazine *Neverland* annonçant les parutions de Bragelonne & Milady et participer à des concours et des rencontres exclusives avec les auteurs et les illustrateurs, rien de plus facile !

Faites-nous parvenir votre nom et vos coordonnées complètes (adresse postale indispensable), ainsi que votre date de naissance, à l'adresse suivante :

Bragelonne
60-62, rue d'Hauteville
75010 Paris

club@bragelonne.fr

Venez aussi visiter nos sites Internet :
www.bragelonne.fr
www.milady.fr
graphics.milady.fr

Vous y trouverez toutes les nouveautés, les couvertures, les biographies des auteurs et des illustrateurs, et même des textes inédits, des interviews, un forum, des blogs et bien d'autres surprises !

Achevé d'imprimer en mars 2012
Par CPI Brodard & Taupin - La Flèche (France)
N° d'impression : 67960
Dépôt légal : avril 2012
Imprimé en France
81120697-1